현대문학과 사회문화적 상상력

저자소개 **서준섭**(徐俊燮)

강원도 강릉 출생. 강원대학교 국어교육과를 졸업하고, 서울대학교 대학원 국어국문학과에서 한국 현대문학을 전공하고 문학박사 학위를 받았다(학위 논문「1930년대 한국 모더니즘 연구」, 1988). 저서에 『한국 모더니즘 문학 연구』(1988), 『감각의 뒤편』(1995), 『한국 근대문학과 사회』(2000), 『문학극장』(2002), 『생성과 차이』(2004), 『창조적 상상력』(2009), 『강원 문화 산책』(2010) 등이 있다. 현재 강원대학교 사범대학 국어교육과 교수로 재직하면서 문학평론가로 활동하고 있다.

현대문학과 사회문화적 상상력

인쇄 · 2015년 2월 23일 | 발행 · 2015년 2월 28일

지은이 · 서준섭
펴낸이 · 한봉숙
펴낸곳 · 푸른사상사
주간 · 맹문재 | 편집 · 지순이, 김선도 | 교정 · 김수란

등록 · 1999년 7월 8일 제2-2876호
주소 · 서울시 중구 충무로 29(초동) 아시아미디어타워 502호
대표전화 · 02) 2268-8706(7) | 팩시밀리 · 02) 2268-8708
이메일 · prun21c@hanmail.net
홈페이지 · http://www.prun21c.com

ⓒ 서준섭, 2015

ISBN 979-11-308-0326-5 93810
값 30,000원

푸른사상 학술총서 29

현대문학과
사회문화적 상상력

서준섭

Modern Literature and
Sociocultural Imagination

책머리에

　그동안 틈틈이 쓴 한국 현대문학에 대하여 쓴 글들을 정리하노라니 지금 우리가 살고 있는 시대는 여러 의미에서의 '역사의 전환기'가 아닐까 생각된다. 1990년대 초 독일 통일과 소련-동구권 해체, 네트워크 사회의 도래와 지구화, 그리고 2007년의 세계 금융위기를 거쳐 오면서 우리는 그 시대 변화를 더욱 실감하고 있다. 민주화 시대를 거쳐 온 한국 현대문학도 이런 큰 변화에서 자유롭지 않다. 21세기의 용마루에서 뒤돌아보면, 지난 20세기 동안의 한국문학이란 요동치는 역사 속의 인간, 그 유동적인 인간과 삶을 성찰하는 언어 예술이고, 작가란 그 유동하는 역사 속의 여행자라는 명제가 새삼스럽게 다가온다. 작가가 역사 속의 시간 여행자라면 그 문학 연구자 역시 비슷한 처지에 놓여 있다고 말할 수 있다. 문학 연구란 각 작가가 작품 속에서 구축한 그 '유동적인 언어, 삶의 세계, 실재, 문학 형식' 등을 다시 현재의 시간 속에 호출하는 행위이다. 문학작품의 사회적 생산뿐만 아니라, 그 유통, 수용도 모두 이 유동적인 시간과 역사의 지평 속에서 이루어진다. 이 책은 식민지 근대, 해방기, 전후에서 산업화 시대, 민주화 시대 등에 이르는, 우리가 모더니티의 시간이라고 부르는 저 순간적이고 변화하는 시간 속에 전개된 한국 현대문학의 중요 장면과 이와 관련된 몇 가지 주제를 현재 속에서 다시 한 번 생각해 보기 위한 것이다. 이 책에 수록된 글들이 다루는 시대와 작가들은 다양하지만, 그 현실적 바탕은 각 작가들의 다양한 사회·문화적 상상력이다. 현대문학 텍스트들은 각 작가들이 의지하는 이 다양한 상상력에 의해 각 시대의 생생한 역사적 맥락과 현실성을 확보한다.

한국 현대문학 연구는 과거의 문학을 현재 속으로 호출하는 행위지만, 연구자의 방법과 관심은 자신이 살아가는 시대적·지적 그 분위기에서 영향을 받지 않을 수 없다. 최근 몇 년 동안 필자의 관심은 문학에서 문화로 서서히 옮겨 오면서 현대문학 연구의 범위를 조금씩 확대하는 것이었다. 찰스 테일러는 근대성과 근대 공론장 문제를 논하면서 '근대의 사회적 상상'이란 표현을 사용한 바 있지만, 그가 언급한 사회적 상상은 사회적 가상, 사회적 인식이라는 의미를 포함한다. 한국의 근·현대의 경우 그 속에는 각 시대마다 시민으로서의 작가의 일상생활과 그가 속한 고유한 시민사회 즉 삶의 테두리를 이루는 유동적인 현실이 있고, 그 바깥에는 이에 작용하는 그 시대의 유동적인 정치와 세계 체제의 질서가 놓여 있을 것이다. 이것이 모든 시대의 현대문학의 조건이다. 문학의 사회적 상상은 실상 사회-문화를 아우르는 사회문화적 상상(력)이며, 각 시대의 문학 텍스트란 그 본질적인 면에서 사회문화적인 복합적인 속성을 띠고 있다고 생각된다. 변화하는 시대 속의 문학과 사회를 생각하면서 언어의 창조성으로 돌아가 문학을 다시 시작하자는 취지에서 '창조적 상상력'이라는 제목의 책을 낸 적이 있지만, 이 책은 문학 텍스트로 다시 돌아가 그 사회·문화적 성격을 다시 생각해 보기 위한 것이다. '창조적 상상력'이란 제목과 '사회문화적 상상력'이라는 제목 모두 문학 자체의 속성을 염두에 둔 것이지만 양자 사이에는 차이가 있다.

필자는 어느 시대 어느 하나의 주제에 집중하기보다는 여러 시대에 걸쳐 다양한 작가를 만나기를 더 좋아하였다. 마음의 흐름을 따르다 보니 그렇게 된 점도 있지만, 한편으로는 먼저 각 시대별 문학의 큰 윤곽을 그려 본 후에 그 전체상을 이해하는 것이 바람직하다는 평소의 연구 구상 때문이기도 하다. 그래서 그동안 쓴 글을 모아 보니 1920년대에서 해방기를 거쳐, 1990년대와 최근 문학에 이르는 다양한 주제를 다룬 잡다한 글 모음이 되었다. 수록 글들은 정리하면서 모두 약간씩 손질을 하였고, 논의된 시인, 작가들은 되도록 그 연대순을 고려하여 배치하면서 편의상 세 부분으로 나누었다.

제1부는 근대 시인론을 중심으로 한 글 묶음이다. 「한용운의『님의 침묵』과『십현담』·『십현담주해』의 상호텍스트성」은 한용운 시에 대한 발생론적 연구이고, 「근대 시인과 탈식민주의」는 한용운, 김기림, 백석론이며, 「모더니즘과 1930년대의 서울」은 모더니즘에 대한 문학사회학적 스케치이다. 김광균론은 김광균 탄생 백주년을 맞아 쓴 것이다.

제2부는 서로 다른 시대를 다룬 네 편의 소설론을 중심으로 묶었다. 「이효석과 식민지 근대 작가의 문화적 정체성」, 「염상섭의『효풍』에 나타난 정부 수립 직전 서울의 사회·문화 풍경」, 「현대 소설에 나타난 분

단·이산 모티프」,「일상성의 서사와 개인적 욕망의 스펙트럼」 등 네 편으로 구성되어 있다. 미흡한 대로 각각 식민지 근대문학, 미군정에서 1948년 정부 수립에 이르는 시기의 문학, 1980년대 소설, 1990년대 신세대 작가들의 소설 등을 이해하기 위해 쓴 글이다.

제3부는 한수산의 장편『욕망의 거리』, 2000년대 최근 시와 '환상성'의 문제, 시 창작에서의 '시마, 영감'론 등을 주제로 한 세 편의 글로 구성되어 있다. 첫 번째 글은 해당 작품의 해설로 쓴 것이고, 나머지 두 편은 모두 2000년대 들어 문예 잡지에 발표한 것이다.

이 자리에서 한국 현대문학 전공자로서 한 가지 개인적인 소감을 덧붙이고 싶다. 지구의 앞에서 보면, 한국은 동아시아의 조그만 나라이고, 한국문학을 읽고 연구하는 사람은 전 세계 인구 중에서 한국어를 사용하는 한국인을 비롯한 몇 나라의 한국학 연구자에 불과하다. 다른 연구자들은 어떤지 모르겠으나, 한국 근·현대 작가만 주로 대하다 보니 스스로 '우물 안 개구리'가 아닌가 하는 따분한 느낌이 들 때가 있다. 몇 권의 책을 내고 몇 편의 글을 쓰기도 했지만 그것은 모두 필자의 문학적 열정의 잔해일 뿐 다시 돌아보고 싶지 않을 때도 있다. 그리고 작품도 읽지 않는 풍토에서 문학 연구 책을 누가 읽을 것인가 하는 회의에 빠질 때도 있었다. 스스로 한국문학이나 문학 연구에서 떠나 다른 시공간 속에서 자신의 모습을 다시 돌아보고 싶었다.

최근 몇 년 동안 필자는 그래서 방학 때를 기다려 해외로 떠나는 여행객 틈에 끼어 외국의 이곳저곳을 둘러보는 문화적 편력을 거듭 시도하였다. 지금도 그런 편력은 지속되고 있지만, 특히 두 번의 세계 대전을 극복하고 다시 일어선 서유럽 국가들과 독일을 비롯한 동유럽 몇몇 국가들을, 그들이 축적한 지적·문화적 전통을 생각하며 '주마간산' 식으로나마 둘러본 경험은 필자에게 신선한 자극이 되었고, 역사의 상흔을 간직한 중국, 일본 등 동아시아 몇 나라와 러시아 연해주를 여행하면서 그 속에서 '20세기의 한국과 한국의 역사란 무엇인가'를 거듭 자문해 볼 수 있었던 기억은 우리 역사를 되돌아볼 수 있는 소중한 계기가 되었다. 필자가 방문했던 여러 도시들과 각국의 문물과 역사를 필자 나름대로 소화하고 내면화하기 위해 귀국 후 그 나라의 역사, 문화 관련 서적과 각국의 대표적인 인문학자들의 저술을 구해 읽거나 이미 읽은 적이 있는 관련 저술들은 다시 읽어 보는, 현장 경험과 관련한 독서의 즐거움에 자주 빠져들기도 하였다. 독서의 즐거움이란 글쓰기의 의무에서 자유로운 마음의 흐름을 따라가는 독서에서 비로소 제대로 느낄 수 있는 것 같다. 이런 과정을 반복하면서 한동안 따분하게 느껴졌던 한국 현대문학 작품들도 다시 읽고 싶은 의욕을 되찾을 수 있었다. 그리고 각 국가의 문학(문화)은 차이가 있고, 각각 저 마다 고유한 문학(문화) 전통을 간직하고 있다는 사실, 각국의 문화는 그 나름의 개별성과 보편성을 함께 지니고 있다는 사실을 새삼 실감할 수 있었다.

이런 여행과 여행 후의 독서 체험이 축적되면서, 각 나라 사람의 현대적인 삶은 언제 어디서나 서로 비슷한 점이 있고, 모든 나라의 문학(문화) 전통은 그 나라에서 태어나 살았던 각국 작가들의 일상적 삶에 그 뿌리를 두고 있다는 자명한 명제를 재확인할 수 있었다. 떠나고 싶었던 그 한국문학이야말로 필자의 출발점이라는 상식을 둔감한 탓에 뒤늦게 깨닫게 되었고 지금도 그렇다. 한동안 밀쳐 두었던 글과 최근 쓴 글들의 일부를 정리해 이렇게 책으로 묶어 볼 용기를 낸 것은, 한국 현대문학과 문화적 전통을 스스로 돌아보면서 이를 통해 문학 공부의 새 계기를 마련해 보자는 생각 때문이다. 수록 글 중에서 제1부의 「모더니즘과 1930년대의 서울」이 가장 오래전에, '한용운론'이 가장 최근에 각각 쓴 것이고, 「현대 소설에 나타난 분단 · 이산 모티프」는 『강원 문학 산책』(2000)에 수록된 글을 재수록한 것임을 밝혀둔다.

여러 시대의 문학, 다양한 작가의 작품 읽기 공부를 위한 그간의 지적 편력은 이 책으로 마감하고, 앞으로는 그동안의 공부를 바탕삼아 몇 개의 단일 주제를 집중적으로 탐구한 몇 권의 책을 써 보고 싶다. 『생성과 차이』(2004)를 낼 때도 그랬지만, 이번에도 푸른사상사 한봉숙 사장님의 신세를 진다. 푸른사상사와 편집부 여러분의 노고에 감사한다.

2015년 1월
서준섭

차례

차례

제2부 유동적인 역사와 문학 프리즘

현대문학과 사회문화적 상상력

차례

제3부 진단과 비평

제1부

사회문화적 상상력과 윤리적 주체

한용운『님의 침묵』과
『십현담』·『십현담주해』의 상호텍스트성

1. 『님의 침묵』과 김시습의『십현담요해』,
한용운의『십현담주해』함께 읽기
— 글쓰기 및 사유의 연속성과 상호텍스트성을 찾아서

　한용운의『님의 침묵』과『십현담주해』는 설악산 시대의 2부작으로서 서로 밀접한 관련을 맺고 있는 텍스트이다. 시집 수록 시편들의 원고는 1925년 여름 그의『십현담주해』원고 완성에 이어 잇달아 집필되었고, 두 텍스트들 사이에는 사유의 연속성뿐만 아니라, 내적인 상호텍스트성이 존재한다. 시집 속에는 그가 집중했던『십현담』주해 작업의 다양한 흔적이 남아 있다. 그의 창작시 중에는 그의 주해 작업 과정에서 깊이 연구한 선행 주해 텍스트 특히 김시습의『십현담요해』와 그 자신의 '주해' 텍스트에서 사용한 아이디어를 활용해 쓴 구체적인 작품들이 상당수 있다. 설악산 시대의 2부작은 글쓰기와 사유의 연속성과 관련된 그 상호텍스트성을 고려하여 함께 읽을 때 그 실체를 제대로 파악할 수 있다.

『님의 침묵』과 『십현담주해』 텍스트의 상호텍스트성, 사유의 연속성을 검토하기에 앞서 우선 『십현담』, 김시습의 『십현담요해』, 한용운의 『십현담주해』에 대하여 간단히 언급해 두자. 『십현담』은 10세기 중국 선사 동안상찰이 지은 선화이다. 이 텍스트는 저자의 서문과, '심인(마음)'에서 '정위'에 이른 10편의 시로 구성되며 각 편은 7언 율시체(각편 8행)이다. 총 10편의 제목은 '심인(心印), 조의(祖意), 현기(玄機), 진이(塵異), 연교(演敎), 달본(達本), 환원(還源, 한용운은 '파환향(破還鄕)'으로 고쳐 주해함), 전위(轉位), 회기(廻機), 일색(一色)' 등으로 되어 있다. 이 텍스트는 조동종 문중에서 나온 선학 지침서로서, 임제종에서는 '체와 용'을 강조하는 데 비해, '정위(正位)/편위(偏位)'의 방편을 역설한다. 선학에 매진하여 근본을 깨달아 '일색'에 이르되, 깨달음 이후에는 '정위-편위' 어느 한 곳에 머물지 말고 때와 상대에 따라 마음자리를 굴리고(전위)와 마음의 기틀을 적절히 운용하라(회기)는 것이 『십현담』에 나타난 가르침의 요점이다. 원문 중에 "쇠자물쇠 현관(현묘한 관문)에 머물지 않고(金鎖玄關留不住) 다른 길을 가서 윤회하라(行於異路且輪廻)"는 내용이 있고, "털 입고 뿔 쓰고(被毛戴角) 저자 거리에 드는, 異類中行(다른 무리들 속에서 행함)"의 방편을 역설한다는 점 등에서, 『십현담』은 다른 선학 텍스트와 뚜렷이 구분되는 활선을 강조하는, 매우 독특한 선학의 나침반이다.[1]

---

1)   한용운의 『십현담주해』와 『십현담』에 대해서는 서준섭, 「한용운의 『십현담주해』 읽기」, 『한국현대문학연구』 13집, 한국현대문학회, 2003, 193~240면, 서준섭, 「동안상찰의 『십현담』의 세 가지 주해본에 대하여」, 『한중인문학연구』 15집, 한중인

일찍이 오도송(1917)을 지은 바 있는 한용운이 새삼스레『십현담』에 이끌린 것은 3·1운동 후 설악산에 들어와 고립무원의 처지에 몰려 있던 그 자신의 삶의 활로 모색과 선학의 완성을 위한 것이었다. 그가『십현담주해』를 위해 사용한 텍스트는 15세기 세조 시대의 시인 김시습의 『십현담요해』이다. 이 텍스트에는 김시습 이전 10세기 인물 법안문익의 주해가 병기되어 있다. 김시습의 서문, 동안상찰의 서문, 제목 설명, 각 10편의 본문 구절에 대한 주석 순으로 구성된 '요해'를 읽고, '요해'와는 달리 원문에 자신만의 주해를 붙여 완성한 것이 한용운의 '주해'이다. 본문은 같지만 법안문익, 김시습, 한용운 등 세 사람의 주해를 보면 형식과 내용의 차이가 있는바, 이 주해의 반복과 차이를 함께 보아야 한용운의 주해의 특성이 잘 드러난다.

한용운의『십현담주해』의 특성은 원문의 '환원'을 '파환향'으로 고친 점, 거침없는 씩씩한 대장부의 기개와 대자유인의 모습이 드러나 있는 점, '정위'에 머물지 않는 선을 지향하고 있는 점 등에서 잘 드러난다. 예를 들면 '다른 길을 가서 윤회하라'는 구절이 나오는 '회기' 편의 주해 부분을 보자('비/주'가 한용운의 것임).

> 펄펄 끓는 가마 숯불 가르침의 나팔로 꺼버리고/험악한 세상이라도 "할" 소리에 꺼버린다./쇠자물쇠 현관(玄關)에 머물지 말고/다른 길로 가서 윤회하라.
> 批) 낚시대에 풍월이요 온 천지가 강호로다.
> 註) 정위(正位)는 갖가지 길과 떨어져 있지 않다. 열반은 곧 윤회 속

문학회, 2005, 27~52면을 보라.

에 있다. 남자 가는 곳마다 본지 풍광이니 긴 윤회 속에 존재한다. 나지도 않고 사라지지도 않고, 소가 되고 말이 되고, 현관에 머뭇거리지도 않는다. 세상에 나온 대장부는 마땅히 이래야 한다. 갖가지 다른 길을 따라간다는 것은 어떤 것인가? (잠시 후에 이르기를) 운림의 큰 적막이여 관현악도 처량하구나.[2]

  본문과 한용운의 '비/주'를 함께 보아야 '주해' 당시의 한용운의 마음의 움직임, 사유를 제대로 파악할 수 있다. 본문('다른 길로 가서 윤회하라')의 이 부분에 대해, 한용운은 '정위는 갖가지 길과 떨어져 있지 않다'는 것, 즉 '정위에 머무는 선'을 부정하면서 열반은 곧 윤회 속에 있다는 사유를 표현하고 있는데, 이는 주해 당시의 한용운의 마음의 움직임을 그대로 보여 주는 것이다. 덧붙인 게송에는 '운림' 생활의 서글픔이 드러나 있다. 이는 이후의 시집 쓰기와 설악산 생활과의 결별과 하산이라는 그의 삶의 전기적 맥락과 관련지어 볼 때, 삶의 활로 모색, 앞으로의 새로운 길 찾기와 관련된 사유의 흐름을 표현한 것으로 해석될 수 있다. '주해'의 또 하나의 특성은 원문, 주해 양면에서 '부처님이 가지 않은 다른 길'에 대한 사유가 나타나 있다는 점이다. 원문 '진이' 편에 대한 주해가 특히 그렇다.

  만법이 스러질 때 본체가 온전히 드러나니/삼승(三乘)은 분별하여

---

2) 번역문은 서준섭 역, 「한용운 『십현담주해』」, 『시와 세계』 2005년 봄호~여름호에 의하되 면수 표기는 생략함. 이 번역본은 원문을 병기하고 있으며 이하의 인용은 모두 이에 의거함. 한용운의 『십현담주해』, 법보회, 1926은 본문 33면의, 굵은 활자로 인쇄된 부피가 얇은 책이다. 이 텍스트는 『한용운전집』, 신구문화사, 1973에 번역 수록되었으나 오역이 많다.

현대문학과 사회문화적 상상력

억지로 이름 붙인 것./장부(丈夫)는 스스로 하늘 뚫을 뜻을 품기에/부처님 간 길 따위 뒤밟지 말라.

비) 풀숲에 누가 먼저 간 흔적 있어, 다시 꽃 떨어진 길을 밟는다.

주) 부처님이 간 길은 이미 낡은 자취이니, 다시 다른 곳을 찾아야 묘한 경지이다. 부처님이 가지 않은 길은 어디인가?

(주장자를 세우며 이르기를) 연기는 따오기 꿈 밖에 거두었고, 달은 기러기 그림자 속에 숨는도다.[3]

한용운은 '피모대각, 불 속의 소(화중우), 다른 길로 가서 윤회하라' 등의 부분에 깊은 관심을 가지고 주해하고 있는데, 그의 주해 태도는 뒤에 법안종의 개조가 된 법안문익(청량문익)보다는, '이류중행'에 방점을 찍는 떠돌이 시인 김시습의 주해 태도에 더 가까움을 알 수 있다. 김시습은 세조의 왕위 찬탈을 보고 벼슬길에 나가지 않고 비승비속의 시인이 되었던 인물이고, 한용운은 난세를 맞아 승려가 되었다가 이후 시인이 되어 하산했는데, 그가 김시습처럼 비승비속의 길을 걸었던 시인이라는 사실은 '십현담' 주해 텍스트들을 읽는 데 반드시 고려해야 할 사항이다. 그는 김시습에 매료된다. "을축년(1925) 내가 오세암에서 지날 때 우연히 십현담을 읽었다. (…중략…) 원주(原註)가 있지만 누가 붙였는지 알 수 없다. 열경(悅卿)의 주석도 있는데, 열경은 매월 김시습의 자(字)이다. 매월이 세상을 피하여 산에 들어가 중옷을 입고 오세암에 머물 때 지은 것이다. 두 주석이 각각 오묘함이 있어 원문의 뜻을 해석하는 데 충분하지만, 말 밖의 뜻에 이르러서는 더러 같고 다른 바가 있었다. (…중략…) 또 매월이 십현담을 주석하였던 곳이 오세암이고,

---

3) 한용운, 위의 책, '진이' 편

내가 열경의 주석을 읽었던 것도 오세암이다. 수백 년 뒤에 선인(先人)을 만나니 감회가 새롭다. 이에 십현담을 주해한다."[4] 한용운의 김시습과의 만남은 타고르와의 만남과 마찬가지로 그의 시 창작의 중요한 계기로 작용한다. 한용운은 주해와 시집 원고를 잇달아 완성하여 이듬해 서울에서 출판한다. 서울에 정착한 한용운은 뒤에 "선학은 산간암혈에서 할 수 있으나 선학을 종료한 후엔 입니입수(入泥入水)해야 한다."[5]고 쓴 바 있다. 이로 보면 오세암에서의 『십현담주해』는 이후의 세속의 길을 모색하기 위한 것이었다고 할 수 있다.

요컨대, '주해'에는 주해에서 『님의 침묵』으로 나아가는 한용운의 사유의 단서들이 나타나 있고, 삶의 길 찾기와 관련된 그 사유들은 이 시집에서 변형되고 진전된 형태로 지속된다. 사유란 그 자체가 생성이고 창조적이다. 한 가지 더 이야기하자면 '일색' 편에 대한 주석에서 '일색' 자체에 미흡한 점이 있다는 사유가 덧붙여져 있다는 점이다. '일색' 마지막 구절("그대 위해 남몰래 현중곡을 부르노니/허공 속의 저 달빛 움켜잡을 수 있겠느냐?")에 붙인 '주'에서, 한용운은 "달빛을 움켜잡을 수 있는 사람은 현중곡을 이해할 수 있다. 어떻게 달빛을 움켜잡을 수 있겠는가? (주장자로 세 번 두드리며 이르기를) 달빛이 세상 사람을 밝혀줄 수 없으니 아이 불러 반딧불이 모아오게 하네."라고 썼다.

'주해'가 선학 완성과 새로운 길의 암중모색 과정과 관련된 글쓰기라면, 시집은 앞으로서의 진로를 어느 정도 작정한 후 승려에서 시인-되

---

4) 『십현담주해』 서문.

5) 한용운, 「선과 인생」(1932), 『한용운전집』 2, 신구문화사, 1973.

기의 가능성 모색과 그 진로에 대한 사유의 지속을 표현한 글쓰기라고 할 수 있다. 이 진로 모색을 앞에 두고 한용운은 깊은 갈등과 번뇌에 사로잡혔으며, 그 갈등은 시집 시편 곳곳에 그 흔적을 남기고 있는데, 그의 시 「당신을 보았습니다」에 나타나 있는 갈등과 그 극복 과정은 이렇게 노래되고 있다. "영원의 사랑을 받을까, 역사의 첫 페이지에 잉크칠을 할까, 술을 마실까 망설일 때에 당신을 보았습니다." 이 갈등은 당시 한용운의 현실적 갈등이라고 보아야 한다. 여기서 "영원의 사랑"이란 승려의 길로서, 이는 '십현담'적인 세계, 특히 법안문익의 주해가 지향했던 길이었다. 그의 시에는 "대자연을 따라서 초연 생활을 할 생각도 하야 보았습니다"(「자유 정조」)라는 시구도 있다.

『님의 침묵』과 '주해' 텍스트 사이의 상호텍스트성을 고찰하기 위해서는 김시습, 한용운의 주해본과 『님의 침묵』을 함께 면밀히 정독하면서 서로 비교해 보는 섬세한 작업이 요청된다. 양자 사이의 상호텍스트성은 두 가지 차원에서 검토되어야 한다. 먼저 두 텍스트에 나타난 소재, 모티프, 언어 표현 등과 같은 겉으로 드러나는 상호텍스트성에 대한 고찰이 선행되어야 한다, 다음으로 겉으로 드러난 모티프의 유사성을 넘어 그 심층에 흐르는 사유의 연속성과 차이를 동시에 파악하고자 할 때 비로소 보이는 사유 방식에서의 상호텍스트성에 대한 논의가 있어야 한다. 『십현담주해』와 『님의 침묵』은 서로 이어져 있지만 서로 다른 형식의 글쓰기 형식이다. '주해'의 글쓰기에 나타난 '선-사유'의 지속은 시 쓰기에서 '사유-시적 상상력'으로 변주되면서 '님-세속적 사랑에의 구속'이라는 새로운 화두와 접속되고, 시인의 시 쓰기는 이 구속 자체를 다시 사유하는 식으로 진행된다. '주해'에서 시작된 한용운의 사유는 시 쓰기에서 더 진전을 이루는 한편 그 형식과 수사학은 타고르의 번역시집과의 연결을 통해 촉발된다. 그의 시 쓰기에는 '주해'에 언뜻언뜻 드러났던 내면의 현실적 갈등과 욕망이 생생하게 드러나는데, 이것은 그가 선학 텍스트 '주해자-되기'에서 '시인-되기'로 나아가면서, 시인-되기의 가능성을 모색하는 과정에서 불가피하게 나타나는 현상으로서, 그 갈등과 그 해결 과정의 심층에는 '십현담적'인 사유가 지속되고 있음을 볼 수 있다.

2. 시적 변용과 창조

— 『님의 침묵』에 나타난 『십현담』 · 『십현담요해』 · 『십현담주해』의 몇 가지 모티프

한용운의 『십현담주해』는 김시습의 『십현담요해』를 깊이 연구한 후 완성된 텍스트이지만, '주해'를 보면 '요해'의 흔적을 금방 찾아내기 어렵다. '주해' 작업의 매개자 역할을 한 '요해'의 흔적이 지워졌기 때문이다. 상호텍스트성을 고찰하자면 이 사라진 매개자인 '요해'를 다시 살려 읽고 '주해'와 함께 보아야 한다. '주해'와는 달리 '요해'는 동안상찰의 서문, 제목 원문, 원문에 대한 법안문익의 주, 김시습의 주 등을 포함하는 텍스트이다. 한용운의 주해 작업과 시집의 상호텍스트성을 이해하자면 이 '요해'를 반드시 정독해야 한다. 주해에서 시 창작으로 전환하면서, 한용운은 '요해'에서 보았던 거기서 사용된 사유의 이미지, 소재, 모티프, 언어 표현 등을 시 쓰기에 수용한다. 그 결과 그의 시 작품 속에 '요해'의 언어가 많이 들어와 있다. 어떤 시인의 일반적인 시

쓰기에서 다른 시인의 작품 모티프를 인용하거나 변형시켜 재창조하는 경우가 있는데, 비슷한 일이 그에게도 일어난 것이다. 『님의 침묵』에 나타난 『십현담요해』, 『십현담주해』의 몇 가지 모티프를 몇몇 사례를 통해 살펴보자.

1) '다기망양'과 '길을 잃고 헤매는 어린 양' — 『십현담』 '일색' 편과 『님의 침묵』의 서문

한용운의 '주해'와 시집에 공통적으로 전제된 이슈는 당시의 산중 생활, 승려의 길 아닌 새로운 길의 모색이다. '님—사랑'이라는 주제는 '주해' 이후 시집에서 비로소 등장한다. 도식적으로 말하면 주해가 암중모색 단계, 시집은 세속의 길을 작정하고 이를 시 쓰기에 수용하면서 그 선택을 다시 사유해 보는 단계라 할 수 있다. 새로운 길 찾기—시 쓰기의 동시적 진행이 바로 '침묵' 시편 쓰기라 할 수 있다. 『십현담주해』가 선학의 종료를 보여 주는 저술이라면, '침묵'은 그 이후의 새로운 길 찾기, 여러 갈림길에서 '님'에 구속되는 방식의 길 찾기와 관련되어 있다. 시집 '서문'에 나오는 '양', '갈림길'이라는 표현은 그 점에서 특히 주목해야 할 표현이다.

『십현담』의 마지막 편 '일색' 편은 '갈림길'에서의 선의 중요성을 말하고 있으며 김시습의 『십현담요해』의 '일색' 편에 붙어 있는 평어 중에 '양'('다기망양')이라는 표현이 있다. 시집 '서문' 끝의 '해 저문 벌판에서 헤매는 어린 양'이라는 표현의 기원이 이것이다. 서문은 한용운의 새로운 길 찾기 사유의 이정표와 같으며, 그 끝의 갈림길, 길 찾기, 헤매는 어린 양의 주제는 바로 주해자-되기에서 시인-되기로 나아가 시 쓰기를 감행할 당시 그 자신의 중요한 화두였다고 할 수 있다. 이 서문의 끝부분은 바로 '주해' 작업과 이어져 있다. 『십현담요해』의 '일색' 편의 번역문과 원문을 함께 보자(원문에 붙인 평어는 법안문익의 것임).

<table>
<tr><td>마른 나무 바위 앞에 갈림길도 많아</td><td>갈림길이 많으면 양을 잃어버리네</td></tr>
<tr><td>행인들 여기 와서 모두 어긋나게 된다.</td><td>마음이 생기면 오히려 망령된 것이요 발을 디디면 금시 떨어지네</td></tr>
</table>

<u>枯木岩前差路多　多歧亡羊</u>
行人到此盡磋跎　心生猶是妄 擧步落今時[6](밑줄 – 인용자)

이 부분은 '일색' 단계의 선 공부가 가장 어려움을 말한 것이다. '일색'이란 여여한 마음자리, 분별심이 사라진 자리로서 '정위전'이라고도 한다. '마른 나무, 바위'는 죽음에 가깝게 되는 무일물의 선의 경계를 지칭한다. 원문 내용은 이 앞에서 착오가 생긴다는 것이고 그것을 경계한 것이다. 선학의 종료는 이 경계-갈림길에서부터 자유로움을 요구한다. 참고로 일색 첫 구에 대한 한용운의 주석은 다음과 같다.

　　　마른 나무 바위 앞에 갈림길도 많아
　　　(批) 갈수록 갈림길 갈수록 빗나간다(愈岐愈失).

---

6)　김시습, 『십현담요해』, '일색(一色)', 번역문 인용은 『국역매월당전집』, 강원도, 2000, 1027~1061면의 원문 번역을 참고하되 필자가 원문과 대조해 다시 다듬은 것임. 이하 같음.

(註) 배우는 단계에 있는 사람은 '오직 인연을 쉬고 생각을 끊음'을 종지로 삼아 (마음이) 마치 '마른 나무와 죽은 재'와 같이 된다. 그러면 道에서 멀어진다. 이렇게 되면 마치 '바위 앞 갈림길'을 만난 것과 같아서 바른 길로 들어가기 어려워지고 헤매게 된다.

'유기유실'과 '다기망양' 사이에는 차이가 있으나 그 의미는 같다. 요컨대 '일색' 단계에서는 그리고 그 이후에는 결코 갈림길에서 헤매어서는 안 된다는 것이다. 『십현담』에서의 '다기망양'은 선학의 종료 단계 및 이후의 바른 길을, 시집 서문에서의 양과 관련된 부분은 '님'이 침묵하는 시대를 살아가는 사람들 앞에 놓인 여러 선택과 관련된 길림길을 각각 의미한다는 점에서, 양자 사이에는 분명한 차이(하나는 선학의 단계에서, 다른 하나는 시를 읽는 일반 독자에게 하는 당부임.)가 존재한다. 그러나 시집 서문의 '양'은 주해에서 온 표현이라고 보아야 한다.

'군말'에 등장하는 '길을 잃고 헤매는 어린 양'이란 표현은, 다음과 같은 맥락에서 사용되고 있다. "님만 님이 아니라 기룬 것은 다 님이다. (…중략…)/연애가 자유라면 님도 자유일 것이다. 그러나 너희는 이름 좋은 자유에 알뜰한 구속을 받지 않느냐. 너에게도 님이 있느냐. 있다면 님이 아니라 너의 그림자니라./나는 해저문 벌판에서 돌아가는 길을 잃고 헤매는 어린 양이 기루어서 이 시를 쓴다."('군말', /표는 행갈이 표시임.)

시인은 독자에게 길 잃고 헤매는 어린 양이 기루어서 이 서문을 붙이고 있지만, 사실은 이는 그 자신을 위한 것이기도 하다고 볼 수 있다. 이미 지적한 바와 같이, 시 「당신을 보았습니다」에는 '삶의 길림길'에서의 화자 자신의 심리적 갈등과 선택이 잘 드러나 있다. 그의 시 중에는 갈등과 선택으로 구성된 작품이 다수 있는데, 순서로 보면 갈등이 먼저고 선택이 나중이다. 이렇게 볼 때 '군말'은 시 작품을 완성한 후 시집을 내기 위해 나중에 덧붙인 것으로 보인다. 서문은 시인이 독자에게 하는 말이지만, 시 쓰기 과정, 당시의 사유 과정에서 보면 그 자신에게 했던 말이다.

2) 「알 수 없어요」

이 「알 수 없어요」는 시집 앞부분에 배치된 시로서, 시인의 사유(선) 자체를 다룬 작품이다. 이 작품은 전반부의 대자연을 앞에 둔 고요한 선정과, 후반부의 번뇌의 발생과 의정을 다루고 있다. 일체의 번뇌가 '타버린 재'와 같이 된 상태는 선정을, '타버린 재가 기름이 되는' 상태는 새로운 번뇌가 생겨남을 각각 의미한다. 마지막의 의정은 시인의 '님'이라는 새로운 화두 앞에서 야기되는 현실적인 갈등과 관련된 표현이다. 이 의정은 '침묵하는 님'과 관련되며, 시인은 자신의 사유의 흐름을 그대로 표현하면서 스스로 '알 수 없어요'라는 시제를 붙인다. "바람도 없는 공중에 수직의 파문을 내이며 고요히 떨어지는 오동잎은 누구의 발자취입니까/지리한 장마 끝에 서풍에 몰려가는 무서운 검은 구름의 터진 틈으로 언뜻언뜻 보이는 푸른 하늘은 누구의 입김입니까/(…중략…)/타고 남은 재가 다시 기름이 됩니다 그칠 줄 모르고 타는 나의 가슴은 누구의 밤을 지키는 약한 등불입니까." 시 쓰기의 발생적 기원과 발생 자체를 표현한 작품이다. 그는 알 수 없는 번뇌 때문에 여러 편의 연시를 썼던 것이며, 이 번뇌와 '님-사랑하기'의 고통과 기쁨을 거듭 사유하며 세속의 길 찾기를 모색하는 작업이 바로 그의 시 쓰기이다. 이 시는 또한 '정위'에서 '편위'로 이행하는 선의 모습(전위, 회기)을 드러낸 작품이다. '정위에 머물지 않는 선', 정편의 '겸대'는 십현담적인 것이다. 우리가 읽는 것은 완성된 시들이지만, 그 시 작품은 모두 시인의 사유 과정과 그 표현이라는 관점에서 보면 그의 시를 잘 이해할 수 있다.

3) 「선사의 설법」

선사가 등장하는 이 시는 동안상찰의 『십현담』을 전제할 때 더 잘 이해된다. 이 시는 '주해' 이후, 선학의 종료 후의 사유, 특히 괴로운 현실 속에서의 해탈 문제 두고 한 새로운 사유를 표현한 작품이다. 그 전반부는 선사가 시인에게 사랑의 '사슬'에 묶여 고통을 받지 말고 그것을 끊어 버리라고 충고하는 것으로 되어 있다. 이어지는 후반부에 새로운 사유가 표현되어 있다.

> 그 선사는 어지간히 어리석습니다
> 사랑의 줄에 묶이운 것이 아프기는 아프지만 사랑의 줄을 끊으면
> 죽는 것보다도 더 아픈 줄을 모르는 말입니다
> 사랑의 속박은 단단히 얽어매는 것이 풀어주는 것입니다
> 그러므로 대해탈은 속박에서 얻는 것입니다
> 님이여 나를 얽은 사랑의 줄이 약할까버서 나의 님을 사랑하는 줄
> 을 곱드렸습니다[7]

---

7) 한용운, 『님의 침묵』, 회동서관, 1926. 표기법은 텍스트의 고유한 어법을 감안하여 부분적으로 현대어로 바꾸어 인용하되 면수 표시는 생략함. 이하 같음.

이 시는 『십현담』의 가르침(일체의 번뇌, 사랑의 구속을 끊어야 해탈할 수 있다.)이기도 한 선사의 가르침을 전복하고 있는데, 이렇게 전복하지 않으면 '님'에 구속되는 시인의 사랑이 성립할 수 없다. 주해 이후, 즉 선학의 종료 후 그 활용인 이 작품은 한용운의 시적 사유의 방향, 즉 님이 침묵하는 시대의 시인으로 전신하여, 님-사랑에 자신을 구속하고자 하는 사유를 단적으로 알려 주는 시이다. 님에 대한 구속과 '님-재회의 욕망'의 지속이야말로 님의 침묵적인 것이고 그의 시적 생성의 현실적 과제이다. 선사와 화자 사이의 거리는 '주해'와 '침묵 시편'의 거리이기도 하다. 이 거리는 크다. 그는 이제 선사가 아니라 시인이 된 것이다. 또한 이 시에 나타는 사유는 새로운 경지의 사유이다. 그의 시적 사유가 멀리 나갔음을 시사한다.

4) 「낙원은 가시덤불에서」

좀 더 직접적이고 구체적인 모티프를 보자. 시 「낙원은 가시덤불에서」의 발상은 김시습의 '요해' 서문에 나오는 '제목 설명' 부분의 '가시덩쿨' 모티프에서 온 것이다. 이 작품은 상호텍스트성이 좀 더 직접적으로 드러나는 모티프의 사례라 할 만하다. 한용운의 시를 먼저 인용해 보자.

> (…전략…)
> 일경초(一莖草)가 장육금신(丈六金身)이 되고, 장육금신이 일경초가 됩니다

천지는 한 보금자리요, 만유는 같은 소조(小鳥)입니다
나는 자연의 거울에 인생을 비쳐보았습니다
고통의 가시덤불 뒤에, 환희의 낙원을 건설하기 위하야 님을 떠난
나는 아아 행복입니다

'가시덤불 뒤'의 '낙원'이라는 모티프는, 김시습의『십현담요해』서문
에서 왔음이 분명하다. '서문'의 앞부분에는 '심인'에서 '일색'에 이르는
『십현담』의 열 가지 '제목(편명)'을 설명하는 부분이 있는데. 여기에 "荊
棘"('가시덤불')라는 표현이 들어 있다. 길지만 인용해 보자.

   (제목을 가려냄) 모름지기 '심인'을 분명히 본 이후에 '조의'를 알
고 조의를 안 이후에 '현기'를 깨달으며, 현기를 깨달은 이후에 '진이'
를 가려낼 수 있고, 진이를 가려내면 부처의 가르침('연교')을 살필 것
이고, 부처의 가르침을 살필 줄 알면 문득 '환향'할 것이고, 환향 이후
에 반드시 머물지 않음을 알게 될 것이다. 머물지 않음을 알지 못하면
'회기'할 줄 모르고 이것은 또한 새는 것이다. 그러므로 회기 이후에
모름지기 '전위'할 줄 알아야 하고, 전위한 뒤에는 '일색'의 경지가 비
할 데 없을 정도로 시원하게 전개될 것이다. 모름지기 일색이 밝아져
야 의자에 앉은 그대로 가시덩쿨(荊棘) 속으로 거꾸려져도 편안하게
다리를 펼 수 있을 것이다.
   그러면 날이 밝은 밤 주렴 밖에서 체에서 벗어나 임금을 볼 것이다.
일색을 밝히 마치면 '심인'을 보게 된다. '십현담' 한 편 한 편 속에는
열 개의 관문이 두루 갖추어져 있어 모든 것을 무궁하게 지니고 있다.
   [辨題目]須分明見心印而後 知祖意 知祖意而後 悟玄機 悟玄機而後
辨塵異 辨塵異即佛敎可審
   審佛敎則便能還鄕 還鄕而後須知非住 須知非住不能迴機 亦是滲漏
故迴機之後 須識轉位 轉位之後一色洽 然無可比方 須明一色乃可和座
子撞倒荊棘中 恬然不脚 夜明簾外 脫體朝君 明了一色即見心印 一玄

談裏各具十門 總持無窮[8]

『십현담』열 편을 공부하면 '일색'에 이르고 '일색'이 밝아지면 '가시덩쿨'에 떨어져도 편안하다는 내용인데, 한용운은 이를 변용하여 시 제목으로 삼고 시를 썼다. 가시덩쿨 속에 낙원이 있다는 것은 갈등 속에서 행복을 찾겠다는 것으로, '요해' 원문의 의미의 변형, 전복이라 할 수 있다. 가시덤불 속에서 행복을 찾겠다는 전복적 사유야말로 님의 침묵의 핵심적인 사유의 방향이다.

5) 작품「수의 비밀」과『십현담요해』서문에 인용된 원호문의 시

모두 '수놓기'의 모티프를 중심으로 한 작품이라는 데 공통점이 있다.「수의 비밀」중 중요한 부분은 다음과 같다.

> 나는 당신의 옷을 다 지어 놓았습니다
> 심의도 짓고 도포도 짓고 자리옷도 지었습니다.
> 짓지 아니한 것은 적은 주머니에 수놓는 것뿐입니다.
> (…중략…)
> 나는 마음이 아프고 쓰릴 때에 주머니에 수(繡)를 놓으려면 나의 마음은 수놓는 금실을 따라서 바늘구녕으로 들어가고 주머니 속에서 밝은 노래가 나와서 나의 마음이 됩니다
> 그리고 아직 이 세상에는 그 주머니에 널만한 무슨 보물이 없습니다
> 나의 이 적은 주머니는 짓기 싫어서 짓지 못하는 것이 아니라 짓고

---

8)   김시습, 『십현담요해』, 서(序).

싶어서 다 짓지 않는 것입니다

'요해'를 보면 김시습 서문 다음에 수록된 동안상찰의『십현담』'서'가
있고, 그 '서'의 첫 문장에 붙인 김시습의 주가 있다. 그 주에 들어 있는
'수놓기 모티프'를 담은 시구는 다음과 같은 맥락에서 사용된다.

> 경대를 응용하는 것은 마치 밝은 달이 허공을 비추는 것과 같고, 그
> 림자를 돌려 기틀을 없애는 것은 마치 밝은 구슬이 바다에 숨은 것과
> 같다.
> (주) 당대는 거울이 경대에 있는 것과 같다는 것이다. 응용한다는
> 것은 밝은 거울이 경대에 있을 때는 호인이 오면 호인이 나타나고 한
> 인이 오면 한인이 나타나는 것과 같다 (…중략…) '전영민기'는 비록
> 당인이 수용하는 것이나 심체에 상이 없고 거울은 본래 텅 비어, 들고
> 누르고 불고 두드리는 것은 모두 불가사의하다는 말이다. 십현 십성
> 도 도저히 엿볼 수가 없는데, 세상의 범부가 어찌 흉내를 내겠는가.
> 그래서 옛 대덕이 이르기를 "<u>수놓은 원앙을 그대에게 보이지만/금바
> 늘을 다른 사람에게 건네줄 수는 없네(건네주지 마오)."</u>
> 當臺應用 如明月以晶空 轉影泯機 如明珠而隱海
> [註]當臺 如鏡之當臺也 應用 如明鏡當臺 胡來胡現 漢來漢現也 (…
> 중략…) 轉影泯機 言雖在 當人受用 然而心體無相 鏡本虛假擡搦吹拍
> 不可思議 三賢十聖 不可窺覬 薄地凡夫 何能模 議 故古德云 <u>鴛鴦繡出
> 從君看 不把金鍼度與人</u>[9]

이 주석 마지막 구절의 문맥적 의미는, 선학자의 '마음의 작용'을 보
여 줄 수는 있지만, '마음' 자체는 다른 사람에 줄 수 없다는 뜻이다. 이

---

9)   김시습,『십현담요해』, 서.

구절은 금나라 시인 원호문(元好問, 1190~1257)의 '논시' 즉 시 창작의 방법을 시로 쓴 작품 원문을 그 맥락에서 떼어내 김시습이 선학을 말하는 동안상찰의 서문에 맞추어 변용시켜 인용한 것이다. 원호문은 산서성 출신, 당대 시인 원결(元結)의 후손으로서 금대 문화 창달에 크게 기여한 시인으로서, 시를 논한 「논시 30수」, 「논시 3수」 등 수많은 작품으로 유명하다. 뛰어난 시인이자 독서가였던 김시습이 '요해'에 인용한 해당 구절은, 원호문의 「논시 3수(三首)」 중 마지막 세 번째 작품에서 가져온 것으로서, 그 원문은 다음과 같다.

푸른색을 박고 붉은색을 묶어 두루 어울리게 하니　暈碧裁紅點綴勻
매번 자수바늘을 집어들 때마다 새롭네.　　　　　一回拈出一回新
수놓은 원앙을 다른 사람에게 보도록 할 수는 있지만

　　　　　　　　　　　　　　　　鴛鴦繡了從敎看
금바늘을 다른 사람에게 건네줄 수는 없네(건네주지 마오)

　　　　　　　　　　　　　　　莫把金針度與人
　　　　　— 원호문, 「논시 3수」 중 세 번째 시[10] 전문

　김시습이 '대덕'의 시라고 하면서 인용한 부분과 위의 원문을 비교해 보면 차이가 발견된다. 원작과의 차이는 원문 직접 참조에 의해서가 아니라, 주해자의 기억에 의거해 이 부분을 집필했기 때문에 나타난 현상으로 생각된다. 중요한 것은 한용운이 이 '요해'를 정독하고 수놓기 모티프를 가져와 「수의 비밀」과 같은 뛰어난 작품을 썼다는 사실이다. 이

---

10)　이동향, 「원호문의 논시 절구」, 중국문학이론연구회 편, 『중국시와 시론』, 현암사, 1993, 697면에서 재인용.

작품은 '수놓는 바늘을 들어' 독자에게 보이는 시로서, 결핍의 현실 세계('주머니에 넣을 보배가 없는')를 긍정하고 그 결핍 속에 머물겠다는 마음의 움직임, 선, 시심의 움직임을 드러내 보인 작품이다. 이 작품은 '주해' 이후의 한용운의 새로운 차원의 선의 경지를 표현한 시로 시집 전체에서 중요한 의미를 지닌다.

3. '정위'에 머물지 않는 선(禪)에서 '님'에 구속되는 사랑에 대한 사유로

『님의 침묵』 시편들의 모티프들은 동안상찰, 김시습, 원호문 등 타자의 작품 모티프와 긴밀히 연결되어 있다. 그뿐만 아니라, 그의 산문시 형식은 그가 읽은 김억 번역의 타고르 시집『원정』의 형식, 어법, 수사법 등과 서로 밀접한 관계를 맺고 있다.[11]『님의 침묵』과 동안상찰, 김시습, 타고르 등의 텍스트와의 차이는 한용운적인 것이다. 시적 생성은 시인 자신의 '내재성의 구도' 속에서 펼쳐지며, 내재성의 내재성은 개체의 생명이다. 그의 작품들은 이 개별적 생명과 이어진 내재성의 구도에 주안점을 두고 이해해야 한다. 그 시집의 창작 동기에 대해서도 같은 말을 할 수 있다. 그의 시들은 돌발적인 산물이라는 견해, 타고르의 번역시집『원정』의 영향이라는 견해, 한 여성과의 사랑에서 촉발되었다는 견해 등 그 창작 동기를 둘러싼 여러 논의가 있어 왔으나, 모두 일면

---

11) 이에 대해서는 이수정, 「님의 침묵에 나타난 타고르의 영향관계 연구」, 『관악어문연구』 28, 서울대학교 인문대학 국어국문학과, 2003, 459~479면 참조.

적, 피상적인 견해라 할 것이다. 이를 넘어선 좀 더 종합적인 관점, 특히 '주해' 이후의 글쓰기와 사유의 연속성이라는 관점, 내재적인 관점이 요구된다. 그의 글쓰기는 다양한 읽기와 그 자신의 기억과 사유의 진행 등에서 촉발된 것이다. 한용운은 시 창작 당시 그의 사유와 연결되어 있던 텍스트의 저자인 김시습과 타고르를 어떻게 보았을까.

"대저, 매월에게는 지키고자 한 것이 있었으나 세상이 용납하지 않아 운림에 낙척(落拓)하여 때로는 원숭이같이 때로는 학과 같이 행세하였다(爲猿爲鶴). 끝내 당시 세상에 굴하지 않고, 스스로 천하만세에 결백하였으니 그 뜻은 괴로운 것이었고 그 정은 슬픈 것이었다. (…중략…) 수백 년 뒤에 선인을 만나니 감회가 오히려 새롭다."[12] 한용운은 김시습을 시대와 처지는 다르지만 자신과 비슷한 난세를 곡예하듯 살아갔던 인물로 바라보았는데, 그의 슬픔은 그 자신의 슬픔이기도 하였다. 이 슬픔은 곧 『님의 침묵』 시편들에서 구체화되고 현실화된다. '주해'에는 "(삼세제불이) 소가 되고 말이 된다(爲牛爲馬)"라는 구절이 있는데, 이는 서문의 '위원위학'과 흡사한 표현이다. 한편 김억은 『원정』 서문에서 이렇게 말한다. "사랑, 축복, 훈계, 신비, 지도와 식견―이것은 타고아의 시편에 나타난 것입니다. 타고아는 (…중략…) 진정한 불교도의 순인도적 시인입니다"[13] 『원정』은 매개자 김억의 해설, 논평을 통해 한용운에게 전해진 시집으로서, 이를 접한 한용운은 그가 '진정한 불교도'(이는 김억의 오해이다.)라는 해설에 매력을 느꼈을 것이다. 한용운의 타고

---

12) 『십현담주해』 서문.
13) 타고르, 『원정』, 김억 역, 회동서관, 1924, '역자의 한 마디', 2~3면.

현대문학과 사회문화적 상상력

르에 대한 관심과 산문시 쓰기는 『유심』지까지 소급되는 것이지만 그가 『원정』의 시 형식을 시 쓰기에 수용한 것은 사실이다. 그러나 타고르가 '진정한 불교도' 시인이라는 김억의 지적은 오해에서 나온 것이다. 타고르는 불교가 아닌 인도 브라만교의 사유 전통과 연결된 시인이다. '십현담' 주해를 막 끝낸, 그야말로 전정한 선불교적 사유의 전통 속에서 독자적인 사유를 하고자 한 한용운이, 그의 시를 비판한 시를 시집 속에 끼워 놓았던 것은 이로 보면 당연하다. 내재적인 관점과 관련하여 한 가지 덧붙이자면, '십현담' 원문 자체가 시 형식이고 그 '주해'에 한용운의 게송이 삽입되어 있는 점으로 보아 그 자신이 주해 당시에 이미 시심이 한껏 발동한 상태에 도달해 있었다는 사실, 그가 타고르를 접한 것도 그런 심적 상태에서였다는 사실도 기억할 필요가 있다. 그는 여러 모로 당시 그가 읽은 시인들과 다른 처지에 놓여 있었다.

한용운의 시 쓰기가 동안상찰, 김시습, 원호문, 타고르 등과 연결되어 있다는 사실보다 중요한 것은 『님의 침묵』 시편들을 쓰고 있을 당시의, 그 심층에 흐르는 사유의 움직임과 그 기본 동력이다. 그의 '십현담' 주해의 목적이 선학의 종료와 새로운 삶의 모색, 또는 새로운 활로 모색과 선학의 통합에 있었다면, 시집의 목적은 시 쓰기의 가능성 실험과 좀 더 구체적인 세속으로의 길 모색 또는 '시인-되기'와 세속으로의 길 모색의 통합과 가능성 모색에 있다고 할 수 있다. 한용운의 시 창작은 앞에서 보았듯, 십현담과 깊이 연결되어 있으며, 그 사유의 기본 동력은 '부재하는 님'과의 합일을 염원, 추구하는 여성 화자의 상상력을 따라가는 것이지만, 그 바탕은 십현담적인 불교적 사유라는 독특성을 띠고 있다. 그의 시 쓰기는 '아트만과 브라만'의 합일을 추구하는, 타고르의 인도적인 사유와 연결된 시 쓰기와는 다른 불교철학적인 것이다. 그런데 불교의 근본정신은 번뇌로부터의 해방 추구이며, 선학이란 이에 이르기 위한 방편이라는 의미를 지니고 있다. 사정이 이런데도 왜 한용운은 부재하는 님에 구속되는 사랑을 노래하고 사유하고자 하는 것일까. '십현담' 주해와 『님의 침묵』 집필 사이에 어떤 일이 있었을까. '십현담' 주해와 시집 사이의 상호텍스트성에 대한 좀 더 깊이 있는 이해를 위해 이 문제를 논의해 보자.

먼저, '님'에 구속되는 사랑에 대한 사유의 동력이 무엇인지 살펴보자. 한용운의 『십현담주해』에 나오는 '정위에 머무는 선'의 부정은 이 문제 해결에 큰 빛을 던져 준다. 그의 '주해'의 기본 태도는 그 원문에 대한 선행 주해자의 주해들처럼, 『십현담』 자체의 '정위, 편위'의 원칙을 받아들이면서도, 정위에 머무는 선을 부정한다는 점은 이미 지적한 바 있다. 조동종 문중의 '조동오위설'의 정위, 편위에 대한 해석은 대체로 정위를 공계, 편위를 색계로 보는 해석, 정위는 인연과 관계하지 않는 지위, 편위는 인연과 관계하는 지위, 편중정은 인연을 겸한 채로 시설하는 지위로 보는 견해[14]로 대별된다. 중요한 것은 한용운의 '정위에 머물지 않는 선'을 강조한다는 점이다. 앞에서 이미 지적한 바와 같이, 그는 『십현담』 '회기'의 "쇠자물쇠 현관에 머물지 말고/다른 길을 따라 윤회하라" 부분의 후구의 주에서 "정위는 갖가지 길과 떨어져 있지 않다. 열반은 곧 윤회 속에 있다."라고 하였다. 한용운은 또 『십현담주해』 '전

---

14) 서준섭, 「한용운의 '십현담주해' 읽기」, 『한국현대문학연구』 13집, 한국현대문학회, 2003, 224면.

위’ 편의 전반부 두 구절 “열반의 성이 오히려 위태로워/저자 거리에서 만남은 정해진 기약이 없네”의 후구에 대해 이렇게 주석한다. “주) 아뇩다라삼막삼보리(무상등각. 가장 완벽한 깨달음—인용자)는 정해진 법이 없으니 생사와 열반에서 무엇을 택하겠는가. 남쪽 저자와 북쪽 거리에서 때에 따라 만나고 뜻에 맡겨 소요하니 어찌 정해진 기약이 있겠는가. 묶이되 운에 맡겨 흐를 뿐이다.”[15] 그는 가장 완벽한 깨달음은 정해진 법이 없다고 본다. 그리고 열반의 고요한 선정에서 벗어나 저자에 들어가 사람들을 만나 보라는 뜻의 원문에 대해 저자 거리에서 다른 사람들과 “묶이되 운에 맡겨 흐를 뿐이다”라고 말한다. 묶이고 운에 맡기고 흐른다는 것이 그의 선이요 사유이다. 주해 자체에 이런 ‘타자에의 구속’에 대한 사유가 이미 마련되어 있었다. ‘님에 구속되는’ 사랑의 시들은 이런 사유와 이어져 있는 것이다. ‘주해’에서 암시된 이 사유가 시 쓰기를 통해 현실화되었다는 해석이 가능하다.

다음으로 『십현담주해』와 『님의 침묵』 쓰기 사이에 어떤 일이 있었을까 하는 문제를 고찰해 보자. 이는 시 작품을 정독해 보면 그 실마리를 발견할 수 있다.

(1) 앞서 거론한 바 있는, 타고 남은 재가 다시 기름이 됩니다/(…중략…) 타는 나의 가슴은 누구의 밤을 지키는 약한 등불입니까”(「알 수 없어요」)와 같은 구절은 고요한 선정에 들어도 불현듯 번뇌가 일어나는 시인 자신의 선 경험을 표현한 시이다. 『십현담주해』 ‘심인’ 편에 이와 비슷한 구절이 발견된다. “무심을 도라 이르지 말라/무심마저 한 겹

---

15) 한용운, 『십현담주해』, ‘전위’ 편.

막혀 있는 것이다."(원문) "처음에는 밤이 되면 만사가 안정되지 않을까 생각했는데, 근심이 꿈속에 들어와 설치니 어찌할 것인가?"(한용운, '비') 선학의 완성 과정에서 그는 현실적인 근심과 씨름하고 있었음을 말해 주는 작품이다. (2) "이 세상에는 길도 많기도 합니다/(…중략…)/그러나 나의 길은 이 세상에 둘밖에 없습니다/하나는 님의 품에 안기는 것입니다/그렇지 아니하면 죽엄의 품에 안기는 것입니다/(…중략…)/아아 나의 길은 누가 내었습니까."(「나의 길」) 스스로 님 사랑에 구속되는 사랑을 사유하고 그 길을 걷는 화자의 고통을 드러낸 시인데, 시인이 그런 작정을 한 것이 이 시를 쓰기 전이었음을 시사해 주고 있다. (3) 작품 「당신을 보았습니다」 : 시인 자신이 현실적 고통 속에서 여러 갈등을 겪었지만 그 과정에서 '님을 보았다'고 고백하고 있다. 불교에서 '본다'는 것은 단순히 본다는 이상의 깨달음과 관련된 말이다.

'침묵' 시편들이 그 사유 면에서 '주해'와 깊이 연결되면서도 '님'과 구속되는 세속적 사랑이라는 구도 위에서 새롭게 전개되는 과정과, 그간의 사정은 이로써 어느 정도 분명해진다. 시인의 사유가 님에 구속되는 사유라는 사실은 그의 시 쓰기와 상상력이 모든 삶의 가능성을 열어놓고 탐구하는 것이 아니라, 님에 구속되는 다분히 제한된 구도 속에서 이루어지는 상대적인 사랑(삶)의 가능성 모색이라는 것을 말해 준다. 그는 『십현담』을 깊이 참구하여 일체의 번뇌에서 해방된 대자유를 얻었지만, 그 대자유를 스스로 포기하고 '님'에 구속되는 사랑의 길–고통의 길'을 선택하면서 스스로 그것이 자신의 마음의 흐름을 따른 자발적인 선택이라고 말한다. "자유연애의 신성(?)을 덮어놓고 부정하는 것도 아닙니다/대자연을 따라서 초연 생활을 할 생각도 하여 보았습니다/그러나 구경 만사가 다 저의 좋아하는 대로 말한 것이요 행한 것입니다/ 나는 님을 기다리면서 괴로움을 먹고 살이 집니다. 어려움을 입고 키가 큽니다/나의 정조는 '자유 정조'입니다."(「자유 정조」) 자유(자유연애)와 '정조'(님에의 구속) 중에서 스스로 정조를 선택하고, 그 선택을 다시 사유하면서 그 정당성을 설명, 고백하고 있는 시이다. 이 시는 그의 선택이 자발성에 의한 것이라고 해명하고 있는 시로 읽을 수 있다. 그는 스스로 왜 그 점을 설명하는가. 그 자신이 바로『십현담』을 주해하면서 대자유를 얻었던 승려이기 때문이다.

시집 속에는 자신의 선택과 그 이유를 설명하는 작품이 적지 않다. 「선사의 설법」, 「낙원은 덤불 속에서」와 같은 작품은 그의 선택과 그 선택을 다시 사유하고 그 선택의 정당성을 독자에게 설명하고 있는 시로 읽을 수 있다. '십현담' 식으로 말하면, 그의 사유(선)의 방향이 '정위'에서부터 '편위' 쪽으로 나아가, 편위 쪽으로 완전히 기울어져 안착하면서 그 안착을 다시 사유하고 그 정당성을 부여하고자 하는 작품이다. 주목되는 것은, 이 불교적 사유의 흔적이 강하게 남아 있는 이 계열의 작품들은 님에 대한 헌신적인 사랑을 노래하는 사랑의 시이자 동시에 불교적 사유시라는 이중성을 띠고 있다는 점이다. 이는 십현담적인 '정위는 갖가지 길과 이어져 있고, 가장 완벽한 깨달음에는 정해진 법이 없다'는 자신의 사유를 님이 침묵하는 시대적 현실 속에서 실현하면서 그 가능성을 모색하고자 하는 그의 의지의 표현이라고 볼 수 있다. 이는 곧 '세속의 길'을 의미하며, 그 세속의 길이 '님에의 구속'에서 출발되고 있음을 뜻하는 것이기도 하다. "사랑의 속박이 꿈이라면/출세(出世)의 해탈도 꿈입니다/웃음과 눈물이 꿈이라면/무심의 광명도 꿈입니다/일체만법이 꿈이라면/사랑의 꿈에서 불멸을 얻겠습니다."(「꿈이라면」) 이 작품은 그의 불교적 사유가 어떻게 해서 세속적인 사랑으로 귀착되는지를 그 특유의 불교적 어법으로 표현한 작품으로서, 그의 사유의 방향성을 생생하게 드러낸 시라고 할 수 있다. 그의 시적 진술에 나타나는 고유한 특성들—예를 들면 긍정과 부정, 부정과 긍정을 오가는 단순하지 않은 구성, 슬픔과 기쁨, 설렘과 기다림, 절망과 희망 사이를 오가는 마음의 변증법적 흐름, 역설법과 반어법의 빈번한 사용 등—은 시인이 자신의 길을 앞에 두고 여러 가지 선택을 하면서 이를 다시 불교적 사유 속에서 다시 사유하고자 하는 데 비롯되는 것이다. 그의 사유는 유동적인 특성을 지니고, 시적 생성의 반복과 차이와 결합되면서 지속되는바, 그 사유는 확실한 방향과 어떤 결론에 이르면 중단될 수 있다는 점에서 모색적인 성격을 지니고 있다. 그의 시들이 긴 호흡의 산문시 형식을 선택한 이유도 그 사유의 복합적 특성 때문이다. 시집의 88편의 시들은 그의 사유의 지속과 그 집중 시간과 모색 성과 등과 밀접한 관련을 맺고 있다. 시집 '서문'에는 그의 '님', 시 쓰기가 모두 복합적인 사유의 산물이라는 점이 설명되어 있다. "이별의 눈물은 진이요 선이요 미다/이별의 눈물은 석가요 모세요 잔 다크다"(「이별」)와 같은 시구는 그런 복합적 사유의 전형적인 예이다.

『님의 침묵』은 세속으로의 길 모색과 조선어 시 쓰기 가능성 탐색의 복합적 목적을 위한 삶의 새로운 기획과 관련된 것이다. 정위에 머물지 않는 사유는 여기서 더 멀리 나아가 새로운 국면에 직면하고, 이 과정은 여러 가지 갈등과 선택, 그리고 그 선택에 대한 불교적 사유를 요구하는 것이었다. 스스로 님에 구속되는 길을 선택하면서, 그의 비전은

현대문학과 사회문화적 상상력

점점 더 분명해지지만, 그 시 쓰기의 과정은 반복되는 사유와 성찰과 선택의 지속, 긍정과 부정을 오가는 사유의 지속 속에서 이루어지게 된다. 시인의 고뇌의 흔적은 여러 편의 시에 나타나는데, 이는 그의 길이 고난의 길일 뿐 아니라 그 길이 불교적으로 과연 타당한지 자문자답하는 과정에서 생겨나는 고뇌를 수반하는 것이기 때문이다. 다음과 같은 시도 그런 맥락에서 읽을 수 있다.

> 사랑이라는 것은 다 무엇이냐 진정한 사람에게는 눈물도 없고 웃음도 없는 것이다
> 사랑의 뒤웅박을 발길로 차서 깨트려 버리고 눈물과 웃음을 티끌 속에 합장을 하여라
> 이지와 감정을 두드려 깨쳐서 가루를 만들어 버려라
> 그리고 허무의 절정에 올라가서 어지럽게 춤추고 미치게 노래하여라
> 그리고 애인과 악마를 똑같이 술을 먹여라
> 그리고 천치가 되든가 미치광이가 되든지
> 산송장이 되든지 하여 버려라
> (…중략…)
> 사랑의 발바닥에 말목을 쳐놓고 붙들고 서서 엉엉 우는 것은 우스운 일이다
> 이 세상에는 이마빡에다 님이라고 새기고 다니는 사람은 하나도 없다
> 연애는 자유요 결혼식장은 정조는 유동이요 임간(林間)이다
> 나는 잠결에 이렇게 부르짖었다
> (…중략…)
> 용서하세요 님이여 아모리 잠이 지은 허물이라도 님이 벌을 주신다면 그 벌을 잠을 주기는 싫습니다
> ―「잠꼬대」 부분

스스로 선택한 구속이 주는 고통, '가시덤불' 속에서 낙원을 건설하겠다는 그의 선택이 수반하는 정신적 고뇌가 생생하게 표현된 시이다. '미치광이'라는 단어가 보이는데, 이는 그의 사유가 반복되면서 어떤 극한에까지 이를 때 스스로 경험한 정신의 광적 상태 경험과 관련된 이미지로 생각된다. 이 시는 그런 심리적 고통을 수반하는 사유가 '님—사랑하기'의 재확인으로 귀결되고 있음을 보여 준다. 「명상」도 비슷한 발상의 전개를 표현한 시이다. 이 시는 고요한 선정과 괴로운 현실에서의 선택을 작품화한 것으로서, 정위에서 편위로 이행하는 사유를 다루고 있어 주목된다. "명상의 배를 이 나라에 매었더니 이 나라 사람들은 나의 손을 잡고 같이 살자고 합니다./그러나 나는 님이 오면 그의 가슴에 천국을 꾸미려고 돌아왔습니다."

『님의 침묵』 시편은 사랑의 시이자 사유시라는 독특성을 지니고 있다. 사유의 방향성은 사랑의 욕망의 흐름을 따라가는 것, 세속의 길 찾기이고, 님에의 욕망을 포기하지 않고 괴로운 현실을 수용, 긍정하면서, 그 길 위에서 사랑하기의 다짐과 그 실현 가능성 모색과 시적 사유의 확장이다. 이것이 글쓰기의 가능성 확장 모색과 삶의 가능성 확장을 위한 것임은 말할 것도 없다. 시집의 '서문'에는 님의 의미망 확장을 통한 삶의 가능성 모색이 바로 시집의 기본 기획이라는 사실이 시적 언어로 잘 표명되어 있다. 서문의 의미는 간단히 말해 님이 상대적인 개념, 타자와 관계 맺기와 관련된 사유의 이미지이며 이 이미지가 님이 침묵하는 당시 조국의 현실 문제를 사유하고 타결하는 데 분명히 도움이 될 수 있다는 것이다. 그의 '정위'에 머물지 않는 사유의 행방은 어떠한가. 그의 사유는 편위 쪽에서 작동하고 있다고 말할 수 있다. 님에 구속되

현대문학과 사회문화적 상상력

는 사유는 이미 정위를 떠나 새로운 현실과 조우하고, 거기서 새로운 가능성을 탐구하고 있다. 시「선사의 설법」은 그 구체적인 결실이자 사례이다. 그렇다면 그는 불교를 완전히 떠난 것일까. 그렇지 않다. 이미 언급한 바와 같이,「수의 비밀」은, 그의 사유가 어떤 상태에 이르렀는지 생생하게 보여 주는 작품으로서, 시집 전체 시 중에서 특히 중요한 의미를 지닌다. 결핍의 현실을 긍정하고 그 속에 머물면서 모든 님을 위한 '옷을 다 지었다, 사유가 끝났다'고 하면서 '조용히 한가하게 수놓는 바늘'을 들어 독자에게 보이고 있는 시이다. 이 '바늘'로 그는 이미 님의 옷을 다 지었고 지금 '주머니의 수'를 놓고 있지만, 그 주머니에 넣을 보물이 이 세상에는 없다고 말한다. "이 주머니는 짓기 싫어서 짓지 못하는 것이 아니라 짓고 싶어서 다 짓지 않는 것입니다"라는 구절은 그 결핍의 현실을 수용, 긍정하며 그 안에 머물겠다는 사유의 표현이다. 이 부분은 또한 시인 자신의 마음의 자발적인 흐름을 그대로 보여 준다. 이 '수놓는 바늘'은 시인의 마음(시심)의 고요하면서도 역동적인 움직임, 부재의 현실을 긍정하며 그 속에서 머물고자 하는 선(사유)을 상징한다. (님의 옷 짓기의) 완성, 결핍으로서의 현실의 긍정, 마음의 여유, 한가함이 느껴지는 어조 등의 이미지는 그의 사유(선)의 어떤 완성을 암시하고 있는데, 그 내용은 사랑에 대한 것이지만, 그 어법은 전적으로 선불교적인 것이다.

4. '님'에 구속되기, 타자와 관계 맺기, '생명—권력— 정치' 재인식하기 — 시적 욕망이 지향하는 곳

『님의 침묵』의 저류로 흐르는 정서는 사랑이지만 그 안에는 이 사랑에 대한 시인의 불교적 사유가 작동하고 있다. 예를 들면 「이별은 미의 창조」라는 제목의 시에서 화자가 새삼스럽게 "이별은 미의 창조요, 미의 창조는 이별"이라고 설명하는 것도 전적으로 불교적 사유와 관련되어 있다. 불교적인 공의 세계에서는 감각적인 것(미적인 것)이라든지 '이별'이라든지 하는 것이 설 자리가 없기 때문에 새삼스레 이를 설명하는 시를 쓴 것이다. 그런데 그의 사랑의 시가 삶의 모든 가능성을 열어 놓고 탐구하는 것이 아니라, 스스로 님에 구속되는 것이라 할 때, 그가 구속을 선택하게 된 데는 무엇보다도 그 자신의 기억(특히 3·1운동과 옥고 체험)과 그가 처했던 당시의 정치적 현실 상황 때문이었다. '서문'에 나오는 '마치니', 논개와 계월향에 대한 시, 「당신을 보았습니다」 전반부에 등장하는 화자의 인권을 무시하면서 모욕, 능욕하려는 '폭력적인 장군'의 이미지와 모든 '도덕, 윤리, 법률이 황금을 제사지내는 연기'와 같이 된 절망적 현실과 관련된 시구, 그리고 「당신의 편지」에 나오는 '당신의 주소'가 "다른 나라의 군함"이라는 사연 등은 모두 이와 관련되어 있다. 이 시집의 모든 시적 상황(님과의 이별)은 이런 현실적인 배경의 한 풍경으로 설정되어 있다.

시인이 님에 구속되는 사랑을 선택하게 되는 동기도 그 님—화자를 둘러싼 현실 상황 때문이다. 이 점에 대해서는 이미 여러 논의가 있었지만, 여기서 시집 전체의 의미에 대해 약간의 해석을 덧붙여 보자. 시

현대문학과 사회문화적 상상력

집 수록 시 속에 간간히 드러나는 이 단편적인 화자(시인)의 현실 상황 관련 이미지들의 의미는 간단히 말해 "생명−권력−정치", M.푸코와 J.아감벤이 말하는 '생체정치'(bio−politics) 문제와 직결되어 있다.[16] 일제의 생체정치 문제는 시집을 관통하는 중요한 주제이다. 시인이 '주해' 이후의 여러 길 중에서 님에 구속되는 사유를 시적 상황을 사유하고 또 스스로 선택하게 된 이유도 이와 불가분의 관계에 있다. '님에 구속되기' 모티프는 타자와 관계 맺기를 의미하며, 시에서는 이별한 남녀의 사랑으로 표현되어 있다. 뒤에서 재론되겠지만, 화자의 욕망의 지향점은 이별한 님과의 재회에 있고, 그 님은 지금 '다른 나라의 군함' 속에 있다(이는 주권을 뺏겨 님의 인권이 위협당하는 당시 식민지 상황을 암시한다). 님에 구속되기는 님과 재회하기 위한 문학적 전략의 의미를 지니지만, 시인 자신의 처지에서 보면 타자와 관계 맺기(님에 구속하기)는 당시의 괴로운 산중 생활을 떠나 세속 사회로 나아갈 수 있는 매개체라는 의미를 지닌다. 승려로서의 타자와 관계 맺기에 대한 사유가 '생명, 권력, 정치 재인식하기'와 연결된 것은 바로 그 정치가 자신을 설악산으로 몰아넣었기 때문이다. 시집의 사유에서 중요한 것은 시인이 당시의 정치적 현실과 시 쓰기를 연결시키고 있다는 점이다. 이 시집이 단순한 사랑의 시가 아니라, 화자와 님 모두의 인권을 유린하고, 주권을 빼앗아 일정한 장소에 감금하고 신체를 위협하는 당시 생체정치(생명정치)에 대한 문학적 저항으로 읽히는 것은 당연하다. 타고르

---

16) 미셸 푸코, 『성의 역사 1』, 이규현 역, 나남, 2009; 조르조 아감벤, 『호모 사케르』, 박진우 역, 새물결출판사, 2008 참조.

시집에 대한 독후감으로 쓴 시에서 "피 묻은 깃대"를 세우라고, 자신의 마음속 정치적 무의식을 솔직하게 표현하는 것도 저항적인 것이다. 이 시집이 저항적인 시집이라고 보는 해석은 정당하다.

한용운의 시들은 당시의 정치적 현실에 대한 직접적인 발언을 삼가고 있으나, 그의 시가 정치-권력으로부터의 모욕과 인권 문제, 생명의 격리, 감금, 통제, 관리, 규율, 훈육 등의 문제를 건드리고 있다는 점(「당신의 편지」에서 암시하고 있는 문제가 이와 관련된 것이다.)은 여러모로 주목된다. 그의 '님-사랑'의 구속과 관계 맺기는, 님이 침묵하는 시대의 정치 현실을 재인식하면서, 동시대의 고통받는 각 개인들(생명들)과 소통, 교감하고 나아가 현실을 타개할 수 있는 길을 모색하는 데 하나의 출발점이 될 수 있다는 의미를 지닌다. 그의 사랑의 주제는 조국애라든가 민족주의와 같은 의미로 해석될 수도 있지만, 그 이전의 생명-권력-정치라고 하는 식민지 생체정치 문제와 밀접한 관련을 맺고 있다는 사실은 강조할 만하다.

그의 시집은 여러 가지 면에서 새롭고 모험적인 것이다. 그의 시적 생성은 전에 없던 하나의 새로운 세계를 창조하였다. 독자의 입장에서 보면 승려 시인이 쓴 그 유례가 없는 열렬한 사랑의 시라는 점에서 놀랍고, 당시 불교계의 입장에서 보면 사랑의 구속 속에서 '해탈'의 길을 찾겠다는 선은 그 자체로 충격적인 것이다. 시인의 입장에서 보면 어떨까. 님에 구속되기와 세속의 길 모색은 그로서는 님이 침묵하는 시대에 어떻게 살아갈 것인가 하는 자신의 실존의 문제에 대한 주체의 선택, 윤리적 주체로서의 선택의 문제였다고 할 수 있다. 아울러 이로써 오랜 정신적 고투와 모색 끝에 시인-되기를 성취했고, 시 쓰기 지속을 통해 세속의 길로 나아갈 수 있는 분명한 비전을 얻게 되었다고 말할 수 있다. 아울러 그는 전에 없던 새로운 조선어(한국어) 시의 가능성을 보여 주는 데 성공하였다 할 수 있다. 그의 언어는 어눌하게 시작되어 마침내 폭발하는 단계에 접어들고 있다. 그의 사유, 상상력은 집중성, 지속성, 감정 상태의 강렬도를 수반하며, 그 시들이 이루는 세계는 결코 단조롭지 않다. 단순한 연애시가 아니라 풍부한 감정과 이미지, 인간의 다양한 감정 상태와 정서로 구성된 새로운 차원의 연애 시집이다. 그의 시 쓰기 과정은 어떤 광기를 수반하고 있다. "미친 불에 타오르는 불쌍한 영은 절망의 북극에서 신세계를 탐험합니다/사막의 꽃이여 그믐밤의 만월이여 님의 얼골이여/(…중략…)//아아 불(佛)이냐 마(魔)냐 인생이 티끌이냐 꿈이 황금이냐/적은 새여 바람에 흔들리는 약한 가지에 잠자는 적은 새여"(「?」). 그의 시 중에는 사랑을 위해 '죽음'도 불사하겠다는 결의를 표현한 것도 있는데(「고대」), 그의 생사 문제에 대한 사유는 '주해'에서부터 비롯되는 것이다.

한용운의 시는 본질적으로 욕망의 표현이자 그 흐름을 따라가는 시 쓰기이다. 그 욕망이 지향점은 어디일까. 이는 수록 작품의 배치와 구조 이해와 직결되어 있다. 시적 욕망의 지향점은 님과의 '재회'이다. (군말')-「님의 침묵」-「이별은 미의 창조」-「알 수 없어요」-「당신을 보았습니다」-「선사의 설법」-「낙원은 가시덤불에서」-「잠꼬대」-「당신의 편지」-「타골의 시를 읽고」-「수의 비밀」-「명상」-「오서요」-「고대」-「사랑의 끝판」-「독자에게」 등으로 배치된 시집의 전체 구성 속에 그의 욕망이 흐르고 있다. 이런 배치는 개별 작품이 완성된 뒤에 이루어졌으리라 짐작된다. 앞부분의 「이별은 미의 창조」는 「님의 침묵」과 함께 선학 텍스트 주해자로부터 '시인-되기'의 길로 전환(편위 쪽)하는 시인 자신의 처지를 설정하고 '이별'이라는 시적 상황과 접속하는 시 쓰기의 출발점이 된다. 시인의 갈등은 여러 시를 관류하면서 지속되며, 마침내 당신을 보면서(「당신을 보았습니다」), 새로운 단계에 접어든다. '님'의 소재가 알려지는 작품은 뒷부분에 배치된다(「당신의 편지」). 시인의 욕망의 귀결과 종착점은 「사랑의 끝판」에 잘 나타나 있다. 이 시는 '님에게로 곧 가겠다'는 결의가 표현된 작품이다. 이 작품으로서 시집은 거의 끝난다. 화자의 시적 기획은 이로써 종결된다. 길(비전)을 발견하자 시 쓰기의 모험(시적 여행)은 끝나는 것이다. 「독자에게」는 『원정』의 시집 구성(마지막 시)에서 배운 것이다. 「사랑의 끝판」을 인용해 둔다.

> 네네 가요, 지금 곧 가요
> (…중략…)
> 님이여 나는 이렇게 바쁩니다. 님은 나를 게으르다고 꾸짖습니다.
> 에그 저것 좀 보아, 바쁜 것이 게으른 것이다 하시네
> (…중략…)
>
> 님이여 하늘도 없는 바다를 거쳐서, 느릅나무 그늘을 지어버리는
> 것은 달빛이 아니라 새는 빛입니다
> 홰를 탄 닭은 날개를 움직입니다
> 마구에 매인 말은 굽을 칩니다
> 네네 가요 이제 곧 가요

이 시는 연구자에게 덜 주목되지만, 갈림길에서의 한용운 사유시의 종착지라는 점에서 주목된다. '님에게로 가겠다'는 이 전언은 이후의

한용운의 행적으로 볼 때 그 자신의 설악산 하산과 서울행을 암시하는 시이다. 시에 나타난 마음의 여유, 게으름을 보라. '사유-시' 쓰기는 완성되었다. 실제로 그는 이 시집을 고비로 설악산을 떠나 서울에 정착하였다. 이로 보면 그의 시 쓰기는 삶의 갈림길에서의 새로운 길 모색을 위한 방편이라는 의미를 지니고 있다. 그러나 시는 시이다. 그는 승려로 하산한 것이 아니라 시인으로서 하산하였다.

5. 해석과 평가
— 삶의 가능성 확대와 윤리적 실천의 방편으로서의 시

김시습『십현담요해』, 한용운『십현담주해』와 함께 읽기, 그 상호텍스트성 이해하기는 곧『님의 침묵』을 다시 읽기 위한 것이다.『십현담주해』가 없었다면『님의 침묵』도 없었을 것이다. 한용운 시 쓰기에서 김억 번역의 타고르의 시집도 중요하지만, '주해'에서 '님의 침묵'으로 흐르는 사유의 동선은 지속적이고, 강력하다.『십현담』은 '정위'에 머물고자 하는 선방 생활, 절간 생활을 벗어날 수 있는 시인의 사유의 길을 활짝 열어 놓고 있는 텍스트이다. '현관에 머물지 말고 다른 길을 가서 윤회하라, 피모대각하고 저자로 들어가라'는 구절도 그렇지만, '정위와 편위', '전위-회기' 등의 방편을 강조하는『십현담』과의 만남은 오랜 산중생활의 고립무원의 처지에 있던 승려 한용운의 괴로운 생활을 충격하는 한 줄기 빛과 같은 것이었고, 사막에서 만난 오아시스 같은 새로운 사유의 자극제였다. '주해' 쓰기, '시인-되기', 시 쓰기로의 이행은 그 슬픈 산중 생활을 벗어날 길 찾기 사유의 단서와 그 지속과 새로운 돌파구를 마련하는 유력한 방법이었다. 그의 설악산 시대 2부작 읽기, 『님의 침묵』 읽기는 '설악산 생활', '시인-되기', '세속의 길'(서울에서의 재출발)이라는 그의 삶의 행로의 맥락, "활로의 암중모색과 선학의 완성— 님에 구속되기와 세속의 길 찾기, 시 쓰기와 하산의 비전과 그 뒤의 그의 신간회(1927~1931) 참여"의 맥락을 동시에 고려하는 읽기, 시인의 사유의 동력과 시적 욕망의 행방을 함께 사유하는 읽기를 요구한다. 그렇게 보아야 그의 시집을 제대로 파악할 수 있다. 그가 시집을 낸 후 다시 서정시 창작에 손을 대지 않은 것은 그의 시집이 삶의 곤경에서의 사유로서의 시 쓰기라는 당초의 목적을 그 나름대로 성취한 완성태이기 때문이다. 그는 설악산에서 자신의 선학을 완성했고, 이제 남은 것은 그 실행, 활용, 실천이었다. 그는 스스로 시 쓰기 자체를 목표로 살고자 한 것은 아니었다.

시집 끝 「독자에게」에서 어떤 부끄러움을 고백하면서 변명의 말을 한 것은 그런 맥락에서 읽을 수 있다. 「독자에게」는 그의 시 쓰기가 어디까지나 그 시대가 요구하는 하나의 방편, 생활의 방편이라는 점을 슬며시 알려 주는 것이라는 의미를 지닌다. 그의 시대는 어떤 영웅적인 것, 일상에서 일탈한 강한 방편을 요구하는 암흑의 시대였다. 불교계에서 보면 그의 독특한 불교적 사유는 다분히 예외적인 것에 속한다. 그의 현실적 관심은 일상생활에서의 사유와 시 쓰기에서의 선학의 활용이었다. "선학자는 고래로 산간 암혈에서 정진하게 되었으나, 선학을 종료한 후에는 반드시 출세하여 입니입수하여 중생을 제도하는 것이요 (…중략…) 참선이라는 것은 글을 배우면서도 할 수 있는 것이요 농사를 지으면서도 할 수 있는 것이요, 그 밖에도 모든 일을 하면서도 할 수 있는 것이다."[17] 그의 '시인-되기', 시 쓰기'는 이 '입니입수'를 앞에 둔 '사유로서의 시', '방편으로서의 시'라는 관점에서 이해할 수 있으며, 이 시 개념은 한국 문학사에서 새로운 것이다. 이후 그는 '침묵' 후속편 시를 쓰지 않았다.

『님의 침묵』을 제대로 읽기 위해서는 시집과 한용운『십현담주해』 사이의 상호텍스트성을 이해해야 한다. '주해'가 없다면『님의 침묵』도 없을 것이라는 관심에서 두 텍스트를 정독하기 위해서는, '주해'를 위해 그가 깊이 연구한 김시습의『십현담요해』를 정독해야 한다. 따라서 상호텍스트성 고찰은 동안상찰의『십현담』, 김시습의 '요해', 한용운의 '주해'와『님의 침묵』을 함께 정독하는 작업을 수행해야 하는데, 지금까지 논의해 온 바와 같이 이 작업 결과 두 가지 사실이 드러난다.

첫째,『님의 침묵』의 '서문', 작품「선사의 설법」,「알 수 없어요」,「낙원은 가시덤불에서」,「수의 비밀」 등에 나오는 몇몇 모티프, 소재, 언어 표현 등은『십현담』,『십현담요해』에서 비롯된 것으로서, 시인이 시 창작에 이를 수용해 창조적으로 변용하거나 재창조한 것이라는 사실을 확인할 수 있다. 이 작품들에는 그 구체적 흔적이 드러나 있다.

둘째, 시의 소재, 모티프 등의 표면적 유사성을 넘어, 한용운의 시에 나타난 시적 사유 면에서, 그의 시 쓰기가 십현담적인 사유와 그 사유의 동력의 지속과 활용에 의한 시 쓰기라는 사실을 확인할 수 있는 작품들이 있다. 그의『십현담주해』의 '정위에 머물지 않는 선, 정위-편위의 방편과 그 활용'은 사랑의 주제와 연결되는 시인의 시 쓰기에서 시

---

17) 한용운,「선과 인생」(1932),『한용운전집』 2, 신구문화사, 1973.

적 사유와 상상력의 보이지 않는 동력으로 작동하고 있다. 시에 나타난 여성 화자 채택은 『십현담』의 '피모대각 입전래(털 입고 뿔 쓰고 저자에 들어가기)'의 방편, 정위–편위 겸대의 활용, 시적 사유의 전략 등과 밀접한 관련을 맺고 있다. 시의 화자는 여성인 동시에 '시적 탈'을 쓴 남자 승려–시인 '여성–되기'를 감행한 시인 자신이다. 십현담적으로 보면 '편위' 쪽 사유와 '정위'에 머물지 않는 선을 겸하면서 이 두 사유를 시 창작 속에 통합하고자 하는 '정, 편 겸대 사유의 활용'이라고 말할 수 있다.

한용운의 시 쓰기의 목적은 삶의 새로운 활로 모색과 시적 창조의 가능성 실험을 두루 아우르는 복합적인 것이며, 그의 시들은 본질적으로 사유시라는 특성을 보여 주고 있다. 그의 사유시 쓰기의 출발과 귀결점은 '님에 구속되기'와 침묵하는 그 님과 재회하고자 하는 욕망이다. 이 욕망은 윤리적인 차원을 함축하는 것이다. 시인–화자의 욕망의 흐름은, 님이 지금 '다른 나라의 군함'에 구속, 감금, 통제되고 있다는 사실의 확인, 나아가 그 님과의 재회의 비전을 모색하는 시인(시적 화자)의 지향성과 대응 관계를 이룬다. 시인의 시 쓰기는 이 비전 모색, 발견과 함께 결말에 이르며, 이 비전을 표현하면서 시집은 종결된다. 「사랑의 끝판」은 재회의 비전으로 보여 주는 것인 동시에 시인 자신의 이후의 세속의 길 즉 하산의 비전을 표현한 것이다. 길(비전)이 보이자 시적 모색은 끝난다. 『십현담주해』에서 시작된 그의 활로 모색 과정이, 부재하는 님에 구속되는 사랑의 결의를 거듭 반복하고 있는 것은 당시의 '생명–권력–정치'의 현실적 상황과 관계 깊다. 정위에 머무는 선의 부정에서 생명–권력–정치 회로 속에서 작동하는 당시 현실 정치의 재인식에 이르는 시인의 사유 내용은 그의 사유가 바로 당시 식민지적인 현실 정치에 그 뿌리를 박고 있음을 말해 준다. 세속의 길 모색, 님과 재회의 비전 모색 등에 이르는 사유의 동선은 정치적이자 윤리적인 성격을 강하게 띠고 있다. 그가 선택하는 윤리는 당시의 정치 현실 즉 "온갖 윤리, 도덕, 법률은 칼과 황금을 제사지내는 연기"라는 사실에 인식적 바탕을 둔, 현실을 바꾸기 위한 것이다. 그가 말하는 선학의 종료 이후의 '입니입수'의 길도 정치적, 윤리적 선택의 한 귀결이라고 할 수 있다.

한용운은 설악산에서 하산한 후 서울에 머물며, 광주학생운동 진상보고회, 신간회 경성지회 등에 참여하여 활발한 활동을 하였지만, 그의 생애에서 설악산 시대 2부작은 그의 사유와 행동 양면에서 중대한 전환기의 저술이라고 할 수 있다. 설악산에서 완성한 선학 지침서 『십현담주해』는 직후의 시집 『님의 침묵』 창작에 결정적인 영향을 미쳤다. '주해'는 '시집'의 시 쓰기와 사유의 모든 면에서 '보이지 않는 강력한 사유의 엔진'으로 작동하였다. 이 엔진이 종교적 색채를 띠고 있으나, 거기서 그 색채를 걷어 내면 어떻게 될까. 그것은 사유의 극한에서 마련된 아주 강력한 철학적 '사유-기계'이다. 일찍이 한용운은 『조선불교유신론』(1913)에서 불교를 '철학의 일종'으로 이해하면서 이를 칸트 철학과 연결시켜 논의한 적이 있다. 한용운의 글쓰기는 머물지 않는 글쓰기, 주하지 않는 글쓰기이다. 마음의 흐름에 따라 흘러가는 글쓰기, 그때그때 부딪치는 문제 해결에 집중할 뿐, 과거에 쓴 글에 전혀 연연하지 않는 글쓰기이다. '주해'와 시집 모두가 그런 글쓰기의 산물이다. 그는 이후의 글에서 이 두 저술에 대해 언급하지 않았지만, 그것은 모두 일반적 통념을 넘어선, 자신의 삶의 가능성 확대를 위한 글쓰기였다고 할 수 있다. 그 점에서 '주해'와 그의 시집은 모두 문학(시)의 본질과 깊이 접맥되어 있는 텍스트라고 평가할 수 있다.

근대 시인과 탈식민주의

― 한용운, 김기림, 백석을 중심으로

1. 한국 근대 시인의 '문화적 위치'와 탈식민주의

한국문학 연구에서 식민주의와 탈식민(decolonial/post-colonial)의 문제는 당시 식민지 세대의 경험의 범위를 넘어서는 현실적 과제의 하나이다. 식민주의는 19세기적인 제국주의의 한 형태로서, 그 핵심은 타국의 영토를 힘으로 지배하는 것이고, 그 목적은 자국의 정치경제적 이익을 위한 것이다. 경제적 수탈과 이데올로기의 조작에 의한 지배의 합리화는 제국주의의 일반적 행태이다. 지배는 정치권력과 헤게모니, 제도 등을 통해 행사되며, 식민자와 피식민자, 주인과 노예, 우월과 열등, 주체와 타자 등의 이분법을 만들어낸다. 문화적으로는 '그들의 삶의 방식'을 '우리의 삶의 방식'에 강요하는 것으로서, 식민주의 경험과 이에 대한 피식민자의 반응은 작가의 문학작품 속에 특히 생생하게 각인된다. 탈식민주의적 연구에서 식민지 시대의 문학작품은 우선적으로 분석, 고찰해야 할 대상이다. 그래야 식민 경험의 역사적 단절, 극복을 위한 진정한 '탈식민주의' 담론이 가능해진다. 1946년의 문학가동맹 주최 '전국문학자 대회'는 해방 후 작가들에 의해 본격화된 포스트 식민주의 담론의 시작을 알린 가장 전형적인 예였다. 이 회의는 '일본 제국주의 잔재 청산, 국수주의의 배격, 민족문학의 건설' 등을 해방 후의 문학계가 우선적으로 역점을 두고 실천해야 할 문화 담론의 당면 과제로 채택하고, 그 회의의 토론 자료를 집대성한『건설기의 조선문학』을 간행한 바 있다. 이 책에 수록된 여러 작가들의 식민주의에 대한 생생한 경험과, 지난 시대 문학과 정치 전반에 대한 비판적 성찰은, 탈식민주의 문학 연구에 관심을 가진 연구자들에게 유력한 출발점을 제공해 준다.

최근 일제 말기 작가들의 소설 작품을 중심으로 이 방면의 연구물들이 나오고 있으나, 그 연구들이 일본어로 쓴 이른바 '협력파 시인'의 작품에 집중되는 감이 없지 않다. 그러나 일제 치하에서 1945년 해방기에 이르는 시기를 살았던 여러 시인들의 쓴 작품들을 보면, 그 안에는 문학적 저항과 침묵, 정치권력에 대한 반발과 부정 등이 공존하고 있음을 볼 수 있다. 저류의 형태로 흐르거나 그 흐름의 이면에 점재되어 있던 문학적 에너지들은 해방 후 새로운 민족문학 건설을 열망하는 거대한 문화적 에너지로 분출된다. 이런 여러 현실적, 잠재적 문학적 에너지의 흐름과 그 동선(動線)들, 탈주선들을 읽어 내고 이를 재구성해 보는 작업이 요청된다.

한국 근대 시인의 문학작품에 탈식민주의적 연구가 그 내실을 갖추기 위해서는 당시 조선의 문인들이 처했던 특수한 문화적 상황과 위치를 전제하여야 한다. 첫째, 언어의 문제. 일본은 일본어('국어')와 '조선어'를 공용하는 이중 언어 정책을 펴면서 학교교육에서 조선어 교육을

현대문학과 사회문화적 상상력

억제하였고, 일제 말기에는 조선어 교육을 금지하였다. 그 점에서 조선어 의식은 그 자체가 다분히 정치적인 성격을 띤 것이었다. 둘째, 총독부의 언론 통제와 원고 검열 제도 문제. 일제하 모든 조선 문학은 식민지 당국의 신문지법, 출판법, 치안유지법 등의 악법의 통제하에서 생산된 것이다. 출판물들에 대한 엄격한 원고 검열이 있었다는 사실은 반드시 고려되어야 한다. 베네딕트 앤더슨은 19세기의 근대문학은 '언어−문학−네이션−국가'의 회로 속에서 '상상의 공동체'를 만들어가는 과정'과 서로 밀접한 관련을 맺고 있다는 사실을 지적했지만,[1] 국권 상실기의 한국 근대문학의 경우에는 언어(조선어, 자국어)가 곧 상상의 국가와 비슷한 위치에 있었다고 할 수 있다. 그런 점에서 탈식민주의 연구에서 언어의 문제는 중요한 이슈의 하나이다. 셋째, 당시의 문학 운동이 민족운동과 사회운동으로 분화되었던 그 시대 지식인들의 민족해방 운동의 큰 흐름과 서로 밀접한 관련을 맺고 있다는 점. 식민주의 경험과 관련된 작가들의 글쓰기는 그 자체가 근대 문화 운동의 일부를 이룬다. 작가들은 제도와 현실, 검열과 욕망 사이의 모순, 갈등을 견디며 작품 활동을 하였다. 문학적 우회와 비유를 통한 문학적 실천('정치적 무의식'의 표출과 내면화), '의미화를 통한 문학적 실천'으로서의 글쓰기를 지속하였고 그것은 근대문학의 형성, 정립 과정 전체와 맞물려 있는 사안이기도 하였다.

일제시대 문학의 전개에서 민족, 사회 운동(3·1운동, '신간회' 운동 1927~31) 등)과 '카프'(1925~35)와 '구인회'(1933~36)의 문학 운동은

---

[1] B. 앤더슨, 『민족주의의 기원과 전파』, 윤형숙 역, 사회비평사, 1996 참조.

서로 밀접한 관계를 맺고 있다. 그 중심에 있었던 여러 작가들 중에서 특히 한용운, 김기림, 그리고 백석 등의 문학 활동과 한용운에서 백석으로 이어지는 문학적 동선은 여러모로 주목할 만하다. 이들의 문학적 위치와 관심은 서로 다르지만, 그 문학작품은 식민주의 경험을 생생하게 재현, 표현하고 있는 전형적인 사례로서, 거기에는 당시 작가들의 탈식민화의 욕망이 생생하게 투영되어 있다. 이들은 특히 아프리카의 프란츠 파농이나 인도의 간디처럼 식민지 본국 유학생 출신 시인으로서, 식민지 시대 작가들 중에서 문학과 정치의 상호관계를 날카롭게 인식하고 있다는 공통점과 차이점을 함께 보여 주고 있다. 한용운이 3·1운동 주도 세대 작가 중에서 대표적인 작가라면, 김기림은 '조선주의'와 모더니즘의 갈등 속에서 식민자의 권력과 헤게모니 문제를 날카롭게 인식하고 이를 여러 작품을 통해 재현하고자 한 작가였다. 그리고 백석은, 30년대 후반 일제의 군국주의의 행진 속에서 퇴색해 가는 공동체 집단의 기억, 언어, 문화를 옹호하고 근대와는 상관없이 지속되어 온 민중들의 생활 감정을 작품 속에 적극적으로 수용, 시적으로 재현하고자 한 독특한 개성의 시인이다. 이들은 일제 말 조선어 문학의 단절의 위기 속에서도 일본 제국주의와 조선 문학의 긴장 관계에 대한 날카로운 자의식을 견지하였다. 그리고 그중에서 살아남은 시인들은 해방 후 자신의 문학을 돌아보며 탈식민주의 담론의 일선에 서서 재출발한다.

포스트 식민주의 시대인 오늘날의 관점에서 보면 이들 작가들의 일부 작품 속에는 이식과 모방, 문화적 혼종성과 양가성, 이중 의식 등과 같은, 호미 바바가 『문화의 위치』(1994)에서 지적한, 식민지 작가들이 처한 문화적 위치에서 기인하는, '얼룩덜룩한 무늬로 채색된 문화적 현상들'이 드러나 있다. 해방 후의 이들의 탈식민주의 담론이 과거 식민지 시대의 자신이 주도했던 문학에 대한 반성과 성찰에서 출발하고 있다는 점은 특기할 만하다. 이들은 식민주의 경험과 관련된 글쓰기에 나타난 여러 문학적 얼룩들과 모순들은 식민지 출신 작가들이 처했던 여러 가지 불가피한 사정에서 비롯되는 것이었다고 지적하고 있다. 그러나 이에 대한 비판적 재해석 작업은, 모방에서 '창조적 진화'로, 식민주의의 모순을 극복하고 '정신적 탈식민화'의 길로 나아가고자 했던 해방 후 작가들의 정신적 구조에 대한 이해와 함께, 탈식민주의적 문화 연구가 스스로 감당해야 할 중요한 과제의 하나라 할 수 있다.

2. 식민주의, 권력, 탈식민주의
— 근대 시인과 글쓰기의 몇 가지 흐름

1) 일본 식민주의에 대한 문화적 저항 — 한용운의 '생명-권력-정치'의 인식과 글쓰기

문학을 포함한 문화란 고정불변의 실체가 아니다. 부단한 생성과 차이 속에, 갱신과 혁신, 부단한 움직임 속에 존재한다. 일제시대의 조선의 문화가 그렇듯 작가들의 작품도 끊임없는 생성과 움직임 속에 있었다. 한용운의 문학이 특히 그렇다. 건봉사 학승으로서 일본에 잠시 유학한 경험이 있는 그는 근대적인 문예 개념보다 '전통적인 문학' 개념에 가까운 문학관을 견지했던 인물이다. 그의 첫 작품은 서구의 진화론의 학설을 종교계의 제도 혁신 문제와 결합한 『조선불교유신론』(1913)

이었고, 이후 그는 「기미독립선언서」(1919)에 서명하고 민족 대표의 일원으로 3·1운동에 참여하여 옥고를 치른다. 1925년 그는 설악산에 칩거하며 국문체『님의 침묵』을 완성, 이듬해 서울에서 출판한다. 그사이에 「조선독립의 감상」, 『십현담주해』와 같은 한문체 저술을 하고, 『유마경강의』(번역, 1933, 미완), 「조선불교의 개혁안」(1931, 『한용운전집』, 2), 여러 논설, 소설을 쓴다. 그의 글쓰기에서 한문체에서 국문체로의 전환은 그의 자국어 의식의 성장을 반영하는 것이다. 조선어학회의 '가갸날'(1926년) 제정, 선포 소식을 듣고 쓴 시 작품 속에는 그의 자국어 의식이 분명하게 나타나 있다(「가갸날에 대하여」).

한용운이 남긴 넓은 의미의 '문학' 작품들은 문예적인 것이자 사상적인 것이었고 사유와 행동의 일치를 추구하는 것이었다. 3·1운동 주도 세대를 대표하는 그는 일제시대를 통틀어 가장 문제적인 사상가이자 행동가요 작가였다. 그의 글쓰기는 첫째 그때그때의 필요에 따라 쓴 것으로서 자기 언급적인 면이 없는 '주(住)하지 않는 글쓰기'라는 점, 둘째 서구적 합리주의 담론과 그 특유의 불교철학적 선(禪) 사이를 오가는 독특한 글쓰기 형식과 내용을 추구하고, 이를 현실의 정치적 제 문제를 사유하는 '사유의 기계'로 삼고 있다는 점, 셋째 일본 식민주의에 대한 저항적인 성격을 강하게 띠고 있으며, 사유와 행동의 일치를 추구하고 있다는 점, 넷째 민족문제에 대한 지속적인 사유를 글쓰기의 지속적인 과제로 설정하고 있다는 점 등에서 여러모로 주목된다. 선사, 시인, 독립운동가로서의 그의 글쓰기는 전인적인 것이었고, 3·1운동, 신간회 운동(그는 한때 경성 지회장이었다), 광주학생운동 진상보고를 위한 민중대회의 조직(이 대회는 당국의 예비검속으로 실패했고, 그는 구속되

기도 하였다) 등은 그 자체가 탈식민화를 위한 것이었다. 광주학생운동
의 본질은 인종차별이었다는 사실을 그는 깊이 인식하고 있었다. 자유,
평등주의, 구세주의, 생명 존중, 평화 등으로 요약해 볼 수 있는 그의
사상은 불교에 바탕을 둔 것이었다. 그의 문학과 사상은 근대 합리주
의 사상에 못지않게 그 특유의 불교 연구와 오랜 참선에서 우러나온 현
실주의적 선사상에 바탕을 두고 있으며, 실천적인 면이 강하다.[2] 그가
설악산 절에서 『십현담주해』와 『님의 침묵』을 연달아 완성한 후 하산하
여, 서울에 머물며 신간회 운동에 참여하였다는 사실은 특기할 만하다.
그는 진여의 깨달음과 글쓰기, 자아의 혁명과 정치적 혁명과 실천을 동
일한 과제로 생각했던 작가이다.

시집 『님의 침묵』(1926)은 '길을 잃고 헤매는' 모든 동시대인에게 보
내고자 한 시적 메시지이자, 민족문제를 앞에 두고 활로를 모색하는 한
용운 자신의 내면을 표현한 작품이다. 시의 화자는 님과 이별하고 홀로
지내는 여성이다. 그녀의 처지는 가진 것이라고는 님에 대한 변함없는
사랑과 몸밖에 없는 사회의 최하위층, 즉 갈데없는 하층민(subaltern)
그것이다. 시인은 이 하위계층 여성의 입을 빌려 님이 침묵하는 시대의
고통과 님에 대한 변함없는 열렬한 사랑을 되풀이하여 노래한다. 「당신
을 보았습니다」는 그 전형적인 예이다.

> 당신이 가신 뒤로 나는 당신을 잊을 수가 없습니다

---

2) 그의 선사상에 대해서는 서준섭, 「한용운의 『십현담주해』 읽기」, 『한국현대문학
연구』, 13집, 한국현대문학회, 2003; 및 이 책의 「한용운 『님의 침묵』과 『십현담』,
『십현담주해』의 상호텍스트성」 참조.

까닭은 당신을 위하나니보다 나를 위함이 많습니다

나는 갈고 심을 땅이 없음으로 추수가 없습니다
저녁 거리가 없어서 조나 감자를 꾸러 이웃집에 갔더니 주인은 〈거지는 인격이 없다 인격이 없는 사람은 생명이 없다 너를 도와주는 것은 죄악이다〉고 말하았습니다
그 말을 듣고 돌어 나올 때에 쏟아지는 눈물 속에서 당신을 보았습니다

나는 집도 없고 다른 까닭을 겸하야 민적(民籍)이 없습니다
〈민적이 없는 자는 인권이 없다 인권이 없는 너에게 무슨 정조냐〉하고 능욕하랴는 장군이 있었습니다
그를 항거한 뒤에 남에게 대한 격분이 스스로의 슬픔으로 화하는 찰나에 당신을 보았습니다
아아 왼갖 윤리, 도덕, 법률은 칼과 황금을 제사지내는 연기(煙氣)인줄을 알었습니다
영원의 사랑을 받을까 인간의 역사의 첫 페이지에 잉크 칠을 할까 술을 마실까 망서릴 때에 당신을 보았습니다[3]

이 시에는 민족문제에 대한 그의 시적 사유가 아주 우회적으로 표현되어 있다. 민족의 현실은 '황금'만을 추구하는 반성 없는 권력('장군과 칼')이 지배하는 매몰찬 현실이라는 전언이 그것이다. 그것은 '윤리, 도덕'의 부재와 허울 좋은 '법률' 제도로 치장되어 있고, 그 속에서 살아가는 사람들은 끝없이 삶의 위협을 당하며 날로 황폐화되어 가고 있고, 여인은 사랑하는 님과의 행복한 삶의 터전을 잃고 하층민으로 전락

---

3) 한용운, 『님의 침묵』, 회동서관, 1926. 텍스트의 어법을 살리되 구식 표기는 고쳐 인용함. 이하 같음.

하고 있다는 것이다. 이 작품은 3·1운동을 거쳐 온 시인 자신의 식민주의 경험에 바탕을 두고 씌어진 것이다. 시적 전언은 간단히 말해 당시의 정치, 권력에 의해 부당하게 억압받고 있는 인간 생명의 고통스런 현실에 대한 것이다. 시인은 이 시집에서, 님이 부재하는 현실에서 살아야 하는 데서 오는 치욕과 역경뿐만 아니라, 님에 구속되는 사랑의 길이야말로 그 님과의 재회를 기약할 수 있는 유일한 길이라는 점을 되풀이해 노래하고 있다. 『님의 침묵』을 통해 말하고자 한 중요한 메시지의 하나는 그 님이 지금 '다른 나라의 군함' 속에 갇혀 있다는 사실을 기억하자는 것이다(「당신의 편지」). 그렇게 볼 때 그의 시집은 당시의 '생명-권력-정치'의 관계 즉 생명을 통제, 구금, 억압하는 일제의 생명정치의 현실을 증언하면서 이에 저항하기 위한 것이었다. 일본 식민주의의 핵심이 인간 생명을 통제, 구금, 억압하는 생명정치에 있다는 사실의 고발, 증언과 이에 저항하는 그의 '정치적 무의식'은 임진왜란 당시의 두 의기(義妓)를 노래한 시(「계월향에게」, 「논개의 애인이 되야서 그의 묘(廟)에」)와, 타고르의 탐미적-초월적 시풍을 비판한 시(「타골의 시(GARDENISTO)를 읽고」)에서도 재확인할 수 있다.

> 천추에 죽지 않는 논개여
> 하루도 살 수 없는 논개여
> (…중략…)
> 용서하여요 사랑하는 오오 논개여
> ──「논개의 애인이 되야서 그의 묘에」 부분

그의 노래를 황금의 노래로 그물치지 마서요 무덤 위에 피묻은 깃

발을 세우서요
　　—「타골의 시(GARDENISTO)를 읽고」

　그는 임화나 김기림 같은 신세대가 아니라 박한영, 홍명희, 정인보와
같은 구한말 한학의 교양을 갖춘 기성세대, 3·1운동 주도 세대에 속해
있었다. 그러나, 그의 시나 사상과 행동은 결코 고루한 것이 아니었다.
홍명희를 주축으로 한 '신간회' 운동(1927~31)에 참여하면서, 민족 단
일당(반제 통일전선)에 관심을 기울였던 것도 그 때문이다. 그는 산중
불교보다 도시 불교를 주장하고 대중 불교를 주장했으며 이를 몸소 실
천하였다. 민족운동과 사회운동은 그 궁극적 지향점은 다를지 몰라도
조선의 현실에 비추어 그 실제 운동 내용에서는 서로 합치점이 많다는
사실을 역설하고(「사회운동과 민족운동」, 1925), '신간회' 해소(1931)를
반대하면서 민족, 사회 운동이 서로 연대하지 못하고 분열된 데 대해
안타깝게 생각하면서, 민족의 통합된 '의사 표현 단체'의 필요성을 강
조하였다(「신간회 해소운동」, 1930.「표현단체 건설여부」, 1931, '전집
1' 수록). 광주학생운동을 알리기 위한 대중 집회 조직이 무산된 이후
그는 소설로 나아갔는데, 이 역시 그의 주하지 않는 글쓰기의 실천 방
식의 하나였다.
　그의 작품과 사상은, 서구적 근대 합리주의, 비서구적 불교 철학(사
상), 또는 민족주의의 어느 하나로 환원할 수 없는 복합성을 띠고 있다.
논설, 주해, 번역, 시, 소설 등을 오가는 그의 주하지 않는 다성적, 복합
적 글쓰기 형식, 근대와 근대 극복을 동시에 사유하는 그의 담론 형식
은 아주 독특한 것으로서 중요한 의미를 지니고 있다. 그의 글쓰기 방

식은 근대적 이성이나 합리주의에 바탕을 둔 임화나 김기림의 방식과는 뚜렷이 구분되는 것이다. 그 특유의 사유와 글쓰기와 행동 방식과, 비타협적 태도와 그때그때의 상황에 따라 적절한 담론 형식을 구사하는 그의 탈식민화의 실천 방식을 제대로 이해하기 위해서는 근대성의 논리 이외의 새로운 논리가 필요하다.

2) 조선주의, 식민자의 권력, 그리고 헤게모니의 문제 ― 김기림의 '언어-문화론'과 단편소설의 정치적 의미

김기림은 근대 합리주의자였다. 그는 일본에 유학하여 제국의 수도에서 모더니즘을 배우고 돌아와 이를 서울에서 조선적으로 실험하고자 하였다. 이것은 다른 '모방, 이식'이었다. 그는 제국의 모더니즘 논리를 배워 조선 문학을 '과거의 시'와 '새로운 시'로 구분하고 조선 시의 낙후성을 비판하였다. 이러한 태도는 또 다른 '이중 의식'의 일종으로서 문학적 모방과 마찬가지로 정신적 미숙에서 비롯되는 것이다. 그는 '구인회'를 조직, 모더니즘 운동을 전개하면서 임화와 자주 논쟁하였고, 이 논쟁을 통해 자신의 문학관을 다듬어 갔다. 그는 임화와의 기교주의 논쟁을 거치며 식민지 현실을 재인식하고자 하였다. 그 재인식이 특히 언어(조선어)에 대한 자각으로 나타났다는 사실은 특기할 만하다. 그는 "조선말은 조선민족의 생리에 맞는 말"이라고 인식하면서, 두 가지 주장을 하였다. 조선 문인들은 1) "조선말을 붙들어 가야 한다", 2) (그뿐만 아니라) "잘 길러 나가야 한다"는 주장이 그것이다. 이것은 자신의 생각이기도 하지만, '조선말이 조선 문인에게 부과하는 '명령'이라고 역설한다. 시인으로 그는 "조선말의 앞날은 조선 문학마저를 포함한 조선 문화 전반의 운명과 일치한다"고 주장하기도 하였다.[4]

김기림은 모더니즘 문학을 주장한 시인-비평가로서, 식민지 현실과 민족문제에 대해서도 깊은 관심을 보여 주었던 문인이었다. 그는 1930년대 초의 평론에서 선배 문인들의 구민족주의에 대한 '신민족주의 문학 운동'에 대한 구상을 피력한 바 있다. "조선민족의 생활의 근저에서 물결치는 굳세인 힘과 그 정신 속에서 새어 오르는 특이한 향기를 파악하여야겠습니다. 우리가 나아가 세계에 기여할 것은 세계의 어느 구석에도 찾을 수 없는 독특한 조선적인 것이 아니면 아니 됩니다. 애란의 문학 운동의 세계적 문화사적 의의도 거기 있습니다."[5] 이는 문화적 조선주의로서 크게 보면 탈식민주의적 문화론에 속한다고 말할 수 있다. 영국 식민지였던 애란(아일랜드)의 문학 운동과 관련지은 논의라는 점에서 그렇다. 그는 「문학상 조선주의의 제양자(諸樣姿)」[6]에서 이 문제를 재론한다. 한 나라의 문학에 대한 작가의 태도는 '내셔널리즘(민족주의)'와 '세계주의'의 두 가지가 있다. 애란의 경우 예이츠파는 전자에 속하고 조이스는 후자에 속한다. 그는 조선주의는 "조선적 특성을 가지고 세계문학에 참여하려는 강렬한 태도를 가졌을 때" 가치 있으며, "그것은 구경에 가서 세계주의와 일치하는 건설적인 것"이라고 주장한다. 이런 관점에서 그는 조선주의를 세 가지로 나눈다. 1) '소극적 조선주의' : 막연한 조선 정조(情調), 선대로부터 내려오는 옛노래를 고려하는

---

4) 「시인으로서 현실에의 적극관심」, 『조선일보』 1936. 1. 5.
5) 「신민족주의 문학운동」, 『동아일보』 1932. 1.
6) 『조선일보』 1934. 11. 14.

현대문학과 사회문화적 상상력

것(감상적 내셔널리즘), 2) '배타적 조선주의' : 외방의 포위에 대한 반발력의 발현으로서 현대의 문화적 관계를 무시함, 3) '적극적 조선주의' : 1) 2)의 문제점을 극복하고 변화하는 문명사회에 대처할 수 있는, 조선 작가들이 택해야 할 유일한 방안.

그의 조선주의는 일본 제국주의를 우회적으로 풍자한 장시 「기상도」(1936)에 어느 정도 나타나 있지만 그 문학적 형상화 노력은 그가 쓴 몇몇 단편소설을 통해 구현된다. 「번영기」(『조선일보』 1935.11.2~11.13)와 「철도 연선(沿線)」(『조광』, 1935.12~1936.2)이 그것이다(『김기림전집』 5, 심설당, 1988에 재수록). 이 두 소설은 시에 비해 덜 알려져 있으나, 식민지 현실의 충실한 재현이라는 점에서 주목할 가치가 있다. 두 편의 배경은 모두 함경도 변두리로서 그곳 동해안이거나 거기서 떨어진 곳으로 설정된다(그의 고향이 함경도이다). 이야기는 일본의 자본이 함경도 지방에 침투하여 토지를 개발하고 근대적 시설을 구축하는 하는 과정에서 야기되었던, 토착 원주민의 생활 근거지의 파괴, 윤리의 혼란, 가족 해체의 참상에 대한 것이다.

우선 「번영기」는 함경도 국경 가까운 한 어촌에 '저목장(貯木場)'이 생기면서 벌어지는 원주민들의 이야기이다. '길혜선(吉惠線)'이 뚫리면서 '국경 일대의 대산림의 목재들'이 그 철도로 수송되어 와 팔려갈 동안 머물고 있을 저목장이 건설되고 준공식을 앞두고 한적한 어촌은 술렁거리기 시작한다. '혜산진, 장백부 방면에 포목을 공급하는 함경도 일대의 큰 무역상인 '松本상회'도 이곳에 지점을 낸다. 어촌에 앞으로 목재 공장, 시멘트 공장, 철공장이 들어선다는 소문이 돌면서 땅값이 치솟고, 중간 브로커가 등장하고 주민 중에 큰돈을 만지게 된 사람이 생기기 시작한다. 작은 과일 가게를 하던 외지인 '다나까상'은 '토지 중개인'으로 변신, 주변의 토지를 닥치는 대로 헐값에 사들인다. 이런 소동 속에서 조상이 물려준 집과 대지라는 이유로 매매를 거절하던 가난한 어부 창호는 뜻밖의 곤경에 처하고 그런 상황에서 '울며 겨자먹기'식으로 아끼던 집을 다나까에게 팔 수밖에 없는 운명에 직면한다.

이 작품에서 주목되는 사실은 한적한 어촌의 땅값이 오르면서 토착민이 곤경에 처한다는 이야기를 통해, 목재 수송을 위한 총독부의 길혜선 개통과 이 길을 따라 들어오는 일본 자본의 함경도 변두리 지방의 침투, 이에 편승한 일본인 토지 중개인의 등장과, 일본인의 경제적 이익의 창출 과정을 생생하게 재현하고 있다는 점이다. 공장 부지 확보를 위해 원주민의 토지를 불법으로 수용하고, 일본인 토지 브로커가 사유지를 헐값에 사들이는 동안 집과 땅을 잃고 몰락하는 원주민의 이야기를 다룬 이 작품은 구체적인 사례를 바탕으로 집필되었을 가능성이 높다. 식민자의 권력, 자본이 함경도 오지에 침투해 들어가면서 토착민의 생활 기반은 붕괴된다. 어부의 희망이었던 아들은 갑자기 학업을 중단하고 송본상회 급사로 들어가고, 아버지는 그 상회 인부로 들어가게 되었다는 이야기의 내용은, 당시 식민주의로 인한 조선의 지역경제와 권력 관계의 재편이 어떤 과정을 통해 이루어졌는지 생생하게 파악할 수 있게 해 준다. 일본 자본은 이렇게 조선 방방곡곡에 침투하였을까. 바로 '철도를 타고' 산간오지로 침투하였다는 것이 이 작품의 중요한 메시지이다. 이익을 보는 자는 총독부와 일본 기업(일본 자본), 그리고 이에 편승한 일본인 중개인이다. 작가는 선을 그어 보인다. 일본인인 '다나까'는 정보를 독점하고 토지를 싼값에 사들여 돈을 버는데, 토지 거래는 그의 독점 사업이기도 하다. 땅을 팔려는 사람은 그를 만나야 하는 것이다. 함경도 산골이 자본주의 체제에 편입되면서 토지가 그 사용 가치에 의해서가 아니라 가격에 의해 재인식되고 토지가 자본으로 변화하는 과정이 이 작품에서처럼 생생하게 묘파된 작품은 드물다. 돈은 주민의 생각을 변화시키고 주인공도 집을 팔아 돈을 벌 수 있는 궁리를 하지만, 죽은 아버지에게 받을 빚이 있는 주민이 이미 포기했던 그 돈을 받아내기 위해 법원을 통해 그에게 지불 명령서를 보내면서, 그는 몰락의 나락에 떨어진다. 마을의 새로운 분위기와 주민의 돈 욕심 때문이다.

'번영'이라는, 식민지 당국이 퍼뜨리는 그럴듯한 말의 이면에는 토착민이 경험하는 아이러니가 잠복되어 있다. 할 수 없이 집을 팔고 저 목장 준공식이 열리고 있는 거리를 방황하는 주인공의 마음을 사로잡는 것은 '알 수 없는 두려움과 공포'이다. 작가는 이렇게 쓰고 있다. "그의 손은 호주머니 속의 불룩한 돈뭉치를 만져 본다. 내일 그의 앞에 손바닥을 펴들 천주사의 멀쑥한 얼굴이 그를 굽어보면서 벙글거린다. 그는 눈을 감아 버렸다 (…중략…) 거리에는 주로 아이들로 된 제등행렬이 소리를 모아서 부르는 합창 소리 (…중략…) 다음에는 행렬의 선두에 선 악대가 부는 무슨 행진곡의 가볍고도 급한 멜로디가 운무에 덮인 거리의 상공에 폭죽처럼 분수처럼 흩어진다. 맵싼 바람이 코끝을 스친다. 그는 일순간 몸에 끼쳐오는 소름을 느끼고 어깨를 으쓱 치켜올렸다."[7] 일본 자본의 침투와 그것이 결과가 공포('소름')로 그려지고 있다

---

7) 김기림, 『김기림전집』 제5권, 심설당, 1988, 48면.

는 사실은 특기할 만하다. 어촌에 밀어닥친 개발 붐의 뒤에는 일본 기업의 자본이 있고 그 뒤에는 제국주의 정치권력이 놓여 있다. 그 정치권력 앞에 무방비 상태로 노출된 토착민은 공포에 사로잡힌다. 하루아침에 모든 생활 기반이 무너져 내리기 때문이다.

「철도 연선」은 함경도 한적한 마을에 철도가 생기면서 이야기되는 한 가족의 몰락과 이를 통해 식민 당국의 권력과 헤게모니가 원주민에게 행사되는 방식을 드러낸 작품이다. "신고산이 우르르/기차 가는 소리/구고산 큰 애기/밤 보따리만 싼다." 작품에 나오는 민요풍의 노래이다. 이 민요 속에 소설의 이야기가 잘 압축되어 있다. 방학동이라는 함경도 마을에 철도를 놓기 위한 공사가 시작되면서 한꺼번에 이백여 명이나 일꾼들이 모여들고 거리는 술집, 색주가, 인부들로 북적인다. 아들 내외와 손자를 둔 홀아비 영감(박존이)도 그 분위기에 휩싸인다. 그러나 철도 공사판에 인부로 나섰던 아들은 사고로 죽고, 며느리는 타관에서 들어온 십장과 눈이 맞아 도망가고, 손자도 동년배 공사판 친구와 어울려 색주가에 드나들더니 집을 떠나고 만다. 노인은 철도 공사를 위해 자신이 소유한 토지를 자진 헌납 형식으로 내어주었고, 아들의 목숨도 공사판에 바쳤다. 그러나 가정은 몰락했고, 철도 공사의 숨은 공로자이지만 정작 철도 개통식 날에는 철저히 소외당한다. 주민들이 모인 개통식 행사 모습은 다음처럼 서술되고 있다.

> 이윽고 금테 안경을 쓴 몸이 뚱뚱한 양복장이가 일어나서 책상 앞에 다가선다. 그보다도 키 작은 양복장이가 그 곁에 나란히 선다. 지껄이던 군중은 좀 잠잠해졌다.

　　　　　　　　　　　현대문학과 사회문화적 상상력

「저게 군수라지비?」

「앙이오. 군수 대리로 온 서무주임이람메.」

그러한 소리를 박존이의 귀는 얻어들었다.

서무주임은 맨 처음에는 낮은 목소리로 그 다음에는 좀더 높은 소리로 외쳤다. 키 작은 양복쟁이가 그것을 일일이 조선말로 용하게 옮겼다. 요컨대 철도가 생긴 까닭에 이 부근 주민은 여간 편리하게 된 것이 아니고, 또한 지방의 산업이 발달되고 따라서 살아가는 일이 저보다 풍성풍성해질 것이라는 의미의 말을 필하고 자리로 돌아갔다.

다음에는 몇 사람의 양복쟁이가 번갈아 일어나서 모두 철도의 개통을 치하하는 말을 했다. 그 다음에는 구장이 나와서 (----) 똑같은 의미의 말을 하고 나서 끝으로 특히 군청 손님이 촌으로 다니기 편리하다는 점을 철도의 또 한 가지 공덕이라고 칭송하고 물러갔다.

그러고는 서무주임이 다시 일어서서 이번 철길을 놓는 데 특히 물질로 성의로 보조를 아끼지 않은 분들에게 철도국에서 감사장을 드린다고 하고는 한 사람씩 불러서 책상 위에 쌓아 두었던 종이장을 한 장씩 전해 준다.[8]

이 부분은 식민당국의 권력과 헤게모니가 주민에게 행사되는 방식을 잘 보여 준다. 정치권력은 주민을 한자리에 모아 놓고 연설을 하는 방식으로 행사된다. 그 권력은 그 대리자의 입을 빌려 주민들에게 철도 공사는 어디까지나 주민의 편의를 위한 것이라는 메시지를 전한다. 여기서 식민자의 이데올로기는 철저히 은폐되어 있다. 자신들의 이익을 숨긴 채 '주민의 편의를 위한다'는 메시지를 그 대리자를 통해 전하면서 피식민자의 동의를 요구하는 것, 이것이 이 작품에서 말하고 있는 제국의 헤게모니의 행사 방식이다. 헤게모니 문제에서 '동의와 승인'의

---

8) 위의 책, 86~87면.

문제는 핵심이라 할 수 있다. 주민 중에서 짐짓 동의하는 사람은 행정 조직의 하수인일 뿐인 '구장' 한 사람이 있을 뿐이다. 그는 식민지 행정 당국의 관리를 '손님'이라고 부르고 있다. 물론 이 '손님'은 상대에 대한 존대를 의미하는 것이라 하겠으나, 그 손님은 말 그대로의 손님, 주인(주)에 대한 손님(객)이라는 의미도 지니고 있다. 그는 원주민의 타자이다. 그뿐만 아니라, 연설을 하는 서무직원, 그의 일본말을 통역하는 통역자도 타자로 그려지고 있다. 작가가 박존이의 시선을 통해 그들을 '양복장이'라고 지칭하고 있는 대목은 주목할 만하다. 연설을 듣는 원주민과 연설을 하는 그 타자들 사이에는, 서로 떨어져 있는 그 공간적 거리 이상의 심리적 거리감, 단절감이 존재한다. 식민자의 연설이 일방적인 만큼 주민은 침묵으로 대답할 수밖에 없다. 이 침묵이 그 연설(헤게모니)에 대한 동의라고 할 수 있을까. 그렇다고 말하기 어렵다. 식민 권력은 철도를 놓으면서 토지 헌납을 요구하고 헌납한 자에게는 개통식 당일 시승(試乘)의 기회를 제공하겠다고 약속했지만, 박존이에게 이 약속은 지켜지지 않았다. 약속과는 달리 형식적으로 몇 사람만 불러 시승이라는 모양새를 갖추면서 그들에게 감사장이라 쓴 '종이장' 하나씩을 쥐어 주었을 뿐이다. 식민지 권력의 헤게모니는 주민의 참여나 동의 없이 일방적으로 행사되고 있다는 말이다. 식민 권력과 헤게모니가 당국의 '술책과 속임수'에 의해 행사되고 있다는 사실을 이 작품만큼 직실하게 포착한 작품은 찾아보기 어렵다.

김기림의 단편소설은 식민지 근대화가 수많은 원주민의 희생과 술책에 의해 이루어진 가짜 근대화라는 사실을 기억하고자 하는 작품이다. '망각을 부추기는 식민 권력'에 대응하여, '기억을 보존, 복원하고 기록

하는 것이 작가의 소임의 하나라는 점을 작가 김기림은 깊이 인식하고 있었다. 「철도 연선」의 서사는, 함경선 '열차' 안에서 만난 조선인에게 또 다른 인물인 함경도 원주민이, 자신이 고향을 떠나오기 전에 직접 경험한 철도 건설기의 원주민의 기억을 되살려 이야기하는 형식으로 전개된다. 김기림은, 모더니즘 시인일 뿐 아니라, 식민주의 경험과 탈식민주의 문제를 적극적으로 사유하고 이를 글쓰기를 통해 실천하고자 했던 작가이다. 이 점에서 그는 재평가되어야 할 작가이다.

3) 토착 민중의 언어/문화의 옹호, 제국의 도시적 문화에서 벗어나 시 쓰기 – 백석의 유목주의와 문학적 시선

공동체의 기억의 복원과 토착 민중 집단의 생활감정의 시적 재창조는 백석 시의 지속적 주제의 하나였다. 『사슴』(1936)을 비롯한 그의 시편들 중에는 집단과 공동체의 기억에 바탕을 둔 시가 큰 흐름을 형성하고 있다. 그가 일본 유학에서 영문학을 공부한 경력의 소유자라는 사실과 그의 토착적 시세계를 어떻게 연관지어 이해할 것인가. 그의 문학관은 무엇일까. 그가 본격적인 시를 쓰기 전에 신문지상에 발표한 번역 글 「죠이쓰와 애란문학」(『조선일보』 1934.8.10~9.12)은 이러한 의문에 대한 해답의 실마리를 마련하는 데 귀중한 단서가 되는 자료이다. 이 글은 러시아 출신 비평가 '디 에스 밀스키'(D.S. 미르스키)의 글을 영어로 번역한 것을 재번역한 것이다. 이 번역문의 요지는 영국의 식민지 기간 동안 예이츠(W.B. Yeats, 1865~1939), J.M. 싱(John Millington Synge, 1871~1909), 숀 케이시 등의 작가를 중심으로 한 '애란(아일랜드) 문예부흥기(19세기 말에서 20세기 초)의 정치와 문화에 대한 것이다. 미르스키는 애란 문예부흥기의 작가들을 논하면서 특히 1) 같은 유럽 유학생이었으면서도 서로 다른 문학의 길을 걸었던, 애란 출신 작가 J. 조이스(James Joyce, 1882~1941)와 싱의 두 경우를 서로 비교의 관점에서 논하고, 2) 조이스의 심리주의 소설은 프랑스 작가 프루스트의 경우와 마찬가지로 "서구의 몰락하는 부르주아 문학의 대표자"라고 하여 이를 비판적으로 다루고 있다,

'식민지 애란의 정치와 문화'가 이 번역 글의 주제이다. 정치적인 대목에 '생략'된 곳이 많은데 이는 검열로 보인다. 이 글에서 말하는 19세기 말에서 20세기 초의 애란 문예부흥(Irish Literary Renaissance)의 배경에는 아일랜드의 게일릭(Gaelic) 문화 유산의 부흥('게일적인 것의 리바이벌')의 복원, 재인식과 그리고 이 시기에 고조된 정치적 민족주의가 있었다. 백석이 이 텍스트를 번역한 것은 아일랜드의 사례를 통해 볼 수 있는 정치와 문화와의 관계 때문이었던 것으로 보인다. 번역한 글에서 주목되는 부분은, 예이츠의 부름을 받고, 유럽에서 돌아와 아일랜드 토착 민중의 생활상을 돌아보고, 그들의 생활을 소재로 삼아 그들의 토착어를 사용하여 여러 작품(희곡)을 써서 문학 활동을 펼쳤던 싱(씬즈)에 대해 설명하고 있는 부분이다. 유럽에 이주하여 문학적 열정을 발산하고 있을 동안 그는 '지방주의적 애란의 질곡'에서 벗어나 있었다. 고국에 돌아온 싱의 행동은 이렇게 서술된다.

씬즈가 (…중략…) 애란(愛蘭)으로 돌아왔을 때, 그에게는 애란이 주는 모든 소재가 완전히 엑조틱한 것으로 그 앞에 놓였었다. 그는 서

현대문학과 사회문화적 상상력

부 애란의 가장 문화가 나아가지 못한 촌락의 전원생활을 그의 주제로 하야 완전히 독창적인 희곡을 내었다. 작중의 인물들은 모두 인습에 젖은 농부들의 〈앵글로 아이리쉬〉 방언(켈트계의 조사법(措辭法)으로 된 영어)을 쓴다. 동작도 역시 엑조틱한 기현상으로 취급받는 목가적 몽매(蒙昧)로 오는 낡은 인습의 해석 아래서 된다. 씬즈는 이렇게 하야 논리 정연하고 수미일관한 희곡정신의 체계를 세우고, 이 체계 우에 그는 그의 희곡을 제작하였다.

 씬즈의 언어에 대한 관계도 역시 소재에 대한 그의 폭단적(暴壇的) 교류에 그 근원을 두었다. 이 사실은 세계주의적인 애란인의 영어에 대한 관계에 의하야 더욱 강조되고 있다. 나기는 애란인으로 났으나, 교양은 파리아(巴里兒)로 교양 받은 씬즈는 그와는 아모 문화적 결련이 없는 일국(一 國)의 언어로 그의 작품을 쓰지 않아서는 안되었다.

 후일에 죠이쓰가 영어에 능한 품으로는 가장 최하층급의 비속한 영국 부녀자가 오히려 그보다 나엇섯다고 확언한 바가 잇슨만치, 언어에 대해서는 적면(赤面)한 지경에 이르도록, 그러케 절박한 필요를 느낀 씬즈는 역사라는 것이 그에게 강요하는 국어를 극도로 소홀히 녁이고 또 성폐(省廢)를 마음대로 하여서 이 국어가 나종에는 그의 통요(通饒)한 언어가 되고 또 애란어가 되고 씬즈어가 되기에 이르렀다.(연재 3회).

 특히 주목되는 부분은 싱이 서부 애란의 토착 민중의 생활을 관찰하고 모두 인습에 젖은 그들의 언어를 사용하여 작품을 썼다는 점이다. 이국 생활을 한 싱은 당시 애란 작가들이 '영국 식민주의 국어(영어)'를 사용하여 글을 썼던 것과는 달리 이를 소홀히 하고, 대신 토착 민중의 언어로 창작하였는데, 그 결과 그것이 나중에는 아일랜드의 국어가 되었다는 것이다. 이 부분은 표준어가 아닌 '평안도 정주 지방의 방언'을 사용하여 시를 쓰고, 시 속에 토착 민중의 생활, 감정을 적극 수용하여 그것을 시적으로 충실히 재현하는 작업을 자신의 문학적 과제로 삼았던 훗날의 백석 자신의 독특한 문학관과 그의 시작 태도를 이해하는 데, 아주 중요한 단서를 제공해 준다. 싱의 경우와 백석의 경우 사이에는, 희곡과 시, 영국의 지배와 일본의 지배, 유럽 유학과 일본 유학이라는 차이 외에 언어적 국경과 문화적인 차이가 존재하는 것이 사실이다. 그러나 미르스키의 논조가, 조이스보다 싱 쪽을 더 긍정적으로 평가하고 있다는 점, 번역자의 관심도 여기에 있는 것으로 보인다는 점에서, 영문학도인 백석은 조이스보다 싱의 문학적 태도에서 많은 감명을 받고 있었던 것으로 평가된다.

참고로 말하면, 싱은 아일랜드 아란 섬의 토착민의 생활을 조사한 기행집 『아란 섬』(The Aran Islands, 1907)을 냈고, 희곡 「계곡의 그늘」(1903)이 '애비 극장'(예이츠가 창립한 아일랜드 극장)에서 상연된 이래, 이 극장의 대표적 작가였다. 「바다로 달려가는 사람들」(1903, 단막극, 1904년 상연, 아일랜드 서부 해안에서 직접 들은, 모든 남자 가족들을 바다에서 잃어버리는 불쌍한 노파의 이야기를 소재로 한 것). 「서쪽 나라의 멋장이」(1907), 「땜장이의 결혼」(1907) 등 독특한 사실주의 작품을 썼다. 이것들은 모두 토착 어민이나 농민의 생활을 다룬 것으로 철저한 사실과 상상이 결부된 걸작이다. 그는 시극 「슬픔의 데아드라」(1910)을 미완으로 남긴 채 작고했다. 아일랜드 문학 운동은 영어권 탈식민주의 담론의 중요한 주제이다.[9]

---

9)   에드워드 사이드, 『문화와 제국주의』, 김성곤 · 정정호 역, 창, 1995; 피터 차일즈 · 패트릭 윌리엄스, 『탈식민주의 이론』, 김문환 역, 문예출판사, 2004 참조.

이 글은 그가 식민지의 정치와 문화 문제를 날카롭게 이해하고 있었다는 사실, 식민지 토착 민중과 그들의 언어와 문화에 대한 관심이 있었다는 점, 아일랜드 문예부흥(김기림도 이에 각별한 관심을 가지고 있었다)에 대한 남다른 관심이 있었다는 사실을 말해 주는 자료로서, 백석의 시 쓰기를 이해하는 데 커다란 빛을 던져 준다. 그는 문화와 정치의 관계를 깊이 연구하면서 자신의 문학의 길을 모색하고 있었던 것으로 판단된다.

　시인으로서 백석은 고향의 기억을 담은 『사슴』(1936)에서 출발하여, 한반도의 북동쪽(함흥), 한반도의 북서쪽, 남부 지방 등에 체류 또는 기행하면서 여러 편의 작품을 썼고, 일제 말기에는 만주국 신경으로 가서 그곳에 머물며 여러 편의 시를 남겼다. 그의 시에는 동경이나 서울이 등장하지 않는다. 도시적 체험의 시도 찾아볼 수 없다. 그의 가슴속 깊은 곳에 '아일랜드의 싱'이 있었다고 보아 틀림없을 것이다. 그의 고향 시편은 기억에 바탕을 둔 토착민의 민속적 세계에 주안점이 두어져 있다. 「가즈랑 집」, 「여우난골 족」, 「고방」, 「모닥불」, 「고야」 등이다. 그는 즐거웠던 명절, 단란했던 가족사, 공동체의 슬픈 역사에 대해 쓴다. 근대시에 익숙해져 있는 독자들에게는 언어와 형식 모두가 파격적이지만, 조선인의 기억 깊은 곳을 건드리고 있어 누구나 쉽게 읽을 수 있는 쉬운 시이되 이야기가 들어 있는 시이다. 그는 민중의 편에서 시를 썼다. 그의 시들은 토착민의 생활감정을 다루고 있다는 점, 민중의 방언을 구사하는 점, 민중 문화를 수용하고 있다는 점에서 민중적이다. 남편은 타관 가서 오지 않고 기다리던 아이는 죽어서, 그 후 여승이 된, '평안도 금점판'에서 본 한 여인의 고난사를 그대로 작품화한 「여승」도

그렇지만, 서도 기행에서 목격한 이야기를 시로 옮겨 놓은 다음과 같은
시는 아주 민중적이다.

> 계집 아이는 자성(慈城)으로 간다고 하는데
> 자성은 예서 삼백 오십리 묘향산 백 오십리
> 묘향산 어디메서 삼촌이 산다고 한다
> 새하얗게 얼은 자동차 유리창 밖에
> 내지인(內地人) 주재소장 같은 어른과 어린 아이 둘이 내임을 낸다
> 계집아이는 운다 느끼며 운다
> 텅 비인 차안 한구석에서 어느 한 사람도 눈을 씻는다
> 계집 아이는 몇 해고 내지인 주재소장 집에서
> 밥을 짓고 걸레를 치고 아이 보개를 하면서
> 이렇게 추운 아침에도 손이 꽁꽁 얼어서
> 찬물에 걸레를 쳤을 것이다
>
> ─「팔원-서행시초 3」[10]

  시의 소재가 된 아이는, '일본인 주재소집'에서 몇 년 동안 밥 짓고
청소하고 아이 보기를 하면서 자라는 식민지의 아이이다. 그가 차 운임
을 대신 내는 걸로 보아 아이는 돈이 없는 것 같다. 아이는 추위에 떨고
있다. 시의 주인공은 여성이고 게다가 어린 아이이다. 힘겨운 노동으로
지친 아이는 교육을 제대로 받은 것 같지도 않다. 고통 속에 던져져 있
으나, 그 고통을 말할 수도 누구에게 항변할 수도 없는 처지─천애의
고아 같은 아이다. 갸트리 스피박이 지적한 바와 같이 '하위계층(서벌
턴)은 말할 수 없다'. 시인은 말할 수 없는 이 아이를 대신해 그 고통에

---

10) 이동순 편, 『백석시전집』, 창작과비평사, 1987, 94면.

대해 쓰고자 한다. 임화의 시 「우리 오빠와 화로」의 여성 화자는 그래도 오빠가 있고 돌보아 줄 친구들이 있지만, 이 천애의 고아에겐 그런 것도 없다. 「여승」의 주인공도 침묵하고 있다. 백석의 이 시선은 민중적이다. 이들 이야기를 시로 쓰고 있는 시인 자신의 조선 민중에 대한 한없는 연민과 애정이 배어 있는 작품이다. 그가 이룩한 독특한 리얼리즘의 수준을 확인할 수 있다.

임화의 리얼리즘적인 노동시, 김기림의 모더니즘적인 도시 시는 모두 근대성의 경험을 다룬 것이다. 진보적 리얼리즘, 모더니즘이란 차이가 있으나, 주류사회의 근대 합리주의적 세계관의 산물이다. 그러나 백석의 리얼리즘(기행시)은 이들의 시와 다르다. 임화적인 계급적 리얼리즘이 아니라 민중적이다. 근대라든가 도시화라든가 하는 것과는 상관없이, 자신의 터전에서 자신의 방식대로 살아가는 원주민들의, 가난하지만 활기차게 살아가는 토착 민중의 삶과 언어에 주안점을 두고 있다. 변두리적인 삶, 근대화는 상관없이 유전되어 온 삶이 백석 시의 관심사이다. 서도, 남해 등은 기행시에는 그곳 생활과 언어, 정서가 고스란히 재현되어 있다. 이런 태도는, '아란 섬'을 탐방한 후 기행문을 쓰고, 재래의 삶과 언어가 보존되어 있는 아일랜드 서부 지역 주민 생활을 조사하여 이를 작품화하고자 했던 싱의 문학적 태도를 연상시키는 점이 있다. 중요한 것은 백석의 시가 싱의 문학을 모방한 것이 아니라는 점이다. 백석의 시는 한국 시의 새로운 가능성을 연 창조적인 것이다. 아주 독창적이다. 문학적 태도에서 감명받기와 자신의 언어로 시세계를 창조하는 것은 그 차원이 다르다. 유사성이 있다면 모두 지배 문화, 제국주의 문화에 대한 대안으로서의 글쓰기라는 점이다. 백석의 시

세계가 도시에서 멀리 떨어진 산골이나, 농업을 주축으로 하는 시골 변두리 마을이라는 사실은 주목을 요한다. 명절날 큰집에 모여드는 오래된 풍속, '가즈랑 집', 냄새와 맛이 모두 친근한 재래시장의 음식물들, 장날의 떠들썩한 풍경과 신명, 시골 여인숙 방 안에 뒹구는 때묻은 목침들—이런 것이 백석의 시의 핵심적인 정서이다. 그의 시는 근대시에 익숙한 오장환으로부터 비판을 받기도 했지만, 오장환은 그의 시에서 민중적인 것을 제대로 본 것 같지 않다. 백석은 길을 따라 이동하면서 그 길 위에서 본 조선인의 삶과 여러 이야기를 작품화한다. 그의 시 쓰기는 마치 한곳에 정주하여 나무를 심고 기르는 것처럼 하나의 공간 위에 시를 쌓아올리는 것이 아니다. 줄기마다 몇 개의 뿌리('근경', 리좀)를 만들어내는 고구마를 가꾸는 것처럼, 이곳저곳에 시를 심고 뿌리며 뻗어 가는 줄기를 따라 결실을 거두고자 한다. 그의 시 쓰기는 제국의 언어, 도시적 주류 문화, 근대주의 담론에 의해 쉽사리 포착되지 않는 방식으로 작동한다. 여전히 식민지의 영토 안에서 작동하지만, '제국의 언어(문화 제국주의)의 그물'에 걸리지 않는, 그들의 언어로 잘 포착되지 않는 글쓰기인 것이다. 그의 시의 길은, 문학적 소수자가 만들어 가는 시 쓰기의 탈주선을 그어 가는 그런 것이다. 이 작은 오솔길을 따라 이동하는 그의 시 쓰기 태도는 G. 들뢰즈와 F. 가타리가 말한 그 '유목주의'를 닮았다. 그것은 지배 문화에 대한 거부와 부정의 형식이다. 길을 따라 이동하는 그의 시선이 만들어내는 시편들은 인정과 활기로 가득하다.

구석에 데굴데굴하는 목침(木枕)들을 베어보며

이 산골에 들어와서 이 목침들을 새까마니 때를 올리고 간 사람들을 생각한다

그 사람들의 얼골과 생업(生業)과 마음들을 생각해본다

―「산숙(山宿)」

　달빛도 거지도 도적개도 모다 즐겁다

풍구재도 얼럭소도 쇠드랑볕도 모다 즐겁다

(…중략…)

신영길 말이 울고 가고

장돌림 당나귀도 울고 가고

　대들보 우에 베틀도 채일도 토리개도 모도들 편안하니

구석구석 후치도 보십도 소시랑도 모도들 편안하니

―「연자간」

　어쩐지 향산(香山) 부처님이 가까웁다는 거린데

국수집에서는 농짝 같은 도야지를 잡어 걸고 국수에 치는 도야지 고기는 돗바늘 같은 털이 드문드문 백였다

나는 이 털도 안뽑은 도야지 고기를 물구러미 바라보며

또 털도 안뽑은 고기를 시꺼먼 맨모밀국수에 얹어서 한입에 꿀꺽 삼키는 사람들을 바라보며

　나는 문득 가슴에 뜨끈한 것을 느끼며

소수림왕(小獸林王)을 생각한다 광개토왕(廣開土大王)을 생각한다

―「북신(北新)―서행시초 2」

　그는 한때 국경을 건너 만주로 이주하였던 시인이다. 그의 만주 시편 중에는 자신의 만주 땅으로의 여행이 겨레의 '역사적 삶의 태반(胎盤)'

으로의 귀환이라고 쓴 시가 있다(「북방에서」). 이 시에서 그가 말하고 자 한 것은 '민족의 유구한 역사'이다. 그 역사는 이제 모든 것이 사라 져 가는 그런 괴로운 역사이다. 그가 만주국의 이민자로서 그곳에서 직 면한 것은 향수와 허무였다. 「흰 바람벽이 있어」, 「두보나 이백 같이」가 이 시기의 작품이다. 그는 일제의 새로운 식민지 국가의 수도(신경)에 서 소수자로 살며 시를 썼다. 여러 종족의 이민 국가였던 만주국의 수 도의 전체 인구 중에서 조선인 이주자는 '소수'에 불과하였다.[11] 그는 거 기서 고독을 견디며 침묵 속에서 조선어에 의지하여 지속적으로 썼고, 거기서도 제국의 정치 문화나 나날이 그 모습을 바꾸어 가고 있었던, 신경의 도시 풍경에 대해서는 쓰지 않았다. 『만선일보』에 쓴 산문에서 그는 '요설'을 피하고 "묵(黙)하는 정신"에 대해 말하고 있다. "비록 몸에 남루를 걸치고 굶주려 안색이 창백한 듯한 사람과 한 민족에 오히려 천 근의 무게가 없을 것인가. 입을 담으는 데 있다. 입을 다물고 생각하고 노하고 슬퍼하라."(「조선인과 요설」, 『만선일보』, 1940.5.25~26).[12]

백석이 신경에 머물며 고독과 침묵 속에서 몇 편의 시를 쓰고 있을 당시, 김기림은 몸담고 있던 『조선일보』가 폐간되자, 고향 함경도로 내 려갔고, 임화는 『신문학사』 집필에 전념하다 이를 중단하고 있었다. 조 선어의 위기 즉 조선 문학 전체의 위기가 온 것이다. "민족적이냐 계급 적이냐, 또는 진보적이냐 반동적이냐 하는 방법으로 생각되던 문제가 이 시기에 이르러서는 민족적이냐 비민족적이냐, 혹은 친일적이냐 반

11) 김경일 외, 『동아시아의 민족 이산과 도시』, 역사비평사, 2004 참조.
12) 만주 시대의 백석에 대해서는 서준섭, 「백석과 만주」, 『한중인문학연구』 19집, 한 중인문학회, 2006 참조.

일적이냐 하는 형식으로 제기되기에 이른 것"이라고, 임화는 해방 후에 그 시기를 회고한다. 그리고 작가들의 '조선어 수호', '합리주의 정신의 유지' 문제가 일제 말기 작가의 가장 절실한 과제였다고, 그는 증언하고 있다.[13] 조선어학회가 『조선어사전』을 편찬하다가 전원 구속되고, 조선어 신문, 잡지가 폐간되었던 시기이다.

3. 결어 : 해방 후 '민족문학론'의 등장, 그리고 '그때와 지금'

식민지 시대 시인들은 자신의 문학 활동을 하는 동안 자신의 삶의 테두리를 이루고 있었던 식민주의 문화와 정치권력을 인식하지 않을 수 없었다. 이런 사정은 한용운에서 백석에 이르는 조선의 모든 시인들의 '문화적 위치'(호미 바바)가 제국의 식민지였다는 당시의 특수한 상황에서 기인하는 것이다. 구조주의적인 관점에서 볼 때 구조 내의 모든 개인이란 하나의 위치에 불과하다. 이 개인 즉 시인의 외부'는 카오스적인 힘이다. 시인은 그 외부의 힘, 타자의 힘을 자신의 안으로 접어 넣으면서, 자신의 문화적 주체성을 정립해야 한다. 이 문화적 주체성의 발견, 인식, 구성은 타자 즉 자신을 둘러싸고 있는 제국, 식민지 권력을 날카롭게 인식하고 그 타자와 직면하고자 할 때 비로소 가능한 사인이다. 주체란 언제나 타자에 대한 주체이기 때문이다. 이렇게 정립된 문

---

13) 임화, 「조선민족문학 건설의 기본과제에 대한 일반 보고」, 『건설기의 조선문학』, 문학가동맹, 1946 참조.

화적, 문학적 주체는 곧 윤리적 주체이기도 하다. 타자와의 직면을 통해 구성되는 문화적 주체는, 스스로 자신이 편입된 식민주의 문화 환경 속에서 어떻게 인간으로서 살아가고 행동하며 또 어떤 작품을 써야 할 것인가, 어떤 작품을 통해 독자들을 만날 것인가 하는 물음을 스스로 질문하지 않을 수 없다. 문학적 주체는 그가 시인으로서 살아가고자 하는 한 필연적으로 이런 윤리적인 문제와 마주하게 되며, 이는 주체의 윤리성 정립을 요구한다. 그런 의미에서 문학적 주체의 정립은 윤리적 주체의 구성과 정립이라는 과제와 불가분의 관계를 맺는다. 한용운에서 백석에 이르는 시인들의 글쓰기에서 그들의 윤리적인 얼굴을 함께 발견할 수 있는 것은 그 때문이다. 그들의 작품 속에서 언어와 문화, 개인적인 삶과 문화 공동체 전체의 삶의 문제는 서로 밀접하게 이어져 있다. 개인의 발견은 언어 공동체와 민족의 재인식, 발견으로 확대된다. 이들의 작품을 당시의 식민주의를 고려한 탈식민주의적인 관점에서 논의해 볼 수 있는 근거가 그것이다.

지금까지의 논의를 다시 요약해 보자. 식민지의 도시적 문화 바깥에서 토착어, 토착 문화에 애정을 가지고 이를 자신의 시 쓰기에 적극적으로 수용하고자 했던 백석의 유목주의적인 글쓰기, 조선주의를 주장하고 식민지 정치권력과 헤게모니의 행사 방식에 각별한 관심을 보여주었던 김기림의 단편소설, 그리고 '생명—권력—생체 정치'의 인식과 관련된 한용운의 대항 문화 운동—이 세 가지는 당시 시인의 시 쓰기의 동향을 잘 대변해 준다. 물론 이들의 문학적 실천이 식민지 시대 문학의 전부라 할 수는 없다. 국외 망명파도 있었고(신채호, 김사량), 국내 거주 작가로서 탈식민주의적 작품을 남긴 시인도 많다. 그러나 이들

네 시인의 작품들은 일제 말기의 일부 일본 협력파 시인들의 글쓰기와는 뚜렷이 구분되는 것이다. 해방 후 탈식민주의 담론을 시작한 사람이 바로 이들이었다는 사실은 기억할 만하다. 특히 전국문학자대회(서울)에 참가했던 김기림의 경우가 그렇다.

'전국문학자대회'(1946)에서는 여러 탈식민주의적 담론이 제기되었고, 다음과 같은 '결정서'가 채택되었다. 1) 민족문학의 수립 2) 일본 제국주의적 문화 지배의 잔재와 봉건주의적 유물의 청산, 3) 국수주의적 경향과의 투쟁, 4) 민족문학 건설을 위한 민주주의적 국가 건설 등이 그것이다.[14] 임화의 당시 보고문에는 '프로문학의 공식주의, 문단 내부의 분열과 갈등, 프로문학의 특권화와 배타주의' 등 자신의 지난 시대 문학 담론과 활동이 초래하였던 자체의 문제점들에 대한 뒤늦은 자기 비판과 성찰이 포함되어 있어 인상적이다('조선민족문학 건설의 기본과제에 대한 일반보고」). 김기림은 '자유'의 소중함을 말하면서 민족문학을 위한 새로운 출발을 다짐하였다. 김기림은 다른 자리에서 일제하 모더니즘이 '위장된 예술주의'의 일종이었다고 회고하고(『시론』, 1947, '서문'), 지금은 민족문학 건설을 위해 '정치와 협동하는 문학'이 필요하다고 역설하였다(김기림, 「정치와 협동하는 문학」, 『경향신문』, 1947.6). 전국문학자대회에서 논의된 여러 문화적 담론들을 묶어 출판한 『건설기의 조선문학』은 탈식민주의의 시각에서 볼 때 해방 후 문화계의 탈식민주의 담론의 시작을 알리는 것이었다. 이 문헌은 식민지 시대를 살았던 작가들의 생생한 현장 경험이 그대로 투영되어 있다는 점

---

14) 『건설기의 조선문학』, 197~198면 참조.

에서, 식민지 시대 문학을 이해하고, 탈식민주의적 연구의 방향을 모색하는 데 하나의 출발점을 제공한다.

그러나 해방기에 제기된 각종 민족문학 담론 전체를 두고 볼 때 이들의 민족문학 담론이 그 전부였던 것은 아니며, 이들의 탈식민주의 담론이 이후의 본격적인 담론으로 이어졌던 것은 아니며 거기에 미흡한 점도 많았다는 점도 지적되어야 마땅하다. 지금 와서 분명해졌지만 해방은 진정한 민족해방이 아니었으며, 탈식민주의 활성화되고 성숙되기 어려운 정치적 혼란을 야기하고 있었다. 해방기의 새로운 문화적 상황은 탈식민주의 담론의 개화를 기대하기 어려운 것이었다. 이 새로운 문화적 상황이란 1) 해방기 문학 담론의 지나친 정치화, 2) '민족문학 건설'이라는 새로운 거대 담론의 등장, 3) 또 다른 거대 타자(미국, 소련)의 등장, 3) 식민주의 문화의 극복보다 당면 과제 해결 쪽에 집중되었던 문학 담론의 편중 현상 등 새로 등장한 몇 가지 이슈와 서로 밀접한 관련을 맺고 있다. 그 결과 여러 수준의 탈식민주의 문화 담론은 본격화되지 못했고, 특히 식민지 세대 작가들에게 중요한 이슈로 남아 있었던 '정신의 탈식민화' 문제는 제대로 거론조차 되지 못했다. 해방 직후 언어(한글)의 문제가 재등장하였고 여기서 '조선어학회'의 역할이 컸다는 점, 민족주의 담론이 본격화되었다는 점은 지적해야 한다. 일본 식민주의 시대의 대항 담론이었던 민족주의는 여기서 점차 지배적인 담론으로 변화한다. 이 문제는 '시민적, 민중적 민족주의'와 '관료적 민족주의'를 구분해 성찰함으로써 어느 정도 해결될 수 있을 것이다. 한용운, 임화, 김기림, 백석 등의 탈식민주의적 글쓰기는 당시 문단의 관심 밖으로 점차 사라져 갔다.

현대문학과 사회문화적 상상력

이 글은 식민지 시대의 몇몇 시인의 작품을 탈식민주의적 관점에서 다시 읽고자 한 다분히 시론적인 성격을 띤 것이었지만, 지금까지의 논의를 통해 잠정적인 결론을 내린다면 다음과 같이 말할 수 있다. 탈식민주의적 연구 방법은 식민지 근대문학을 다시 돌아보며 식민자의 권력과 피식민자의 문학작품을 다시 읽을 수 있는 유력한 방법의 하나이다. 그렇다면 탈식민주의의 시기는 언제인가? '그때와 지금'이다. 포스트 식민주의 시대, 세계화 시대를 살고 있는 오늘날의 관점에서 보면 탈식민주의 담론(연구)이란, 때늦은, 다분히 시대착오적인 면이 있는 것이 사실이다. 그래서 연구자는 다음과 같은 물음에 부딪친다. 이 방면의 연구는 우리에게 '필요한 시대착오적 작업'인가? 아닌가? 탈식민주의적 연구가 우리에게 던지는 질문이 이것이다.

모더니즘과 1930년대의 서울
— 역사적 모더니즘의 재평가를 위한 문학사회학적 스케치

1. 모더니즘 결산서에 대한 두 가지 의문

한국 근대문학사에서 한 가지 뚜렷한 추진력이 있었다면 그것은 그 전개 과정에서 여러 작가들이 지속적인 관심을 기울였던 리얼리즘이라 할 수 있다. 1930년대 염상섭·채만식의 소설로 대표되는 리얼리즘은 외세의 개입으로 특징지어지는 근대사회 전반에 작용하는 여러 가지 힘과 그 배면에 놓여 있는 삶의 진실을 총체적인 시각에서 재구성해 보여 줌으로써 우리 문학사의 근대적 특성, 다시 말해 근대성을 구현하는 데 크게 기여하였다. 이 리얼리즘의 정신이 현대에도 중요한 과제로 인식되는 이유도 그 때문일 것이다. 그런데 근대문학사의 또 하나의 추진력으로 모더니즘을 추가시켜 보는 데 있어서는 약간 주저되는 점이 있는 것이 사실이다. 그 이유는 무엇보다도 우리 문학의 근대성(modernity)의 구현을 전면에 내세운 자리에서 시도되었던 1930년대의 역사적 모더니즘(운동)이 뚜렷한 성과를 거두지 못하고 끝나고 말았다는 지금까지의 일반적인 인식 때문이라 할 것이다. 그래서 1930년대는 리얼리즘의 승리와 모더니즘의 미숙성 또는 실패로 인식되고, 나아가 근대문학의 주류는 리얼리즘으로 평가되어 왔다. 그러나 우리가 한국 근대문학이라 할 때 근대문학의 의미가 단순한 시대 개념(20세기라는)이 아닌 근대문학으로서의 자체의 정체성(identity)을 간직하고 있는 문학이라고 하는 데 동의하고 있다면, 그 정체성은 다름 아닌 모더니즘(역사적 모더니즘이 아니라 '근대지향성'이라는 의미에서의 일반적 모더니즘)이 될 것이다. 여기서 역사적 모더니즘이 한국 근대문학의 전개 과정에서 어떤 역할을 담당했는가 하는 문제가 다시 한 번 중요한 과제로 떠오르게 된다. 그런 의미에서 1930년대의 모더니즘을 논의하는 일은 역사적인 과제이자 그 이상의 것이라 할 수 있다.

1930년대 초부터 약 10년간 지속되었던 역사적 모더니즘은 이 운동의 중심인물의 하나였던 편석촌(김기림)이 1939년에 그 결산서인 「모더니즘의 역사적 위치」를 씀으로써 문학사에 편입된 이래 현재까지 지속적인 관심의 대상이 되어 왔다.[1] 이 주제를 검토했던 많은 연구자들은 이상(李箱)의 소설 「날개」를 빼면 대체로 시를 중심으로 전개된 이 운동이 시 창작 방법론상의 자각을 보였으나 그것을 하나의 새 전통으로 정립시키는 데까지 나아가지 못했다는 점에 어느 정도 의견의 일치를 보여 왔다. 이를테면 김기림 · 정지용의 모더니즘 시를 이국적인 것에

---

1) 지금까지의 모더니즘 연구 현황에 대해서는 졸고, 「1930년대 모더니즘 시 연구의 현황과 문제점」, 『한국학보』 29집(1982 겨울), 일지사 참조. 최근의 연구 업적으로는 김윤식 교수의 『한국근대문학사상사』, 한길사, 1984와 『한국근대소설사 연구』, 을유문화사, 1986의 제11장 「소설사의 역사철학적 해석—모더니즘과 리얼리즘의 넘어서기에 대하여」가 주목된다.

탐닉하는 경박한 "모던 보이의 모더니즘", 사물의 감각적 재현에 치중하는 "내용 없는 시"라고 한 송욱의 지적,[2] 이상 문학을 그의 "미분화된 사고방식, 주체의 비적극성" 때문에 "부정" 외에 어떤 "생성"을 보이지 못한 것으로 보는 정명환의 평가[3] 같은 것이 그런 예에 속한다. 말하자면 하나의 방법론에 그쳤지 세계관으로까지 확대되지 않았다는 것으로 그 이유는 이들이 현실에 대한 전체적인 인식 능력, 다시 말해 원근법적 사고력과 정치의식의 결여라는 관점이 놓여 있는 것 같다. 그리고 그러한 평가의 이면에는 이 주제가 본격적으로 거론되기 시작했던 1960년대 이후 문화계의 문화의 주체성과 자주성에 대한 재인식과 근대 서구문학에 대한 폭넓은 이해와 사회적으로 정치의식의 성장이 크게 작용했다고 할 수 있다. 그 이후 최근까지 이에 대한 연구 성과를 축적·심화해 가는 과정에 있어서도 그러한 분위기는 크게 작용해 왔던 것이 사실이다. 이제 우리는 서구적 원천을 둔 이 역사적 모더니즘이라는 주제를 단순한 한 시대의 소산으로서 어느 정도 객관적으로 바라볼 수 있는 자리에 서게 된 것이다. 그러나 이 주제는 역사적인 것이자 현재적인 것이라는 문학사적인 관심에서 돌이켜 볼 때, 지금까지 우리는 앞서 말한 모더니즘 결산서에 언급되고 있는 두 가지 사실에 대한 좀 더 적극적인 의문을 가져 보는 데는 다소 소홀히 해 왔던 것은 사실이다. 그것은 이 결산서에서 언급되고 있는 다음 두 가지 사항이다. 첫째, "조선에서는 '모더니스트'들에 이르러 비로소 '20세기 문학'이 의

---

2) 송욱, 「한국 모더니즘 비판」, 『시학평전』, 일조각, 1963.
3) 정명환, 「부정과 생성」, 김붕구 외, 『한국인과 문학사상』, 일조각, 1964.

식적으로 추구되었다"고 긍정적으로 평가하고 있다는 것이고, 둘째, "그것(모더니즘-인용자)은 현대의 (…) 문명 그 속에서 자라난 문명의 아들이었다. (…) 우리 신시상에 비로소 도회(都會)의 아들이 탄생했던 것이다"라고 하여, 모더니즘을 '도회의 아들의 탄생'으로 지칭하고 있는 점이다.[4] 논리적 과장이거나 시대착오적인 말로 보이기도 하는 이 두 진술의 근거는 무엇일까? 우리가 별로 인정해 오지 않았던 이 두 진술 속에 어쩌면 역사적 모더니즘의 참 의미가 담겨 있는 것이 아닐까? 그러나 이러한 우리의 의문에 대해 이 글의 필자는 만족할 만한 설명을 하고 있지 않다. 모더니즘 운동의 결산서로는 불성실함이 보이는 글인 것이다.

이 두 가지 진술이 제기하고 있는 의문점을 풀어 보기 위해서는 모더니즘 시인들이 활동했던 1930년대의 도회인 서울(당시의 경성)과 모더니즘의 상관관계를 검토하지 않을 수 없다. 그것은 본 논문이 의도하는 바 모더니즘을 1930년대의 서울이라는 관계하에서 재론해 보는 것이 될 것이다. 그리고 모더니즘은 리얼리즘의 상대적 개념이라는 관점에서 모더니즘과 리얼리즘의 만남이었던, 이상의 「날개」 해석을 두고 벌인 최재서와 백철·임화 사이의 모더니즘 논쟁을 또 하나의 검토의 대상으로 이에 포함시켜 보고자 한다. 그렇게 할 때 역사적 모더니즘의 실상이 더욱 분명해지리라 보기 때문이다. 이 문제들을 논의함에 있어 먼저 모더니즘과 1930년대의 서울과의 관계를 해명함으로써 작품의 '생산환경'과 작품과의 관계 그리고 '작품' 자체의 성격을 이해하고, 이

---

4)　김기림, 「모더니즘의 역사적 위치」, 『시론』, 백양당, 1947, 74~75면.

어 모더니즘과 리얼리즘 간의 논쟁 과정을 검토해 봄으로써 모더니즘 작품이 당시 문단에서 어떻게 '수용'되었는가 하는 점을 파악해 보고자 한다. 작품의 생산·작품·수용이라는 모더니즘의 세 국면을 동시적인 과제로 놓고 그 전개 과정을 그 동적인 진행 방향에 따라 비판적으로 재구성해 볼 것이다. 여기서 논의 대상으로는 김기림·이상·김광균·최재서 외에 오장환의 작품을 추가하되 이상의 작품에 특히 비중을 두고자 한다. 그리고 본고는 개별 시인보다는 우선 모더니즘의 전체 윤곽을 재론해 보는 쪽에 논의를 집중하고자 한다.

2. '도회의 아들'과 1930년대 서울과의 만남

1930년대의 모더니즘은, 20년대 이래의 김우진(표현주의)·고한용·김화산(다다이즘) 등 일부 문인들의 서구의 전위문학에 대한 관심의 연장선상에서 추진된, 어느 정도 본격적인 차원의 한국문학의 근대화 운동이다. 이 시대에 이르러 그것이 문단의 전면에 나타나게 된 데에는 대체로, (1) 1930년대 초엽부터 악화되기 시작한 사회·문화적 분위기에 따른 지식인(문인)들의 정신적 불안과 새 세계에 대한 관심, (2) 침체기에 접어든 문단의 새 활로 모색과 1차 대전 후 서구 대도시에서 일어난 전위예술의 국내 문단 파급, (3) 일제의 한국 시장 확대책에 따른 급격한 도시화 추진과 그런 분위기에서 자라난 새로운 문학 세대의 등장 등의 조건이 놓여 있다.

우선 당대의 전반적인 사회·문화적 분위기 악화는 잘 알고 있는 바와 같이 1930년 전후에 일어난 일련의 사건들과 관련되어 있다. 1929

년 세계 공황의 서울 파급에 따른 실업자의 증가, 1927년 결성된 '신간회(新幹會)'의 해소(1931. 5), 중일전쟁(1937)·태평양전쟁(1941)으로 이어진 15년 전쟁의 전초전이었던 만주사변(1931. 9), 이른바 국체(國體) 수호를 위해 제정된 치안유지법의 한국 확대 적용(1925)과 사상 탄압, 제1차 카프맹원 검거 사건(1931. 2.~1931. 8) 등의 사건이 계속해 일어나고 여기서 조성된 사회적 불안은 문단에도 확산된다. 문단 내의 사정은 특히 20년대 중반 이래의 국민문학파와 프로문학파 간의 선적 긴장이 해소되면서 전반적인 위축기에 접어들게 된다.

이런 분위기 속에서 모더니즘 운동의 기수로 등장하는 편석촌(당시 『조선일보』 사회부 기자)이 조선일보사의 이상재·안재홍 등이 참가했던 '신간회'[5]의 해소를 보고 쓴 논문 「인테리의 장래」[6]의 논점은, 30년대 초의 정신적 상황을 반영할 뿐만 아니라 이후의 지식인·문인들의 삶의 전반적인 향방(向方)을 예고하는 것으로 주목된다. 그에 따르면 지식인은 "자본주의 사회"의 문화를 담당하는 "정신노동자"로서, "근육노동자"와 함께 자본이 "신중산 계층"을 창출할 필요가 있을 때까지는 사회 발전에 기여할 수 있다. 그러나 자본주의의 발달에 따라 지식인의 과잉 생산이 이루어져 "공업상의 예비군(실업)" 외에 "인테리 예비군"이 생기는데, 여기에 "프로레타리아로 전락"을 피하려는 사람들이 대거 지식인으로 등장함에 따라 지식인은 프롤레타리아와 비슷한 존재로 전락하거나 분화된다. 현대사회와 세계의 지배자는 "돈"이지 지식인

5)   스칼라피노·이정식 외, 『신간회 연구』, 동녘, 1985 참조.
6)   『조선일보』 1931. 5. 17.~5. 24(연재).

은 아니기 때문이라는 것이다. 여기서 소크라테스로 대표되는 희랍 문화의 전성기에 그 문화를 지양하는 "안티테제"로서 소피스트들이 출현했듯이 지식인 중에 "소피스트의 출현"은 필연적인 것이 된다. 그는 이와 같은 관점에서 신간회의 해소를 인식하면서, 이상의 사실을 잊고 지식인들이 각 집단 내의 이해관계에 따라 헤게모니 쟁탈을 위해 서로 갈등, 분파를 만드는 현실을 비판한다. 그리고 국내에서도 앞으로 인텔리의 급격한 분화와 그에 따른 소피스트가 출현하게 되리라 진단한다. "필경 이들 '소피스트'는 벌써 난숙한 자본주의 문화의 한 결론으로서 제출된 존재며 조흐나 구즈나 그 열매며 희생이기도 하다"고 그는 본다. 그들은 "저물어 가는 낡은 진리의 광야를 방황"하게 되리라는 것, 그러나 역사는 지식인을 동요시키면서도 그 필연적 과정을 "가장 냉혹하게—그러나 가장 합리적으로" 급속히 전개되리라 전망한다.

"게오르그 차르맨 · 카우츠키 · 부하린" 등의 견해를 그대로 답습한 매우 도식적이고 거친 글이지만, 이 논문에서 또 한 가지 관심을 끄는 것은 그가 이 논점들을 예술 분야에 적용, "자본주의 난숙기"에는 생활을 잃은 지식인의 일부에 의한 "데카당 문학"과 전원 도피에 의한 "전원문학"이 필연적으로 출현하게 되리라고 본 점이다. 그는 전자의 예로 19세기 말 파리 · 빈 · 모스크바의 허무주의적 데카당 문학(보들레르 · 랭보 · 베를렌 · 싸멘 · 아서 시먼스 등)을 들고, 후자의 예로 전원에서 자신의 이상을 찾고자 한 러스킨 · 카펜터 · 톨스토이 등의 전원문학을 들고 있다.[7] 이 글은 필자가 동시대를 일본 자본주의의 전성기(난숙기)

---

7) 같은 글, 연재 3회(1931. 5. 20) 및 5회(1931. 5. 22) 참조.

로 보고 있다는 점, 지식인의 입장에서 그 불안 의식과 관심사를 드러내고 있다는 점, 소피스트와 데카당 문학 · 전원문학의 출현을 전망하는 논의를 편다는 점 등에서 특징적이다. 이 논점들은 이후의 정세 변화 · 실제의 문학 판도와도 일치되는 점이 적지 않다. 모더니즘은 이러한 현실 인식하에서 문학 내에서의 새로운 돌파구를 마련하기 위해 제기된다.

마침 1차 대전 후 프랑스 · 이태리 · 영국 등에서 일어난 아방가르드 예술 운동(또는 모더니즘)의 소식은, 침체 일로를 걷고 있던 단조로운 문단에서 새로운 세계를 추구하고자 했던 시인들에게 좋은 자극제가 되었다. 기성 시인들의 시에서 지나친 감성주의와 내용 중시 태도에 따분함을 느끼고 있던 김기림(신문기자) · 이상(전 토목건축기사), 그리고 뒤에 이에 합세하는 김광균(회사원) · 오장환 등 서울에 거주하는 젊은 시인들은, 약 10여 년 전부터 파리를 거점으로 하여 지속되고 있는 다다이즘 · 초현실주의 · 입체파 등 예술 운동과 영국의 모더니즘의 동향에 깊은 관심을 갖고 탐닉하면서 거기서 새로운 시의 방향을 찾고자 하였다. 이들은 문학뿐만 아니라 현대 회화 · 영화 등에도 깊은 관심을 기울였다. 다음과 같은 글은 당시의 신세대들의 관심의 방향과 내면풍경을 잘 보여 주고 있다.

> 그(李箱-인용자)가 경영한다느니 보다 소일하는 찻집 「제비」 회칠한 사면 벽에는 「쥬르 · 뢰나르」의 「에피그람」이 몇 개 틀에 들어 걸려 있었다. 그러니까 이상(李箱)과 구보(丘甫)와 나(김기림-인용자)와의 첫 화제는 자연 불란서 문학, 그 중에서도 詩일 수밖에 없었고, 나중에는 「르네 · 크레르」를 퍽 좋아하는 눈치다. 「단리」에게서는 어떤 정

신적 혈연을 느끼는 듯도 싶었다. 1934년 여름 어느 오후, 내가 일하는 신문, 그날 편집이 끝난 바로 뒤의 일이었다.[8]

　지금의 소공동(당시 長谷川町)에 김연실(金蓮實)이란 배우가 하던 낙랑(樂浪) 다방에서 만나자 하여 가서 기다렸더니, 헬멧 모자에 반바지 스타킹 스타일로 '아프리카에 간 리빙스턴 박사' 같은 그(김기림－인용자)가 어둑어둑할 무렵에야 나타났다. 다방 문이 닫힐 때까지 서너 시간 이야기를 하다 헤어졌는데, 자세한 것은 다 잊어버렸고 기억에 남는 것은 파리를 중심으로 화가와 시인들이 모여 같은 시대정신을 지향한 공동목표를 세우고 한 떼가 되어 뒹굴며 운동을 한다하며 구체적인 예를 많이 들었다. 자신은 그 중에서도 블라맹크 그림의 모티브인 현대의 위기 감각을 높이 평가한다는 이야기, 시인으로 이상이 원고지 위에 수자의 기호로 쓴 시각의 시 이야기, 아직 작품 발표는 적으나 오장환이란 신인이 주목된다는 이야기 등등이었다. 그리고 화가로는 김만형(金晩炯)·최재덕(崔載德)·이쾌대(李快大)·유영국(劉永國) 같은 사람들의 이름을 들며 가까운 새로운 시일에 소개해 주겠다는 이야기를 하고 헤어졌다.[9]

　이 글은 이상·김기림·박태원 등 세 사람의 문학 회합과, 모더니즘에 매력을 느끼고 있던 김광균이 상경(上京), 처음으로 김기림과 대면하던 일을 각각 김기림·김광균이 회고 형식으로 쓴 것이다. 이들이 현대 예술 전반, 특히 회화에 대한 상당한 관심과 식견을 가지고 있었음을 알 수 있다. 주로 다방에서 만나 새로운 문학·예술에 대한 공감대를 형성하고 이를 범문단적으로 확대해 나가고자 한 것이 그들의 방식

---

8)　김기림, 「이상의 모습과 예술」, 『이상선집』, 백양당, 1949, 1면.
9)　김광균, 「30년대의 화가와 시인들」, 『김광균문집 와우산』, 범양사 출판부, 1985, 171~2면.

이었다. 김기림이 이론가 겸 시인으로 나서는 동안 1933년에 결성된 '구인회'는 모더니즘 운동에서 중요한 매개적 기능을 담당하였다. 여기서 그 회원인 이상·김기림·정지용 사이의 유대관계가 성립된다. 그보다 앞서 불교 공부를 하기 위해 시골서 상경했던 신석정과 김기림·정지용이 만나고(1931년경)[10] 뒤에 김기림과 김광균·오장환[11] 사이의 관계가 맺어진다. 뒤에 소설 「날개」에 대한 평론을 써서 중요한 역할을 담당하는 최재서와 이상 사이의 만남도 확인된다(「기상도」 출판기념회 석상). 이 중에서 다다·초현실주의에 이끌렸던 이상을 제외하고는 대부분의 시인들이 극단적인 시 형식의 파괴를 시도하지는 않았다. 이는 그들이 아직 근대시의 역사가 짧은 당시 문단의 사정을 고려했기 때문일 것이다.

그런데 당시의 지식인의 불안이라든가 서구 아방가르드 예술의 수용만으로는 모더니즘 운동이 가능했으리라고 말할 수 없다. 여기에는 보다 중요한 현실적 토대, 서구 아방가르드 예술 운동의 한 기반이었던 '대도시'라는 사회문화적 조건이 어느 정도 전제되어 있어야 한다. 이 문제와 관련되어 있는 것이 지금까지 별로 주의하지 않은 당시 급격한

---

10) 신석정, 「나의 문화적 자서전」, 『난초 잎에 어둠이 내리면』, 지식산업사, 1974 참조.

11) 이봉구에 의하면 김기림은 오장환의 시를 『조선일보』에 발표시키는 등 처음부터 관심을 가졌고(이봉구, 「성벽시절의 장환」, 『성벽』, 재판, 아문각, 1947), 김기림은 그의 첫 시집 『성벽』의 서평을 쓰고, 제2시집 『헌사』가 나온 뒤에도 이를 높이 평가했다. 김기림, 「성벽을 읽고」, 『조선일보』 1937. 9. 18 및 「1930년대 掉尾의 시단동태」, 『시론』, 백양당, 1947 참조. 오장환은 또한 김광균과도 가까운 사이였다. 그런데 김기림이 모더니즘 결산서에서 그의 이름을 왜 거론하지 않았는지는 단정할 수 없으나 어쩌면 착오일 가능성도 있을 것이다. 이런 사정을 고려하여 그의 30년대 시에 한정하면서 모더니즘 시인으로 포함시켜 본다.

변화 과정에 있던 대도시 서울(당시 경성부(京城府))의 현실적 조건이다. 이 문제는 중요하므로 이에 대해서는 약간의 자세한 검토가 필요하다. 앞에서 거론했듯이 모더니즘이 '도회의 아들'의 문학이라 한 것, 당시를 '자본주의의 난숙기'로 본 것 등이 모두 이 문제와 관련되어 있기 때문이다.

1930년도를 전후한 시대의 서울은 19세기에 출현한 파리와 같은 대도시에 비교할 수는 없으나, 명치유신 이후 급격히 성장한 일제의 한국 내 시장 확대책의 일환으로 추진된 도시화 정책으로 이미 외형상으로나마 근대 도시의 풍모를 갖추고 있었다. 자료에 기대면 1928년 현재 서울 인구는 약 31만 5천이었고,[12] 1934년에는 38만 2천 명에 이르고 있다.[13] 1934년 부산·평양·대구·인천·개성 등의 도시도 인구 15만~5만으로 되어 있다.[14] 특히 서울은 북서쪽의 남만주를 잇는 경의선, 북동쪽의 북만주를 잇는 경원선·함경선(1928년 10월 개통)과 남쪽 부산으로 이어지는 경부선 등이 통과하는, 교통과 상업의 중심지로서 한반도 내에서 일제의 가장 큰 시장이었다. 마침 자본주의 전성기(이른바 국가독점자본주의 확립기)를 맞고 있던 일제가 1931년 만주사변을 일으켜 중국 내륙 침략을 꾀했던 것도 한반도 내에 확보한 그들의 시장의 안정을 기하기 위한 것이었음은 주지하는 바와 같다. 그들은 일

---

12) 「경성통계」, 『별건곤』 1929. 10. 인구 구성은 한국인 225,833명, 일본인 84,176명, 외국인 4,997명임.

13) 『개벽』 속간호 1호, 1934. 11, 120면 참조.

14) 부산 약 15만 6천, 평양 15만, 대구 10만 5천, 인천 7만 2천, 개성 5만 2천 명 등으로 되어 있음. 『개벽』 속간호 1호, 120면 참조.

본의 거류지인 서울 남산 밑 충무로·진고개 일대(本町通)에 대규모 신시가지를 조성, 이곳을 서울의 메인 스트리트로 삼고 미쓰코시(三越)·삼중정(三中井)·평전(平田) 등 각종 대기업·군소기업이 진출, 이 지역의 상권을 장악하여 서울시장을 그들의 대자본으로 좌지우지하고 있었다.[15] 2·3층의 건물을 주축으로 하면서도 미쓰코시와 같은 4층 이상의 건물을 신축하고 일본에서 실어온 각종 상품을 진열, 밤이면 화려한 전등불 아래 수많은 인파를 모여들게 하였다.[16] 특히 밤에 "불야성의 별천지"로 변하는 본정통 일대는 "그곳을 들어서면 조선을 떠나 일본에 여행 나온 느낌"이 들 정도였고,[17] 당국은 마차를 못 다니게 해 보행자들로 하여금 마음대로 다니며 상품을 사게 했고, 이 지역으로 가는 교통량을 늘렸다. 당시 이 지역은 남촌(南村)으로 지칭되었다. 한편 청계천 북쪽 종로 일대의 북촌(北村)은 한국인들이 상권을 갖고 있었던 지역이나 남촌만큼 화려하지는 않았다. 그러나 화신(和信)을 비롯한 2·3층의 건물이 아스팔트 주변에 신축되었고 종로 네거리는 차량과 인파로 붐볐다.[18] 이러한 외형적인 도시화는 말할 것도 없이 엄청난 희생과 불균

<hr />

15) 정수일, 「진고개」, 『별건곤』 1929. 10 및 조용만, 『울밑에 선 봉선화야』, 범양사 출판부, 1985, 67면 참조.

16) 당시 『동아일보』 『조선일보』 등 주요 신문사의 운영이 신문 판매 외에 동경·대판 지점에서 유치해 오는 상품광고비에 크게 의존하고 있었다는 점으로 보아 서울에서의 일본 상품 판매액은 상당액에 달했을 것으로 판단된다. 무명거사, 「조선신문계 종횡담」, 『동광』 1931. 12. 79면 참조.

17) 정수일, 앞의 글, 46면 참조. 당시 동경의 번화가의 분위기에 대해서는 이광수, 「동경구경記」, 『조광』 1936. 11, 67~69면이 참고가 된다.

18) 유광열, 「종로 네거리」, 『별건곤』 1929. 10 및 김과백, 「탑동공원」, 같은 잡지 참조. 1910년대의 전체적인 서울 분위기는 『별건곤』 1929. 12에 수록된 이광수의 「20년 전의 경성」과 유광열의 「처량한 호적(胡笛)과 찬란한 등불」을 참고할 것.

형 속에서 타율적으로 감행된 것이었다. 화려함의 이면에는 거리를 헤매는 실업자 · 신당리의 빈민굴 · '경성상인'들의 파산과 전락, 뒷골목의 거지 · 매음 · 마약 등 도시화가 가져온 어두운 부산물들이 놓여 있었음은 물론이다. 1930년에 쓴 김화산의 다다풍의 시 「사월도상소견(四月途上所見)」[19]을 구성하는 여러 가지 풍경들은 당시 서울의 분위기를 어느 정도 잘 보여 주고 있다. ──"나부끼는 점두(店頭)의 기(旗), 달리는 차, 매연, 여자의 스카트, 자욱한 연애, 주머니 속의 1전짜리 동전, 비애, 주림, 여자에 대한 증오, 정거장, 잡다한 사상을 가진 군중, 쇼윈도, 밤의 샨데리아와 카페의 홍수, 길에 버려진 씨네마 광고지와 공산당 대검거를 보도하는 신문지." 1930년대의 서울의 모더니즘은 이와 같은 근대 도시적인 배경 속에서 전개된 문학 운동이다.

모더니스트들은 바로 이러한 대도시 서울의 실체를 인정하고 그 속에서 겪은 자신들의 체험 내용에 형식상의 새로운 감각을 결합하려는 시도를 보인다. 그들이 거의 동시대 유럽의 대도시에서 전개되는 모더니즘에 공감하며 이에 적극적인 관심을 기울일 수 있었던 것은 바로 서울의 이러한 현실적인 조건 때문이었다. 더구나 그들은 대부분이 1900년 이후에 태어난 20대 중후반의 청년들(1933년 현재 최연소자인 김광균이 20세, 최연장자인 정지용이 31세였다.)로서 급격한 도시화의 과정 속에서 자라면서 문학의 꿈을 키웠던 신세대들이다. 그런 점에서 근대문학 제1세대인 이광수 · 최남선, 제2세대 김동인 · 염상섭 등과 뚜렷이 구별되는 제3세대, 즉 '도회의 아들'의 세대라 할 만하다. 이런 점을

---

19) 『별건곤』 1930. 6.

인정할 때 우리는 비로소 그들이 왜 번역판 서구 현대시집, 블라맹크 · 달리 · 피카소 등의 그림이 수록되어 있는 사진판『세계미술전집』[20], 불란서 · 이태리 · 미국의 현대 영화, 동경서 발행되는 잡지『세르팡』[21] · 『시와 시론』등에 열중하고, 빅타 · 콜롬비아 등 수동식 축음기, 클래식 · 재즈 음악[22]과 함께 호흡하고자 하는지 이해하게 된다. 그들은 바야흐로 시작된 기술복제 시대의 예술을 감지하며 거기에 알맞은 새로운 시 형식을 추구했던 것이다. 헤겔 식으로 말하면, 그들의 체험과 의식 즉 사회의식의 형태의 변화가 예술 형식의 변화로 나타나고 있었던 것이다.

이들 도시 세대들은 도시화 즉 근대화가 일본화를 뜻한다는 것을 분명히 알고 있었으나 그렇다고 해서 그것이 전적으로 억압적인 것이라고 보지는 않았다. 그들은 차라리 근대화(도시화)는 억압적인 동시에 희망적이며, 소외적인 동시에 희망적인 것으로 보았다. 얼핏 보아 모순되는 이 양가적(兩價的)인 반응이야말로 첫 도시화 세대, 첫 산업 자본주의 세대를 특징짓는 공통된 경험이기 때문이다.[23] 그들은 일제의 황국신민 체제의 확립기에 살고 있었기 때문에 문단 1세대인 이광수처럼 계몽주의자로 나설 수도 없었고, 2세대인 김기진 등처럼 혁명의 문학을 시도할 수도 없었다. 그들은 눈앞에 전개되는 현실을 인정하는 지식인의 처지에서 '문학의 체제' 안에서 혁명의 문학이 아니라, 문학의 개

---

20) 김광균, 앞의 글 참조.
21) 『세르팡』지는 이상의 수필 「첫 번째 방랑」 속에 등장하고 있음.
22) 당시의 째즈에 대해서는 이서구, 「경성의 짜쓰」, 『별건곤』 1929. 10. 참조.
23) 유진 런, 『마르크시즘과 모더니즘』, 김병익 역, 문학과지성사, 1996, 43면 참조.

혁을 시도할 수 있을 뿐이었다. 그리고 기성 문인들이 외면하고 있는 도시생활 체험에 합당한 표현 방식을 모색하는 것이 문학상의 중요한 과제라 인식했다. 그들은 도시의 충만한 자극을 직접 체험하면서 바야흐로 서구의 대도시에서 시도되고 있는 전위예술의 창작 방법에서 그 체험에 어울리는 표현 방법을 발견하고 있었다. 서울 출신이자 현대건축을 공부한 이상과, 일본 유학을 하고 서구 사회문화의 동향에 민감한 신문사 기자 김기림이 그 선두주자로 등장하는 것도 그 때문이다. 이상은 "기본적인 형체, 혹은 색채는 절대로 우리들의 창조로는 태어나지 않는다 (…) 그것들이 조합되는 곳에 우리들은 창조의 경지를 찾아낸다"[24]고 쓰고 있다. 그는 자신을 "(…) 전기 기관차의 미끈한 선, 강철과 유리, 건물구성, 예각, 이러한 데서 미(美)를 발견할 줄 아는 세기의 人"[25]이라 표현한다.

이처럼 첨단적, 도회적 예술 감각을 지닌 시인들이 대중과 거리를 유지하게 되는 것은 당연한 귀결이다. 현대의 시인은 "시대의 조류의 복판에서 일하지 않으면 안 된다. (…) 시대의 조류는 (…) 서재의 부근을 흐르는 게 아니라 실로 티끌에 싸인 가두(街頭)를 흐른"[26]다고 했던 김기림은 다음과 같이 적고 있다. "오늘의 지식계급을 형성하는 층은 인간을 떠난 기계적인 교양을 쌓은 사람들이며, 그들은 또한 도회에 알맞도록 교육되어 있다. 전원은 벌써 그들의 고향도 현주소도 아니다. (…) 현대 문명의 집중 지대인 도회에서는 그들의 생활은 노골(露骨)하게 인

---

24) 「창조와 감상」, 『이상수필전작집』(이하 수필집), 갑인출판사, 1977, 241면.

25) 「추등잡필」, 같은 책, 90면.

26) 김기림, 「시대적 고민의 심각한 축도(縮圖)」, 『조선일보』 1935. 8. 29.

간을 떠나서 기계에 가까이 간다. 인간에서 멀어지는 비례로 또한 그들과 민중과의 거리도 멀어져 있다."[27] 당시의 2천만 인구 중에서 전 인구의 8할이 농민이고 그들이 도시 아닌 농촌에 살고 있었다는 당시 현실에 비추어 볼 때 이들의 도시(서울)에 대한 관심 집중은 당시 조선의 리얼리티를 도외시하는 것으로 비쳐질 수도 있다. 그러나 서울 시민 특히 실업자의 많은 수가 가중되는 농촌의 궁핍화에 따라 일자리를 찾아 상경한 농민이라는 것, 수구문 밖 신당리 빈민굴의 주민들의 대다수가 무작정 상경하여 전전하는 농민이나 하층 노동자였다는 것[28](이 두 문제는 현진건의 20년대 소설 「고향」과 「운수 좋은 날」에서 벌써 다루어지고 있었다.), 뒷골목의 매춘부 중에는 농촌 출신이 많다는 것 등을 고려할 때 조선의 리얼리티가 도시에 있느냐, 농촌에 있느냐(그 탐구가 농민 소설이었다.) 하는 문제는 본질적인 것이 아니다. 어떻게 보면 서울이야말로 당시 한국사회의 한 축도라 할 것이다.

여기서 문제가 되는 것은 오직 "작가의 도시적 감성"의 개발 여부이다.[29] 최재서가 '도회 문학' 즉 모더니즘을 옹호하고 나온 것도 그런 문맥에서였다. 이상의 다음과 같은 발언은, 갑자기 한국 사회에 나타난 일제 자본주의 전성기하의 서울의 급격한 도시화의 물결에 부응하여, "도시적 감성"을 개발하고 시대적 조류에 능동적으로 대응하는 새로운 미학을 정립하고자 했던 대부분의 당시 모더니스트들의 정신적 지향을 단적으로 대변한 것이라 이해된다.

---

27) 「신휴매니즘의 요구」, 『조선일보』 1934 11. 16.

28) 우석생(愚石生), 「경성 7대 특수촌 소개」, 『별건곤』 1929. 10 참조.

29) 최재서, 「도회문학」, 『문학과 지성』(인문사, 1938), 281면 참조.

무슨 물질적인 문화에 그저 맹종하자는 게 아니라 시대와 생활시스템의 변천을 좇아서 거기 따르는 역시 새로운 즉, 이 시대와 생활에 준거(準矩)되는 적확(適確)한 윤리적 척도가 생겨야 할 것이고가 아니라, 의식적으로 입법(立法)해 내야 할 것이다.[30]

문학은 그 본성에 있어 늘 구체적인 체험에 근거하지 않을 수 없는 분야다. 시인의 임무는 그 체험에 어울리는 효과적인 표현을 부여하는 것이다. 이상은 서울이라는 도시의 운영이 외국 자본에 의해 이루어지는 것을 알고 있었지만, 문학의 자리에서 볼 때 그런 것은 문제되지 않을 수도 있었다. 어느 시대 어느 사회건 현대의 시인들은 도시에서 하나의 시민으로 살아갈 따름이지, 도시는 결코 그들의 것이 아니기 때문이다. 이러한 사실에 대한 자각이야말로 근대적인 것이라 할 수 있다. 현대 시인에게 중요한 것은 현대성의 인식과 그 표현 방법의 문제인 것이다.

그러나 저 이미 거대해진 도시에 소설보다는 주로 짧은 시로 접근하고자 했던 모더니즘은 이미 약간의 문제점을 안고 있었던 것도 사실이다. 1930년을 전후하여 당시 문단에 도시를 배경으로 하거나 그 심층을 해부한 본격적인 '도시 소설'이 등장하게 되는 것도 그 때문이다.[31] 염상섭·채만식·이효석·박태원 등의 30년대 소설이 그것인데 이들 작품은 서울(또는 도시)의 예스러운 면과 새로운 면을 균형 있게 다룬 소설들(리얼리즘 소설)과 서울의 충만한 자극과 새로운 국면을 더욱 부각

---

30) 「조춘점묘(早春點描)」, 『매일신보』, 1936. 3. 3.~3. 26, 수필집 37면.

31) 1930년대에 나타나는 도시소설에 대해서는 이재선, 『한국근대소설사』, 홍성사, 1979, 316면 이하 참조.

시킨 소설들로 나누어 볼 수 있다. 그런데 모더니즘 시인들은 주로 서울의 현대적인 면과 도시의 충만한 감각의 현장에 직접 뛰어들고자 하였다는 점에서 특히 리얼리즘계 소설가와는 구별된다. 모더니즘 시인들은 말하자면 서울의 충만한 자극과 그 현란함 · 유혹 · 비애 · 분노 · 허망함 · 배반감 등을 모두 느끼고자 하였다. 그 점에서 그들은 「돈타령」 · 「생(生)과 돈과 사(死)」와 같은 시를 쓰면서도 그 '돈'이 운용되고 있는 현장을 피해 갔던 말년의 김소월(그들이 비판했던)과 같은 시인(그는 모더니즘 운동이 전개되던 30년대 초엽에 자살했다.)과도 구별된다. 요컨대 그들은 '현대'를 살고자 한 현대 시인이었다. 물론 그들이 그 대도시에서 패배자가 되리라는 것은 이후의 시대적 분위기가 말해 주는 것이지만, 그들의 작품에 나타난 이런 근대성(현대성)을 검토하는 일이야말로 이후의 중요한 과제로 떠오르게 된다.

3. 모더니즘 작품에 나타난 몇 개의 근대적 모티프
— 서울 풍경

모더니즘 시에 나타난 근대성이라는 주제를 검토하기 위해서는 시작품의 잡다함 때문에 거기에 나타나는 몇 개의 모티프를 중심으로 살펴보는 것이 바람직한데, 여러 시인들 중에서도 시와 소설을 겸했던 이상의 작품은 이 과제 해결에 하나의 단서가 된다. 그는 서울 출신이었을 뿐만 아니라 일찍이 도시의 구조물을 연구한 건축학도로서, 현대 예술과 도시에 대한 예리한 예술적 감각과 직관을 지닌 전형적인 모더니스트였다. 또한 그는 근대 도시 서울에 누구보다도 매료되었던 인물이기도 했다. "밤이면 나는 유령과 같이 흥분하여 거리를 뚫었다. 나는 목표를 갖지 않았다."[32]고 그는 쓰고 있다. "오랜만에 보는 거리는 거의 경이에 가까울 만치 내 신경을 흥분시키지 않고는 마지않았다."[33] "나는 그날 밤에도 몸을 스치는 추냉(秋冷)을 지닌 채 거리를 걸었다."[34] 여기서 우리는 그가 어느새 부모가 사는 집을 나온 거리의 보헤미안이 되어 있음을 보게 된다. 당시 모더니스트 그룹 중에는 이상 외에도 시골서 올라와 하릴없이 전전하던 또 하나의 보헤미안 오장환이 있었지만, '거리의 아들'이자 '도회의 아들'인 이상에게 있어 전근대적인 것은 '신당리 빈민굴'에 살면서 그에게 늘 양육비 배상을 요구하는 "모조기독(模造基督) 아버지"와 그 뒤에 놓여 있는 19세기 가부장적인 가족 제도였고, 골동 취미였고, 전통적인 미학과 가치관이었다. 그는 "훤소한 생활"과 예술, '출판법'과 '금제(禁制)'(그의 시의 제목) 사이에서 갈등하면서 스스로 "박제된 천재"(「날개」)·"일세(一世)의 귀재(鬼才)"(「종생기」)임을 자부했다. 그리고 그의 문학에 되풀이되어 나타나는 "자살"을 "음모"했다. 이 천재(귀재) 이미지는 보들레르의 작품에 나타나는 저 '영웅'의 이미지와 같이 근대성의 한 징후이다.[35] 현대란 그뿐만 아니라 누구나 그 속에서 살아가자면 천재(영웅)가 되지 않으면 안 되기 때문이다. 또한 '자살'의 모티프도 단순한 포기를 의미하는 것이 아니라 근대 생활

---

32) 「공포의 기록」, 수필집, 164면.

33) 「날개」, 『이상소설전작집 1』(이하 소설집 1), 갑인출판사, 1977, 30면.

34) 「추등잡필」, 수필집.

35) Walter Benjamin, *Charles Baudelaire*, tr. fr. Jean Lacoste, Petite Bibliotheque Payot, 1974), 108면 이하 참조.

의 독특한 정념, "일종의 영웅적 정념"이라 볼 수 있다.[36] "나는 그저 일상의 다반사(茶飯事)를 간과하듯이 자연하게 휘파람을 불고, 내 구두 뒤축이 아스팔트를 디디는 템포 · 음향, 이런 것들의 귀찮은 조절에도 깔끔히 정신 차리면서 넉넉잡고 3분 다시 돌친 걸음은 정희와 어깨를 나란히 걸을 수 있었다."[37]고 쓰고 있을 때, 그는 결코 생활의 포기자가 아니기 때문이다.

이상이 가는 곳에는 도시의 군중이 있다. 이 군중이야말로 근대 도시의 한 징후가 아니겠는가. 군중은 말할 것도 없이 근대 시장경제 체제가 가져온 부산물이다. 그들은 상품을 구매하거나 사무를 보기 위하여 거리로 나온다. 그래서 그것은 벌써 상품과 같이 대도시 서울을 구성하는 한 풍경이 된다. 김광균은 이 풍경을 노래한 바 있다.

> 공허(空虛)한 군중(群衆)의 행렬에 섞이어
> 내 어디서 그리 무거운 비애(悲哀)를 지니고 왔기에
> 길-게 늘인 그림자 이다지 어두워
>
> 내 어디로 어떻게 가라는 슬픈 신호(信號)기
> 차단-한 등불이 하나 비인 하늘에 걸리어 있다.
> ─「와사등(瓦斯燈)」부분[38]

여기서 시의 화자는 군중 속에 섞여 거리를 걷고 있다. 이 시의 배경은 "늘어선 고층"과 "찬란한 야경"에 "와사등"이 켜져 있는 여름철의 서

---

36) 같은 책, 110면 참조.

37) 「종생기」, 소설집 1.

38) 『와사등』, 근역서재, 1977.

현대문학과 사회문화적 상상력

울 밤거리다. 대도시의 진면목인 밤거리의 찬란함 속에서 시인은 공허
함을 느끼고 있는데 외부의 사물 속에서 이러한 부재(不在)를 보는 것은
그의 시의 한 특성으로 되어 있다. 그가 이 시의 앞부분에서 늘어선 고
층에서 "창백한 묘석(墓石)"을, "찬란한 야경"에서 "무성한 잡초"를 보는
것도 그 때문이다. 모든 사물들이 부재의 형태로 변용되는 부재의 시
학, 그것이 김광균의 시학이다. 이 시의 소재가 되고 있는 군중은 1929
년에 이미 서울 거리에 등장하고 있었다.

> (…) 밤이 되면 이 거리(종로 네거리―인용자)에서 동구 안까지 야시
> (夜市)가 열린다. 길가에는 서늘한 빙수가게에 구슬 달린 발이 늘어지
> 고 싸구려를 외치는 아이의 소리가 요란한데, 서울 사람들은 살 것이
> 있거나 없거나 밤이면 이 거리를 거닐기 때문에 사람의 물결을 이루
> 어서 서로 헤치고 다니게 된다.
>   밖은 전등불, 물건 파는 소래, 여기서 단란한 가정의 물건사는 것
> 이 있으며, 저편에서는 기생·매춘부의 잠행(潛行)이 있다.
>   희망에 불타는 남녀학생이 지나가는 그 뒤에 퇴폐적 경향으로 술
> 을 마신 타락 청년이 지나간다. 야시는 경성시민의 축도이다
>   이러한 중에도 경성의 혈맥같이 왕래하는 모든 교통기관, 전차 자
> 동차 버스 등이 연해 그 경종과 경적을 울리며 지나간다.[39]

여기서 알 수 있는 바와 같이 군중들 중에는 상품 구매보다 도시 분
위기 자체에 흥분하여 거리로 나온 사람도 있었고, 이 '야시'에는 가로
등 외에 "가스등(와사등)"을 켜 놓고 상품을 팔았다.[40] 「와사등」은 바로

---

[39] 유광열, 「종로 네거리」, 앞의 책, 68면.
[40] 金科白, 「탑동공원」, 같은 책, 49면 및 조용만, 앞의 책, 68면 참조.

이 야시 풍경과 관련지어 읽을 수 있는 작품이다. 사실 서울에서 제작된 그의 1930년대 후반기의 작품의 대부분은 이 시와 같이 도심 지대에서 체험한 감각적 인상을 그리고 있다. 그는 대도시 서울의 인상화를 그리는 데 있어서 다른 어느 시인들보다 탁월한 능력을 지니고 있었다. 그는 시각적인 언어 · 회화적인 이미지로 도회를 묘사하는 인상화가이다. 그리고 그의 시에는 '황혼'이나 '밤'을 배경으로 한 것들이 단연 우세하다. 「와사등」 · 「공지(空地)」 · 「광장」 · 「눈 오는 밤의 시」 등이 그것이다. 개성 출신인 그가 군산에 머물다 서울로 온 것은 1936~7년경이었고[41] 도심 지대인 다동(茶洞)에서 하숙 생활을 하고 있었다. "그 무렵에 나는 회사(경성고무주식회사—인용자)에서 퇴근 시간 10분 전이면 빠져나와 명동으로 달음질쳤다. 거기엔 이봉구 · 오장환 · 이육사 · 김관(金管), 화가 친구들이 쭈그리고 앉아 있었다."고 그는 뒤에 회고하고 있다.[42] 이봉구측 기록은 그들의 집회소가 주로 "낙랑 · 미모사 · 에리사" 등 다방이었다고 밝히기도 한다.[43] (미모사는 김광균의 시 「長谷川町에 오는 눈」에 등장한다.) 김광균의 시의 시간적 배경이 박명(薄明)의 황혼이나 밤으로 되는 것은 그런 이유도 있는 것이다.

황혼 속의 군중은 오장환의 시 「황혼」의 모티프이기도 하다. 김광균의 「와사등」의 화자는 군중 속에 들어가 그들과 함께 걸으며 눈앞에 전

---

41) 김광균의 두 편의 글 「50년」 · 「30년대의 화가와 시인들」, 『김광균문집 와우산』 참조. 이 두 글에서 그는 상경 연대를 1936년 또는 1937년으로 적고 있어 일관성을 보이지 않고 있다. 그 이유는 이 글이 불확실한 기억에 의존하고 있기 때문인 듯한데 그의 자료에는 정확한 고증을 요구하는 부분이 더러 발견된다.

42) 「50년」, 같은 책, 149면.

43) 이봉구, 「성벽 시절의 장환」 참조.

개되는 시각적인 인상들을 받아들이고 있으나, 「황혼」의 화자는 그들과 거리를 유지하고 있다. 그는 거리의 "가로수"(이는 김광균 시의 한 제목이 되기도 하다.)에 기댄 채 직업소개소로 모여드는 실업자와 거리 위로 드리우는 황혼을 바라보고 있다. "직업소개에는 실업자들이 일터와 같이 출근하였다 (…) 검푸른 황혼을 언덕 알로 깔리어 오고 가로수와 절망과 같은 나의 기—ㄴ 그림자는 군집(群集)의 대하(大河)에 짓밟히었다." "제 집을 향하는 많은 군중들은 시끄러히 떠들며, 부산히 어둠속으로 흐터저 버리고, 나는 공복(空腹)의 가는 눈을 떠, 히미한 가등(路燈)을 본다. 띠엄띠엄 서있는 포도(鋪道) 우에 잎새 없는 가로수도 나와 같이 공허(空虛)하고나."[44] 이 시인은 도시의 인상화를 그리려고 하기보다는 그 자신도 편입된 도시의 생리학에 관심을 가지려고 한다. 그는 김광균보다 적어도 더 깊이 보고자 한다. 그럼에도 불구하고 이 두 시인의 시들은 모두 시각적인 체험이 주류를 이루고 있다.

시각적인 체험의 우위—그것은 도시에서의 경험의 중요한 특징을 이룬다. 벤야민은 대도시 사람들의 눈이 방어적인 기능을 수행해야 하는 지나친 부담에 시달리고 있음을 지적하고 짐멜의 말을 인용하여 이렇게 설명한다. "게오르그 짐멜은 눈이 담당하고 있는 보다 덜 눈에 띄는 기능에 대해 언급하였다. '들을 수 없고 보기만 하는 사람은 (…) 볼 수는 없고 듣기만 하는 사람보다 더 불안하다. 여기에 대도시의 특징적인 면이 있다. 대도시 사람들의 제반 상호관계의 특징다운 점은, 시각

---

44) 『성벽』, 재판, 아문각, 1947. 이하에서 특별한 출전 언급이 없는 작품은 이에 의거함.

의 활동이 청각의 활동보다 현저하게 우위를 차지하고 있다는 점이다.'
이의 주된 원인은 공공 교통수단에서 비롯된다."[45] 적어도 버스 · 전
차 · 기차 등이 등장하기 이전까지만 해도 사람들은 말 한마디 주고받
음이 없이 서로 몇 분 동안 심지어 몇 시간 동안이고 말없이 빤히 쳐다
보고 있는 정황에 놓이지는 않았던 것이다. 이미 오래 전에 철도가 개
통되었던 당시 서울의 대중교통 수단은 "전차 120여 대, 자동차 250대
(관청용 · 자가용 제외), 기타 합승자동차 70대, 버스 40대"가 있었다.[46]
더구나 거리의 군중과 영화관에 모여든 군중[47] 속에서 눈의 기능은 눈
앞에 전개되는 갖가지 풍경들을 받아들이기에 큰 부담을 감당하지 않
으면 안 되었다.

　20년 전만 해도 "처량한 호적(胡笛)" 소리만 들리던 서울 밤거리에서
[48] 그것도 대낮같이 현란한 전등불빛 아래서 대규모의 군중 속을 걷는
다는 것 자체가 이미 하나의 충격적 체험임에 틀림없을 것이다. 이상의
표현을 빌리면 "반사운동과 반사운동의 틈바구니에 끼어"[49] 있는 것이
다. 밤거리의 번화가로 나서는 군중들은 이 '충격적 체험'을 즐기고 있
는지도 모른다. 그리고 김광균 · 오장환 · 김기림 등 당시의 대부분의
모더니즘 시인들의 시가 이미지즘의 형태로 나타나는 이유도 그들이

---

45) Walter Benjamin, 앞의 책, 203~204면. 반성완 편역, 『발터 벤야민의 문예이론』,
　　민음사, 1983, 161면. 여기서 인용문은 반성완 번역.

46) 「경성통계」, 『별건곤』 1929. 10, 138면 참조.

47) 파영생(波影生), 「스크린의 위안」, 같은 잡지에 의하면 군중은 영화관에도 많았
　　다고 한다.

48) 유광열, 「처량한 호적(胡笛)과 찬란한 등불」 참조.

49) 「종생기」, 소설집 1, 191면.

이 거리에서의 체험을 주로 노래하고 있기 때문일 것이다. 김기림이 형식과 내용의 통일을 지향하는 '전체시론'을 표방하면서 이미지즘을 비판하고 있었고[50] 또 김광균이 현대 회화에서 시의 영감을 구하기도 했었으나, 그들의 시가 시각적 체험으로 구성되는 중요한 이유의 하나는 그런 측면에서 이해된다. 특히 김기림의 경우는 그가 책에서 읽은 잡다한 영국과 프랑스의 현대시론을 소개·전파함으로써 모더니즘을 정착시키려 노력하고 있었으나 자신의 시에서조차 실현하지 못하는 관념성과 논리상의 문제점을 드러내고 있었다. (「오전의 시론」(1935)에서 그는 모더니즘을 고전주의와 낭만주의의 종합이라고까지 했다.) 그의 모더니즘에 대한 자각의 근저에는 적어도 그들 세대의 체험의 질적 변화라는 현실적 조건이 있었다. 그는 이에 '전체시'를 주장했으나 자신은 실제로 거의 이미지즘 시를 쓸 수밖에 없었다. 현실적 체험은 결코 관념이나 논리상의 문제가 아니기 때문이다.

그런 점에서 도시의 현장 체험을 누구보다도 많이 한 이상이 "예술이라는 명목 속에 포괄되는 일체의 예술은 그 형식이, 그 내용이, 그 의의, 그 목적이 시대에 따라서 너무나 다른 까닭에 개인 혹은 사회의 모든 관념을 달리하는 다른 시대에 있어서 전혀 다른 의미로 성립된다. 그것은 그러기에 꽤 떨어진 과거와 꽤 떨어진 미래 어느 것에도 관계하

---

50) 그는 이미지즘 시를 그 주제(내용)의 결여라는 이유로 자주 비판했다. 「오전의 시론」, 『시론』, 백양당, 1947, 247면 및 「시의 회화성」, 같은 책, 147면 참조. 그의 이른바 전체시론은 그의 논문 「시의 모더니티」 이래 일관된 주장으로 나타나고 있다.

지 않는 그 시대만의 것인 것은 물론이다."[51]라고 한 것은 경청할 만하다. 그는 한편으로 서구 전위예술의 방법을 참조하기도 했지만, 자신의 예민한 감각으로 근대의 현실을 보면서 거기서 유추된 세계, 도시의 건축공학적 풍경에서 유추되는 무기적인 기하학적인 세계까지를 내다볼 수 있었던 것 같다. 언어의 몽타주로 구축되는「운동」·「가외가전(街外街傳)」 등 초현실주의적인 시들은 그의 그러한 뛰어난 감각의 소산으로 이해된다.

그렇다고 해서 시인으로서 김기림의 특성이 전혀 없는 것은 아니다. 그는 분명히 근대문학의 한 징후인 유머와 위트·새타이어를 이해하고 있다. 방죽에 늘어선 "포플라나무들"을 "담배 피우는 실업쟁이"로 비유한다든가(「봄은 전보도 안 치고」), "중화민국의 장군들이 훈장과 청룡도(靑龍刀)를 같은 풀무에서 빚고 있다"(「대중화민국 행진곡」)고 표현한 것들[52]이 그것이다. (그의 위트와 새타이어는 종종 경박한 재담으로 떨어지기도 한다.) 그런 김기림도 눈내리는 겨울밤의 광화문 네거리를 노래하고 있다. 「제야(除夜)」[53]에서 도시의 관찰자로 나서서 "거지 아히들이 뿌리는 광고지와 군축호외(軍縮號外), 주린 상어처럼 살기 띤 눈을 부릅뜬 전차, 감기 예방을 위해 마스크를 쓴 시민, 데파트로 돌아가는 시민"을 보면서 "영화(榮華)의 역사"를 생각한다. 그리고 덧없는 "애정의 모옥(牢獄)"을 느끼고 "우리는 조만간 이 기름진 보약(補藥)을 구토(嘔吐)

---

51) 「현대미술의 요람」, 『매일신보』, 1935, 수필집 34면.
52) 『태양의 풍속』, 학예사, 1939. 이하에서 특별한 출전 표시 없는 텍스트는 이 책에 의거한 것임.
53) 『시와 소설』 1호, 1936.

해 버리자"고 외친다. 이론가 · 비평가답게 서울 풍경을 관찰하는 그의 태도는 보다 지적이다. 그가 거리에서 「전율하는 세기」[54]를 쓰고, 파시즘과 군국주의로 치닫고 있는 세계 열강의 정치적인 "기상도"(장시, 「기상도」, 1936)를 그려 보고자 한 것도 그 때문이다. 그는 신문사 기자답게 한반도의 서울 거리를 나날이 들려오는 국제 뉴스와 국제적인 역학 관계하에서 이해하면서 그 주제에 어울리는 장시를 시도해 보는 것이다.

도시에 진입한 모더니즘 시인들은 그들이 벌써 도시의 소외자로서의 징후를 드러내고 있었음에도 불구하고 그 도시의 매력에 끝없이 이끌리고 있었음은 분명하다. 그들이 도시의 화려한 구성물인 백화점 · 영화관 · 식료품점 · 다방 등을 자주 작품 속에 끌어들이고 있다는 사실이 그 점을 증명한다. 김광균은 시 「백화점」[55]에서 "에리베타 · 코티의 향수(鄕愁), 아스파라가스처럼 서러운 깃발"을 보고 옥상으로 올라가, 거리의 "바람에 날리는 무수한 포플라나무(가로수) · 부서지는 오후"를 바라보는 과정을 서술한다. 그리고 오후의 거리 풍경에 이끌리다가 "나는 가벼운 현기증을 이르킨다"고 쓴다. 이 현기증이 이 시의 결말이다. 백화점의 상품들은 박래품(舶來品)—그의 것이 아니다. 바로 그런 이유로 역시 백화점 옥상에 올라갔던 김기림은 "사람들의 부르짖음 · 일기(日氣)와 주식에 대한 소식 · 서반아 혁명"에 대한 이야기를 듣고, 대도시의 골목마다 벽돌을 쌓는 건물회사를 생각하고 "도시계획국장각하 무

---

54) 『학등』 1호, 1933. 10.

55) 『조선일보』 1940. 8. 8.

슨 까닭에 당신은 우리들을 '콩크리-트'와 포석의 네모진 옥사(獄舍) 속에서 질식시키고 푸른 '네온싸인'으로 표박(漂泊)하려 합니까. (…) 당신은 무슨 까닭에 우리들의 비약과 성장과 연애를 질투하십니까."(「옥상정원」)라고 소리친다. 그에게 있어 서울의 물질문명은 인간을 소외시키는 부정되어야 할 것으로 등장한다. 그 문명사회는 각 회사의 강대국들이 자기의 상표를 앞세우고 경주하는 곳으로 비쳐지기도 한다(「상공운동회」).

그러나 그에게 있어서 도시는 탐닉과 호기심의 대상이 되기도 한다. 영화관에서 취재한 「씨네마풍경」 연작(「호텔」·「비행기」·「북행열차」·「개」 등)은 그가 주장해 온 '명랑함'과 현대 문명의 속도감으로 채워져 있어, 그의 외국 영화(이국적인 세계)에 대한 호기심은 거의 무방비 상태에 있었음을 짐작하게 해 준다. 그가 「식료품점」 연작의 한 제목으로 「쵸코레트」를 채택하는 것도 그런 측면에서 이해된다. ("사랑엔 패했을 망정/은(銀)빛 갑주 떨쳐 입은 쵸코레-트 병정 각하//사랑은 여리다고/아가씨의 입에서도 눈처럼 녹습니다/서방님의 입에서도 얼음처럼 녹습니다.")

기술복제 시대의 예술인 영화는 레코드와 함께 1930년대 서울시민들의 대단한 호기심을 끈 것 같다.[56] 『조광』(1935년 창간)지는 동화상사(東和商事), 기신양행(紀新洋行) 등 흥행업체가 들여오는 외국 영화의 자극적인 여배우 사진과 함께 거의 매달 "이달의 영화안내란"을 두는 한편 영

---

56) 당시 레코드계의 분위기에 대해서는 칠방인생(七方人生), 「조선 레코-드 제작 내면」, 『조광』 1936. 1, 255~7면 참조.

현대문학과 사회문화적 상상력

화계 소식을 전해 주기 위한 지면을 마련하고 있음이 확인된다. 당시 일본 대도시 극장에 못지않은 규모로 새로 단장한 단성사(團成社)는 더 많은 영화 관객 유치를 위해 여자 안내원을 채용했고, 한 잡지는 여자와 함께 영화관에 갈 때는 "'쵸콜렛'을 준비해 두는 것이 좋다"는 식의 극장예법을 연재하고 있기도 하다.[57] 그 관객 속에 이상도 끼어 있었다. 당시의 유명한 악당 "알 카포네"가 그의 작품 속에 등장하고 있다.

이미 앞에서 보았던 것처럼 다방은 당대 시인들의 집회소이다. 1930년대 중반 당시 문단에는 약 20명의 시인이 있었으나[58] 그중에서도 서울에 모였던 모더니즘 시인들의 현대시 운동은 신문·잡지 등의 매체 외에 다방이 있었으므로 그 전개가 가능했다. (뚜렷한 기관지도 선언서도 없이 그것이 하나의 운동의 형태를 띨 수 있었던 것은 이 다방 때문이라 해도 과언이 아니리라.) 이 시인들 중에서도 특히 "방만 있고 집이 없는" 이상에게 다방은 거리의 휴게실이자 사무실(서재)이기도 하다. 그에게 있어 다방은 "제철공장의 노동자·외과의사·경찰관·검사·날품팔이꾼·천만장자의 독자(獨子)"이건 그 신분을 묻지 않고 장시간 평등이 보장되는 곳이다. "거기는 오직 평화가 있고 불성문(不成文)의 정연하고 우아 담백한 예의준칙이 있는 것이다."라고 그는 말하고 있다.[59] 말하자면 거리에서의 서로 간의 치열한 생존경쟁을 그치고 잠시 휴전하는 공간—그것이 그의 다방이다. 다방은 경도 체험으로 시를 썼던 정지용의 「카페 프랑스」에서도 나타나지만 도시의 인상주의자 김광균

---

57) 「극장예법」, 『조광』 1935. 12~1936. 1.
58) 김광균, 「50년」, 앞의 책, 150면.
59) 「추등잡필」, 수필집, 91면.

의 시(「장곡천정에 오는 눈」)와 김기림의 시에도 나온다. 김기림의 다방 풍물시 「커피잔을 들고」는 이상의 다방 즉 평화라는 의미 해석의 확대 · 재생산이다.

> 오—나의 연인(戀人)이여
> 너는 한 개의 '슈-크림'이다.
> 너는 한 잔의 '커피'다.
>
> 너는 어쩌면 지구에서 아지 못하는 나라로
> 나를 끌고 가는 무지개와 같은 김의 날개를 가지고 있느냐?
>
> 나의 어깨에서 하로 동안의 모―든 시끄러운 의무를
> 나려주는 짐푸는 인부(人夫)의 일을
> 너는 '칼리포—니아'의 어느 부두(埠頭)에서 배웠느냐

여기서 커피는 애인 · 몽상의 매개물 · 휴식의 이미지로 그려진다. 짐 푸는 인부 이미지는 작품 생산이라는 정신노동을 하는 시인 자신을 암 시하기까지 한다. 다방과 카페는 음악을 들을 수 있는 곳이기도 하다. (이상은 직접 다방 경영을 시도한 바 있다.) 1930년에 시인 김화산은 재즈 음악을 배경으로 카페에 앉아 생각에 잠긴 한 시인의 초상을 시로 노래한 바 있지만,[60] 이상은 카페 여급(그들은 기생의 후예다.)이 따라 주는 맥주와 양주를 파는 카페에 자주 갈 수가 없었다. 그 외 카페 경 영 시도는 애초부터 무리였고 다방이나 값싼 선술집 · 청요리집에 가는

---

60) 김화산, 「1930년대 짜스 풍경화의 파편과 젊은 시인」, 『별건곤』 1930. 5. 125~6면.

것이 고작이었다. "술 따로 안주 따로 판다는 목노조합 결의가 아주 마음에 안 들어서 못 견디겠습니다."[61]라고 그는 고백하고 있다. "성서를 팔아서 고기를 사다 먹고 양말을 사는" 그로서는 작가는 "응접실 편"이 아니라 "초근목피 편"에 더 가까운 존재로 보였다.[62] 문학에만 희망을 걸고 있는, 생활을 잃은 한 패배자로서 그가 다음과 같이 쓸 때, 그는 당시 거리에서 체험한 현대성이 무엇이었는지 우리는 어느 정도 생생하게 이해할 수 있다.

> 패자는 패자로서의 생존과정을 형성해 가고 있는 중이다. … 전위(轉位), 변형(變形) … 말하자면 어느 민족이 멸실(滅失)·감소(減少)했다고 우리는 믿고 있다. 그러나 그것이 생존 경쟁, 도태(淘汰)에 기인한다고 생각한다는 것은 잘못이다. 그것들은 적응의 원리에 의해 변형, 전위한데 지나지 않는다.[63]

> 문학자가 문학해 놓은 문학이 상품하고 상품화하는 그런 조직이 문학자의 생활의 직접의 보장이 되는 것을 치욕으로 생각할 필요는 없다.
> 그러나 현대라는 정세가 이러면서도 문학자―가장 유능한―의 양심을 건드리지 않아도 께름직한 일은 조금도 없는 그런 적절한 시대는 불행히도 아즉 아닌가 보다.[64]

그에게 있어 현대(1930년대)는 여기서 말하듯 전적으로 부정할 수도

---

61) 「약수(藥水)」, 수필집, 105면.
62) 「사회여, 문단에도 일고(一顧)를 보내라」, 수필집, 190면 참조.
63) 「생물의 스포츠」(1932), 수필집, 243면.
64) 「문학과 정치」(1938), 수필집, 143면.

그렇다고 긍정할 수도 없는, 스스로 거기에 적응할 수밖에 없는 시대이다. 도태를 피하기 위해서는 변형·전위도 외면할 수 없다. 그의 초현실주의·다다이즘·아이러니·패러독스·자조(自嘲)·독설 등은 그 적응의 한 형식 즉 변형·전위의 일종일 것이다. 그는 문학이 상품으로 팔리는 당대를 인정한다. 문학 저널리즘은 근대 합리주의의 한 소산이며 그 역시 거기에 직업적인 작가로 참여하고 있는 것이다. 그는 걸작과 작가로서의 명성을 꿈꾸지 않았던가. 그러나 이 합리주의를 지향하는 근대라는 제도가 "양심"을 건드릴 때 즉 자신을 비인간화·사물화시키고자 할 때 그는 자신의 불행을 느낀다. 요컨대 근대는 어떤 가능성을 지녔지만 억압적인 것으로 나타난다. 그가 도시의 충만한 자극을 원할 때 그것은 어떤 가능성으로 제시되지만, 그가 그 속에서 패배를 느낄 때 그것은 그 반대의 의미로 나타난다. 희망과 실망, 도전과 자기방어, 유혹과 증오, 연대(連帶)와 소외—이런 양가(兩價的)인 감정, 그중에서 후자의 감정이 증가하고 있는 것을 근대성의 본성이라고 그는 보는 것이다.

그리고 그가 일제하 서울 체험에서 도달한 이 근대성의 인식과 그 부정의 논리가 생생하게 그려져 있는 작품이 바로 그의 소설 「날개」(1936)이다. 이 작품의 주인공은 도시의 죄악을 대표하는 '매음'을 자행하는 아내와 기형적인 삶을 살고 있는 인물이다. 이상 자신의 시의 한 제목이기도 했고(그는 「매음」이라는 시를 썼다.), 오장환이 노래했고(「매음부」), 목가시인 신석정처럼 전원적인 소재에 도시적 감각을 부여하는 시인 장만영이 다루었던(「매소부(賣笑婦)」)[65] 이 매음부를 이제 그

---

65) 『장만영선집』, 성문각, 1964, 38~9면.

현대문학과 사회문화적 상상력

냥 바라보는 것이 아니라 함께 데리고 산다는 것, 이것이 이 소설의 심각성이자 문제점이다. 여기에 희망 없이 얹혀사는 무기력한 주인공, 그와 아내와의 비정상적인 삶, 거기서 탈출하여 비상하고자 하는 주인공의 한낮의 욕망, 그것이 이 소설의 줄거리이자 주제이거니와, 그것보다 중요한 것은 소설의 주인공의 독특한 탈출과 비상의 욕망을 느끼는 방식이다. 그가 두 번째 외출을 끝내고 세 번째 외출에서 비로소 비상을 꿈꾸는데 그 무대가 하필 그가 실제로 방황하였던 번화가에 위치한 '미쓰꼬시'(三越) 백화점으로 되어 있을까? 주인공은 소설의 결말부분에서 그곳 '옥상'에 올라가 현란한 거리를 바라보다가 다시 내려와 군중 속에 섞인다. 이 부분은 이렇게 묘사된다.

나는 또 희락의 거리를 내려다보았다. 거기서는 피곤한 생활이 똑 금붕어 지느러미처럼 흐늑흐늑 허비적거렸다. 눈에 보이지 않는 끈 적끈적한 줄에 엉켜서 헤어나지를 못한다. 나는 피로와 공복 때문에 무너져 들어가는 몸뚱이를 끌고 그 희락의 거리 속으로 섞여 들어가 지 않는 수도 없다 생각하였다.

나서서 나는 또 문득 생각하여 보았다. 이 발길이 지금 어디로 향하 여 가는 것인가를 (…)

이때 뚜우하고 정오 사이렌이 울었다. 사람들은 모두 네 활개를 펴 고 닭처럼 푸드덕거리는 것 같고, 온갖 유리와 강철과 대리석과 지폐 와 잉크가 부글부글 끓고 수선을 떨고 하는 것 같은 찰나, 그야말로 현란을 극한 정오다.

나는 불현듯이 겨드랑이 가렵다. 아하, 그것은 내 인공의 날개가 돋았던 자국이다. 오늘은 없는 이 날개, 머릿속에서는 희망과 야심의 말소된 페이지가 딕셔내리 넘어가듯 번뜩였다.

나는 걷던 길을 멈추고 그리고 어디 한 번 이렇게 외쳐보고 싶었다.

날개야 다시 돋아라

날자. 날자. 날자. 한 번만 더 날자꾸나.
한 번만 더 날아 보자꾸나.[66]

　이 작품은 그의 근대성 탐구에 대한 한 결론이라는 것, 그의 개인사
에서 보면 이후의 동경행을 암시한 작품이라는 것, 이후 모더니즘과
리얼리즘 간의 논쟁이 직접적인 원천이 된다는 것 등 여러 가지 중요
한 의미를 지니고 있다. 그런데 그보다는 소설 화자인 주인공의 비상
의 욕망이 그 욕망을 키우게 하고 동시에 좌절시킨, 군중에 싸인 '서울
거리의 한복판'에서 되살아나고 있다는 점은 주목되어야 한다. 이와 같
은 동기 설정은 태풍이 휩쓸고 지나간 거리 "메트로포리스"에서 쾌청
한 내일을 꿈꾸는 김기림의 장시 「기상도」(그도 이 작품을 쓰고 일본으
로 떠났다.)에서의 동기 설정과도 구조적인 면에서 유사한 점이 있다.
이상(李箱)은 동경에서 쓴 이 작품의 속편격인 수필 「동경」에서 동경 거
리를 거닐고 있는 자신의 모습을 말하고 있다. "가보았댔자 구주문명의
천박한 식민지인 동경 거리의 추잡한 모양과 부박한 목조건축, 철없는
파시즘의 탁류"[67] 속을 걷다가 실망을 금치 못한 그는 그래도 "나는 택
시 속에서 20세기라는 제목을 연구했다."[68]고 쓰고 있다. 이것은 그가
이전의 판단에도 불구하고 그가 살았던 현대는 그의 시처럼 난해한 것
이었음을 말하는 것이 아니겠는가. 그가 동경으로 떠나기 전에 발표한
시 「가외가전(街外街傳)」에는 다음과 같은 구절이 있다.

---

66)　「날개」, 『조광』 1936. 9, 소설집 1, 50~52면.

67)　김기림, 「이상의 모습과 예술」, 앞의 책, 7면.

68)　「동경」, 수필집, 122면.

눈에띠우지않는폭군이잠입하얏다는소문이었다.

아기들이번번이애총이되고되고한다.

어디로피해야저어른구두와어른구두가맞부딪는꼴을아볼수있스랴.

한창급한시각이면가가호호(家家戶戶)들이한데어우러져서멀니포성
(砲聲)과시반(屍斑)이제법은은하다. [69]

　자신이 편집한 『시와 소설』에 그는 이 시를 발표하면서 "어느 시대에
도 그 현대인은 절망한다. 절망이 기교를 낳고 기교 때문에 또 절망한
다." [70]고 쓴 바 있다. 그가 절망의 '거리'(「가외가전」)에서 취한 그 탈출
방식이 또 하나의 "미쓰꼬시"(미쓰코시는 동경과 대판에 있었고 서울
미쓰코시는 그 지점이다.)가 있는 동경행이었다는 것은 철없고 단순한
아이러니라고만 할 수 없다. 이상은 온몸으로 현대에 부딪치며 거기에
더 가까이 가 보고자 했던 것이다. 그것은 호기심 탓도 있겠으나, 그의
의식의 치열성을 말해 주는 것이다. 이 시기에 또는 그 이전부터 많은
모더니즘 시인들이 '바다·항해·여행' 등을 모티프로 한 여행의 시를
쓰고 있었다는 점도 음미할 만하다. 정지용의 「바다」·「다시 해협」, 김
광균의 「SEA BREEZE」, 조영출의 「제3해협」(『조선일보』 1934. 1. 25),
오장환의 「항해도」 [71] 등이 대표적인 것인데, 신석정의 "양떼·호수·임
금(林檎)" 등의 단어로 구성되는 목가들도 그 연장선상에 있다. 이 모든
세계들은 현재 생활 속에는 부재하는 관념적인 세계일 따름이다.

　그들이 그러한 추상적인 세계에 집착하면 할수록 그런 시들은 진정

---

69)　『시와 소설』(1936), 18면.

70)　같은 책, 3면.

71)　『시인부락』 2집, 1936.

한 의미의 모더니즘, 동시대의 서울 거리에서의 현대적인 체험에 부응하는 문학적 표현을 부여해 보려는 운동이라는 그 본성에서 멀어져 간다. 누구보다도 이런 세계에 이끌렸던 김기림이 "시온으로 가자/그리고 시온을 떠나자/우리에게 영구(永久)한 시온은 없다"(「여행」)라고 고백하게 되는 것도 그 때문이다. 항해를 꿈꾸던 오장환이 황폐화되어 가는 삶과 현실을 주제로 한 장시 「황무지」[72]와 「수부(首府)」[73]를 쓰면서, 특히 「수부」에서 "수부(首府)는 지도 속에서 한낱 화농(化膿)된 오점(汚點)이었다"고 외치고 있는 사실은 주목을 요한다. 모더니즘 시인들이 탐닉했던 근대(서울)는 이미 그들을 배반(소외)하기 시작했고, 이제 그것은 부정의 대상으로만 인식되는 것이다.

따라서 모더니즘 문학의 성격은 근대의 탐닉-소외감-부정의 점진적 또는 동시적 인식과 그 표현에 두는, 문학의 사회적 매개론과 자율성론에 기초하고 있다고 평가된다.

4. 리얼리즘과의 논쟁—이상(李箱)의 「날개」

1930년대의 모더니즘이 본격화되기 시작한 것은 1930년 전후부터 시를 써 오던 정지용 · 이상 · 김기림 등이 '구인회'에 가입하고 이들이 『가톨릭 청년』(1933)에 함께 몇 편의 시를 발표하면서부터이다(「꽃나무」(이상) · 「해협의 오후 2시」(정지용) · 「바다의 서정시」(김기림) 등).

---

72) 『자오선』 1호(1937).
73) 『낭만』 1호(1936).

신석정(그는 정지용 · 김광균과 함께 20년대 후반부터 습작을 발표하고 있었다.)이 서울 문단에서 작품을 발표하고(「선물」, 『시문학』(1931)), 이상이 「오감도」(1934)를 발표한 것도 이즈음이었다. 이에 대한 첫 번째 문단의 반응은 1934년 초에 나타난다. 그 역할을 담당한 임화는 1933년의 시단을 개관하면서 정지용(가톨릭교도)의 종교시를 비판하는 한편, 김기림의 새로운 감각의 시를 "막연한 '아나키'적 불만"과 "찰나적 감격"을 노래한 것이라 보고 부정적인 평가를 내렸다.[74] 이것이 기성 문단의 첫 번째 평가이다. 이상의 「오감도」 연작에 대한 독자의 반응은 논리 이전의 욕설에 가까운 것이었지만[75] 1933년의 시단을 평가하면서 이미 정지용 · 신석정을 주목해 온 김기림은, 1934년 "알아볼 수 없다"는 독자를 위해 이상의 초현실주의 시와 정지용 및 자신의 시(장서언 · 조영출 포함)를 1편씩 자세히 분석 · 해설하면서 모더니즘 시학의 문단 전파를 도모하였다.[76] 「오전의 시론」이 발표된 1935년의 한 문예지의 앙케트에서 그해 촉망되는 시인으로 김기림은 김광균을, 노천명은 김기림을 들었다.[77] 그러나 민병휘는 김기림의 시는 "백과전서를 펴놓고 읽어도 모르겠다"고 했고,[78] 김억은 이상의 시를 일종의 장난이라고 비판했고,[79] 이상은 자기 시의 독자가 "야구단 하나" 조직할 만한 수도

74) 임화, 「1933년의 조선문학의 제 경향과 전망」, 『조선일보』 1934. 1. 1~14.

75) 박태원, 「이상의 편모」, 『조광』 1937. 6. 참조.

76) 김기림, 「현대시의 발전」, 『조선일보』 1934. 7. 12~22.

77) 「설문」, 『조선문단』 1935. 6, 169면, 171면. 참조.

78) 「문단탁목조(文壇啄木鳥)」란, 『조선문단』 1935. 6, 240면 참조.

79) 김억, 「시는 기지(機智)가 아니다」, 『매일신보』 1935. 4. 11.

안 된다고 투덜댔다.[80] 모더니즘은 이미 침체된 문단에서 뚜렷한 관심의 대상이 되고 있는바, 특히 1936 · 7년은 그 운동사에서 가장 큰 성과와 시련이 함께했던 해이다. 「날개」·「기상도」가 발표되어 문단의 이목을 끄는 한편, 기교주의 논쟁, 모더니즘과 리얼리즘 간의 논쟁이 연이어 일어나는 것이다.

모더니즘이 제도문학 안에서 비판받는 것은 새로움 외에 그 이중성 때문이었다. 그것은 대도시 서울에서 체험되는 근대성의 인식방법(이상 · 김기림 · 오장환)이기도 하고, 지적 통제에 의한 하나의 창작기술(정지용 · 신석정 · 장서언 · 조영출 등. 김광균도 이에 포함시킬 수 있다.)이기도 했다. 이론가 김기림은 요컨대 일종의 세계관으로서의 모더니즘과 방법론(창작기술)으로서의 그것 사이를 왕래하며 어떤 때는 이상 · 오장환을, 또 어떤 때는 신석정 · 정지용을 옹호했고 그들의 시를 새로운 시의 모델로 제시했다. 방법에 있어서도 이미지즘 · 언어의 몽타주 · 초현실주의 등 하나로 묶기 어려운 복합성을 띠고 있었다. 요컨대 문학의 사회적 역할에 대해서 자율성론과 매개론 사이를 방황하고 있었고, 김기림도 필명 아닌 본명으로 글을 쓰기 시작하면서 특히 만주사변 이후 그의 논조는 활기를 잃으면서 논리적인 모순을 보이기도 했다. 모더니즘은 근대 도시 서울을 전제한 근대 문명(근대성)의 인식과 그 표현을 위해 제기된 문학 운동으로서, 그 지향점은 문학의 자율성론과 매개론의 종합에 있었음에도 그는 그에 대한 철저한 인식을 보여 주거나, 일관된 논리를 전개하지 않았다. 모더니즘이 당대의 비교적 뚜렷

---

80) 「문학과 정치」(1938), 수필집.

한 지향점을 지닌 리얼리스트들로부터 비판을 받게 되는 것은 벌써 피할 수 없는 일이 되는 것이다.

30년대 모더니즘과 리얼리즘의 만남과 갈등은, 20년대의 다다이즘의 성격을 둘러싼 고한승과 김기진 사이의 논쟁과 김니콜라이 · 김화산의 작품에 대한 염상섭의 비판[81]에 이어지는 것이라 하겠으나, 그 성격 · 수준 · 규모에 있어 큰 차이가 있다. 이 논쟁은 이상의 「날개」 해석을 둘러싼 논쟁이었다는 특성을 지니고 있는데, 이 문제를 검토하기에 앞서 일어난 김기림 · 임화 간의 기교주의 논쟁을 간단히 살펴 두고자 한다. 이 두 가지는 서로 밀접한 관계에 있기 때문이다.

우선 기교주의 논쟁은 잘 알려진 바와 같이 김기림의 논문 「기교주의 비판」(1935)에서 비롯된 것이다. 그는 여기서 기교주의를 시의 가치를 "기술"에 두려는 시론이라고 규정하면서, 30년대 전반기의 당시 문단에도 "이것을 개별적으로는 얼마간이고 지적할 수 있고, 또한 한 경향으로도 (…) 추상할 수 있다."고 말했다.[82] 구체적인 시인을 거론하지는 않았으나, 이 글의 기본적인 논점은 그가 뒤에 「시대적 고민의 심각한 축도」(1935)[83]에서 다시 강조한 시인의 시대정신에 대한 관심 촉구에 있었다. 이에 임화는 「담천하의 시단 1년」(1935)에서 정지용 · 신석정 · 김기림 등의 시를 기교주의라고 하면서 그들의 시에 사상이 없음을 들

---

81) 이에 대해서는 박인기, 「한국문학의 다다이즘 수용과정」, 『국어국문학』 86, 1981 참조.
82) 『시론』, 백양당, 1947, 138면.
83) 『조선일보』 1935. 8. 29.

어 비판했다.[84] 이 글 속에는 최재서가 긍정적으로 평가했던 「기상도」를 "비판정신보다 감각적인 면이 우세"하다는 점을 들어 비판하는 내용도 포함되어 있었다. 김기림은 「시인으로서 현실에 적극 관심」(1936)[85]을 써서 이에 대응하면서, "기교파의 세력이 사단을 압도하였다"는 임화의 말에 동의하고, 마침 파리에서 열린 국제작가회의의 분위기를 들어 현실에 대한 작가의 관심의 필요성을 지적한 다음, 자신은 사실 많은 동료들에게 "현실에의 적극적 관심을 제의해" 왔다고 주장했다. 이로 볼 때 그는 방법에만 치중하는 정지용·신석정 등의 시 특히 정지용의 시에 대해 불만을 느껴 왔음을 짐작할 수 있다. 그 자신의 시에 대해서는 언급을 피하고, 대신 좀 더 복잡한 관념을 표현할 수 있는 "장시"에 대한 관심(분명히 그의 「기상도」를 염두에 둔)의 필요성을 말한 것은 그의 모더니즘이 드러낸 이론과 실제 사이에 괴리를 인정한 것으로 평가된다. 또한 이 진술은 모더니즘이 매개론에 입각하고 있음을 재확인한 것이라고도 볼 수 있다.

그리고 이 논쟁의 이면에는 20년대 이래의 신경향파 시(프로시)를 바람직한 근대시의 모델로 설정하고 있는 기성세대 임화의 관심과 모더니즘 시를 모델로 주장하고 있는 신세대 김기림의 논리 대결이 놓여 있음은 물론이다. 이 글에서 김기림이 임화의 모델인 신경향파 시의 내용 우위주의·무기교성을 들어 비판하면서, 내용과 형식을 조화시킨 "전체시"의 모델을 바람직한 시의 모델로 제시한 것은, 문학의 자율성을

---

84) 임화, 『문학의 논리』, 학예사, 1940, 627~8면.
85) 『조선일보』 1936. 1. 1~5.

인정하려 들지 않는 모델에 대한 비판이자 정지용 등의 매개 없는 지나친 자율성론에의 집착을 간접적으로나마 비판한 것이라 하겠다. 이는 또한 모더니즘 시의 우수한 작품 모델(그는 「기상도」를 그런 것으로 생각했던 것 같으나)이 아직 제대로 축적되지 못했음을 비치는 것이기도 하다. 그가 뒤에 오장환·김광균 특히 오장환의 시를 높이 평가하고 나오는 이유도 그런 문맥에서 이해된다.

이에 다시 임화가 「기교파와 조선시단」(1936)[86]을 써서 자신의 모델의 현실적 문제점을 인정, 변명하면서 김기림의 전체 시론(여기서 그는 내용과 형식의 형식논리적 종합이 아닌 변증법적 종합을 내세움으로써 그가 변증법의 신봉자임을 드러내고 있기는 하지만)에 공감을 표명한 것은, 모더니즘 모델과 그의 신경향파 시 모델이 현실 인식 문제에 관한 한 서로 전혀 이질적인 것만은 아니었다는 사실을 반증하는 것이다. 이 기교주의 논쟁 과정에서 비평가 박용철이 김기림, 임화의 기교주의 논의를 다 같이 비판하는 논문[87]을 쓰기도 했으나 논쟁의 초점에서 벗어난 것이었다. 그런데 이 기교주의 논쟁에서 모더니즘이 다소 수세(守勢)에 놓여 있는 것처럼 보인다고 해서 그것이 모더니즘 시 전체의 실질적인 성과 부재를 의미하는 것은 아니라는 점은 강조되어야 한다. 특히 논쟁 당시 활동하기 시작했던 두 시인 김광균·오장환은 뒤에 높이 평가되었다. 김기림과 임화 모두 고평했다는 것은 음미할 만하다.[88]

---

86) 임화, 같은 책.

87) 박용철, 「을해(乙亥)시단 총평」, 『박용철전집 2』, 동광당서점, 1940 참조.

88) 김기림, 「30년대 도미(掉尾)의 시단동태」, 『시론』, 백양당, 1947 및 임화, 「시단과 신세대」, 『문학의 논리』 참조.

모더니즘과 리얼리즘과의 논쟁은 기교주의 논쟁의 여파가 채 가라앉기도 전에 일어났는데, 논쟁의 중심부에 기교주의 논쟁에서는 거론되지 않았던 인물인 이상의 「날개」(1936)가 놓여 있음은 특기할 만하다. 이 논쟁의 특징은 그 대상이 시 아닌 소설이라는 것, 이전처럼 김기림 대 임화의 대결이 아니라 비평가 최재서 대 백철·임화 등의 대결이라는 데 있다. 여기에 영문학 전공의 최재서가 중요한 역할을 하게 되는 것은, 1933년부터 『조선일보』 지상에 영국 현대문학을 소개해 오던 그가, 자신의 현대문학에 대한 관심을 확대, 논의해 볼 수 있는 적절한 국내 작품 모델을 찾고 있었기 때문이다. 영국의 현대문학 비평(흄, 엘리엇, 리드)을 문단에 소개(「현대주지주의 문학이론의 건설」, 1934)하던 그가 「기상도」를 분석한 평론 「현대시의 생리와 성격」(1936)[89]을 쓴 직후 「날개」를 논하게 되는 것도 그 때문이다.

모더니즘 논쟁의 발단은 최재서가 1936년에 발표된 두 소설 이상의 「날개」와 박태원의 「천변풍경」을 대상으로 한 평론 「리얼리즘의 확대와 심화」(『조선일보』 1936. 10)에서 이상의 소설을 "리얼리즘의 심화", 박태원의 소설을 "리얼리즘의 확대"라 평가한 데 있다. 그는 이 글에서 청계천 주변에 사는 서민의 애환과 생활상을 다룬 「천변풍경」이 작가의 외면세계를 객관적으로 묘사한 작품이라면, 「날개」는 작가의 내면세계를 탁월하게 분석한 작품이라 보는 입장에서 「날개」를 자세하게 다루었다. 「날개」는 "생활과 행동이 끝나는 곳에서 시작"되고 있다는 것, 그 결과 "고도의 의식화된 소피스트의 주관세계"를 다루고 있다는 것,

---

89) 최재서, 『문학과 지성』, 인문사, 1938, 98~113면.

　　　　　　　　　　　　　　현대문학과 사회문화적 상상력

이러한 의식의 발달과 "의식의 분열이 현대인의 스테이타스 · 쿼(현상)이라면 성실한 예술가로서 할 일은 그 분열 상태를 정직하게 표현하는 일"인바, 이상은 그 과제를 충실히 수행했다는 것 등이 최재서가 본 이 작품의 실상이다. 그리고 그는 생활을 잃고 매음을 하는 아내와 비정상적인 부부생활을 하는 소설의 주인공(나)이 아내의 '화장품 병과 돋보기'로 유희하고 그녀가 준 돈을 '변소'에 버리는 장면에 주목하면서, 이것은 생활에서의 패배자인 주인공의 현실과 돈에 대한 "모독"과 "희화화(戲畵化)"이며, 전도(顚倒)된 가치와 현실에 대한 분노를 뜻하는 것이라고 평가했다. 요컨대 "패배를 당하고 난 현실에 대한 분노—이것이 즉 이상의 예술의 본질이다."[90]라고 규정하면서, "풍자 · 야유 · 위트 · 과장 · 패러독스" 등 작가가 의거하고 있는 모든 지적 수단들이 이 작품의 주제 구현에 크게 기여하고 있다고 덧붙였다. 최재서는 여기서 작품의 결함으로서 "모랄" 의식이 결여되어 있음을 지적하기도 했으나, 전체적으로 「날개」는 「천변풍경」의 리얼리즘의 확대에 대응되는 드물게 보는 리얼리즘의 심화라고 결론짓고 있다.

최재서의 이 논문이 발표되자 백철 · 한효 · 임화 · 김문집 등이 반론을 제기했는데 그 강조점과 논리는 다양해지면서 대체로, (1) 최재서가 말하는 리얼리즘의 개념, (2) 「날개」 자체의 해석 문제, (3) 바람직한 문학의 모델 문제 등으로 요약될 수 있는 성질의 것이다. 이 문제들은 이 논쟁이 표면적으로는 리얼리즘 논쟁으로 보이지만 사실은 모더니즘과 리얼리즘 간의 논쟁을 뜻하는 것이라는 의미에서 백철을 위시한 반론

---

90) 최재서, 같은 책, 108면.

의 논점들을 검토해 볼 필요가 있다.

최재서의 논문에 대한 첫 번째 반론은 백철의 평론「리얼리즘의 재고」(1937. 1)이다. 그는 여기서 최재서의「날개」해석을 정면으로 비판하면서 당시에 발표된 이기영의 장편『고향』논의를 통해 자신의 리얼리즘에 대한 견해를 피력했다. 백철은「날개」가 현실에 대한 분노를 보여 주기는커녕 "퇴폐적", 주관적이고 생산성이 없는 "기식적(寄食的) 인물"을 다룬 소설가로서 그가 보여 주는 행동은 한갓 어린이와 같은 "장난의 세계"라는 것, 금전과 상식을 모독하는 것이 아니라 거기에 "굴복"하고 있다는 것(백철은 소설의 주인공이 돈을 주고 아내와 자고, 외출에서 커피를 사먹는 이야기를 예로 들었다.), 현실에 대한 부정이 아니라 "타협"이라는 것 등을 들어서 최재서가 리얼리즘의 심화라 평가한 것은 전적으로 오해라고 비판했다. 그의 논리는 "리얼리즘의 의의를 시대와 현실의 변천을 머리에 두지" 않은 독단이라는 것이다. 그는 최재서가 말하는 리얼리즘의 허위성을 구체적으로 증명하기 위한 대안으로 이기영의『고향』에 나타난 "신흥 계급문학의 리얼리즘"(사회주의 리얼리즘)을 제시한다. 『고향』은 현실을 그리되 그것을 동적인 전개 과정에서 바라보며 하나의 뚜렷한 "세계관"에 의해 써진 진정으로 심화된 리얼리즘 모델이라고 평가한다.[91]

백철의 이러한 논리는 한효에게서도 거의 동일하게 나타난다. 한효는「창작방법론의 신방향」(1937)[92]에서 최재서의 논리를 부정하면서

---

91) 백철,「리얼리즘의 재고」,『사해공론』1937. 1.

92) 『동아일보』1937. 9. 23.

현대문학과 사회문화적 상상력

"사회주의적 리얼리즘"을 적극 옹호했다. 「날개」는 "천박한 관념적 유희"만을 보여 주는 "죠이스적(的) 아류(亞流)"일 뿐으로 결코 리얼리즘이 될 수 없다는 것이다. 한효의 비판은, 몇 줄로 처리되고 있으나 뒤늦게 이에 가세한 임화는 최재서의 리얼리즘론 및 「날개」에 대해, (1)「사실주의의 재인식」(1937)[93], (2)「방황하는 시대정신」(1937)[94] 등 두 편의 글을 통해 직접적으로 비판했다. 먼저 (1)에서는 이상의 소설은 "순수한 심리주의"일 뿐인데도 리얼리즘의 심화라 본 최재서의 논점을 비판하면서, 사회주의 리얼리즘(그의 용어로는 "쏘시알리즘적 레알리즘")이 리얼리즘의 본령이라는 점을 분명하게 재인식해야 한다는 입장에서 문단의 각성을 촉구했다. 그리고 그런 리얼리즘의 이론적 기초로서 "엥겔스의 하크네스 편지"를 제시했다. 이 글은 원칙론에 그치고 있으나 (2)에서 그는 직접 이상의 「날개」를 거론한다. 이상은 여기서 "물구나무서서" 현실을 보았다는 것, 타인이 기피, 두려워하던 세계의 진상 일부를 제시했으나, 지식이 "비판의 연장이나 행위의 지침"이 아니라 "자의식에 탐닉"하는 수단이 되었다는 것, 결국 이상은 "도야지와 형제거나 그 사촌뻘"쯤 되는 무능함을 보였다는 것이 그의 비판의 요점이다. "이상은 결국 무능한 「인테리」는 도야지와 달음이 없다는 것을 솔직히 보인 것이다"라고 매도하고 있다. 이 논쟁에 김문집이 「날개의 시학적 재비판」을 써서 최재서의 견해를 비판하고 백철의 「날개」 해석을 옹호했다는 것도 특기할 만하다.

---

93) 임화, 앞의 책.

94) 같은 책.

지금까지 개관한 논쟁은 그것을 야기시킨 주인공인 최재서가 침묵한 자리에서 한쪽의 일방적인 공격으로 끝나 더 이상 발전하지 못했으나, 몇 가지 중요한 문제를 제기한 것이라 평가된다. 첫째 최재서가 말할 리얼리즘의 용어와 개념 문제로서 그가 「날개」에 그 용어를 사용한 것은 하나의 착오였다고 본다. 이 논쟁을 지켜본 유진오가 「현대문단의 통폐는 리얼리즘의 오인」[95]을 쓰면서 "나는 (⋯) 「날개」가 리얼리즘의 심화라는 것은 불만"이라 한 것이나, 최재서가 1937년 『조선일보』 문학좌담에서 자신의 리얼리즘이란 "프로이드즘적인 리얼리즘"[96](심리주의 리얼리즘)을 지칭하는 것이라고 좌담에 동석한 백철에게 해명할 필요성을 느꼈던 것도 그 때문이다. 예술과 현실의 상관관계에 대한 근본적인 인식론적 문제 전체에 걸려 있는 이 용어에 어떤 한정사 없이 사용하거나, 그가 뒤에 버지니아 울프 · 제임스 죠이스의 심리주의 소설을 논한 글[97]에서 그 제목의 일부로 삼았던, 좀 더 정확한 용어인 "모더니즘"이라는 용어를 사용하지 않은 것은 그의 지적 불성실함을 드러낸 것일 따름이다. 「날개」는 막연한 리얼리즘이 아닌 심리주의 리얼리즘, 또는 모더니즘 소설이라 했어야 옳다. 이렇게 볼 때 이 논쟁은 기실 그 중심부에 「날개」가 놓여 있는 모더니즘과 리얼리즘 간의 논쟁이라는 성격을 지니는 것이다.

둘째, 「날개」의 해석에서 파생된 바람직한 문학 모델의 설정이라는 점에 있어서는 백철 · 한효 · 임화의 논문은 최재서의 논점에서 벗어나

---

95) 『동아일보』 1937. 6. 3.

96) 「문학좌담회」, 『조선일보』 1937. 1. 1.

97) 최재서, 「구라파 현대 소설의 이념 (2)—모더니즘 편」, 『비판』 1939. 7. 참조.

있다고 평가된다. 최재서는 문제의 논문에서 「날개」를 하나의 현대 문명사회의 징후를 생생하게 드러낸 모델로서 제시했을 뿐이지 결코 그것을 이후의 바람직한 모델이라고 주장하지는 않았기 때문이다. 그는 오히려 「날개」의 모럴의 결핍을 지적했다. 그런데도 백철·임화 등이 리얼리즘의 개념을 사회주의 리얼리즘에 한정하면서 그것을 내세워 그를 비판한 것은 그들의 지나친 예민함을 증명한 것이라 하겠다.

셋째 「날개」의 해석 문제가 남는데 작품 해석상의 최재서·백철·임화 사이의 갈등, 대립은 결국 이 작품의 양면성을 드러내는 것으로 하나의 논리적인 난관이라 할 것이다. 이 해석을 둘러싼 논쟁은 일찍이 19세기의 헤겔이 '낭만적 문학 형식의 해체'를 점친 후 나타났던 울프·카프카의 모더니즘 작품 해석을 놓고 대결한 저 루카치(부정적 평가)와 아도르노(긍정적 평가) 간의 논쟁[98]을 연상시키는 것이기도 하다. 그러나 「날개」의 세계가 작가 이상의 실제 생활의 반영이 아니라 미학적인 장치를 사용한 현실에 대한 재구성물 즉 작품이라는 자리에 섰던 최재서의 논점은 그 점에 철저하지 못했던 백철·임화의 해석보다 훨씬 타당성을 지니고 있다고 할 것이다. 백철·임화는 소설의 주인공의 의식을 작가의 '현실적인 세계의 의식'으로 동일시하는 관점에서 해석했기 때문에 '퇴폐·무능력한 인테리(도야지)'밖에 보지 못했고, 최재서는 주인공의 행위·유희·장난 등을 어디까지나 어떤 비유·상징 요

---

98) 자세한 것은 G. Lukacs, "The Ideology of Modernism", *Realism in Our Time*, Harper & Row, Publishers, 1964; Th. Adorno, "Reconciliation under Duress" in Bloch et al., *Aesthetics and Politics*, Verso, 1980 참조.

컨대 아도르노가 말하는 '미적 가상'(aesthetic appearance)[99]으로 인식하는 자리에 있었으므로 거기서 "현실의 희화화·모독·분노"를 읽을 수 있었다.

그가 「날개」에서 본 것은 일제의 자본주의 전성기·군국주의가 가져온 현대인의 의식의 분열·해체인 동시에 그 분열·해체에 대한 작가의 비판정신이다. 요컨대 그는 거기서 1930년대의 한 "서울 풍경"을 본 것이다. 그의 관심은 어디까지나 현대에 놓여 있었다. 여기서 현실의식이 바로 작품의 의식이라고 본 백철·임화의 논점은 그에게 예술과 현실의 차이를 무시하는 저속한 문학이론이자 이데올로기적인 것으로 비쳤음에 틀림없다. 실제로 그는 반영론에 입각한 사회주의 리얼리즘의 "주관적·공식적·인위적·편파적" 속성을 비판한 바 있다.[100] 그가 뒤에 이상을 가리켜 "현대문명에 파괴돼야 보통으론 도저히 수습할 수 없는 개성의 파편을 추려다가 거기에 될 수 있는 대로 리아리티를 주려고 해서 여러 가지로 테크니크의 실험을 하야 본 작가"[101]라고 평가하는 것도 그런 문맥에서이다. 그는 이상의 소설에서 근대성을 보려 했던 것이다. 그러던 중 흥미로운 사실은 뒤에 임화가 「세태소설론」(1938)을 쓰면서 거기서 이상의 소설을 일종의 "내성소설"로 인정하고 있는 점인바 이는 인상적이다. 내성소설의 등장은 모더니즘이 추구해 온 인간의 소외 문제가 보다 구체적인 실체로 출현하고 있음을 증명하는 것이다.

「날개」 해석을 둘러싼 모더니즘과 리얼리즘 간의 논쟁은 이를 확대시

---

99) Th. Adorno, 위의 논문, 특히 158~160면 참조.
100) 최재서, 「문학발견시대」, 앞의 책, 53면.
101) 「故 이상의 예술」, 같은 책, 118면.

키면 모더니즘이냐 리얼리즘이냐, 당시 조선의 리얼리티가 도시에 있느냐(「날개」) 농촌에 있느냐(『고향』), 문학의 기초를 지속적인 현실의 진단과 부정에 두느냐 아니면 현실의 모순을 비판하며 끝없이 미래의 유토피아를 제시해야 하느냐 하는 등의 여러 가지 문제점을 제기하고 있는 것이라 하겠다. 최재서의 「날개」 분석에 대해서는 동경에 가 있던 이상 자신은 비교적 인정했었다는 것,[102] 이 논쟁은 이상이 동경에서 타계(他界)한 뒤에도 계속된 것이라는 것, 그것은 「날개」에 나타난 30년대의 '서울풍경'을 놓고 당시 문단이 고심했던 또 하나의 서울 풍경이었다는 것 등은 이에 부수되는 문제일 것이다. 중요한 것은 이 논쟁으로 「날개」가 범문단적인 관심으로 등장했는바, 그것은 사실 모더니즘의 문단 확산과 정착을 뜻하는 것이라 볼 수 있다는 점이다. 그리고 최재서 대 백철 간의 논쟁이 뒤에 최재서의 승리로 평가되었다는 것도[103] 특기할 만하다. 그 점에서 「날개」는 모더니즘의 승리를 가져다 준 문제적인 작품이라 할 것이다.

5. 모더니즘의 유산

지금까지 살펴본 바와 같이 문단의 세 세대의 등장과 그들과 1930년대 서울과의 만남은 모더니즘의 직접적 계기이자 그 추진력이었다. 그들은 주로 서울에서 체험되는 근대 문명의 징후를 작품화하면서 그것

---

102) 김기림, 「故 이상의 추억」, 『조광』 1937. 6, 313면 참조.
103) 이원조가 이 과정을 지켜본 후 그렇게 평가했음. 이원조, 「정축(丁丑) 1년간 문예계 총관」, 『조광』 1937. 11. 참조.

을 심화시키고자 하였다. 그들은 도시에서의 충만한 자극과 패배를 함께 체험하면서 그 체험에 합당한 새로운 시학을 정립하고자 하였고 또 그 작업을 성실히 수행했다. 현대 문명의 충격 때문에 그들은 도시의 거리와 삶의 현장에서 경험한 내용을 주로 시각적인 언어로 표현했다. 그 결과 그들의 시는 체험의 총체적 구조화, 도시의 깊이에 대응하는 깊이 있는 작품의 양산까지는 나아가지 못했으나, 그들이 보고 체험하는 범위 내에서 그들의 작품에 근대성을 구현하였다. 김기림이 뒤에 "조선에서는 '모더니스트'들에 이르러 비로소 '20세기의 문학'은 의식적으로 추구되었다"고 말한 것은 이런 범위 내에서 타당한 것이다. 근대란 한마디로 말해 합리성을 바탕으로 하는 자본주의(전성기의 일본의 자본주의)이고 그것이 눈앞에 있었던 것이다. 그들은 타율적으로 그것도 선배 문인 등의 경험의 바탕 없이 그러나 의식을 가지고 거기에 부딪쳤고 그 결과 소설 쪽에서의 리얼리즘에 대응되는 근대성을 획득한 모더니즘 시를 남길 수 있었다. 그러나 곧 짧은 시로는 근대를 진단하는 데 한계를 느끼고, 장시와 소설 쪽으로 장르를 확대했다. 이상의 「날개」는 그런 관심의 소산이었고 거기서 그는 현실과 세속적 가치를 희화화하고 모독하고 분노감을 표명하며 비판했다. 「날개」는 근대 문명 하에서 야기된 소외현상과 그것을 부정하고자 하는 의지의 표현이기도 하다. 그것은 적막했던 1930년대 문단에 모더니즘 논쟁을 야기시키면서 그 타당성을 인정받았고, 그 과정에 의해 비로소 역사적 모더니즘은 당대 문단에 확산·정착된다.

그러나 그 논쟁이 도시의 리얼리즘(염상섭)이 아닌 농촌의 리얼리즘(이기영)과의 대결이었다는 것, 다분히 시적인 단편이 대상이었다는 것은 문제점이라 할 만하다. 그것은 당시 모더니즘 소설로서는 가능성을 보인 거의 유일한 작품이었으나 동경에서의 이상의 갑작스런 죽음으로 더 이상 진전과 심화를 보이지 못했던 것이다. 여기서 김기림은 그의 유학 생활을 끝내고 돌아와 서둘러 「모더니즘의 역사적 위치」(1939)를 쓰게 된다.

그런데 「모더니즘의 역사적 위치」는 그 역사적 위치를 강조하는 것은 좋았으나 모더니즘 결산서로서는 몇 가지 불충분한 점도 보여 준 글이다. 그 이유는 모더니즘의 인식론적 기반보다는 작품의 창작 방법과 기술 쪽에 비중을 두고 논의했다든가, 그가 여러 모더니즘 시인들의 이름을 거론하면서도 예컨대 장서언 · 오장환 등 그가 현대적인 감각의 구현자로 평가한 바 있는 몇 시인은 말하지 않았기 때문이다. 특히 그가 시집 서평을 쓰는 등 관심을 기울였던 오장환(그는 "우리 시(詩)의 전위부대의 견뢰(堅牢)한 일방(一方)의 보루"라 높이 평가하면서 이상 · 정지용과 동열(同列)에 놓았었다.)[104]의 이름을 들지 않은 것은 착오로 보이기도 한다. 그리고 가장 탁월한 시인 이상의 업적(「날개」 포함)을 부각시키지 않았던 것이나 1930년대 중반은 「날개」·「기상도」가 써지고 모더니즘 논쟁이 일어난 가장 성과 있는 시기였는데도 기교주의 논쟁을 지나치게 의식, "위기"로 표현했고, 무엇보다 모더니즘은 끝난 것처럼 말하면서 그 근거를 충분히 제시하지 않았던 것은 이 글의 불성실함으로 보아야 할 것이다.

그런 점에서 이 결산서는 객관성이 결여된 다분히 주관적인 관심에

---

104) 김기림, 「'성벽'을 읽고」, 「조선일보」 1937. 9. 18.

서 써진 것이라 할 것이다. 왜냐하면 역사적 모더니즘은 이미 그의 것이 아니기 때문이다. 그가 이후에 자신의 조급성을 자각하고 모더니즘에 대한 몇 편의 글을 쓰면서 모더니즘의 종언이 아니라 그것의 가능성에 대해 말하고 있음은 역설적인 일이다. 그러나 그 논점은 모더니즘의 진정한 역사적 의미를 검토하고자 함에 있어 반드시 살펴볼 필요성이 있는 것임도 사실이다. 이 문제를 검토해 보는 것은 다름 아닌 역사적 모더니즘의 구체적인 종언의 이유와 모더니즘은 여전히 미래의 과제라는 근거를 따져 보는 일이 되기 때문이다.

결산서가 써진 뒤 1940년에 발표된 김기림의 (1)「시인의 세대적 한계」[105], (2)「시의 장래」[106], (3)「조선문학에의 반성─현대 조선문학의 한 과제」[107] 등 세 편의 글은 그가 적어도 어느 정도 객관적인 자리에서 당대 문학의 과제를 논의하고 있다는 점에서 일단 음미해 볼 만한 것들이라 할 수 있다. 이 글들의 요점을 추리면 다음과 같다. 우선 (1)에서는 제목대로 시인으로서의 자신의 세대적 한계를 말하고 있다. 그는 그의 모더니즘의 이론적 근거의 일부이기도 했던 20세기의 시인 엘리엇이 "국교(國敎)로 달려간 것", 리드가 문학비평에서 미술비평으로 전향한 것, 임화가 "고전으로 달아난 것" 등을 예시하면서 자신의 논점을 합리화하고 있다. "영구히 '새로워질 수 있다'고 한 것은 한 시인이 세대적으로 시대와 보조와 맞는 동안의 착각인 것 같다"고 그는 쓰고 있다. (2)는 전쟁(2차 대전)의 위기가 날로 고조되고 있던 당시 세계의 정

---

105) 『조선일보』 1940. 4. 23.
106) 『조선일보』 1940. 8. 10(폐간호).
107) 『인문평론』 1940. 10.

세 일반을 의식하면서 그런 상황에서의 시의 장래를 전망한 것이다. "현대 시인과는 조화할 수 없었던 '근대'라는 세계는 바로 우리의 눈 아래서 드디어 파국에 부딪쳤다." "시대와 시인의 끝없는 대립은 시인의 정신 속에 늘 격심한 불균형을 결과했다."고 그는 지적하고 있다. 그리고 민족에 대한 관심을 말하면서 이렇게 말한다. "최재서씨는 '시단 3세대' 속에서 '모더니즘'이 문제되어야 할 것을 시사했다. 그 일문(一文)만으로는 어떻게 문제되어야 하겠다는 방향이 분명치 않았다. 나는 '모더니즘'뿐만 아니라 오늘의 시가 똑같이 반성될 근거와 필요를 여기 두어야 하리라 생각한다." 말하자면 근대의 위기 앞에서 역사적 모더니즘은 끝났으나 미래의 시의 근거와 출발점은 여전히 모더니즘이 되어야 한다고 보는 것이다.

여기서 모더니즘은 완결 상태가 아닌 가능태로서 미래에도 수행하여야 할 과제로 암시되고 있다. 그의 이러한 진술의 이면에는 분명 모더니즘이 자본주의와 그 운명을 같이한다는 것, 자본주의와 그 병적 징후(파시즘)를 드러낼 때 모더니즘도 불가능하다는 논리가 놓여 있다. 역사적 모더니즘의 한 근거가 비록 타율적으로 편입되어 있었으나 일본의 자본주의였기 때문이다. 한 시대의 끝에서 이루어진 모더니즘에 대한 그의 이런 결론은, 리얼리즘을 탐구해 온 당시 소설계에서 이즈음에 보여 준 결론과도 서로 비슷한 점이 보인다는 것은 따라서 조금도 이상한 일이 아니다.

김기림이 시 쪽에서 「시의 장래」를 쓰고 있을 때, 리얼리즘을 역사적 과제로 삼고 고심했던 김남천은 「소설의 운명」(『인문평론』 1940. 11)을 썼고, 그는 거기서 리얼리즘을 역시 현재적이자 미래적인 과제로 설정했다.[108] 30년대의 소설 쪽에서의 리얼리즘의 기반 역시 자본주의였다고 보는 한 그의 그러한 결론은 불가피한 것이었다 할 것이다. 「시의 장래」와 「소설의 운명」을 논의한다는 것, 즉 모더니즘과 리얼리즘론은 근대에서 싹이 터 그것과 운명을 같이해 온 근대의 소산들이기 때문이다. 그것들은 근대성이라는 공통된 인식론적 기반을 두면서도 그 근대를 해석하고 미래를 전망하는 이론과 실천에서 차이를 드러내고 있을 뿐인 것이다. 여기서 모더니즘과 리얼리즘은 근대문학을 전개시키는 두 개의 추진력이 된다. 문제는 모더니즘이냐 리얼리즘이냐가 아니라 그것이 기초하고 있는 근대, 다시 말해 그 어느 것도 자기 구현을 감당할 수 없는 당시의 근대의 특수한 정황인 것이다. 김기림의 (3)은 이와 같은 근대의 위기를 인식하는 자리에서 근대문학의 역사를 회고하면서 미래를 전망하는, 지금까지의 논점을 보완 확대한 글이다. 그는 근대문학의 과제는 봉건적 이데올로기 · 낡은 유교적 질서 · 관습의 굴레 등에서의 "인간 해방"과 "개성의 주장"이었다고 말하면서, 그 사회 · 문화적 기반의 낙후성과 미성숙으로 그 실제적인 수행 과정에서는 많은 혼란을 겪어 왔다고 지적하고 있다. 그리고 결론으로서 근대문학 전반에 대한 "정확하고 현명한 결산"이 요구된다고 보았다.

이상의 개관을 통해 우리가 확인할 수 있는 것은 무엇일까. 그것은 역사적 모더니즘의 종언이 자체의 문제점보다는 그 시대적 환경 때문에 야기되었다는 사실이다. 근대의 파탄 앞에서 1930년대의 서울 문인들은 위기에 직면하고 있었던 것이다. 그러나 모더니즘(일반적 의미의)

---

108) 이에 대한 자세한 것은 김윤식, 『한국근대문학사상사』, 246~256면 참조.

을 미래의 차원에 위치시키고 있다는 사실은 중요하다. 이러한 인식에 이르는 하나의 시금석으로 저 역사적 모더니즘이 놓여 있었다고 할 때, 1930년대의 모더니즘의 진정한 문학사적 의미는 바로 이러한 인식에 도달하기까지의 과정 자체에 있다고 할 것이다. 따라서 이상의 사실들을 고려하면서 역사적 모더니즘을 적극적으로 상론해 보는 일이 이후의 중요한 과제로 등장하게 된다. (1986)

'근대적 풍경시' 속의 시인과 사회

― 김광균 시 다시 읽기

1. 1930년대 모더니즘과 김광균

'모더니티의 인식'과 '제작되는 시'에 대한 자각을 강조하였던 1930년대 김기림 중심의 모더니즘 시 운동은, 다분히 서구 모더니즘에 편승한 것이었다. 따라서 자생력과 문화적 토대가 빈약한 '식민지 모더니즘'이라는 자체의 문제점을 안고 있었지만, 그것이 한국시의 모더니티를 구현하는 데 크게 기여하였던 사실은 부정하기 어렵다. 1930년대 모더니스트 중에서 김기림, 이상이 주도적 모더니스트에 속한다면, 김광균은 주도적 모더니스트라기보다는 '영향받은 모더니스트'라 할 수 있다. 김광균 외에도 그의 친구이며 『성벽』, 『헌사』 등의 시집을 남긴 오장환 등 당시 젊은 시인들 대부분이 모더니즘의 영향 아래서 시를 썼다. 카프문학의 퇴조라는 시대적 흐름 속에서 당시 모더니즘은 동시대 젊은 시인들의 시 창작에 많은 영향을 주었다.

경기도 개성 출신으로 송도상업학교를 나온 김광균(1914~1993)은 김기림이 주도한 1930년대 서울(당시 경성) 모더니즘 시 운동에 뒤늦게 합류하였다. 학창 시절부터 문학 활동을 하고 신문에 몇 편의 습작을 투고한 경력이 있는 그는, 고향의 상업학교를 졸업한 후 전라북도 군산의 '경성고무주식회사'에 취직해 군산에서 당시 시단의 흐름에 민감하게 반응한 몇 편의 시를 발표한다. 이후 1930년대 후반 같은 회사의 서울 근무를 발령받고 생활 근거지를 옮기면서 서울에 정착, 본격적으로 모더니즘 시 운동에 합류한다. 모더니즘풍의 풍경시를 잇달아 발표하면서 시단의 주목을 끌었던 그는 작품들을 모아 『와사등』(1939)을 시작으로, 『기항지』(1947), 『황혼가』(1957) 등의 시집을 출판한다. 이상의 시가 무의식의 심층적인 세계에, 김기림의 시가 지식인다운 인식의 세계를 각각 지향한다면, 김광균의 시세계는 회화적 이미지의 시적 풍경화를 지향하는 표층적 세계이다. 그의 시세계는, 고립된 개인의 무의식, 결핵환자로서의 임상의학적 자기 진단, 불안과 공포, 초현실주의적인 차가운 내면 풍경 등에 시의 탐침을 들이댄 동시대 시인 이상의 심층적 시세계나, 백화점, 기차 등의 도시적 이미지로 채워지는 김기림의 문명비판적인 시세계와는 뚜렷이 구분되는 것이다.

「와사등」, 「장곡천정에 오는 눈」, 「설야」 등의 시 작품에서 볼 수 있는, 인상화풍의 감각적 풍경시, 회화적 이미지의 우세, 시 속에 언뜻 드러나는 소시민의 비애—이런 것이 김광균적인 시세계이다. 그의 1930년대 작품들을 읽어 보면 대개 인상화풍의 감각적인 풍경시라는 사실을 알 수 있다. 그의 시들은 그 시적 경향 면에서 변화의 진폭이 넓지 않다. 대개 특정한 순간 특정 장소에서 경험하는 외부의 감각적 인상을 스케치하듯 포착하여 시행을 구축하면서, 그 시행 속에 화자(시인) 자신의 감정 상태를 간접적으로 투영하는 방식으로 구성된다. 시에 나타나는 주요 감정 상태는 대체로 생활인, 소시민으로서의 애수(哀愁), 비애감이다. 그의 시는 따라서 풍경의 인상과 애수로 이루어지는 그 시인 자신의 '마음의 풍경화'로 읽힌다. 시인의 감정을 직접적으로 표현하지 않고 객관적 사물을 통해 간접적으로 드러나게 하는 이러한 객관화의 방법은 당시 모더니즘에서 온 것이다.

김광균의 풍경시 읽기에서 중요한 요소는 두 가지이다. 하나는 공간, 장소, 지리적 배경 등의 문제이고, 다른 하나는 풍경시 속에 투영된 시인의 비애, 고독, 슬픔 등의 사회문화적 맥락과 그 의미 해석 문제이다. 그의 시학은 특정 장소의 감각적 인상의 서술과 그 서술의 반복, 중첩을 통해 구성되는 풍경과 그 순간의 화자의 감정 상태의 결합으로 이루어진다. 따라서 최근 문화비평, 문학비평의 새로운 방법론으로 부상하고 있는 지리비평(geocriticsm)[1]의 관점, 그중에서 공간과 장소 개념의 도입은 그의 시세계를 이해하는 데 유력한 출발점이 될 수 있다. 그런데 이 관점은 그의 시학의 또 하나의 측면인 시에 투영된 시인의 고독, 비애 등의 감정 상태를 해석하는 데는 미흡한 점이 있다. 그의 시에 나타난 고독, 비애는 일찍 아버지를 여의고 편모 슬하에서 자란 그의 성장 과정, 고등학교 졸업 후 가족의 경제생활을 책임져야 하는 집안의

---

1) Robert T. Tally Jr. ed., *Geocritical Explorations : Space, Place, and Mapping in Literary and Cultural Studies*, Palgrave Macmilan, 2011에 의하면, 지리비평은 문화지리학과 비슷하면서도 차이가 있는 방법이다. 문화지리학이 지리학의 한 분야라면, 지리비평은 '공간, 장소, 지도 그리기' 등의 관점을 수용하는 문학 연구, 문화 연구의 한 방법이다. 이 책의 "Forward", 9~15면 참조. 본고에서 '지도 그리기' 기법 활용은 편의상 제외하고자 한다.

가장이었다는 전기적 사실, 그가 근대적 회사인 고무주식회사 회사원 시인이었다는 점 등과 관계 깊다. 특히 회사원이라는 직업과 관련된, 능률사회, '성과사회, 피로사회' 등의 개념[2]은 그의 시의 사회역사적 의미 해석에 생산적인 개념이 될 수 있다.

김광균의 군산 시대의 작품 중의 하나인 「오후의 구도」는, 방금 논의한 관점을 통해 그의 시를 새롭게 해석, 평가하는 데 하나의 출발점이 될 수 있다.

> 바다 가까운 노대(露臺) 우에
> 아네모네의 고요한 꽃방울이 바람에 졸고
> 흰 거품을 몰고 밀려오는 파도의 발자취가
> 눈보라에 얼어붙은 계절의 창밖에
> 나즉이 조각난 노래를 웅얼거린다.
>
> 천정에 걸린 시계는 새로 두시
> 하-얀 기적(汽笛) 소리를 남기고
> 고독한 나의 오후의 응시(凝視) 속에 잠기어 가는
> 북양항로(北洋航路)의 깃발이
> 지금 눈부신 호선(弧線)을 긋고 먼 해안 우에 아물거린다.
>
> (…중략…)
>
> 바람이 올적마다
> 어두운 카-텐을 새어 오는 창백한 햇빛에 가슴이 메여
> 여윈 두 손을 들어 창을 내리면

---

2) 한병철, 『피로사회』, 김태환 역, 문학과지성사, 2010 참조.

현대문학과 사회문화적 상상력

하이얀 추억의 벽 위엔 별 빛이 하나
눈을 감으면 내 가슴엔 처량한 파도 소리뿐.
—「오후의 구도」 부분[3]

이 시의 화자는, 바다가 바라보이는 실내에서 창밖 오후의 풍경들과 교감하고 있다. 풍경의 감각적 인상들이 중첩되면서 이 시는 한 폭의 풍경화 같은 느낌을 준다. 시인(화자)의 고독하고 우울한 감정 상태는 시 전체의 분위기 속에서 풍겨지지만 특히 마지막 연에서 잘 드러나 있다. 「오후의 구도」에 등장하는 바다 풍경은 1930년대 군산항 주변의 공간적 풍경이며, 그 구체적 장소는 미상이다. 시에 언뜻 드러난 쓸쓸한 비애감은 객지에서 생활하던 당시 고무회사 회사원인 시인 자신의 현실적 감정 상태와 표현이다. 비슷한 시기에 쓴 「산상정(山上町)」도 군산 시절의 작품이다. 이 작품에는 추상적인 공간이 아니라 군산 시내 산마을의 일본식 명칭이 등장한다. 식민통치 초기 일본은 전국 시도의 행정구역명을 일본식으로 바꾸었다. 일본식 동네 이름을 제목으로 삼았다는 점에서 시 제목은 「오후의 구도」보다 구체적인 편이며, 이 시는 당시의 구체적인 장소에서 바라본 군산 풍경을 다룬 시라고 할 수 있다.

(…전략…)
동리는 발밑에 누워
먼지 낀 삽화(揷畵)같이 고독한 얼굴을 하고

---

3) 김광균, 『와사등』, 정음사, 1946(초판본 남만서방, 1939). 원본에는 면수 표기가 되어 있지 않음. 인용시의 표기는 김학동·이민호 편, 『김광균전집』, 국학자료원, 2002에 의거 현대식으로 현대 표기법으로 고쳤음. 이하 같음.

노대(露臺)가 바라다 보이는 양관(洋館)의 지붕 위엔
가벼운 바람이 기폭(旗幅)처럼 나부낀다.

한낮이 겨운 하늘에서 성당(聖堂)의 낮종이 굴러내리자
붉은 노우트를 낀 소녀 서넛이
새파—란 꽃다발을 떨어뜨리며
햇빛이 퍼붓는 돈대 밑으로 사라지고
어디서 날라온 피아노의 졸린 여운이
고요한 물방울이 되어 푸른 하늘에 스러진다.[4]

—「산상정」 부분

　당시 군산은 제국과 식민지를 이어 주는 중요 항구 도시로서, 국내 생산 곡물이 일본으로 반출되는 주요 관문이었다. 김제평야를 낀 이곳의 '미두장'을 둘러싼 이야기는 군산 출신 작가 채만식의 소설 「탁류」에서 다루어진 바 있지만, 김광균이 일했던 경성고무주식회사는, 1920년대 이후 서민용 고무신의 수요 증가로 고무회사가 성황 중이었다는 역사적 사실과 관련지어 보면 그 실상을 어느 정도 짐작해 볼 수 있다. 김광균이 취업한 경성고무주식회사의 규모는 자료 부족으로 알 수 없으나, 본사는 서울에 공장은 바로 군산에 있었던 것으로 판단된다. 그는 회사원이자 시인으로 틈틈이 시 창작에 전념했던 것인데, 당시 그에게 군산은 낯선 객지였고, 장남이었던 그는 아버지가 부재하는 집안의 실질적 가장으로서 가족들을 부양해야 하는 처지에 있었다. 자료에 의하면 그가 어릴 적에 상업을 하던 부친이 많은 빚을 남겨 놓은 채 갑자기

---

4)　김광균, 위의 책.

사망하여 그는 부친의 부재 속에서 성장하였다고 한다. 김광균 유족들은 부친이 남긴 빚을 갚아야 하는 처지에 있었다. 그의 시에 드러나는 비애와 고독감은 장남이라는 가족 내의 처지, 그의 성장 과정, 가족의 사정 등의 사실뿐만 아니라, 그가 송도상고를 막 졸업한 고무회사 신입사원으로서 여러모로 고단한 처지에 있었다는 사실과도 무관하지 않다고 이해된다.

그는 1932년에서 1936년 봄까지 군산에서 근무하면서 몇 편의 작품을 발표한다. 군산 시대 작품으로는 「창백한 구도」(1933), 「해바라기의 감상」(1935), 「오후의 구도」(1935), 「외인촌의 기억」(뒤에 「외인촌」으로 개제)」(1935) 등이 있다. 이 중 "공백(空白)한 하늘에 걸려있는 촌락의 시계가/여윈 손길을 저어 열시를 가르치면/날카로운 고탑같이 언덕우에 솟아있는/퇴색한 교화당의 지붕우에선//분수처럼 흩어지는 푸른 종소리"와 같은 인상적인 구절로 마무리되는 시 「외인촌」은 김광균이 함경북도 '주을(朱乙)온천'을 여행하고 그곳 외인촌의 기억을 살려 쓴 작품이다. 주을온천은 휴양지로 유명했는데 당시 그 부근에는 러시아 혁명 후 고국을 떠나 그곳으로 흘러 들어온 온 백계 러시아인들의 마을이 있었다. (이 러시아 마을은 함경도 경성농업학교에 근무한 적이 있는 소설가 이효석이 자주 들렀던 곳으로, 그의 소설 작품의 무대로 등장하고 있는 곳이기도 하다.) 김광균의 군산에서의 꾸준한 창작 활동은 곧 시단의 주의를 끌었다. 신문에 발표되었던 「오후의 구도」, 「외인촌의 기억」 등 두 편이 박용철, 정지용, 김기림 등이 편집한 『을해명시선집(乙亥名詩選集)』(시원사, 1936. 4)에 수록된다. 모더니즘 시 운동의 리더였던 시인–비평가 김기림이 이 작품들을 적극 추천해서 이 선집에 수록한 것이다. 김광균은 스스로 "그 전후에 (…중략…) 나는 시단이라는 눈에 보이지 않는 곳에 뛰어들었다."고 회고하고 있다.[5]

군산에서의 시작 활동이 시단으로부터 시인으로서 재능을 인정받는 계기였다면, 서울 생활은 그의 시작 생활에 새로운 활기를 불어넣었다. 서울에서 그는 당시 『조선일보』 기자였던 김기림을 비롯한 선배 시인들과, 오장환 등의 젊은 시인, 여러 화가들을 직접 만나 다양한 예술적 자극을 받았다. 문화예술의 중심지 서울에는 새로운 창작 활동의 영감을 자극하는 여러 새로운 예술가와 예술적인 분위기가 있었던 것이다. 그가 서울로 이주한 것은 '1936년 초여름'이었고, 당시 그의 직책은 경성 고무주식회사 서울본사 '판매과장'[6]이었다. 그는 서울에서 편지 왕래가 있던 김기림을 만나, 시인과 화가들이 어울려 벌이는 파리의 아방가르드 예술 운동의 실상을 알게 되는데, 김기림과의 첫 만남에 대한 다음 기록은 당시 시단의 분위기를 생생하게 전해 준다.

> 지금의 소공동(당시 長谷川町)에 김연실이란 배우가 하던 낙랑 다방에서 만나자 하여 가서 기다렸더니, (…중략…) 그(김기림—인용자)가 어둑어둑할 무렵에야 나타났다. 다방문이 닫힐 때까지 서너 시간

---

5) 김광균, 「30년대 화가와 시인들」, 『김광균문집 와우산』, 범양사 출판부, 1985 참조.

6) 이것은 1988년 2월 11일 김광균 선생과 필자의 전화 인터뷰를 통해 직접 확인한 것임. 서준섭, 『한국 모더니즘 문학 연구』, 일지사, 1988, 148면. '각주 58' 참조. 김학동 · 이민호 편, 『김광균전집』, 국학자료원, 2002. '연보'에는 '1938년'에 서울로 옮겼다고 되어 있음.
  김광균이 『자오선』 동인에 참여하고 그 창간호가 1936년에 나왔다는 사실을 고려하면 창간 당시 그는 이미 군산을 떠나 서울에 정착해 있었다고 보는 것이 설득력이 있다.

이야기를 하다 헤어졌는데, 자세한 것은 다 잊어버렸고, 기억에 남는 것은 파리를 중심으로 화가와 시인들이 모여 같은 시대정신을 지향한 공동목표를 세우고 한떼가 되어 뒹굴며 (예술)운동을 한다 하여 구체적인 예를 많이 들었다. 자신은 그 중에서도 블라맹크 그림의 모티브인 현대의 위기 감각을 높이 평가한다는 이야기, 시인으로 이상이 원고지 위에 수자와 기호로 쓴 시각의 시 이야기, 아직 작품 발표는 적으나 오장환이라는 신인이 주목된다는 이야기 등등이었다. 그리고 화가로는 김만형, 최재덕, 이쾌대, 유영국 같은 사람들의 이름을 들며 가까운 새로운 시일에 소개해주겠다는 이야기를 하고 헤어졌다.[7]

김광균은 서울에서 오장환(1918년생), 서정주(1915년생) 등 젊은 시인들과 함께 동인지『자오선』(1937)을 창간하기도 하는데, 오장환은 김광균의 서울 시대 중요한 친구였다. 오장환은 충청도 회인 태생으로서 일본 메이지대학 전문부를 중퇴한 견문이 넓은 시인이었고, 그림에도 관심이 많아 다양한 외국 시집 외에 서구 근대 화집도 소장하고 있었다. 이미지즘 계열의 서정시 형식을 유지하고자 하는 김광균과는 달리 오장환은 단시, 산문시 외에, 장시 등 여러 가지 형식을 시험한다.『자오선』에 김광균은「대화」를, 오장환은「선부(船夫)의 노래 2」,「수부(首府)」(장시) 등을 각각 발표한다. 그의 시에는 문명비판 정신과 퇴폐적 성향이 함께 나타나 있다. 당시 모더니스트 시인들은 서구시의 새로운 동향뿐만 아니라 근대 미술의 흐름에 대한 관심도 컸다. 김광균은 신홍휴, 최재덕, 김만형 등의 화가들과 만나 교류하는 한편, 친구 오장환을 통해 고흐의「수차(水車)가 있는 가교(架橋)」가 수록된 서구의 근대 화집(컬

---

7)   김광균,「30년대 화가와 시인들」,『김광균문집 와우산』, 범양사 출판부, 1985, 171~172면.

러판)을 접하고 흥분하였다고 한다. 현대 미술과의 교류는 그가 서울에 정착한 이래로 새로운 경험이었다. "시는 그림과 함께 호흡하면서도 앞서가는 회화를 쫓아가기에 바빴다."고 스스로 말하고 있다.[8]

2. 군산에서 서울로

― 도시 풍경시에 나타난 장소성과 회사원의 비애

김광균의 근대적 풍경시는 근대 미술과의 교류를 통해 한층 세련된 표현을 얻는다. 군산에서 서울로 이주하면서 그는 새로 화가 친구들과 만나 어울리고, 서구 인상파의 그림을 통해 화가들이 소재를 미적으로 가공하는 방법을 배울 수 있었다. 도시를 떠나 여행길에서 쓴 작품도 있다. 공간적으로 군산에서 서울로 이동하는 그의 풍경시는 처음부터 회화성을 띠고 있었지만, 서울 시대 작품이 그 이전 작품에 비해 더 감각적으로 명징성을 띠게 된 이면에는 현대 미술과의 만남이 있었다는 사실은 기억할 만하다. 서울에서의 도시 풍경 경험은 군산의 산 위에서 바라본 풍경보다 자극적인 데가 있다. 그는 당시 서울 풍경을 다룬 몇 편의 작품을 남기고 있는데, 그의 풍경시에서 눈여겨보아야 할 부분이 지리적 공간과 장소성의 변화이다. 문학비평과 문화연구에 지리학을 도입하는 지리비평(geocriticism)의 방법은 그의 시 작품을 좀 더 미시적으로 읽을 수 있는 유력한 시각을 제공해 준다.

당시 서울에 있는 시인들은 대개 신문, 잡지사 사원이나 학교 교사

---

8) 김광균, 위의 글 참조.

신분이었고, 직업이 없는 경우도 많아서, 김광균처럼 회사원인 경우는 흔하지 않았다. 김광균은 가족의 생활을 책임지는 성실한 회사원, 생활인이어서 서정주, 오장환 같은 가출, 일탈, 퇴폐적 삶의 경험을 한 적이 없었고, 김기림이나 정지용, 임화 등과 같은 일본 유학 생활을 한 적도 없었다. 그가 소시민의 비애를 변주하는 인상화풍의 도시 풍경시에서 거의 벗어나지 않은 것은 그의 생활 리듬의 단조로움과 밀접한 관련을 맺고 있었던 것으로 보인다. 그의 시에 군산의 산상정, 주을의 '외인촌'을 비롯한 북부의 여행지, 아내의 고향인 함경남도 이원, 고향인 개성 등의 공간 이동이 있으나, 가장 중요한 공간은 바로 서울이었다. 당시 서울은 남산 아래 일본인들이 상권을 잡은 '본정통(本町通)' 지역(명동 일대)과 한국인의 상업지역인 종로통 지역으로 양분되어 있었고, 북촌은 한국인 거주지였다. 「공지」, 「와사등」, 「광장」, 「장곡천정(長谷川町)에 오는 눈」, 「설야」, 「도심지대」 등 그의 대표작들이 모두 서울 체험을 바탕으로 한 작품들이다. 장소가 구체적으로 잘 드러나지 않은 작품이 많지만, 일본인 상가 지역인 '장곡천정'(소공동)이란 구체적 장소가 등장하는 작품도 눈에 띈다.

1930년대 서울에는 다방, 카페가 우후죽순처럼 늘어났고, 이 다방(카페)은 당시 시인, 예술가들의 중요한 집회소였다. 그의 서울 시대 작품들에는 거리를 서성이는 회사원−생활인으로서의 시인의 모습, 거리 산책자로서의 시인의 모습이 자주 재현되고 있다. 시의 분위기는 낭만적이지만 그 속에는 생활인으로서의 애수, 비애감이 투영되어 있다. 다음 두 편을 겹쳐 읽어 보면 그의 생활인으로서 도시 생활에서 느끼는 서글픔과 피로감의 실체가 어떤 것인지 이해할 수 있다.

찻집 미모사의 지붕 우에
호텔의 풍속계 우에
기울어진 포스트 우에
눈이 내린다.
물결치는 지붕의 한 끝에 들리던
먼-소음의 조수(潮水) 잠들은 뒤

물기 낀 기적(汽笛) 이따금 들려오고
그 우에
낡은 필림 같은 눈이 내린다.
이 길을 자꾸가면 옛날로나 돌아갈 듯이
등불이 정다웁다.
내리는 눈발이 속삭어린다.
옛날로 가자 옛날로 가자.

—「장곡천정에 오는 눈」 전문[9]

아-내 하나의 신뢰할 현실도 없이
무수한 연령을 낙엽 같이 띄워보내며
무성한 회오(追悔)에 그림자마저 갈갈이 찢겨

이 밤 한줄기 조락(凋落)한 패잔병되어
주린 이리인양 비인 공지에 홀로 서서
먼-도시의 상현(上弦)에 창망히 서린
부오(腐汚)한 달빛에 눈물지운다

—「공지(空地)」 전문[10]

---

9) 김광균, 『기항지』, 정음사, 1947, 41~42면.

10) 김광균, 『와사등』

앞의 시에는 먼 옛날에 대한 향수감이, 뒤의 시에는 생활인으로서의 형언할 수 없는 피로감이 드러나 있다. '미모사'는 당시 장곡천정에 있던 다방 이름으로서, 이 이름은 당시 국내에 상연된 동명의 유명 영화 제목에서 딴 것으로 생각된다. 서울은 김광균에게 새로운 문학적 자극을 가져다주었지만, 생활인으로서 그의 가슴속에 간직한 괴로움을 해결해 주지 않았다. 서울 시대의 도시 공간, 구체적 장소가 드러나는 대부분의 작품에는 시인의 깊은 고절감과 회사원(서울에서 그는 같은 고무회사 판매과장 직을 맡고 있었다.)으로서의 비애감이 표현되고 있다. 서정적인 풍경에 이끌렸던 그가 대도시에 진입하였을 때의 체험과 감정 상태의 변모는 작품 「와사등」(『조선일보』 1938. 6. 3)에도 잘 나타나 있다. 이 시는 인공의 자연-대도시의 군중 속에서의 고독감을 일련의 도시적 메마른 이미지의 언어로 서술한 작품이다.

차단-한 등불이 하나 비인 하늘에 걸려 있다.
내 호올로 어딜 가라는 슬픈 신호냐.

긴-여름해 황망히 나래를 접고
늘어선 고층 창백한 묘석(墓石)같이 황혼에 젖어
찬란한 야경(夜景) 무성한 잡초(雜草)인양 헝크러진 채
사념(思念) 벙어리 되어 입을 다물다.

피부의 바깥에 스미는 어둠
낯설은 거리의 아우성 소리
까닭도 없이 눈물겹고나.

공허(空虛)한 군중의 행렬에 섞이어

내 어디서 그리 무거운 비애를 지니고 왔기에
길-게 늘인 그림자 이다지 어두워

내 어디로 어떻게 가라는 슬픈 신호(信號)기
차단-한 등불이 하나 비인 하늘에 걸리어 있다.[11]

시인(화자)은 눈앞의 서울 거리라는 장소의 풍경을 단순히 바라보지
만은 않는다. 그는 지금 서울 거리 군중 속에 섞여 거리를 걷고 있다.
시의 배경은 늘어선 고층과 찬란한 야경(夜景), 여름철 서울 번화가이
다. 대도시의 진면목인 밤거리의 찬란함 속에서 시인은 고독과 '무거
운 비애'를 느낀다. 시인은 외부의 사물들과 접촉하지만 거기서 어떤
부재감을 느끼고 있다. 늘어선 '고층'이 '창백한 묘석'으로, '찬란한 야
경'이 '무성한 잡초'로 변형되고 있는 데서 그의 정신적 부재감, 황량함
이 드러난다. 그런데 여기에 등장하는 '와사등'은, 당시 서울에 '가스 가
로등'이 없었다는 사실을 생각할 때, 가로등(전등)을 그렇게 표현한 것
이거나 당시 종로의 야시(夜市)의 늘어선 가게들이 사용한 '카바이트 불
빛'을 지칭하는 것으로 이해된다. 자료에 의하면, 1929년에 이미 종로
네거리에서 종로 5가 쪽으로 야시가 열렸고, 자동차, 전차가 종횡으로
달리고 와사등, 전등이 불야성을 이루고 있었다.

　　(…전략…) 밤이 되면 이 거리(종로 네거리-인용자)에서 동구 안까
　　지 야시(夜市)가 열린다. 길가에는 서늘한 빙수가게에 구슬 달린 발이
　　늘어서고, 싸구려를 외친 아이의 소리가 요란한데, 서울 사람들은 살

---

11) 김광균, 「와사등」, 『조선일보』 1938. 6. 3.

것이 있거나 없거나 밤이면 이 거리를 거닐기 때문에 사람의 물결을 이루어서 서로 헤치고 다니게 된다.

　밝은 전등불, 물건 파는 소래, 여기서 단란한 가정의 물건 사는 것이 있으며, 저편에서는 기생, 매춘부의 잠행(潛行)이 있다. 희망에 불타는 남녀학생들이 지나가는 그 뒤에 퇴폐적 경향으로 술을 마신 타락 청년이 지나간다. 야시(夜市)는 경성시민의 축도다. 이러는 중에도 경성의 혈맥같이 왕래하는 모든 교통기관, 전차 자동차 버스 등이 연해 그 경종과 경적을 울리며 지나간다.[12]

　김광균의 「와사등」은 30년대 당시 서울 거리의 감각적인 충격 체험을 수용하며 쓴 시이다. 그는 "낯설은 거리의 아우성 소리"라고 쓰고 있다. 낯선 체험은 새로운 것이며 그것은 대도시 체험에 익숙해져 있는 경우보다 자극의 강도가 큰 편이다. 시인은 '와사등'을 정처 없는 자의 '슬픈 신호'로 묘사하고 있다. 서울 거리의 한복판을 거닐며 시인은 군중 속의 고독을 느낀다. 그의 서울 시편들은 30년대 회사원-시인이 바라본 서울 풍경을 피곤하고 고독한 몸의 언어로 표현하고 있다. 서울이라는 공간은 확실하지만, 그의 시에 그 공간의 구체적인 장소는 잘 드러나 있지는 않다. 이것은 그의 시학이 객관적 사실의 재현을 지향하는 사실주의가 아니라 대상에 대한 주관적 인상을 선택적으로 포착하면서 거기에 시인의 감정을 이입하는 모더니즘을 지향하기 때문이다. 모더니즘은 인상주의 이후의 회화사가 증명하듯 대상에 대한 주관성의 우위를 그 특징으로 삼고 있다. 김광균의 시는 객관적 풍경을 대상으로 삼지만 주관성이 농후하다. 대상을 있는 그대로가 아니라 자기 감정 표

---

12)　유광열, 「종로 네거리」, 『별건곤』 1929. 10. 68면.

현의 객관적 상관물로 이용하면서 대상들을 변형시킨다. 그는 다분히 주관적인 눈으로 풍경들을 바라보고 대상의 인상을 '선택적으로' 포착하고자 한다. 그의 시에 나타나는 풍경 이미지들은 그래서 도시의 이면보다는 그 표면에 머물고 있다는 느낌을 준다. 그는 체질적으로 '인식으로서의 시'보다는 '마음의 감각적 풍경화로서의 시'를 선호한다. 그의 풍경시의 많은 부분이 장식적 이미지가 우세한, 감정의 화려한 수사학의 모습을 띠게 되는 것도 이와 무관하지 않다.

3. 생활의 고단함, 기억, 그리고 낭만 사이
— 「설야」, 「눈 오는 밤의 시」

김광균의 서울 시편은 몇 가지 특성을 보여 준다. 첫째, 김광균의 시에 나타난 시간 이미지가 대개 황혼이나 밤으로 나타난 경우가 많다는 점이다. 그는 회사에서 퇴근한 후에야 시 창작에 전념할 수 있었다. 회사원은 직장에 구속된다. 시에 나타난 시인의 시선이 서울의 풍경 이모저모를 두루 보여 주지 않는 것도 이러한 생활 리듬과 무관하지 않으리라 짐작된다. 둘째, 그의 시들은 객관적 풍경과 주관적 감정의 결합, 풍경과 감정의 만남이라는 창작 방법상의 일정한 유형성과 언어 표현 면에서의 일정한 패턴을 드러내고 있다. 김광균 시에는 애수의 정서, 쓸쓸한 기억, 회화적 이미지, 쓸쓸한 분위기 등이 반복적으로 변주되어 나타난다. 그리고 비슷한 시어, 비슷한 구절의 반복이 나타나고 있음을 볼 수 있다. 자칫하면 매너리즘으로 화할 수 있는 이런 시작 태도를 어떻게 볼 것인가. 이 역시 새로울 것이 없는 회사 생활과 출퇴근 속에 영위되는 그의 반복적인 생활 리듬과 무관하지 않으리라 생각된다. 모든 예술 활동이 다 그렇지만, 집중과 투신, 창작을 위한 새로운 환경의 조성 없이 새로운 시의 계기는 열리기 어려운 법이다. 도시를 떠나서 쓴 기행시가 있지만, 그 기행 시편들의 새로운 그의 시의 경지를 개척한 것이라 보기 어려운 점이 있다. 요컨대 김광균의 당시 생활 패턴과 시 작품이 보여 주는 이미지즘의 패턴 사이에는 어떤 대응관계가 존재한 다고 할 수 있다. 그의 작품 중에서 「설야」는, 그 특유의 비애의 정서와 그가 애용하는 '하이얀'이란 형용사가 다시 나타나고 있지만, 그의 시의 패턴에서 다소 벗어난 서정시의 가능성을 보여 준 시라고 할 수 있다.

> 어느 머언 곳의 그리운 소식이기에
> 이 한밤 소리 없이 흩날리느뇨.
> 처마 끝에 호롱불 여위어 가며
> 서글픈 옛자취인양 흰 눈이 내려
> 하이얀 입김 절로 가슴에 메어
> 마음 허공에 등불을 켜고
> 내 홀로 밤깊어 뜰에 내리면
> 머언 곳에 여인의 옷벗는 소리[13]

　　김광균의 시의 세 번째 특성은 시각적인 체험의 우위 현상이다. 그는 시각적 이미지와 청각적 이미지를 두루 구사하지만 대체로 시각적 이미지, 회화적 성격을 띤 작품들이 많다. 이것은 그가 이끌렸던 고흐로 대변되는 서구의 인상파 회화의 영향 때문이기도 하지만, '경성 시가지

---

13)　김광균, 『와사등』

개발 계획'에 따라 새롭게 변한 당시의 서울 풍경 체험 때문이기도 하다고 할 수 있다. 불과 20년 전까지만 해도 '처량한 호적(彼笛) 소리'만 들려오던 서울 밤거리가 대낮처럼 밝아졌고, 거리를 오가는 자동차의 수적 증가와, 갖가지 낯선 건물들의 신축과 도로 정비 등으로 당시 거리 풍경은 변화를 거듭하고 있었다. 당시 변화된 거리 풍경은 시민들의 시선을 끌었다. 김광균을 비롯한 모더니즘 시인들의 대다수가 시각적인 체험의 우위 현상을 보이는 것도 이와 무관하지 않을 것이다. 김기림은 김광균을 위시한 민병균, 김조규 등의 신인들의 시가 이미지즘의 경향에 머물고 있는 것을 불만족스럽게 생각했지만, 그들의 작품에 두드러지게 나타난 시각적 체험의 우세는 그 나름대로 사정이 있었다고 해야 하리라.

김광균의 시에는 영화의 이미지를 수용한 것, 영화에서 착상한 것이 적지 않다. 「환등(幻燈)」("뒷거리 조그만 시네마엔 낡은 필림이 돌아가고"), 「장곡천정에 오는 눈」("낡은 필림 같은 눈이 내린다"), 「눈 오는 밤의 시」("캬스파처럼 서러운 등불…") 등이 그런 예에 속한다. 아놀드 하우저는 『문학과 예술의 사회사』에서 '1930년대'를 '영화의 시대'라고 지칭했지만, 당시 서울에서도 영화가 유행이었다. 영화는 서울 거주 시민들에게도 큰 위안을 안겨 주는 모던 예술이었다. 영화에서 영감을 얻은 시의 예로서 「눈 오는 밤의 시」를 보자.

서울의 어느 어두운 뒷거리에서
이 밤 내 조그만 그림자 우에 눈이 내린다.
눈은 정다운 옛이야기

현대문학과 사회문화적 상상력

남몰래 오줫한 소리를 내고
좁은 길에 흩어져
아스피린 분말이 되어 곱-게 빛나고

나타-샤 같은 계집애가 우산을 쓰고
그 우를 지나간다.
눈은 추억의 날개 때묻은 꽃다발
고독한 도시의 이마를 적시고
공원의 동상 우에
동무의 하숙 지붕우에
캬스파처럼 서러운 등불 우에
밤새 쌓인다.[14]

   애수와 낭만적 분위기가 공존하는 작품으로서, 이 시의 마지막 부분에 나오는 '캬스파'의 바른 표기는 '카스바(casbah)'이다. 이곳은 쥘리앙 뒤비비에 감독의 영화 〈망향〉(Pépé le Moko, 1937)에 나오는 근대 프랑스 식민지였던 북아프리카 알제의 카스바 지역을 뜻한다. 영화에 나오는 '카스바'는 항구 위쪽 사면에, 안뜰이 있는 희고 네모난 집이 다닥다닥 밀집해 있고 길들이 미로처럼 얽혀 있는 지역으로서, 프랑스 파리에서 도망쳐 온 주인공 페페(장 가방)가 경찰의 추적을 피해 몸을 숨기고 고향 파리를 그리워하며 살고 있는 곳이다. 영화의 줄거리를 보면, 답답하게 살아가던 페페는 카스바로 여행 온 파리의 여인 개비(밀레유 바랑)와 만나 둘이 사랑에 빠진다. 페페는 그곳을 탈출, 꿈에 그리던 고향 파리로 가고자 하는 마음에서, 배를 타고 함께 떠나자는 개비의 유혹에

---

14)   김광균, 『기항지』, 43~44면.

못 이겨 결국 오랜 은둔지였던 그곳 카스바 지역을 나와 위험을 무릅쓰고 항구로 가서 파리행 여객선을 타지만, 그 사실을 알고 있었던 경찰에 의해 체포된다. 영화의 마지막 장면은 개비가 보는 앞에서 페페 스스로 자결하는 것으로 끝난다. 인용시에서 "카스바처럼 서러운 등불"이라고 표현한 것은 이 영화가 쫓기는 자의 비극적인 사랑을 다룬 슬픈 영화이기 때문이다.[15]

김광균은 20세기의 시는 20세기의 문명에 충실해야 하기 때문에 '도시 생활에 관련된 언어'로 써질 수밖에 없는 사실을 인식하고 있었다.[16] 그가 와사등과 같은 도시적 감각과 언어를 구사하고, 「추일서정」에서 보듯, 독일군의 침공으로 '토룬시로 망명한 폴란드의 망명정부'와 관련된 내용을 작품 속에 끼워 넣은 것도 이와 관계 깊다. 「추일서정」은 교외 풍경을 다룬 시지만, 그 전반부에 그의 국제적 견문에서 얻은 언어 표현이 잘 드러나 있는 작품이다.

> 낙엽은 폴—란드 망명정부의 지폐
> 포화에 이즈러진
> 도룬시의 가을 하늘을 생각케 한다.
> 길은 한줄기 구겨진 넥타이처럼 풀어져

---

15) 『한국 모더니즘 문학 연구』의 '김광균' 부분을 쓰고 있던 1988년, 필자는 김광균 선생과의 전화 인터뷰를 통해, 「눈 오는 밤의 시」에 나오는 '캬스파'가 무엇을 의미하는지 문의한 적이 있다. 김선생은 이 캬스파는 당시 서울의 극장에서 보았던 영화 〈망향〉의 기억에 바탕을 두고 있으며, '캬스파'는 바로 그 영화의 무대가 되는 알제의 지역명을 의미한다고 설명해 주어 작품 이해에 큰 도움이 되었던 기억이 생생하다. 뒤에 필자는 이 영화의 비디오테이프를 구해 김 선생의 설명 내용을 직접 확인할 수 있었다.

16) 김광균, 「서정시의 문제」, 『인문평론』 1940. 2. 참조.

일광(日光)의 폭포 속으로 사라지고
조그만 담배연기를 내어 뿜으며
새로 두시의 급행차가 들을 달린다.
(…중략…)
자욱한 풀벌레 소리 발길로 차며
호올로 황량한 생각 버릴곳 없어
허공에 띄우는 돌팔매 하나.
기울어진 풍경의 장막 저쪽에
고독한 반원을 긋고 잠기여 간다.

그는 뒤에 개성의 가족을 솔가하여 계동에 정착하지만, 군산에서 서울에 올라왔을 당시에는 종로 부근 도심 지대인 다옥정(현재의 다동(茶洞))에서 하숙하고 있었다. "그 무렵 나는 회사에서 최근 시간 10분 전이면 빠져나와 명동으로 달음질쳤다. 거기엔 이봉구, 오장환, 이육사, 김관, 화가 친구들이 쭈그리고 앉아 있었다"고 적고 있다. 그들의 회합 장소는 주로 낙랑, 미모사, 에리사 등의 다방이었다고 한다. 김광균의 서울 시대 작품들은 군산 시절 작품처럼 그 나름의 역사성을 지니고 있다.

4. '능률사회/피로사회', 생활과 시 사이의 갈등과 괴리—시집 『황혼가』 주변

김광균의 시에는 그의 구체적인 생활상이 잘 드러나 있지 않다. 스스로 당시의 직장 생활을 생생하게 보여 주는 글을 남기지 않고 있지만, 당시 고무회사 판매과장이란 그의 직책은 오늘날로 말하면 상품 마케팅의 최전선에 있는 직책이라 할 수 있다. 그는 당시 숫자와 통계 속에서 능률과 실적을 중시하는 회사의 분위기 속에서 많은 시간을 보냈을 것이라 추측된다. 당시 그는 이미 능률과 실적을 중시하는 '능률사회', 사회학자들이 말하는 오늘날과 같은 '피로사회'에 깊숙이 몸을 던지고 있었다. 피로사회의 중요한 특성은 자신도 모르는 사회에 소진증후군, 우울증 등의 정신장애에 빠지게 된다는 데 있다.[17] 앞서 인용한 저 「공지」, 「와사등」 등에 생생하게 나타나 있는 시인의 피로감, 지칠 대로 지친 심신의 황폐감의 정서는 그런 점에서 재인식되어야 한다. 그의 시의 풍경시에는 우울함, 우울증의 징후가 지속적으로 흐르고 있는데, 이는 그가 당시 심한 우울증에 걸려 있었을 가능성을 암시해 준다.

그의 서울 풍경시를 관통하는 피로, 고독, 비애, 우울 등의 감정들은 실적을 강요당하는 위치에 있었던 당시 고무회사 판매과장이라는 회사원의 처지와 생활인으로서의 현실적 중압감에서 비롯되는 것으로 이해된다. 그의 작품들은 대개 20대의 생기발랄한 시절의 작품인데도, 혈기 넘치는 청춘의 감정이나 열정, 그리고 청춘 특유의 일상으로부터의 일탈 욕망이나 퇴폐적 생활에의 유혹 같은 것이 드러나 있지 않다. 이것은 그의 성격, 기질에서 비롯되는 것이기도 하고, 회사원으로서의 생활의 중압감에서 오는 것이기도 하다. 그는 아버지가 부재하는 가족의 장남으로서 가족의 생활, 경제를 책임져야 하는 위치에 있었고, 따라서

---

17) 한병철은 현대의 고도로 조직된 성과사회에서의 각 개인은 '스로를 착취하는 가해자이자 피해자'의 위치에 놓여 있다고 지적하고 있다. 한병철, 『피로사회』, 김태환 역, 문학과지성사, 2012 참조. 김광균의 시대는 한병철이 분석한 현대와 같은 '성과사회', '피로사회'가 도래하기 이전인 1930년대의 회사원이었지만, 그의 회사 내의 판매과장이라는 위치는 오늘날의 일반 회사원의 위치와 크게 다르지 않았을 것이라고 생각된다.

회사일에 충실하게 전념할 수밖에 없었다. 회사를 그만둔다는 것은 생활의 위기를 말하는 것이었다. 그의 시에 되풀이되어 나타나는 외로움은 김소월의 작품에 반복되는 저 '정한'의 정서를 연상시킨다. 김소월 시의 지속적인 정서가 정한이라면, 김광균 시를 관류하는 정서는 생활인의 고독, 우울, 소시민의 슬픔이다. 그의 시는 어떤 의미에서 보면 시인 자신의 비애감과 우울함의 변주라 해도 지나친 말이 아니다. 이 감정 상태, 병적이라고 할 수 있는 이 감정의 위기 상태는 군산 시대 이후 오히려 심화된다. 이것은 시와 생활, 예술과 일상생활 사이의 갈등을 의미하는 것이다. 심리적 공허함 속에서 예술은 지속되기 어렵다. 그런 상황에서는 시 창작이 보람 있는 일이 되기 어렵고, 게다가 자기 구원의 길도 되지 못한다. 그가 세 번째 시집에서 시 창작에 대한 회의를 드러내면서 시에서 멀어져 갔던 사실은 이 점에서 주목할 만하다.

그의 시 창작을 연대순으로 따라가다 보면 독자들은 그의 시에 드러나는, 시와 한 집안의 가장으로서의 현실 생활, 시와 생활 사이의 심각한 갈등을 만나게 된다. 서울 시대의 여러 작품에서 그 점이 드러나지만, 특히 모든 생활이 어려웠던 일제 말기의 작품과 해방 직후의 작품에서 그런 심리적 갈등을 엿볼 수 있다.

> 한줄기 썩은 와사관 우에
> 희멀건 달이 하나 바람에 불리우는
> 어느 어두운 변방의 빈 무대를
> 이 밤 나 혼자 걸어나간다
> 조그만 그림자가 뒤를 따른다.
> 서러운 생각이 호젓이 켜진다.

달은 빅톨씨 같은 얼굴을 하고
나를 비웃는 거냐.
내게는
두 권의 시집과 척수(脊髓) 카리에스의 아내와
한 마리의 고양이가 있을 뿐이다.

　　　　　　　　　　　　　　　　―「단장(短章)」 전문

　생활인으로서 시인을 겸했던 그의 고독한 내면 풍경이 잘 드러나 있
는 작품으로서, 시에 보이던 낭만적 분위기를 찾아볼 수 없다. 그는 이
미 시단의 인정을 받는 시인이자 회사의 판매과장으로 성장해 있었으
나, 이 작품에서 시인으로서의 자부심 같은 것은 찾아보기 어렵다. 내
선 일체, 전시체제 총동원령, 배급제 등이 실시되던 일제 말기에 접어
들면서, 그는 점점 더 생활인으로서의 중압감을 느꼈고, 거기서 좀처
럼 벗어날 수 없었던 것 같다. 두 권의 시집이 자신의 현실적 삶의 문제
에 어떤 해결책도 되지 못한다는 생각, 시가 자신의 삶을 구원해 주지
못한다는 생각이 인용시를 지배하고 있다. 이 작품은 시와 생활 사이의
갈등과 그 심화를 첨예하게 보여 주고 있는 단적인 작품이다.

　해방 후 김광균은 문단이 좌우로 갈리고, 오랜 친구 오장환이 갑자
기 문학가동맹 쪽으로 기울어지는 것을 그냥 지켜볼 수밖에 없었던 것
같다. 해방 직후 정치 과잉의 분위기 속에서 그는 중도파로서, 당시의
정치적 분위기로부터 일정한 거리를 두고자 하였다. 해방 직후의 평론
「시단의 두 산맥」(1946)을 통해 그는 내용 위주의 시와 기교주의 시를
다 같이 비판하고, 문학 자체를 옹호하고자 하는 태도를 취한다. 그 사
이 가족들은 모두 서울에 정착한다. 정치적인 것과의 거리두기는 해방

후 시의 중요한 특성이다. 태평양 전쟁에서 많은 사상자를 낸 미군에 대한 우호감을 표명한 「미국 장병에게 주는 시」와 문학에 대한 강한 회의를 표명한 시 「노신(魯迅)」을 발표한 것도 이즈음이다. 그중 후자를 인용해 둔다.

시를 믿고 어떻게 살아가나
서른 먹은 사내가 잠을 못잔다.
먼—기적 소리 처마를 스쳐가고
잠들은 아내와 어린 것은 벼개 맡에
밤눈이 내려 쌓이나 보다.
무수한 손에 뺨을 얻어맞으며
항시 곤두박질해온 생활의 노래
지나는 돌팔매에도 이제는 피곤하다.
먹고 산다는 것.
너는 언제나 나를 쫓아오느냐.

등불을 켜고 일어나 앉는다.
담배를 피워문다.
쓸쓸한 것이 오장을 씻어 내린다.
노신이여
이런 밤이면 그대가 생각난다.
온—세계가 눈물에 젖어 있는 밤
상해 호마로(胡馬路) 어느 뒷골목에서
쓸쓸히 앉아 지키던 등불
등불이 나에게 속삭어린다.
여기 하나의 상심한 사람이 있다.
여기 하나의 굳세게 살아온 인생이 있다.

5. 결어 : 시 창작 중단과 재등장, 그리고 김광균 시와 우리 시대

「노신」을 비롯한 해방 후의 김광균 작품들은 『황혼가』(1957)에 수록되어 있는데, 이 시집 출판을 고비로 그는 점차 시 창작에서 멀어져 갔다. 시를 버리고 생활인이 된 것이다. 한국전쟁 당시 사업을 하던 동생이 납북되자 김광균은 동생의 가업을 이어받고 사업가로 변신한다. 그는 시인을 포기하고 오직 사업에 전념한다. 김학동, 이민호가 편찬한 『김광균전집』(2002)에는 『와사등』, 『기항지』, 『황혼가』와 이후의 시집들과 시집 누락시, 시론과 산문 등이 집대성되어 있다. 그의 작품들을 보면 '죽음'을 주제로 한 시가 유난히 많이 눈에 띈다. 누나, 여동생, 조카, 친구 등의 죽음을 노래한 작품들로서, 그 주변에는 슬픈 일도 많았던 것 같다.

김광균이 회사원-시인으로 1930년대 시단에 등장하여, 생활인-회사원으로서의 고독과 피로를 노래하다가, 생활과 시 사이의 갈등에 직면하였다는 사실은 김광균 시를 논할 때 반드시 염두에 두어야 한다. 그의 1930년대 시는, 풍경의 감각적 인상과 시인의 비애, 피로, 고독 등의 감정 상태를 결합한 작품이었고, 그 반복과 변주 수준을 넘어서 새로운 차원을 여는 데까지는 나아가지 않은 것이었다. 그 이유는 무엇이었을까? 회사원으로서의 반복되는 생활 리듬에 갇혀 있었기 때문이다. 그는 생활을 포기하고 시에 전념할 수 없었다. 그 이유는 자신과 가족의 경제적 생활 때문이었다. 그의 여러 시에 나타나는 비애, 피로감, 고독 등과 여러 시를 관류하는 우울한 정서와 시에 자주 반복되는 죽음의 이

현대문학과 사회문화적 상상력

미지와 죽음 관련 주제들은 그가 혹시 심한 우울증에 빠져 있지나 않았을까 하는 추측을 가능하게 한다. 중요한 것은 그의 시 창작의 심층에 생활인으로서의 중압감이 지속적이었다는 점이고, 그가 시와 생활 사이에서 심각한 갈등을 겪었다는 사실이다. 작품 「노신」에 드러나고 있는 "시를 믿고 어떻게 살아가나/서른 먹은 사내가 잠을 못 잔다"와 같은 구절이 이를 생생하게 말해 준다. 작품 「노신」이 수록된 시집 『황혼가』를 내고, 스스로 시 창작을 중단하고 시단을 떠났다는 사실은 시와 생활 사이의 갈등이 심각했음을 말해 주는 것이라고 할 수 있다.

김광균은 이후 사업가로 성공하였고, 오랜 침묵 후에 다시 시 창작에 손을 대기 시작하여 두 권의 시집을 더 낸 바 있다. 회고록 성격이 강한 산문집 『김광균문집 와우산』(1985)을 낸 이후에 출판한 『추풍귀우』(1986), 『임진화』(1989) 등 두 권의 시집이 그것이다. 그의 새로운 시 즉 1970년대 말 전후의 작품 「목련」 등과 1980년대 이후 발표 작품들은 노시인의 재등장이라는 점에서 시단의 화제가 되었다. 그러나 그의 노년기의 작품들은 30년대 작품처럼 폭넓은 독자의 사랑을 받지는 못하였다. 이미 새로운 세대가 시단의 분위기를 이끌어 가고 있었던 것이다.

그런 의미에서 김광균 시의 문학사적 의미는 1930년대에서 해방기에 이르는 시기, 젊은 날에 쓴 작품들 쪽에 있다고 할 수 있다. 특히 그가 남긴 30년대 모더니즘의 세례를 받은 일련의 작품들은 근대 시단을 풍요롭게 하는 데 크게 기여하였다. 이 점은 충분히 평가되어야 할 것이다. 군산과 서울의 근대적 풍경들을 포착하고 있는 그의 우수한 풍경시들은, 이 글에서 개관한 바와 같이, 그 나름의 문학성뿐 아니라, 장소성과 역사성을 함께 지니고 있다. 그가 남긴 여러 근대적 도시 풍경시 속에는 회사원-시인의 시선에서 포착한 구체적 공간, 장소성과 함께 근대 시민, 회사원의 직장 생활, 서울 생활의 고달픔이 공존하고 있다. 그의 시들은, 근대 도시 공간 속에서 살아가는 근대 시민(회사원)의 감각과 생활의 비애를 생생하게 그려냄으로써, 근대문학의 지리학의 공간 지평을 넓혔다는 특성을 지니고 있다.

따라서 김광균은 단순한 모더니즘 시인이라기보다는, 보통 사람들이 살았던 식민지 근대 도시, 특히 서울의 풍경을 누구보다도 적극적으로 시를 통해 표현하고자 했던 근대 풍경 시인으로서 재인식되어야 한다. 그리고 그는 지금 우리 시대 도시인들이 경험하고 있는 '능률사회', '피로사회'의 도래를 1930년대에 이미 선취하고 시를 통해 이를 적극적으로 표현하고자 하였던 시인이라고 평가할 수 있다.

현대문학과 사회문화적 상상력

제2부

유동적인 역사와
문학 프리즘

이효석과 식민지 근대 작가의
문화적 정체성
— 초기 작품에서 「산협」까지

1. 이효석의 '이방인' 의식과 식민지 근대 작가의 '문화적 정체성'

이효석(1907~42)은 식민지 작가 중에서 자신의 문화적 정체성의 문제를 자신의 글쓰기의 지속적인 과제로 삼았던 독특한 작가이다. 경성제대에서 공부한 영문학에 바탕을 둔, 서구적인 지식과 교양을 자신의 문학 활동의 중요한 동력으로 삼았던 그의 문학이 보여 주는 '동반자 문학, 탈정치적 순수문학'의 회로와 이후 일제 말기의 새로운 소설 작품 쓰기의 과정은, 식민지 작가로서 자신의 문화적 정체성의 혼란과 정체성의 재구성 과정을 그대로 드러낸 것이라 할 수 있다.

특히 생애의 말기 두 번의 만주 여행을 하고 돌아온 이후에 쓴 그의 작품들은 타자를 통해 자신의 문화적 정체성을 재인식하는 과정을 생생하게 보여 주고 있어 주목된다. 그가 생애의 말기에 발표한 몇 편의 작품들은 집단적 문화풍토론, 식민지 작가로서의 문화적 정체성 등의 주제에 집중되고 있다.

이효석의 소설, 그의 글쓰기 전반을 관통하는 이슈는 식민지 작가로서의 자신의 문화적 정체성의 위기와 구성의 문제였다. 식민지 제국대학 출신 작가였던 이효석은, 대학에서 배운 근대 서구 문화와 조선의 낙후된 문화 현실, 외국 문화와 자국 문화, 식민지 근대 문화와 조선 문화 사이에서 혼란을 겪었는데, 그 혼란, 갈등은 그의 작품 속에 생생하게 나타나 있다. 그는 그 자신 식민지 문화에 대한 적극적인 발언을 한 것은 아니지만, 그의 작품에 나타나는 낭만적 심미주의, '구라파주의'로부터 '문화적 조선주의'에로의 점진적 이행 과정은, 식민지 근대 작가로서의 그의 문화적 정체성의 혼란과 그 극복 과정, 즉 민족의 전통 문화 속에서 자아의 정체성을 발견해 가는 과정과 대응된다.

그의 문학 행위의 바탕은 일찍 모친과 사별한 데서 비롯되는 고아 의식, 서울 유학 시절의 독서 경험, 경성제대 영문과 시절에 습득한 교양주의이다. 그의 작품은 독서와 견문을 통해 획득한 지식을 창작에 적극 활용한다는 의미에서의 교양주의에 속하는 것이라 할 수 있다. 이때 교양이란, 인간의 '지·정·의'의 각 부분을 균형 있게 개발하는 과정과 그 과정에서 익힌 일체의 지식체계를 의미한다. 교양주의적 작가는, 지식과 교양을 창작의 바탕으로 삼는다는 점에서, 삶의 바닥에서의 풍부한 경험과 문학적 재능을 결합하여 창작에 활용하는 행동파 작가나, 창작과 사회적 실천을 연결시키고자 하는 사회운동파 작가와 서로 구분되는 점이 있다.

지적 연마와 관련된 교양이란, '지적 심미적 개발의 일반적 과정, 문화예술, 특정한 집단의 삶의 방식, 의미화를 통한 실천' 등을 총칭하는 용어인 '문화'의 개념과 상통하는 용어이다.[1] 소설을 포함한 문학은, 크게 보면 문화 활동의 일부라 할 수 있지만, 이효석의 소설 작품과 문화는 아주 밀접한 관련을 맺고 있다. 그의 작품 중에는 당시의 문화예술에 대한 관심을 적극적으로 표현한 작품이 여러 편에 달하고, 작중인물로서 '예술가'가 자주 등장하며, 만주 여행 후에 쓴 『벽공무한』과 그의 몇몇 일본어 소설은 특히 그가 어떻게 자신의 문화적 정체성을 재정립하게 되는가 하는 문제를 들여다보는 데 중요한 텍스트이다.

이효석의 소설에 나타나는 자기 정체성의 문제, 주체의 문제는 문화적 정체성의 문제로 귀결되는바, 이 문제는 이중적인 것이었다. 이효석은 식민지 근대 작가로서 직면했던 집단적, 문화적 정체성의 혼란과 그 극복이라는 현실적 과제에 지속적인 관심을 기울였지만, 그에게는 그 자신의 독특한 전기적 사실과 관련된 고아 의식, 또는 '이방인 의식'과 관련된 또 하나의 개인적 정체성의 문제가 놓여 있었다. 이 두 가지는 중첩되어 있다고 하겠으나, 개인적 고아 의식은 그의 글쓰기에서 보다 심층적으로 작용한 그의 글쓰기 행위의 중요한 기원의 하나였다. 근대 작가로서의 문화적 정체성에 대한 지속적인 관심과 모색은 이 고아 의식과 밀접한 관련을 맺고 있다. 강원도 봉평 출신인 그는 다섯 살 때 모친과 사별하였고, 부친은 곧 재혼하였는데,[2] 모친의 사별 이후의 계모와의 불화, 가족 관계의 갈등과 불화는 그의 전 문학 활동의 보이지 않는 저류로 작용하였다. 평양 시절에 쓴 산문에서 그는 자신의 고향인

---

1) '문화' 개념에 대해서는 존 스토리, 『문화연구와 문화이론』, 박모 역, 현실문화연구, 1994, 제1장 참조.

2) 이상옥, 『이효석』, 민음사, 1992, 220면 참조.

강원도 평창군 봉평(영서)에 대해 다음과 같이 고백하고 있다.

> 고향의 정경이 일상 때 마음에 떠오르는 법 없고 고향의 생각이 자
> 별스럽게 마음을 눅여준 적도 드물었다. 그러므로 고향 없는 이방인
> 같은 느낌이 때때로 서글프게 뼈를 에이는 적이 있었다.
> ──「영서의 기억」, 부분[3]

어머니의 죽음에 따른 이 '고향 상실감, 고향 부재감(이방인 의식)'은
그의 문학 활동의 저류를 이루는 중요한 원천이다. 그의 소설에 나타나
는 낭만적 심미주의, 떠도는 작중인물에 대한 남다른 관심(유랑 의식의
표현) 등의 이면에는 그의 이 이방인 의식, 즉 가족 내부에서의 개인적
정체성의 혼란, 가족적 귀속감의 위기 문제가 깊숙이 자리 잡고 있다.
어린 시절에 겪은 어머니의 죽음과 이에 따른 그의 고향 상실감, 이방
인 의식은, 식민지 근대 작가로서의 그의 문화적, 집단적 정체성의 혼
란과 그 극복 문제와 관련된, 그의 평생 동안의 창작 활동 전반에도 깊
은 영향을 주었다고 할 수 있다. 이 점은 그의 글쓰기를 이해하는 데 특
히 유념해야 할 중요한 사실이다. "선생의 나신 집이 지금 어떻게 되었
습니까?"라는 한 문예지의 설문에, 그는 "헐렸는지 남았는지 알 수 없
습니다"고 답하고 있다.[4] 이 설문 자료로 미루어 볼 때 그는 계모(가족)
와의 불화로 인해 오랫동안 고향집에 발길을 끊었던 것 같다. 그의 소
설 창작 행위는 이 고향 상실감의 문학적 표현이자 이에 따른 욕망의

---

3) 작품 인용은 주로 『새롭게 완성한 이효석 전집』 7, 창미사, 2003에 의거함. 이하
    본문에서 '전집'으로 약기하며 숫자는 이 전집의 권수 표시임.
4) 「설문」, 1936, 전집 6, 308면.

현대문학과 사회문화적 상상력

대리 성취 형식이며, 동시에 그 상실감의 극복의 과정이었다고 할 수 있다.

이효석이 놓여 있는 이러한, 이중적인 의미에서의 자기 정체성의 혼란, 개인적(가족적)이자 집단적인 문화적 정체성 혼란은 그의 소설을 이해하는 데 결코 간과할 수 없는 중요한 요소이다. 그의 소설 창작은, 여러 가지 우여곡절을 겪으며 그 잃어버린 고향, 혼란한 문화적 정체성을 회복하고 되찾아 가는 상상적인 언어 활동이자, '잃어버린 시간'을 찾아가는 과정이었다.

그는 소설을 '생활의 창조'라고 설명한다.[5] 생활의 창조란 결여된 생활, 결핍으로서의 생활을 넘어서기 위한, 언어를 통한 주제와 자기 정체성의 구성 행위라는 뜻이다. 모든 문학 행위는 언어를 통해 자아를 구축하는 행위, 자아의 정체성을 정립, 증명하고, 나아가 이를 사회 속으로 확대, 실천해 가는 과정이라 할 수 있다.

그런데 작가의 어떤 정체성이란 미리 주어진 고정불변의 실체가 아니다. 그것은 글쓰기, 즉 언어에 의해 부단히 구성되고 재구성되는 가운데 그 언어들(작품들) 속에 암암리에 복합적인 그 모습을 드러내는 것이다. 한 작가의 문화적 정체성의 확립 문제는 따라서 주체의 정립 문제와 서로 불가분의 관계에 있다. 그것은 시간의 변화와 사회적 조건의 변화에 따라 부단히 갱신, 확장, 재구성되는 가운데 점진적으로 구성되는 것이다. 주체란 타자와의 관계를 통해 정립되며, 식민지 작가의 문화적 정체성의 재인식과 정립은 주체를 위협하는 타자와 주체를

---

5) 「설화체와 생활의 발명」, 전집 6.

위협하는 타자의 문화 정치의 힘을 자각함으로써 비로소 이루어진다. 그의 작품들은 이러한 명제를 구체적으로 확인할 수 있는 유력한 사례이다.

2. 동반자 작가 시대의 '이국 취미'와 「마작철학」의 의미

이효석의 문학 활동은, 초기의 서울(경성) 시대(작품집 『노령근해』, 1931년으로 대표되는 동반자 작가 시절), 중기의 함경북도 경성농업학교 교사로 재직하던 시기(1932~1936. 4. 「돈」, 「산」, 「들」과 같은 탈정치적 작품 발표)를 거쳐, 생애의 후기인 평양 시대에 이르러 그 전성기를 맞는다. 숭실전문학교 문과 교수, 대동공업전문학교 교수로 재직했던 이 후기(1936. 5.~1942. 5)에 이르러 그는 비로소 「메밀꽃 필 무렵」을 비롯한 고향 '영서 3부작'을 비롯하여, 사회운동가의 후일담을 다룬 「장미 병들다」, 장편 『화분』('구라파주의'를 표현한 작품)과 장편 『벽공무한』, 그리고 「은빛 송어」, 「가을」, 「은은한 빛」 등의 일본어 소설을 계속 발표하여 작가로서의 명성을 얻는다. 이 평양 시대는 부단한 모색과 변화의 시기로서, 그의 대표작이 써진 시대이다. 아울러 문화적 정체성에 대한 사유를 적극적으로 표현하는 생애의 가장 중요한 시기이기도 하다. 1942년 5월 평양에서 결핵성 뇌막염으로 사망하기까지, 생애의 대표적인 작품들이 모두 평양 시대에 써졌다.

어머니를 잃고, 평창군청 소재지 초등학교를 마친 그는, 혼자 경성제일고보에 유학한다, 그 자신의 회고에 의하면 고향을 떠난 이때부터 문학 서적에 파묻혀 지내다시피 하였고,[6] 이후 경성제대에 진학, 대학 시절부터 습작을 발표한다. 경성제대 영문과 학생이었던 그가 어떻게 좌익 이념에 관심을 갖고 동반자 작가가 되었는지는 확실하지 않다. 작가의 청년기를 소재로 한 소설 「삽화」에 이념 서적을 공부하는 '독서회'가 등장하는 것으로 보아, 그는 대학 시절 동료들과 독서회를 만들고 이를 통해 사회과학 서적을 공부한 것 같다. 그의 이념은 서적을 통해 습득된 관념적인 것이었지만, 그것은 시골 출신이었던 그가 사회의 하층민에 대해 성찰할 수 있는 문학적 통로가 된다. 첫 작품집 『노령근해』(1931)에는, 사회적 빈궁의 문제(「도시와 유령」), 사회혁명가(「노령근해」), 러시아 등에 대한 그의 이념적 관심과 동경이 잘 나타나 있다. 그러나 이 초기작들은 문학적으로 볼 때 소박한 작품들이며, 작가로서의 습작기의 수준을 드러낸 작품이라고 할 수 있다. 특히 몇몇 작품에는 러시아와 러시아 여인에 대한 낭만주의적 동경과 청년기의 이국 취미가 표출되어 있는데, 이 이국 취미가 특히 에로틱한 아름다운 러시아 여인의 이미지로 표현되고 있어 이채롭다.

이효석은 하층민에 대한 이념적 관심을 드러낸 작품집 『노령근해』를 낸 후 유진오, 채만식 등 동시대 작가들과 함께 '동반자 작가'라는 칭호를 얻게 되지만, 동반자 작가의 일원이었다는 평판에 어느 정도 걸맞은 작품을 찾자면, 「깨뜨려지는 홍등」(1930)과 「마작철학」(1930)을 들 수 있다. 이 두 작품은 창작집에 수록되어 있지 않다. 앞의 작품은, 주인의 강압과 착취에 저항하는 '홍등가 여성의 동맹 파업'을 다룬 것이다. 동

---

6) 「나의 수업시대」, 1937, 전집 7.

맹파업이 등장한다는 점에서 이채로운데, 이 주제는 뒤의 작품에서 다시 한 번 본격적으로 다루어진다. 동해안 정어리기름 공장 노동자의 파업을 전면에 내세운 작품이 「마작철학」이다. 이 작품에서 이 파업은 노동 현장의 파업으로서 노사 간의 갈등과 그 폭발이라는 집단적 성격을 띠고 있다. 그러나 '마작으로 소일하는' 경성 재동 정주사와, 동해안 항구(이 항구는 '청진'으로 추정됨.)에서 배로 정어리를 잡아 어유(魚油) 생산 공장을 경영하는 그의 아들(선주(船主)이자 공장주이다.)의 두 축에서 서술되는 이 소설은, 파업만을 다루고 있지는 않다. '정어리 가공 공장 노동자의 파업, 폭풍우로 인한 어선 유실, 어유의 시세 폭락' 등 삼중고를 겪는 일 년간의 고난 속에서 직원이 아닌 공장주 자신이 마침내 공장을 둘러싼 주변의 현실을 정확히 인식해 간다는 내용에 초점을 둔 작품이다. "그러나 그 공장주는 파업에서 받은 경제적 타격을 애석히는 여기지 않았다. 그는 이제 파업이라는 행동을 다른 의미, 다른 각도에서 해석하게 되었던 것이다." 그것은 "시세 폭락의 배후에 숨은 농간의 힘"에 대한 자각이다.

> 어유 시가의 대중없는 폭락은 서구 '노르웨이' 근해에서만 잡히는 고래 기름의 풍족한 산액이 조선 정어리기름의 수출을 압도하는 대세라느니 보다 실로 일본에 있는 대자본의 회사 합동유지(合同油脂) 글리세린 회사의 임의의 책동인 것을 그는 알았던 것이다. 이 폭락대책을 강구하기 위하여 道당국과 총독부 수산과에서는 (…중략…) 실정을 조사시키고 정어리업 대표들을 참가시켜 어비 제조 간담회니 폭락방지 대책회의니 등을 열었으나, 결국 정어리업자들에게는 그럴듯한 유리한 결과는 지어주지 못하였던 것이다. 대재벌의 힘, 무도한 것은 이것이라고 그는 생각하였다. 위에서는 대재벌, 밑에서는 노동

자의 대군, 이 두 힘 사이에서 부대끼는 그의 갈 길은 어디든가. 위 아
니면 밑 (…중략…) 그러나 새삼스럽게 위 길을 못 밟을 바에야 그의
길은 뻔한 길이 아닌가.

—「마작철학」 부분

　노동자의 힘에 대한 자각과, 국내 어유 생산가 폭락의 이면에서 작용
하고 있는 일본 제국 내 대기업의 농간에 대한 공장주 자신의 인식이
잘 드러나 있다. 제국의 대자본에서 조선의 중소자본에 이르는 자본과
권력의 위계질서에 대한 자각이 그것이다. 국내의 시장의 이면에는 식
민지 제국의 대자본과 권력이 놓여 있다는 인식이 그것이다. 이 작품은
특히 사용자(공장주) 측에서 결국 파업의 원인과 대자본의 권력을 알아
간다는 서사를 중심으로 구성된다는 점에서, 노동자 시선 중심의 동시
대의 일반적인 계급문학과는 분명한 차이를 드러낸다. 노사 문제를 보
다 근본적으로 파악하고자 하는 작가의 '식민지 현실과 그 배면에서 작
동하는 거대 권력'에 대한 인식을 표현한 작품이라는 점에서 동반자 작
가들의 작품으로서 독특한 점이 있다. 식민지 시대 조선인의 기업에 작
용하는 일본 대자본의 권력과 일본 자본주의의 모순을 그리고 있는 작
품이다. 이 작품의 성향은 좌파적이라 할 수 있으며, 그의 다른 작품
「프레류드」에는 무기력에서 벗어나 행동으로 나서고자 하는 청년 '맑스
주의자'가 등장하고 있다는 점에서 특기할 만하다.
　그는 동반자 작가 시절의 대표작은 「마작철학」이며, 그 수준은 습작
수준을 넘어선 어느 정도 본격적인 것이었다. 이 작품에는 동해안 정어
리기름 공장의 노동자들의 생활상과 공장 주변의 풍경이 잘 나타나 있
다. 그가 평양 시대에 발표한 '영서 3부작'의 하나인 소설 「개살구」에

는, 작가의 분신이라고 할 수 있는, 도시에서 유학하는 '사상가'인 아들과 그의 부친인 '시골 면장'(이효석의 부친 이시후는 한성사범 출신으로서, 일제시대에 강원도 평창군 진부면 면장을 지냈다.)이 등장한다. (이 작품에는 새 면장을 뽑는 선거에서 서로 경쟁자가 된 지역의 벼락부자가, 면장에게 "아들이 한다는 주의자라지"라고 말하면서 꼬투리를 잡고 위협한다는 삽화가 등장한다.) 그는 이후에도 '주의자들의 뒷이야기'를 다룬 후일담 문학에 지속적인 관심을 보이고 있다. 이로 보면, 이효석의 이념은 단순한 허상이 아니라 어느 정도 그 실체를 지녔던 것으로 보아야 할 것 같다. 이념의 내면화와 새로운 길의 모색은, 이후의 그의 소설을 이해할 수 있는 중요한 열쇠이다.

3. 현실도피, 떠돎, 소설의 해체
― 일제의 사상 통제와 첫 번째 문학적 전환

1931년 만주사변과 계급문학 단체 '카프'에 대한 검거 사건은 당시 문단에 큰 충격파를 던져 주었다. 정치적 이념을 표방하는 문학은 더 이상 불가능해졌다. 동반자 문학 속에서 자기 정체성을 구성하고자 했던 이효석은 이런 문화적 분위기에 민감하게 반응, 지금까지의 현실주의 문학에 대한 관심으로부터 도피한다. 이 도피는 과거의 문학으로부터의 단절과 문학의 방향 전환으로 나타나며, 이는 작가의 문학적 주체성의 위기와 정체성의 재구성 시도의 지속을 의미한다. 이효석이 서울을 떠나 함경도 경성에서 쓴 「돈(豚)」(1933)은 그 현실도피의 첫 번째 작품이라는 의미를 지닌다. 좋아하는 처녀와 결혼하여 행복하게 살고 싶

현대문학과 사회문화적 상상력

어 하는 시골 노총각이, 기르는 돼지 수를 늘이기 위해 '종묘장에서 돼지 교미'(수정)를 시키며, 그 현장에서 그 교미 장면과 자신과 분이와의 성적 결합 장면을 상상하는 이야기이다. 이 성적인 장면은 작품에 전면에 그려져 있다. 총각이 그 교미 장면을 보면서 분이와의 애욕에 가득찬 상상에 빠지는 장면에는, 동물적인 성적 욕망이 적나라하게 표출되고 있다. 이 작품의 의미는 다른 데서 찾아볼 수 있다. 주인공의 사랑하는 처녀에 대한 욕망과, 돼지를 길러 이루고자 하는 모든 꿈이 '기차 건널목에서 돼지가 기차에 치여 죽는' 그 순간 사라진다는, 꿈의 상실이 주목된다. 이 장면에 나오는 '기차'는 근대의 힘을 표상한다. 모든 욕망은 이 '기차' 앞에서 한갓 환상이라는 상실감이, 이 작품의 숨겨진 의미이다. "손에 들었던 석유병도 명태 마리도 없고 바른손으로 이끌던 도야지도 종적이 없다."

「들」은 「돈」에 나타난 상상적 애욕의 현실화를 다루고 있다. 남녀가 '들에서 정사를 벌이는' 이야기이다. '들'은 도시, 마을에서 멀리 떨어진 시골의 대자연의 일부로서, 그 바깥에는 현실 사회가 있다. 작중인물은 현재 이 자연 속에 도피해 들판을 어슬렁거린다. 그 바깥 사회(학교)에서는 '동맹 휴학'과 그것을 지도하는 주인공의 후배가 있지만, 그것은 한갓 배경처럼 처리된다. 작가의 인식은, 공포는 들이 아니라 마을 사람에게 있다는 인식이다. "그러나 공포는 왔다. 그것은 들에서 온 것이 아니요 마을에서―사람에게서 왔다. 공포를 만드는 것은 자연이 아니요 도리어 사람의 사회인 듯싶다. 문수가 돌연히 끌려간 것이다. 학교 사건의 뒤맺이인 듯하다." 작가의 다른 작품 「산」에서 이 자연은 사회에서 패배한 인물의 귀의처로 그려지기도 한다. 이 작품은 "머슴살이 칠

년인데 주인의 첩을 건드렸다."는 트집을 잡아 할 수 없이 산으로 들어와 지내는 머슴 이야기이다. 산속 대자연의 "그 넓은 세상은 사람을 배반할 것 같지는 않았다." 작품의 한 구절이다.

이 시기의 작품의 공통점은 저 「마작철학」의 세계로부터 자연과 성(性)의 세계로 도피하고 있다는 점이다. 작품이 서사보다 묘사에 치중하고 있고, 그 스타일이 지극히 수필적이라는 사실도 주목된다. 이 시기의 작품들에서 동반자 작가 시절의 작품들이 구성하였던 서사적 틀의 해체를 볼 수 있는데, 이 서사 해체 현상은 이 시기 작품의 중요한 특성이다. 그의 소설은 문제적 인물의 이야기를 주축으로 하는 서사 대신 묘사에 치중할 뿐 아니라, 그 언어 표현에 주안점을 두는 식으로 변화한다. 그리고 시정(市井)의 풍속, 젊은이들의 애정 풍속 쪽으로 관심을 옮겨간다.

평양 시대(후기)는 이 전환과 모색이 다양하게 수행된 시기이다. 1938년에 발표된 「장미 병들다」, 「해바라기」는 '후일담 문학'으로서 주목할 만한 작품이다. '떠돎, 유랑'의 주제가 나타나고 있다는 점에서 그렇다.

「장미 병들다」는 옛 친구 운해와의 세 번의 만남에 대한 이야기이다. 친구는 현재 경성 잡지사에서 일하는, 과거의 사회운동가이다. 그는 전주 사건('카프' 검거 사건) 후 감옥에서 나와 새로운 생활을 모색하고 있다. ("전주를 다녀온 것이 오 년 전이었다.") 그가 어느 날 영화 촬영 팀을 따라 평양으로 올라왔고, 화자는 그 영화의 각본(제목이 '부서진 인형'이다.)을 쓴 바 있다. 뒤에 화자를 만났을 때 그는 약혼자와의 결혼의 실패를 말하면서 이제 '광산일'에 몰두하고 있다고 말한다. 친구는 화자에게 성공하면, 화자가 바라 마지않는 '극장, 촬영소, 문인촌, 문학상 제도' 등을 위해 돈을 쓰겠다고 말한다. 이 작품은 실패를 거듭하면서도 새로운 생활을 모색한 강인한 성격의 인물을 그리고 있고, '문화예술'에 대한 관심이 적극 표현되고 있다는 점에서 주목된다. 작품의 주도적 인물은 문화예술계에 종사하는 인물이다. 작중인물인 친구 이야기는 세태적인 것이지만, 작중인물 모두 작가 자신의 분신이라 할 수 있다. 이념의 길이 막힌 시대의 변화에 따른 새로운 길(문학)을 모색하고자 한 작가 정신을 표현한 작품으로 읽을 수 있지만, 이 시기에 작가가 직면한 문학적 주체성의 혼란과 문화적 정체성의 혼란을 그대로 드러낸 작품으로 볼 수 있다.

「장미 병들다」는 '극단의 해체'로 거리를 떠도는, 한때 운동권이었던 남죽이라는 연극배우(배우 역시 예술계 종사자이다.)의 이야기이다. 이 작품의 의미는 다음 몇 가지로 요약된다. 첫째 "시대의 파도에 농락되어 꿈은 조각조각 사라지고 피차에 그 꼴이었다"는 시대 인식이다. 둘째는 그녀가 주연을 맡았던 작품의 대사(유진 오닐의 「고래」)를 외우는 장면, 즉 "(…전략…) 참기 싫어요, 견딜 수 없어요—죄수같이 이 벽 속에만 갇혀 있기가. 어서 데려다 주세요, 떼이빗. 이곳을 나갈 수 있으면—이 무서운 배에서 나갈 수 있으면. (…중략…) 집에 데려다 주세요. (…중략…)"에 나타난, '고통스런 현실과 그 현실 견디기'이다. 셋째 순수한 이념의 타락과 변질, 병듦이라는 인식이다. (여배우는 성병을 옮기며 떠돌고 있다.)

두 작품은 모두 정신적 안정을 얻지 못하고 떠도는 인물을 다루고 있다. 작중인물의 '떠돎, 유랑'은 두 작품에 나타나는 중요한 모티프이다,

이 모티프는 이후의 작품에서도 반복, 변주되고 있는데(「메밀꽃 필 무렵」, 「여수」, 장편 『화분』 등), 이 유랑 모티프는 그의 작품의 중요한 모티프이다. 이것은 앞에서 언급한 그 자신의 이방인 의식(실향 의식)과도 긴밀히 결합되어 있다. 이 점은 반드시 기억할 필요가 있다. 30년대 후반의 문학적 분위기와 그 자신의 이방인 의식이 중첩되어 있는 것이 평양 시대 작품의 '유랑' 의식이다. (백지혜는 최근 이와 다른 관점에서, 그의 소설에 나타나는 '여행'의 모티프에 착안한 주목할 만한 연구 성과를 내놓고 있다.[7])

4. '구라파주의', 이국(異國) 문화에 대한 동경과 그 귀결—예술가들의 심미적 생활과 떠돌이 타자를 통한 자기 문화정체성의 인식

평양 시대 작품 중에서 장편 『화분』(1939)은 예술계 인물들을 통해 특히 이효석의 낭만적 심미주의, '구라파주의'가 적극 표현되고 있어 주목되는 작품이다. 아름다움과, 아름다운 예술의 세계를 동경하면서 이를 찾아 떠도는 일군의 젊은 예술가들의 방황과 일탈 이야기를 통해 표현되는, 작가의 이 낭만적 심미주의 태도는 이즈음의 이효석의 정신세계를 단적으로 드러내고 있다. 한 자리에 모여 각자의 공상을 이야기하는 사람들을 그린 단편 「공상 구락부」는 그 배경을 추론해 볼 수 있는 작품이다. 이 작품은, 변함없는 일상성과 따분한 현실 속에서 '공상

---

7) 백지혜, 「이효석 소설에 나타난 '여행'의 의미 연구」, 서울대학교 대학원, 2002. 8.

으로 소일하고 있는 인물들의 이야기'를 다룬 작품이다. 일상의 따분함, 정신적 부재감, 결핍감—이런 것을 견디고 그것을 극복하기 위한 방편으로서, 각자 엉뚱하고, 몽상적인 이야기를 상상하고 서로 함께 모여 각자의 공상적 이야기를 나누는 사람들의 이야기가 바로 「공상 구락부」이다. '공상'과 심미적 낭만주의 사이에는 차이가 존재하지만, 공상을 주제로 한 이 작품은 작가의 심미적 낭만주의의 근본적 동기가 무엇인지 짐작하게 해 준다. 공상과 마찬가지로, 아름다움에 대한 상상과 추구 역시 변함없는 일상성에 그 기반을 두고 있다고 해야 할 것이다. 이 시기의 작품들에는, 사실 아름다움을 추구하고 꿈꾸며, 심미적 생활을 영위하는 예술가들의 일상생활을 다룬 작품이 크게 증가하고 있다. 스스로 서양 음악(베토벤, 모차르트 등 축음기 음악), 영화, 미술 등에 깊은 관심을 기울이기 시작하는 시기도 이즈음이다. 그가 다루는 예술의 세계는 다분히 서구적인 현대 예술인데 그중에서도 음악은 작품 창작의 중요한 동기이자 주제로 나타난다. 『화분』에서 본격화되는 음악의 주제는, 「여수」, 『벽공무한』(장편)에까지 지속된다. '구라파주의'는 이 예술 특히 음악과 관련되어 있다. 『화분』의 작중인물 영훈은 작곡가로서 정신적인 구라파주의자이다. 작가는 영훈의 생각을 다음과 같이 서술하고 있다.

> 그의 구라파주의에는 곧 세계주의로 통하는 것이어서 그 입장에서 볼 때, 지방주의와 같은 깨지지 않은 감상은 없다는 것이다. 진리나 가난한 것이나 아름다운 것은 공통되는 것이어서 부분이 없고 구역이 없다 (…중략…) 같은 진리를 생각하고 같은 사상을 호흡하고 같은 아름다운 것에 감동하는 오늘의 우리는 한구석에 사는 것이 아니요

전 세계 속에 살고 있는 것이다.

—『화분』, 부분[8]

　이 '구라파주의'는 일종의 구라파 문화 중심주의와 관련된 세계관으로서, 구라파의 문화, 구라파의 아름다움을 숭상하는 문화적 태도를 의미하고 있다. 인용 부분은 구라파주의가 '진리, 아름다움'과 관련되는 '보편주의'이자 '세계주의'와도 상통한다는 믿음을 드러내고 있다. 이 진술은 작중인물의 사상이지만, 동시에 이에 대한 작가의 생각을 간접적으로 표현한 것이라 볼 수 있다. 경성제대 영문과 교양주의에서 출발된 그의 문학은 우여곡절을 거친 끝에 이제 '구라파적인 문화와 가치는 인류의 보편적인 것'이라는 생각에 도달하고 있음을 볼 수 있다. 근대 합리주의, 근대 음악(예술)이 특히 유럽에서부터 비롯된 것이라 할 때, 이 사상은 타당한 점이 있다. 근대의 학술, 문예는 구라파에서 비롯된 점이 많다. 문제는 그것이 너무 편중된 문화 의식의 산물, 다시 말해 구라파 중심주의의 의미를 지니고 있다는 점이다. 게다가 작가의 이런 생각은 다분히 식민지 제국대학의 교육과 학습을 통해 습득된 것으로서, 국가와 민족 간의 '문화적 차이'를 충분히 고려하지 않은 일반론이라는 문제점을 지니고 있다. 뒤에 그는 만주 여행을 통해 '조선의 미'를 재인식하면서 이에 대한 적극적인 관심을 표현한 소설을 쓰게 된다는 사실은 주의를 요한다. 이 구라파주의는 그의 서구적 교양의 산물로서 그 자신의 '실향 의식, 이방인 의식', '유랑 의식'과 무관하지 않다. 말하자

---

8)　전집 4, 169면.

면 일상생활 속에서 의지할 수 있는 사상이라든가, 정신적 안정감을 부여하는 한편 나날의 생활에 어떤 생기를 불어넣을 수 있는 문화 환경이 현실 속에 부재하고 있다는 정신적 부재감, 결핍감이 구라파주의라는 모습으로 표출된 것이라 할 수 있다. 당시 조선은 구라파가 아니며 따라서 구라파주의는 '먼 곳에 대한 동경의 한 형태'라는 점에서, 이것은 작가의 낭만주의적 문학 태도의 한 변형태라 할 수 있다.

심미적 낭만주의의 일종인 '구라파주의'는 그의 작품에서 '이국 또는 이국 문화에 대한 동경'의 감정으로 표현되기도 한다. 단편 「여수(旅愁)」(1939)는 이 동경이 작중인물(주인공)의 시선을 통해 직접적으로 표현되고 있는 작품이다. 이 단편의 주인공(극장에서 그림을 그리는 '화가')은 자신의 '이국에 대한 관심'이 "단지 이국에 대한 그리움이라는 것보다도 한층 높이 자유에 대한 갈망의 발로"라고 설명한다. 그리고 이것은 "고향에 살면서도 또 다른 고향에 대한 그리움과 비슷하다"고 덧붙이고 있다. 안주할 수 없는 현실, 답답하고 부자유한 현실에서 비롯되는 새로운 세계와 자유에 대한 작가의 갈망이 이국에 대한 동경으로 나타나는 것이다. 이 '자유'라는 단어는 역으로 현실의 부자유를 의미한다. 이 역시 작가 자신의 지식과 관련된 교양주의의 산물이라 보아야 할 것이다.

이 작품에서 또 한 가지 주목되는 되는 것은, 주인공 자신의 '정신적 떠돌이' 의식이, 떠돌이 가무단 단원들이 지니고 있는 유랑 의식, 애수의 정조와 함께 표현되고 있다는 점이다. 이 단편의 의미는 '이국적 타자(러시아 가무단)를 통해' 떠도는 자의 애수를 발견, 이를 내면화하고 있다는 데서 찾아진다. 이 타자가, 떠돌이 러시아인을 주축으로 한다국적 예술가로 구성된 '가무단'이라는 사실에 작품의 독특성이 있다. 그들은 개봉 영화 〈망향(Pépé le Moko)〉(1937)의 상영 막간에 공연을 하기 위해 평양에 왔다. 범죄를 저지르고 타국에서 떠도는 〈망향〉의 주인공과, 영화의 막간에 공연하는 떠돌이 가무단과 이를 바라보는 주인공 모두에게는 정신적 고향을 상실한 자들의 '애수'의 정서가 묻어나고 있다. 평양으로 흘러온 그 가무단을 만나면서 주인공이 그들에게서 어떤 정신적 유대감을 발견하고, 그 자신도 그들처럼 어딘가로 떠나고 싶다고 말하는 것도 이와 무관하지 않다. 「여수」는, 고향(어머니)을 잃고 '이방인'처럼 객지에서 떠도는 작가 자신의 복합적 심리가 그 특유의 이국 취미와 함께 드러나면서, 작가의 내면에 잠복되어 있던 애수의 정서가 노출된 작품이다. 이 작품에 나타나는 이국 문화에 대한 관심과, 여행에의 꿈은, 작가 자신의 이국 취미, 낭만적 심미주의의 한 변형이다. 그 이면에는 조선의 문화적 낙후성과, 새로운 세계에 그리움, 고향 상실감, 영문학을 공부한 작가로서의 외국 문화 체험에 대한 욕망 등이 숨겨져 있다. 주인공은 이 가무단에 각별한 관심을 가지고, 이들과 만나 피부색과 문화가 다른 그들의 문화, 그 단원 하나하나의 이야기에 매료된다. 작품의 귀결은 실상 그들은 떠돌이 예술가 집단이라는 것, 그들은 그들대로 내부에 갈등과 많은 고민이 있다는 것, 생활의 곤궁함을 견디고 있다는 것 등이지만, 중요한 것은 작품에 숨겨진 작가(화자)의 '향수'와 유랑 의식이다. 작가는 러시아 가무단이라는 타자를 통해 타국의 문화에 대한 관심과, 고향 상실감에 빠져 있는 자신의 정신적 상황을 재확인하고 자신의 안주할 수 없는 심리 상태와 문화적 유랑 의식을 드러내고 있다.

이효석의 만주 여행 체험 직후에 쓴 장편『벽공무한』(발표 당시 제목 『창공』, 1940)은, 그 자신의 문화적 정체성의 재구성 과정을 보여 주는 작품으로서, 몇 가지 점에서 중요한 의미를 지니고 있다. (1) 그의 외국 문화 직접 체험을 바탕으로 쓴 작품이다. 그의 해외여행 경험은 만주국 여행(1939년 여름 그는 처음으로 신경(新京)과 하얼빈을 여행했고, 일본이나 서구 국가 여행은 하지 않았다.) 외에는 없다. (2) 벽안의 러시아 여성과 결혼하여 함께 귀국한다는 이야기가 등장한다. 그의 이전의 작품 속에 '러시아 여성'에 대한 낭만적 동경(초기작 「북국 사신(私信)」), 백계 '러시아인의 별장촌'과 그들의 이국적 문화에 대한 각별한 관심 (함경북도 임명면 소재의 '주을 온천' 지역에 있는 이 별장촌은 「성화」, 『화분』과 같은 작품의 배경으로 등장하고 있음.), 백계 '러시아 가무단'에 대한 문학적 관심(「여수」) 등이 나타나 있었던 사실에 비추어 볼 때, 이 '러시아 여인과의 결혼' 이야기가 갖는 함축하는 의미는 여러모로 시사적이다. (3) 만주라는 타국의 문화 경험을 통해 자기 자신의 문화를 재인식, 재발견하는 과정이 나타나 있는 작품이다. 작중 주인공이 하얼빈에서 만나 결혼해 함께 살기 위해 함께 귀국하는 이 러시아 여인(고아의 신분, '나아자'라는 이름의 카페 댄서)는 조선에 오면서 "조선말과 온돌을 배우겠다"는 결심을 말하고 있다. 이것은 '조선 문화'에 대한 작가 자신의 새삼스런 관심을 드러낸 것으로 읽을 수 있다.

이효석은 1940년(여름) 두 번째로 만주를 여행하고, 이 작품과 단편 「하얼빈」(1940)을 발표한다. 이 작품들을 고비로 이후의 작품에는 종전의 작품에 나타났던 '이국 취미, 외국 문화에 대한 낭만적 동경, 구라파주의' 등이 더 이상 등장하지 않는다. 이 사실은 특기할 만하다. 이효석은 두 번째 만주 여행 후에 쓴 글에서, "식당에서 들은 어떤 악사의 차이코프스키 음악"을 언급하면서 이렇게 쓰고 있다. "이것이 유럽적인 것인가. 또는 어느 곳의 것인가. 그런 따위는 전혀 상관이 없다. 이 땅에 뿌리내려 살아 있는 것을 지키고 키우는 것. 이는 정말이다." 인용문 중에서 "이 땅에 뿌리내려 살아 있는 것을 지키고 키우는 것"이란 부분은 작가의 문화적 정체성 문제와 관련지어 볼 때 주목할 만한 발언이다. 또 한 가지 덧붙이지만, 그가 만주 기행을 통해 서구의 바이올린과 만주의 전통 악기인 '호궁'을 서로 비교하면서 만주의 토착 악기인 호궁의 소중함을 깨닫게 되었다는 사실이다. 만주 기행 후 쓴 한 산문에서 이효석은, 만주에서 연주했던 어떤 유명 바이올린 연주자 이름을 거론하면서, 이렇게 적고 있다. "(그는) 만주에서 (⋯중략⋯) 자기의 바이올린도 만주인이 켜는 호궁(胡弓)의 기법 앞에서는 면목 없다고 말한 모양인데, 이를 단지 익살 이상의 것으로 푸는 것도 지장이 없으리라 (⋯중략⋯) '만주'는 이런 호궁조차 더욱 소중하게 해야 할 터이다. 이것이 진짜로 만주를 키우는 근거인 까닭에."[9] '만주의 호궁'에 대한 작가의 이 같은 인식은, 자신의 토착 문화의 소중함에 대한 인식과도 상통하는 것이다. 그는 '타자/타국의 문화'를 통해 비로소 자신의 문화적 정체성을 재인식, 재발견하기에 이른 것이다. 그는 만주라는 외국과 만주국의의 전통적인 토착 문화('호궁')와의 대면을 통해 자신의 문화적 정체성, 자국의 토착 문화를 재인식하게 된다. 만주 여행 직후에 쓴 만주 체

---

9) 이효석, 「새로운 것과 낡은 것―만주기행단상」, 1940(일본어 산문. 김윤식 번역).
   김윤식, 『일제말기 한국작가의 일본어 글쓰기론』, 서울대학교 출판부, 2003,
   295면.

현대문학과 사회문화적 상상력

험 작품들은, 이후의 그의 일본어 소설에 나타나기 시작하는 조선 문화 ('조선의 전통적 음식, 옷, 풍속, 조선의 미(美), 옛 유물' 등)의 재인식, 재발견과 이에 대한 적극적 관심 표현을 예고하는 것이라 할 수 있다.

만주 여행 이후에 쓴 『벽공무한』은, 신문사의 만주의 '하얼빈 교향악 단' 초청공연 일을 맡아 만주, 하얼빈으로 가, 그 일을 성사시키는 문화 비평가 이야기이다. 여기에서도 음악에 대한 작가의 애호벽과, 낭만적 심미주의의 흔적이 나타나고 있다. 주인공은 귀국해 '새 생활을 설계' 하면서, 삶의 터전을 아름답고 풍요롭게 가꾸어 줄 '음악원' 건립 계획 일에 동참하고자 한다. 이 작품에서 주인공은 하얼빈의 카페 댄서인 러 시아 여자의 아름다움에 매료되고, 하얼빈 교향악단의 연주 솜씨에 경 탄을 금치 못하고, 특히 그 단원의 하나인 러시아 출신 늙은 단원의 연 주 솜씨가 출중함을 강조하고 있다. 문화비평가 주인공이 그 이들에게 특별한 관심을 표명하는 것은 그들이 훌륭한 예술가라는 점 때문인데, 특히 무희 '나아자'와 늙은 악사에 이끌리는 것은 그들이 하얼빈 시민 의 소수파(아웃사이더), 정신적 떠돌이라는 사실에 기인한다. 이 작품 의 중요한 의미는, 「여수」와 마찬가지로, 작가가 타자 또는 타국의 문화 를 통해 자기의 문화적 정체성을 재인식하는 과정을 보여 주고 있다는 점이다. 이 작품에서 특히 주목되는 대목은 주인공이 러시아인 무희 나 아자를 두고 한 다음과 같은 발언이다. 작가는 이렇게 쓰고 있다.

(…중략…) 그리고 나아자―그는 쭉정이가 아니던가. 그 역 쭉정 이에 틀림 없는 것이다.
"그럼 나는 무엇일까."
일마는 자기 또한 하나의 쭉정임을 알았다 (…중략…) 쭉정이끼리

이기 때문에 나아자와도 결합이 되었다. 쭉정이는 쭉정이끼리 한 계급이다.

—『벽공무한』, 부분[10]

　이 '쭉정이' 의식의 속뜻은, 간단히 말해 일본의 식민지인 만주국에서, 러시아인이든 조선인이든 떠돌이 예술가든 모두 그 주인공이 아니라 빈껍데기(쭉정이)에 불과하다는 것이다. 그렇다면 '알맹이'는 누구일까. 작가는 정작 여기에 대해서 침묵하지만, 당시 일제가 '왕도낙토, 오족(五族) 협화'라는 통치 이데올로기로 만주를 정치 문화적으로 지배하고 있었던 사실로 미루어 볼 때, '알맹이'는 그곳에 진출한 일본인이거나 만주국 정치권력과 결탁한 그곳 재산가들이라 할 수 있다. 중요한 것은 인용 부분이 조선과 비슷한 처지에 있는 만주(하얼빈)라는 타자의 문화 체험을 통해 자신의 처지를 '쭉정이'로 인식하는 그 자기 인식 자체이다. 이 쭉정이로서의 자기 인식은, 앞서 지적한 바와 같이, 만주와 만주의 전통악기인 '호궁'의 소중함에 대한 재인식과 일맥상통한다. 요컨대 이효석은 만주 여행을 통해 비로소 식민지 작가인 그 자신의 문화적 위치와 자기 정체성의 문제를 진지하게 성찰하고 자신의 문화적 정체성의 문제에 대한 분명한 깨달음에 이르게 된다.

　이효석 소설 쓰기에서 이 두 번의 만주 여행 체험은 중요한 의미를 지니고 있다. 그는 만주 여행 후 만주라는 외국으로 자신의 소설 공간을 확대하였고, 만주에서 만난 떠돌이 러시아 여자(나아자)와 결혼을 하기로 하고 함께 귀국하는 조선 청년 이야기를 담은 『벽공무한』을 창

---

10)　전집 5, 129면.

작하였다. 이것은 그의 재출발, 즉 오랫동안 혼란스러웠던 그의 문화적 정체성을 재인식하는 계기로 작용한다. 그는 이제 자신의 문화적 정체성을 재구성하면서 문화적 주체성을 정립해 나가기에 이른 것이다. 그의 문학 전개 과정에서 보면 이는 동반자 문학으로부터의 단절과 전환에 이른 그의 문학의 두 번째 전환을 의미한다. 단편 「돈」이 첫 번째 전환을 보여 주는 작품이라면, 『벽공무한』, 「하얼빈」(1940)에 이르는 만주 여행 후의 작품은 그 두 번째 문학적 전환을 보여 주는 작품이다. 두 번째 만주 여행 후에 발표된 단편 「하얼빈」은 그간의 하얼빈의 변화된 모습과, 그 변화의 의미에 대한 작품이다. 이 역시 타국의 문화 변화를 통해 몇 가지 점에서 작가 자신의 미묘한 내면세계의 변화를 드러낸 것이다. 첫째, 구라파전쟁에서 독일에게 패배한, 하얼빈 주재 "불란서의 영사관, 화란 영사관이 폐쇄"된 사실을 목격하고, 작가는 작중인물을 통해 이것은 현재의 "우연"이라고 말한다. "현재가 우연일 때 현재와 다른 우연의 결정을 생각할 수 없을까"라고 덧붙인다. '현재와 다른 우연의 결정'이란 표현은 동시대 유럽에서 일어나고 있는 위기에 대한 작가의 어떤 역사의식을 드러낸 것이다. 둘째, 카페에서 만난 여급 유라(그녀는 나아자와 비슷한 처지의 이방인이다.)와 그곳에서 일하는 러시아인 노인과의 만남을 통해 이들의 갈데없는 처지에 동정한다. 유라는 그 노인이 "본국으로", "그는 소비에트로 가야 하구 가기를 원하고 있어요"라고 전해 준다. '본국 귀환'은 타국에서의 이방인 생활의 청산을 의미한다.

셋째, "식민지"라는 표현이 등장한다. "… 보세요. 저 잡동사니의 어수선한 꼴을. 키타이스키야(하얼빈의 중심가, 러시아인 거리—인용자)

는 이제 벌써 식민지예요. 모든 것이 꿈결같이 지나가버렸어요." 이 대목에 나오는 '식민지'라는 표현 속에는 그 속에서 비굴하게 생을 영위하는 작중 화자(러시아 여급 유라)의 자굴감이 숨겨져 있다. '식민지'라는 단어가 나타난다는 사실은 특기할 만하다. 이는 작가 자신도 일제의 식민지 작가라는 현실 인식, 자의식이 투영된 표현이라 할 수 있다. 그는 식민지 도시 하얼빈의 변화된 모습을 직접 체험하면서, 그 '만주라는 타자/식민지 타국'의 거울을 통해 일제의 식민화가 날로 심화되는 조선의 현실과 자신의 문화적 위치를 깊이 통찰할 수 있는 계기를 마련하였다. 뒤에서 다시 언급하는 바와 같이, 작가는 만주 체험을 바탕으로 이즈음 일본어 소설 「가을(秋)」(1940)을 썼는데, 이 작품에는 낯선 땅 만주에서 체험한, '고향'에서의 어린 시절의 기억과 그 고향에 대한 형언할 수 없는 작가 자신의 향수(그리움)가 강렬하게 표출되어 있다. 「가을」은 '북만주'의 외딴 방에 혼자 앓아누워 떠나온 '남쪽의 고향'(강원도 영서)에 대한 열렬한 향수와 동경을 토로한 작품이다.

'만주 여행' 체험은 이효석의 소설 쓰기와 자신의 문화적 정체성의 재구성에서 중요한 계기로 작용하였다. 식민자의 문화를 피식민자에게 일방적으로 강요하는 식민지 문화 현실('신사참배 거부'로, 그가 몸담고 있는 평양 숭실전문학교가 당국에 강제 폐교된 것이 1940년이다. 이즈음 그는 대동공업전문학교로 직장을 옮긴다.)뿐만 아니라, 잃어버린 작가의 고향을 재인식하는 중요한 계기로 작용하고 있다. 외국 여행 경험이 없던 그에게 만주 체험은 그의 창작 생활의 중대한 고비를 이룬다. 만주 기행을 전후하여 그는 영서 3부작을 썼고, 이후 일본어 소설을 쓰면서 자신의 문화적 정체성의 문제를 작품 속에서 보다 적극적으

현대문학과 사회문화적 상상력

로 표현, 탐구하기 시작한다.

5. 잃어버린 기억과의 대면, '이방인' 의식의 극복, 그리고 '조선의 생활문화'에의 관심
— '영서 3부작'과 만주 여행 후의 단편

이효석의 문학적 생애에서 두 번의 만주 여행은 지금까지의 그의 문학 생활의 중대한 전환점을 이룬다. 이를 전후하여 '영서 3부작'과 일련의 일본어 소설이 발표된다. 비록 그 사용 언어는 다르지만, 이 양자의 문학 세계는 서로가 서로를 비추는 듯한 상호 긴밀한 관계를 맺고 있다. 이 작품에 이르러 그는 오랫동안 잃어버린 시간에 대한 기억과의 대면을 통해 고향 상실감, 이방인 의식을 극복해 가면서 자신의 문화적 정체성을 재구성해 간다. 이 문화적 정체성의 재구성 과정에서 일본어 소설이 차지하는 비중이 적지 않지만, 그는 사용 언어에 상관없이 만주 체험 이후의 자신의 문학적 관심사를 지속적으로 탐구하고자 한다. 그가 일본어 소설 독자를 상대로 작품 속에서 자신의 문화적 정체성 구성 작업을 지속했다는 사실은 특기할 만하지만, 이 작업은 결코 갑자기 이루어진 것이 아니다. 여기에는, 영서 3부작 작업이 전제되어 있다는 사실을 기억할 필요가 있다.

「메밀꽃 필 무렵」(1936), 「개살구」(1937)에서, 「산협」(1941)에 이르는 '영서 3부작'을 개관하기 전에 일본어 소설 「은은한 빛」(1940)의 주인공의 다음과 같은 발언을 보자.

"(…중략…) 치즈와 된장. 자넨 어느 게 구미에 맞던가? 만주 등지를 일주일 넘게 여행하고 집에 돌아왔을 때, 뭐가 제일 맛있던가? 조선 된장과 김치 아니었나? 그런 걸 누구한테 배운단 말인가? 체질의 문제네. 풍토의 문제인 거지. 자네들의 그 천박한 모방주의만큼 같잖고 경멸할 만한 건 없다네."

—「은은한 빛」, 부분[11]

‘음식(된장), 체질, 풍토’ 등의 단어가 등장하고 있는 이 진술은, 종전의 이국 취미, 구라파주의를 기억하는 독자로서는 이효석의 획기적 변화를 시사하는 것이라 하지 않을 수 없다. 작중 화자는 음식 문화 즉 생활문화의 체질론, 문화 풍토론을 언급하면서 조선인의 독특한 생활문화는 학습, 모방에 의한 것이 아니라 그 체질, 풍토와 관련된 오랜 전통 속에서 형성된 것이라고 주장하고 있다. 이 진술은 만주 여행 이후의 그가 타국의 문화 경험을 통해 자국의 전통문화를 재인식하고 있음을 드러내고 있지만, 이런 인식은 그의 오랜 문학적 편력을 통해, 특히 이 즈음에 시작 그의 자전적 소설 ‘영서 3부작’ 쓰기와 서로 밀접한 관련을 맺고 있다. 만주 여행 이후 생애의 말기에 이르러 그는 비로소 자신의 문화 전통을 재인식하는 한편, 오랫동안 잃어버렸던 자신의 과거의 기억을 되살려 그것을 창조적으로 재구성하는 소설 쓰기 작업에 전념한다. 이 과정은 자신의 문화적 정체성의 재구성, 나아가 정체성 정립 작업과 엄밀히 대응된다. 그의 소설에 등장하는 ‘생활문화 풍토론’은 이 양자의 상호 작용의 결과라 할 수 있다. 그런 점에서 영서 3부작은 그의 소설 쓰기에서 아주 중요한 의미를 지니고 있다. 이 계열의 작품을 정

---

11) 「은은한 빛」, 감남극 편, 송태욱 역, 『은빛송어』, 해토, 2005, 56~57면.

독하지 않고서는 이후의 일본어 소설을 제대로 이해하기 어렵다.

'영서 3부작'은 이효석이 그의 고향에서 성장하면서 체험한 사실에 바탕을 작품이자 가족과 고향의 이야기이다. '고향 상실감, 이방인 의식'에 빠져 있던 그가 뒤늦게 오랫동안 잊고 있던 자신의 고향 이야기, 자전적 이야기를 주제로 작품을 쓰기 시작했던 사실은 특기할 만하다. 작가로서 그 자신 자신의 고향 이야기, 자전적 이야기를 작품화하는 작업을 스스로 기피해 왔기 때문이다. 그의 소설을 보면, 그 배경이 대체로 도시로 설정되어 있어 시골의 이야기가 적고, 작중인물에서도 대체로 젊은이들이 주축으로 설정되어 있어 어른이나 노인이 거의 등장하지 않고 있다. 작중인물로서 '아버지 · 어머니'가 등장하는 경우는 거의 없다. 영서 3부작은 시골을 그 배경으로 삼으면서 비로소 이 '아버지'가 등장하고 있다. 이 사실은 그가 이 작품들을 통해 비로소 그 아버지로 표상되는 '가족, 집, 핏줄, 고향, 조선의 전통적 생활문화' 등의 이슈를 자신의 작품 세계 속에 수용하기 시작함을 의미한다.

1) 「메밀꽃 필 무렵」

이 작품은 이효석의 고향인 강원도 영서 지방(봉평)의 시골 장터를 떠돌았던 장돌뱅이의 사랑 이야기를 낭만적, 시적 문체로 묘사한 작품이다. 이 작품은 여러 가지 논의가 가능한 작품이지만 이글의 주제와 관련해 볼 때 특히 다음과 같은 의미를 지니고 있다. 첫째, 고향에서 자주 본 떠돌이 장돌뱅이의 이야기를 다루고 있다. 둘째, 자신의 잃어버린 정체성을 찾아 객지의 길 위를 떠도는 사람들(허생원, 동이)의 이야기이다. 셋째, 이런저런 사연으로 서로 헤어진 한 가족의 이야기, 즉 이산가족들이 각자의 처지에서 그 헤어진 가족(옛사랑)을 찾는 이야기이다. 아버지는 헤어진 옛사랑을, 아들은 얼굴 모르는 아버지를 찾고 있는데, 작품의 결말에서 그 만남의 가능성이 암시된다. 넷째, 등장인물 속에 작가 자신의 고아 의식이 투영되어 있는 작품이다. "아비 어미란 말에 가슴이 터지는 것도 같았으나 제겐 아버지가 없어요. 피붙이라고는 어머니 하나뿐인걸요."(작중인물 동이의 말―인용자)―이 말 속에 작가의 숨겨진 고아 의식이 선명히 드러나 있다.

이 단편은, 작중인물 허생원의 처지에서 보면 옛사랑(이제는 아들을 둔 어머니가 되었다.)과 아들 찾기 이야기지만, 동이의 처지에서 보면 헤어진 아버지, 지금은 없는 아버지 찾기 이야기이다. 아들의 상처와 그 자신의 아버지에 대한 숨겨진 욕망은, 그 아버지의 욕망과 서로 엇갈리지만, 이야기의 진행에 따라 서로 접근한다. 아버지가 "아둑신이 같은 눈"을 떠 동이가 '왼손잡이'라는 사실을 깨닫는 순간에, 그리고 동이가 물에 빠진 허생원을 등에 업고 걸어가는 순간에 두 욕망은 하나가 된다. 그 순간은 허생원과 동이의 모든 갈등들이 일시에 해소되는 시적 비전의 순간으로 승화된 상태로 표현되고 있다. 이효석의 평양 시대의 대표작의 하나로 손꼽히는 이 작품은, 그의 고향 이야기이기는 하지만, 자신의 가족이 나의 고향 사람들(정주민)의 이야기를 다룬 것은 아니다. 그곳 장터를 떠도는 장돌뱅이를 소재로 하고 있을 뿐이다. 그러나 깨어진 행복, 흩어진 가족, 그들의 안타까운 사정을 다룬 작품이라는 점, 작가의 고아 의식이 작중인물을 통해 투영되고 있는 작품이라는 점에서 주목된다. 작가는 이 소설에서 고향의 풍물(장터 풍경, 메밀꽃 등)을 드러내면서, 우회적으로나마 자신의 잃어버린 기억, 행복하지 못한 가족 관계, 숨겨진 고아 의식, 아버지에 대한 복합적 심리 등을 드러내면서 이와 정직하게 대면하고자 한다. 잃어버린 시간 저쪽의 고향과 가족의 기억, 기억 속의 상흔과 직접 대면할 수밖에 없는 이효석의 영서 3부작의 문학적 기획은, 고향을 떠난 후 오랫동안 혼란스러웠던 작가 자신의 문화적 정체성의 문제를 이제 본격적으로 탐구하기 시작했음을 의미한다.

2) 「개살구」

이 작품은 평창군 진부면 면소재지를 배경으로 한 소설이다. 이효석 일가는 봉평에서 살다가 진부(진부면 하진부리)로 이주한 사실이 있다. 이 작품은 당시 진부면에서 살고 있던 작가의 아버지가 작중인물의 모델로 등장하는 소설이라는 점에서 주목되는 작품이다. 작품 속의 '최면장'이 바로 작가의 아버지에 해당된다.

> (…중략…) 최면장은 어려운 가운데서 자식 하나만을 바라고 그에게 정성을 다 바쳤다. 몇 마지기 안 되는 땅까지 팔아버렸고 그 위에 눈총을 맞아가면서도 면장의 자리를 눅진히 보존해가는 것은 온전히 자식 때문이었다.

「개살구」는 진부의 농사꾼 김형태가 오대산 벌채 사업으로 큰돈을 벌어 두 번째 첩(서울집)을 얻더니, 나중에는 면장 자리 욕심까지 내서 갖가지 술책을 동원하여 라이벌인 현직의 최면장까지 곤경에 빠뜨린다는 이야기를 중심으로 한 작품이다. 작품 속에 재현된 인물 최면장은 '서울 유학 중인 아들 학비 뒷바라지'를 감당하다 못해 '공금'에 손을 댄, 약점을 지닌 인물로 그려져 있다. 면장 선거를 앞두고 형태가 아들의 '사상적 성향'을 두고 최면장 면전에서 그를 노골적으로 협박하는 것도 그 때문이다. 사상가 아들을 둔 면장이 마치 죄인처럼 곤욕을 치르고 있는 대목에서 작가 자신의, 고향의 아버지에 대한 그리움과 연민의 정을 읽을 수 있다. 고향에 있는 아버지에 대한 연민의 정이 표현된 작품이지만, 이야기 속에 어머니(의붓어머니)에 대한 언급은 없다.

3) 「산협」

이효석 일가는 그 조부 대에 함경도 함흥(함주군 동천면)에서 강원도 영서 일대로 이주, 정착하였다. 이 사실은 「산협」의 작중인물(주인공 공재도)을 통해서 구체적으로 서술되고 있다. "조부의 대에 어딘지 북쪽 땅에서 이 산골로 (…) 족보 한 권만을 신주같이 위해 가지고 있었다 (…) 한번 일군 가산은 좀체 흔들리지 않아서 두 아들을 낳고 이 고을에서의 삼대째 재도의 대에 이르게 되매 집안은 더욱 굳어졌다."

이효석이 작고하기 일 년 전, 그러니까 생애의 말기에 발표한 「산협」은 기억 속의 고향 풍속을 전면적으로 재현한 작품으로서 이것이 그의 오랜 글쓰기 과정에서 자기 자신의 삶의 뿌리와 정직한 대면을 보여 주는 글쓰기라는 의미를 지니고 있다는 사실은 음미할 만하다. 아버지가 재혼한 후 오랫동안 이방인 의식, 고향 상실감을 간직하고 있던 작가 자신의 입장에서 볼 때, 영서 3부작 중에서 「개살구」가 기억 속에서 이제는 늙은 고향의 아버지에 대한 부자간의 정을 재인식하고자 한 작품이라면, 「산협」은 오랫동안 외면해 온 고향(평창군 봉평면 창동리)과의 문학적 대면이자 고향 사람들의 오랜 생활 풍속과 그 속에서 자라난 어린 시절의 시간을 마침내 되찾는 이야기라 할 수 있다. 「개살구」에는 모친 사후 재혼했지만 자신의 서울 유학 생활을 뒷바라지한 아버지에 대한 안쓰러움과 그리움이 나타나 있고, 「산협」에는 떠나온 고향 산골에 대한 형언할 수 없는 그리움이 숨겨져 있다. 특히 고향 산골 주민들의 풍속을 생생하게 재현한 「산협」은 '영서 3부작'의 백미이자 이효석 문학 전체 중에서도 그의 기억의 가장 깊은 곳을 상상적으로 재구성한 작품에 해당된다. 무대는 바로 이효석 자신의 생가가 있는 마을(창말. 강원도 봉평면 창동리)로 설정되어 있다. 이는 그가 생애의 말기에 자신의 삶의 뿌리인 고향과 정면으로 대면하고 이를 통해 고향 상실감을 극복하고 있음을 의미한다.

⑴ 삼대나 걸려 알뜰히 장만한 토지를 길이길이 다스려 가려면 아무래도 제 핏줄이 필요하다고 생각하고 있었다. (…) 일정한 땅에 목숨을 박고 그곳을 다스리게 됨은 그것을 다음 대에 물려주자는 뜻이라는 것을 굳게 믿고 있었다.
⑵ 밤, 대추의 과실도 제사에 쓰고도 남으리만큼 뜯어 들였고 현씨는 마을 여자들과 날마다 먼 산에 가서는 서리 맞은 머루 다래 돌배에다 동백을 한 광주리 따왔다. 집안에는 그 열매 냄새와 함께 잘 익은 오곡 냄새가 후끈후끈 풍기고 두 사람의 아내는 부를 대로 부른 배에 진종일 머루를 먹었다.

인용한 첫 번째 부분은 이 소설의 주제가 바로 "핏줄, 땅, 제사, 집"

등의, 조선인이라면 누구나 생각하게 마련인, 모든 논리를 떠난 전통적인 생활문화, 풍속과 관련된 문제들에 있음을 잘 보여 주고 있다. 두 번째 부분은 시골의 가을철의 풍성한 수확물에 대한 것으로서 특히 영서지방의 농경사회의 생활문화를 생생하게 보여 주고 있다. 이 작품은 아들을 얻기 위해 '소'를 팔아, 아무런 허물이 없는 조강지처를 두고 '첩'을 얻어 들인 거농 공재도와, 그 일가가 벌이고 겪는 일 년 동안의 여러 가지 이야기를 다루고 있다.

어릴 때 어머니와 사별하고 계모가 들어오면서 가족 관계에 불화가 생겨, 고향집에 발길을 끊다시피 하면서 야기되었던 작가 자신의 '고향 상실감, 이방인 의식은 이 영서 3부작을 통해 거의 극복되기에 이른다. 이후의 소설에서 고아 의식, 이방인 의식이 더 이상 나타나지 않는다. 그는 「산협」을 발표하기 한 해 전에 쓴 일본어 소설에서 이렇게 고백하고 있다.

(…중략…) 그렇게까지 미워하고 원망하며 온갖 애상(愛想)을 다한 끝에 등지고 나온 고향이었습니다. 이제 와서 왜 이다지도 연정을 금할 수 없는 걸까요? 저에게는 무엇 하나 좋은 고향이 아니었습니다. 가난하고 초라한 가운데 짓밟혀 — 두 번 다시 돌아오지 않겠다고 분노와 결의에 불타 떠나온 고향이 아니었던가요. 그때의 굳은 마음이 이제 와서 왜 이렇게 맥없이 배반당하는 것일까요? (…) 고향에 대한 뿌리 깊은 집착을 원망해야 하는 것일까요?

—「가을」(1940)[12]

---

12) 「가을」, 송태욱 역, 위의 책.

이 작품에는 고향에 대한 향수와 "동심으로 돌아가게 하는" "가을철 꽈리, 음식, 약과, 김치, 조선 옷" 등에 대한 그리움이 절절한 필치로 토로되고 있다. "10년도 넘게 타향에 있어서 그런지 미각은 고향의 음식이라도 되면 사실 치사할 정도로 예민해지는 것을 어쩔 수가 없습니다." "하루속히 고향으로 돌아가고 싶습니다." 작품 속에 나오는 구절이다. 서구식 교양, 근대적 풍경의 도시, 이국 취미, 근대 서구 문화 쪽으로 향했던 그의 시선과 관심, 취향은 이제 '고향, 시골, 토착민, 전통적 생활문화' 등 조선적인 것으로 귀환한다. 오랫동안 혼란을 겪었던 작가 자신의 문화적 정체성 문제는 '영서 3부작' 완성을 통해 새로운 단계로 이행한다. 이효석은 오랜 작품 쓰기를 통해 이제 비로소 자신의 문화적 정체성의 정립 단계에 이른 것이다.

만주 여행 이후에 쓴 작품 「은은한 빛」에 등장하는 그의 '생활문화 풍토론'은, 이런 맥락에서 제기된 것이다. 단절된 기억의 회복, 실향 의식의 극복 과정을 거치면서 비로소 등장한 것이다. 영서의 기억이 생생하게 드러나 있는 「가을」은, 영서 3부작처럼 자전적 요소가 강한 작품이다. 작가의 잃어버린 기억, 성장 과정에서 어느새 단절된 전통적인 생활문화에 대한 감각의 회복 과정을 보여 주는 작품이다. 영서 3부작을 포함한 지금까지의 그의 문학작품 전체를 종합해 볼 때 '모든 소설은 자서전의 일종'이라는 오래된 명제가 타당하다는 사실을 재확인할 수 있다. 이효석의 소설은 그런 점에서 '주체는 언어에 의해 구성된다.'는 사실, '한 작가의 문화적 정체성은 미리 주어진 고정된 실체가 아니라 언어에 점진적으로 구성되는 것이다.'라는 사실을 구체적으로 증명해 주는 사례라 할 수 있다.

6. 집단적 정체성 문제와, '문화적 차이' 인식하기

— 이효석의 일본어 소설

문학적 "주체는 언어(글쓰기)에 의해 구성된다."(자크 라캉)는 명제는 이효석의 문화적 정체성과 관련된 그의 소설 전반을 이해하는 데 중요한 명제이다. 주체뿐만 아니라 작가의 문화적 정체성도 언어에 의해 점진적으로 구성되는 것이다. 정체성이란 고정불변의 실체가 아니라, 시간과 처지에 따라 계기에 따라 점진적으로 구성되며, 자체의 변증법을 갖는 그런 것이다. 따라서 시기에 다른 모습으로 구성될 수 있고 다른 양상으로 표현될 수 있는 가변적이고 열려 있는 복합적인 것이라 할 수 있다. 식민지 교양주의 작가 이효석의 소설이 보여 주는 복합성은 그런 관점에서 이해할 수 있다. 이국 취미, 낭만주의를 거쳐 '문화의 풍토론', 영서 3부작에 이르는 이효석의 모든 작품 활동은, 그가 겪었던 개인적 고아 의식과 식민지 작가로서 그가 직면했던 정치적, 사회적 상황의 변화가 야기한 문학적, 문화적 정체성의 위기와 혼란에 따른 작가 자신의 문화적 정체성의 구성/재구성 작업과 지속적인 모색의 과정 그 자체였다. 그의 작품들을 연대순으로 따라 읽을 때, 구라파주의에서 영서 3부작에 이르는 여러 작품에서 그의 문화적 정체성의 모색과 정립의 과정을 생생하게 파악할 수 있다. 그렇다고 해서 이제 그가 자신의 문화적 정체성을 확고하게 구축하게 되었다고 보는 것은 피상적인 견해이다. 왜냐하면 그의 글쓰기 행위의 이면에는, 자신의 생활 방식을 피식민자에게 강요하는 식민지적 문화적 상황이 놓여 있었고, 식민자가 요구하는 새로운 문화 정책이 작동하고 있었기 때문이다. 특히 생애

현대문학과 사회문화적 상상력

의 말기에 쓴 그의 일본어 소설에는, 일본어 창작이라는 새로운 상황에 직면했던 식민지 작가의 새로운 문화적 위기, 특히 '내선일체'의 이데올로기 속에서 문학 생활을 영위해야 했던 작가로서의 그의 심리적 갈등이 잘 나타나 있다.

1939년부터 생애의 말기까지 쓴 그의 일본어 소설들은, 복합적인맥락에서 읽어야 그 의미가 분명히 드러난다. (1) 영서 3부작을 포함한 그가 쓴 동시대 작품 전체의 맥락, (2) 「가을」(1940, 일본어), 「산협」(1941, 조선어)으로 대표되는 그가 쓴 이중어 글쓰기의 맥락, (3) 동시대의 '국민문학'론, 여러 한국작가들의 당시의 일반적인 '이중어 글쓰기'의 맥락,[13] (4) 당시 그가 처했던 사회문화적 상황(『국민문학』의 창간, 한국 작가들의 전시체제 동원, 대동아 공영권, 내선일체 등의 이데올로기에 대한 협력 요구 등) 등을 아우르는 종합적인 시각에서 읽기를 요구한다. 일본어로 작품을 쓴다는 것은 조선어로 쓰는 경우와 다른 것이다. 그렇기는 하나, 이효석의 일본어 소설은 (1), (2)의 관점에서 읽어도 그 의미를 이해할 수 있다. 영서 3부작과 일본어 소설 사이의 거리가 아주 가깝기 때문이다. (「가을」의 경우가 특히 그렇다.) 일본어로 썼지만 영서 3부작의 연장선상에서 집필된 작품이라 할 수 있다. 잃어버린 '동심'을 거의 온전히 회복하고 있음을 보여 주는 작품이다.

그러나 우연히 발굴한 고구려의 보검의 가치 문제를 다룬 「은은한 빛」, 일본 여자와의 결혼 문제라는 까다로운 주제(이 주제는 이른바 내선일체와 관계 깊다.)를 취급하고 있는 「엉겅퀴의 장」은 약간의 세심한

---

13) 이에 대해서는 윤대석, 『식민지 국민문학론』, 역락, 2006 및 김윤식, 앞의 책 참조.

검토를 요구하는 작품이다. 그가 생의 말기에 이런 작품을 쓰지 않을 수 없었던 사실은, 그가 당시의 작가로서 스스로 모색하고 정립하고자 해 왔던 자신의 문화적 정체성의 문제가 아직도 여전히 혼란 속에 놓여 있으며, 따라서 이를 지속적으로 생각하지 않을 수 없는 상황에 처해 있음을 증명해 준다. 그가 쓴 일본어 소설 중에서도 큰 비중을 차지하고 있는 이 두 작품은, 간단히 말해 지금까지 언급해 온 작가의 문화적 정체성의 문제를 다른 식으로, 즉 '일본인, 일본 문화라는 타자와의 관계, 신체제(내선일체) 문화'라는 당시의 재미없는 문화적 분위기 속에서 재구성하고 있는 중요한 사례라 할 수 있다.

일본 동경에서 발행되는 잡지에 발표된 일본어 소설 「은은한 빛」(『文藝』, 1940)은 땅을 파다가 우연히 발견한 '고구려 보검(칼)'을 중심으로 한 이야기이다. 보검 소문을 듣고 고가에 매입하겠으니 자신에게 팔라고 하는 일본인 박물관장과, 그것을 팔아 그 돈으로 땅을 사겠다는 아버지의 끈질긴 요구 사이에서 주인공은 갈등을 겪지만, 그 보물을 팔지 않고 가까이 두고 보면서 온전히 보전하고자 하는 주인공의 뜻은 끝까지 관철된다. 그 '칼'은 고구려 시대의 유물로서, 자신에게는 결코 돈으로 환산할 수 없을 정도로 가치 있고 귀한 것이라는 주인공 자신의 신념(이 '칼'은 조선의 귀중한 미술품이자 작가의 정신적 상징이다.)은 곧 작가 자신의 가치관을 반영하는 것으로 볼 수 있다. 골동품의 일종인 그 칼의 수집과 그에 대한 주인공의 애착은 일본인 관장으로 대변되는 일본인 골동품 수집가들로부터 배운 것이지만(일본인들은 당시 조선의 골동품 수집 붐을 일으킨 장본인이다.), 주인공의 옛 문화 유물에 대한 그의 관심과 그 옛 유물에 대한 그의 가치관은 이 작품을 쓰면서 갑자기 형성된 것이 아니다. 앞에서 이미 살펴본 바와 같이 그것은 우여곡절이 많았던 오랜 소설 쓰기를 통해 재인식하게 된 그 자신의 문화적 정체성의 인식 문제와 관계 깊다. 그는 이미 조선의 생활문화, 음식, 옷, 전통적 풍속 속에서 자신의 문화적 정체성을 재발견하고 있었다. 이 작품은 바로 당시 그가 쓴 작품 전체의 맥락에서 읽어야 제대로 이해될 수 있다. 이 작품에 등장하는 '고구려 보검'은 작가 자신의 문화적 정체성, 되찾은 기억 속의 시간(고향, 집, 땅) 의식과 관련된 공동체의 집단적 문화적 정체성과 관련된 하나의 문화적 상징이라는 의미를 지닌다. 그 골동품을 타자, 그것도 식민자인 '일본인'에게 판다는 것은 자신의 정체성 자체를 부정하는 행위나 다름없다. 이 작품은 타자(타자의 문화)를 통해 주체와 자신의 문화적 정체성을 확고하게 인식하는 과정을 보여 주는 작품이다. 이효석이 새삼스레 '된장' 이야기를 하면서 '생활문화 풍토론, 체질론'을 강조하는 것도 같은 맥락에서 이해할 수 있다. "(…중략…) 치즈와 된장. 자넨 어느 게 구미에 맞던가? (…중략…) 그런 걸 누구한테 배운단 말인가? 체질의 문제네. 풍토의 문제인 거지. 자네들의 그 천박한 모방주의만큼 같잖고 경멸할 만한 건 없다네."

당시 상황이 조선어가 폐지되고 『국민문학』(1941, 최재서 주재)이 창간되어 '식민지 국민문학'이 강요되던 시기라는 사실은 이효석의 일제 말기 일본어 소설을 읽을 때 반드시 염두에 두어야 한다. 이효석은 당시 자신이 조선어 아닌 일본어로 소설을 쓰고 있다는 사실을 자각하고 있었다.

그의 일본어 소설은 조선어 소설보다 더 분명한 태도로 자신의 문화적 정체성을 표현하고 있음을 발견할 수 있다. 그는 조선인과 일본인을 함께 작중인물로 설정하면서, 작중인물을 통해 조선인으로서의 자신의 문화적 정체성을 분명히 드러내고자 하는 태도를 보여 주는데 「은은한 빛」은 그 단적인 예이다. 이는 타자(일본인)와의 관계 속에서 그 타자의 문화와 자신 사이의 문화적 차이를 분명히 드러내고 이 차이를 통해 자신의 정체성을 재인식하고자 했던 것으로 이해된다. 조선인 남자와 일본인 여자의 결혼 문제를 다루고 있는 「엉겅퀴의 장」(『국민문학』, 1941)에서도 양자 사이의 '문화적 차이'가 표현된다. 두 사람이 서로 사랑하면서도 끝내 결혼에 이르지 못하는 데는 여러 이유가 있으나, 가장 중요한 것은 양자의 생활과 두 사람의 체질 속에 암암리에 밴 그 문화적 차이 때문이다. 당시 이 한일 간의 국제결혼이라는 주제는, 그 당사자인 개인을 넘어서는 문화적인 문제였다. 일제 말기 이른바 '내선일체'를 위해 식민 당국이 양국민 사이의의 결혼을 권장했다는 사실에 비추어 보면, 이 주제는 문화적인 수준을 넘어서는 정치적인 이슈라고도 할 수 있다. 보기에 따라서는 아주 껄끄러운 이 문제를 취급하면서, 이효석은 양자의 문화적 차이를 내세워 이 문제를 간단히 처리한다. 결혼에서 전통적 관습을 중시하는 남자의 부친의 반대, 함께 사는 남자 외의 남자를 만나는 여자의 행동 등이 그 결혼의 장애 요소로 등장하지만, 그 근본적 요인은 양쪽(조선인과 일본인)의 생활, 관습, 문화의 차이에 있음이 드러난다. 모든 문제가 문화적 차이에서 생기는 것으로 표현된다.

또 하나의 단편 「봄옷(春衣裳)」(『週刊朝日』, 1941)은 이 두 작품보다 가벼운 주제를 다루고 있다. 아름다움, 즉 작가의 미의식을 내세우고 있어 이채롭다. 일본 여성도 조선 여성처럼 아름답다, 일본의 전통 옷, 조선의 한복은 모두 아름답다, 일본인의 혈통을 이어받은 여성이 그 한복

현대문학과 사회문화적 상상력

을 입은 것은 아름답다, 이런 식이다. 그래서 여기에 등장하는 인물들은 출신이 다르지만 서로 사이좋게 지내는 것으로 그려진다. 일본 여성의 아름다움은 작품 「송어」에서도 재현되고 있는 문제이다. 그런데, 그의 일본어 소설에 등장하는 한복의 아름다움(美)은 그의 소설이 이미 발견해 놓은 것(「가을」), 즉 자신의 문화적 정체성의 일부를 이루는 것이다. 그는 조선 작가로서 당시의 '식민지 국민문학'에 대해 이렇게 말하고 있다.

> 새로운 정열을 담은 모든 문학이 훌륭한 국민문학일 것이며, 아무리 시국에 적절한 표어를 나열하거나 부르짖어 대거나 할지라도 관조(觀照)가 깊지 못하고 연소(燃燒)가 희박한 것은, 국민문학이라는 명칭을 값하지 못할 뿐이다
>
> —「새로운 국민문예의 길」[14]

> 세기의 동향이 그 어떤 것이든 간에 조선 작가에게 주어진 과제는 별 수 없이 자기 앞의 현실을 그리는 그것뿐이다.
>
> —「문학과 국민성」[15]

이효석의 이러한 진술은 양가적이자 이중적이다. '국민문학' 담론에 참여한다는 것은 그것을 부정할 수 없는 현실로 받아들인다는 뜻이고, 그 담론에 참여하면서 거기서 그 국민문학을 자기 식으로 해석하면서 '내선일체론'에 떨어지지 않는 자신의 독특한 '차이'를 만들어낸다는 것은 식민당국이 요구하는 문학의 길을 걷지는 않겠다는 뜻이다. '모든

---

14) 이효석, 「새로운 국민문예의 길」, 『국민문학』, 1942. 4.
15) 이효석, 「문학과 국민성」, 『매일신보』, 1942. 3.

문학이 곧 국민문학'이며, 조선 작가의 과제는 "자기 앞의 현실을 그리는 그것뿐"이라는 발언은, '내선일체'론과 작가 자신의 차이 만들기이자 일본 당국의 '국민문학'과의 일정한 거리두기이다. 여기서 그의 지식과 교양주의는 여전히 빛을 발한다. 이렇게 볼 때 「은은한 빛」은 그의 글쓰기 태도로 볼 때 이례적인 작품이라 할 수 있다. 그의 사상적 신념, '문화적 조선주의'를 암암리에 표현한 작품이기 때문이다. 이 작품은 그의 문학이 그 안에 어떤 강한 정신을 숨기고 있었음을 암시해 준다.

그의 다른 작품을 보면, 조선인과 일본인의 결혼 문제를 거듭 다루면서, 양자의 '혈통'이 아닌 '혈액형의 동일성'을 내세우고 있음을 볼 수 있다(일본어 장편『초록의 탑』). 이것은 그가 관변적인 내선일체나 국민문학론과 그 나름대로 일정한 거리를 두고자 하면서도 정국의 변화에 따라 조선인 작가로서 인종적(집단적) 주체성의 위기에 부단히, 부단히 내몰리고 있었다는 사실을 말해 준다. 이효석의 일제 말기의 일본어 작품은 그뿐만 아니라 동시대 조선 작가들이 처했던 문학적 곤경을 잘 보여 준다. 일제에 의해 강요된 창씨개명, 내선일체, 국어(일본어) 상용, 대일 협력 등의 당시 문학적 분위기 속에서 여러 조선 작가들이 다양한 경로를 통해 민족적(인종적), 집단적 정체성의 위기에 직면했던 사실은 다 아는 바와 같다. 이효석의『초록의 탑』도 그런 분위기 속에서 쓴 작품이지만, 예컨대 같은 경성제대 출신이었던 유진오, 최재서의 일제 말기에 쓴 작품들의 경우와 서로 비교해 보면 거기에 큰 차이가 있다. 조선인과 일본인의 결혼 문제를 다룬 일본어 작품을 쓰되, 그 결혼이 혈통이 아닌 혈액형의 동일성에 의해 이루어지는 식으로 처리하는 선에서 멈추고자 하였지만. 이효석을 포함한 많은 조선 작가들이 일제 말기

현대문학과 사회문화적 상상력

에 이르러 자신의 민족적(인종적), 집단적 정체성이 정치권력의 개입에 의해 통제되는 '정체성 정치'(identity politics)의 문제에 직면하였다는 사실은 충분히 인식되어야 한다. 아울러 이효석은 다른 작가들에 비해 자신의 집단적 정체성을 비교적 끝까지 수호하고자 했던 작가라는 사실도 기억되어야 한다. 물론 그의 작품 중에서 식민지 근대 작가로서의 이중 의식, 문화적 혼종성 등을 발견할 수 있는 작품이 없지 않다. (특히 『초록의 탑』에서 그런 점을 찾아볼 수 있다.)

이효석 연구는 그의 모든 작품을 정독하는 가운데 이루어져야 한다. 그를 포함한 일제 말기에 쓴, 묻혀 있던 여러 조선 작가들의 일본어 작품들이 발굴되어 일본에서 출판된 것이 2000년대 초이다. 국내에서 이효석 전집이 거듭 출판되었지만, 아직 모든 작품을 망라한 온전한 전집이 나오지 않고 있다. 그를 친일문학자에 포함시켜 논의한 임종국의 『친일문학론』 중 이효석 편은 재검토되어야 하며, 그의 모든 작품을 정독하지 않고 일부 작품만으로 마치 그것이 이효석 문학의 전체인 듯 논단하는 일부 연구자들의 연구 태도는 극복되어야 한다. 이효석 소설의 지속적 주제의 하나가 바로 식민지 작가의 문화적 정체성의 문제였다는 사실은 재인식되어야 한다.

7. 주체와 타자/권력, 그리고 구성되는 문화적 정체성

근대 작가 중에서 이효석만큼 식민지 시대의 문화적 정체성의 문제를 제기하고 이를 지속적으로 문학적 과제로 삼았던 작가를 찾아보기 어렵다. 그는 근대 작가의 문화적 정체성이 끝없이 흔들렸던 식민지 시대에 그 문화적 혼란 자체를 소설로 표현하면서 그 문화적 정체성의 문제를 자신의 소설을 통해 지속적으로 모색했던 작가이다. 한 작가의 문화적 정체성의 문제는 작품에 의해 언어로 표현되고 구성되는 것이다. 그의 작품에 표현된 이방인 의식, 고향 상실감, 사회주의 이념, '구라파주의', 생활문화 풍토론, 조선주의 등은, 부분적으로 그 자신의 전기적 사실에서 비롯되는 것이기도 하지만, 크게 보면, 경성제대 출신 작가로서 성장하면서 그가 당시에 직면했던 그를 둘러싸고 있는 여러 수준의 일본 식민주의 문화 현실과 관계 깊다. 그가 쓴 여러 소설들은 이 문화적 혼란과 그 속에서 부단히 자신의 문화적 정체성을 모색, 탐구하면서 언어를 통해 구성해 가는 그 과정을 동시에 보여 주고 있다.

이효석 소설의 전개에서 특히 평양 시대의 작품, 특히 생애의 말기 작품은 중요한 의미를 지니고 있다. 이 시기는 '신체제, 조선어 폐지, 국민문학' 등의 일제의 새로운 문화정책이 강요되어, 주체를 둘러싼 외부의 힘이 주체의 글쓰기를 위협하던 시기이다. 이 새로운 상황 속에서 이효석은 만주 여행 체험과 그곳에서의 새로운 체험을 통해 식민지 작가로서의 자신의 문화적 위치와 주체성을 재인식하고, 귀국 후 이 체험을 살려 일련의 새로운 작품을 썼다. 영서 3부작은 특히 작가의 단절된 기억의 회복과 이를 통한 이방인 의식의 극복과 '집, 땅, 토착 문화'의 재인식을 보여 주는 중요한 작품이었다. 이 3부작에 이르러 그는 지금까지 동요하던 자신의 문화적 정체성을 재인식/재구성하게 된다. 지금까지의 정신적 고향 상실감, 구라파주의에서 벗어나 자신의 조선인의 생활문화의 전통과 공동체의 역사 속의 주체를 재발견, 재인식하면

현대문학과 사회문화적 상상력

서 자신의 문화적 정체성을 회복, 주체를 재구성하고자 한다. 「하얼빈」,
「메밀꽃 필 무렵」, 「개살구」, 「산협」 등의 작품, 「가을」에서, 「은은한 빛」
에 이르는 일제 말기의 일본어 소설들은, 그의 생애의 소설 쓰기와 문
화적 정체성의 탐구와의 대응관계와 그 귀결점을 이해하는 데 결코 빠
뜨릴 수 없는 아주 중요한 작품이다.

한 작가의 문화적 정체성은 작품으로 표현되고 그 작품이 타자(독
자)에 의해 인정받음으로써 비로소 정립될 수 있다. 이효석은 1930년
대 후반기에 이르러 『화분』, 영서 3부작(특히 「메밀꽃 필 무렵」, 「산협」),
「은은한 빛」 등의 문제작을 잇달아 발표함으로써 당시 문단에서 주목받
은 작가의 한 사람이 된다. 그가 조선의 대표작가의 한 사람으로서 일
본 문예지에 일본어로 「봄옷」을 발표한 바 있고, 일본어 소설 「은은한
빛」을 통해 자신의 문화적 정체성, 특히 조선 작가로서의 집단적(인종
적) 정체성을 분명하게 표현하고 있다는 사실은 주목할 만하다. 그의
만주 여행 이후 작품에 나타나는 생활문화 풍토론과 「은은한 빛」에 나
타나는 자국의 귀중한 문화유산을 남에게 양도하지 않겠다는 신념이,
자신의 문화적 정체성, 주체성에 대한 재인식이 자신의 삶의 테두리를
벗어난 외국으로의 여행과 그 여행에서의 타국 문화와의 대면 경험이
나 타자/권력의 힘과 마주치는 경험을 통해 제기되고 있다는 사실은 여
러모로 음미할 만하다.

이효석의 소설 『벽공무한』에 등장하는 주인공이 '문화비평가'라는 사
실은 동시대의 문화를 비판적인 시선에서 다루기 시작하고 있음을 암
시하고 있다. 그는 같은 식민지인 만주국이라는 타자의 문화 경험을 통
해 자신의 문화를 재인식, 재발견한다. 그는 자신의 문화론을 정식화

한 적이 없지만, 일제 말기에 본격화되는 그의 문화적 상상력의 도달점은 '생활문화 풍토론, 생활문화 체질론'이었다. 조선주의, 문화적 민족주의와도 상통하는 이런 사유(사상)가 작가 자신이 타자의 문화 경험을 한 후에 쓴 작품과 일본어 소설 속에서 비로소 선명한 표현을 얻고 있다는 사실은 강조할 만하다.

그의 일본어 소설들은 조선 작가로서의 민족적(집단적) 정체성의 혼란과 그 극복 문제를 자신의 지속적인 문학적 과제로 삼았던 작가 자신의 오랜 모색의 결실이자, 일제말기 '신체제' 속에서 새로운 문화적 정체성의 위기 속에서 글쓰기를 지속할 수밖에 없었던 그 자신의 정신적 위기 의식의 표현이라는 이중적 의미를 지닌다. '국민문학'론의 수용과 거리두기, 일본인과 조선인의 문화적 차이를 부각시키기는 그의 일본어 글쓰기의 중요한 전략이었다. 그는 주체의 외부를 둘러싼 권력(힘)의 압박에 직면하면서 그 외부의 힘을 안으로 접어 넣으면서 문학적 주체성을 정립하고자 하였고, 외부의 힘을 통해 자신의 문화적 정체성을 정립해 갔다. 생애의 말기 작품들은 그런 노력의 결실이었다. 이효석은 이 전략을 통해 그 자신의 문화적 정체성의 문제를 부단히 사유, 표현하면서 그 시대를 견디어 나갔던 것으로 보인다. 근대 작가 중에서 이효석만큼 자신의 문화적 정체성 문제를 문학 활동의 지속적인 과제로 삼았던 작가는 흔하지 않다. 이효석은 식민지 근대 작가의 문화적 주체성(정체성)의 문제를 자신의 글쓰기의 중심인 과제로 삼았던, 식민지 근대 작가 중에서 여러모로 문제적인 작가이다.

염상섭의『효풍』에 나타난 정부 수립 직전 서울의 사회·문화 풍경
― 미군정기 일상생활의 문화와 정치의 관계를 중심으로

1. 미군정기 일상생활의 문화/정치와 염상섭 장편소설

1945년 해방에서 대한민국 정부 수립 전후에 이르는 시기의 정치·사회·문화는 매우 유동적인 것이었다. 그래서 이 시기의 문화 연구는 연구자의 관점, 대상 시기, 자료 선택에 따라 그 논의의 실상이 달라질 수 있다. 근대적 국민국가(nation-state)의 형성기라 할 수 있는 이 시기는, (1) 어떤 민족국가를 세울 것인가를 두고 민족 내부의 여러 세력들이 서로 논쟁을 벌였던 논쟁의 시기이자, (2) 2차 대전 승전국인 미국의 한반도에 대한 기본 정책이 수립, 실시되었던 미군정 시대로서, (3) 남북 분단과 남한 단독정부 수립으로 귀결되었던 시대이다. 이 시기의 문학과 문화 연구는 그동안 '조선문학가동맹'(1946. 2)과 '청년문학가협회'(1946. 4)로 대표되는 당시의 두 문학 단체의 민족문학론을 중심으로 이루어져 왔으나, 문학 단체 중심의 연구는, 극히 유동적이었던 당시의 일상생활의 문화 정치와 그 실상을 파악하는 데는 여러 가지 문제점과 한계를 지니고 있다. 해방 직후의 문학가동맹과 청년문학가협회의 대결은, 1946년 철도 파업, 대구 폭동을 고비로 하여, 1947년에 이르면 문학가동맹의 힘의 쇠퇴로 귀결되고, 1948년 8월 15일 단독정부 수립과 함께 3년간의 미군정은 종식된다. 이 시기 한국의 문화적, 정치적 상황에 대해서는 여러 연구가 있으나,[1] 당시 서울 시민들이 경험한 일상생활의 문화 정치는 어떤 것이었는지에 대해서는 좀 더 논의되어야 할 여지가 있다.

미군정기에서 건국기에 이르는 시기는 2차 대전의 주요 승전국인 미국과 소련에 의해 세계의 정치 구도가 재편성되던 시기였다. 유럽에서는 2차 대전에서 승전한 강대국에 의해 독일이 분단되고 동유럽 국가들이 소련의 강력한 영향력하에 재편되었으며, 동아시아에서는 일본이 미국의 통치하에 들어가고, 한반도가 38선을 경계로 미국과 소련에 의해 분할 통치되는 큰 변화가 일어났다. 이 과정에서 한반도는 그 38선이 남북 분단의 경계선으로 고착화되면서 남한의 총선거를 거쳐 단독정부가 수립되는 변화를 겪었다. 현재의 시점에서 보면 당시 한반도에서 진행되었던 2차 대전 후의 강대국에 의한 세계 질서 재편과 이로 인한 당시의 정치적, 문화적 격동의 흐름을 어느 정도 객관적으로 파악할 수 있으나, 당시 서울 거주 시민의 입장에서 보면 모든 것이 혼란 그

---

1) 미군정에서 정부 수립에 이르는 시기의 한국사의 복합성 때문에 이 방면의 연구 자료는 연구자의 관심에 따라 매우 다양하고 양적으로도 방대하지만, 이 연구는 그중에서 특히 브루스 커밍스, 『한국전쟁의 기원 : 해방과 단정의 수립 1945~1947』, 김주환 역, 청사, 1986과 최장집 편, 『한국현대사 1 : 1945~1950』, 열음사, 1985를 주로 참조하였다.

자체였다고 할 수 있다. 미군정 시대의 서울을 중심으로 전개된 정치와 '문화의 장'은, 정세의 변화에 따라 부단한 요동과 재편성의 과정 속에 놓여 있었다. 당시 서울의 정치 문화는, 2차 대전 후의 승전국들의 한반도 정책, 미군정청의 문화정책, 당시 서울의 각종 사회단체들의 활동과 언론의 동향은 물론이고, 시민들의 일상생활과 사회 활동 등을 아우르는 종합적인 관점에서 파악될 수 있는 복합적인 성격을 띠고 있다.[2] 특히 이 시기의 일반 시민들은 어떻게 살았고, 그들이 경험하는 일상적인 문화 정치는 어떤 것이었는지에 대해서는 자세히 알려져 있지 않다. 시민들의 일상생활에 바탕을 둔, 다양한 연구가 이루어질 때 미군정기에서 정부 수립에 이르는 시기의 사회, 문화 연구도 그 내실을 기할 수 있을 것이다. 당시에 발표된 문학작품 특히 염상섭의 장편소설을 통해 당시 서울의 일상생활의 문화 정치의 일면을 파악해 보자 하는 것이 이 논문의 의도이다. 염상섭(1897~1963)의 장편 『효풍』(1948)은 당시의 사회, 문화적 움직임을 이해할 수 있는 유력한 문화 자료이다. 건국기의 수많은 작품 중에서 이 작품만큼 서울 시민들의 일상생활과 당시의 사회, 문화적 풍경을 총체적으로 재현하고 있는 작품을 찾아보기 어렵다. 가족 이야기와 정부 수립기의 독특한 사회−정치적 상황을 중첩시키고 있는 이 장편은 정부 수립기 서울 중산층 시민들의 일상생활을 생

---

2) 참고로 말하면, 해방 당시 국민의 문맹률은 약 80퍼센트였고, 일간 신문의 발행 부수는 4만 부에서 6만 부 정도였다. 당시 신문에 대해서는 박권상, 「해방 정국에서의 언론」, 『현대사를 어떻게 볼 것인가 2』, 동아일보사, 1988, 65면 참조. 미군정청의 교육정책은 민족주의를 고취하는 교육보다는 미국식 민주주의와 가치 교육에 역점을 두고 있었다. 오욱환·최정실, 『미군 점령시대의 한국 교육』, 지식산업사, 1993 참조.

생하게 재현하고 있는 중요한 문화 자료라 할 수 있다.

염상섭의『효풍』이 정부 수립 전후의 사회문화적 움직임을 재현한 중요한 작품이라는 사실은 이미 여러 연구자들에 의해 주목된 바 있지만,[3] 이 연구는 건국기의 문학작품을 일상생활의 문화 정치적인 관심에서 해석하는 데 주안점을 두고 있다. 논의의 편의상 두 가지 측면에서 염상섭의 장편소설을 다루고자 한다. 우선『효풍』의 문학적 성격을 특히 그 서사 전략 차원에서 이해하고, 다음으로 작품의 문화적, 정치적 의미들을 파악한다. 이렇게 하는 것은 문학작품을 단순히 주제나 작가의 특정 이념 차원으로 환원하지 않고, 개인과 가족, 민족과 분단 문제 등을 아우르는 당시의 일상생활의 사회문화적 맥락에서 이해하기 위함이다. 이 작품의 이면에는 미군정의 한국 정책이란 거대 담론이나 작가의 민족주의 의식이 놓여 있다 하겠으나, 줄거리는 가족 이야기, 결혼 이야기를 중심으로 전개되며, 그 일상생활의 문화를 따라가다 보면 그 일상생활의 배면에서 작용하는 당시의 사회의 분위기와 현실 정치의 힘을 발견할 수 있다. 이 소설은 동시대의 문학작품이자 문화적 텍스트이다. 그래서 문학적 관심과 문화론적 관심을 아우르는 종합적 관점에서 이 작품을 정독함으로써 이 작품에 나타난 정부 수립기 서울 중산층 작가 염상섭의 시선으로 파악한 그 시대 서울의 사회, 문화적 풍경의 실상과 그 역사적 의미를 함께 고찰해 보고자 한다.

---

3) 이 작품에 대해서는 최근 연구는 다음과 같다. 김재용, 「8·15 이후 염상섭의 활동과 '효풍'의 문학사적 의미」, 염상섭, 『효풍』, 실천문학사, 1998; 김정진, 「'효풍'의 인물 형상화와 그 기법」, 김종균 편, 『염상섭 소설연구』, 국학자료원, 1999; 김학균, 「가족 갈등에 나타난 분단의 현실과 중간파의 정치의식—해방 후 염상섭의 소설을 중심으로」, 『현대소설연구』, 38호, 한국현대소설학회, 2008.

2. 염상섭의 중도적 문학관과 장편『효풍』의 서사 전략

염상섭의『효풍』은『자유신문』(1948. 1. 1.~11. 3)에 연재된 장편소설이다. 그는 유명한 작품『삼대』의 작가로서 해방 후 만주에서 귀국, 일 년 정도 경향신문사의 편집장 직을 맡은 적이 있고, 이 장편 이전에 「해방의 아들」, 「삼팔선」, 「양과자갑」과 같은 몇 편의 단편을 쓴 바 있다. 미군정기 문단에서 그의 문학 활동은 몇 가지 점에서 독특한 점이 있다.

우선 작가로서 그는 당시 문학 단체들이 표방했던 '민족문학'이라는 용어에 이의를 제기했던 거의 유일한 인물이었다. 좌파('조선문학가동맹')와 우파('전조선문필가협회', '청년문학가협회') 모두 민족문학을 주장하였지만, 그는 이와 거리를 두고 스스로 중도파의 입장, 즉 '중도의 길'을 걸었다. 한때 문학가동맹에 들어간 적이 있고, 그 때문에 곤경에 놓인 적이 있지만, 그는 계급에서 출발하는 문학을 부정하고 민족에서 출발하는 문학을 실현하고자 하였다. 중간파(중도파)라는 이름은, 당시의 좌우 문학단체의 중간이라기보다는 그보다 넓은 의미의, 좌우 합작을 통해 분단을 피하고 민주주의적인 민족국가를 수립해야 한다는 문학적 입장을 뜻한다. 그는 당시 유행한 '민족문학'이라는 용어보다는 그냥 '우리 문학'이나 '조선문학'이라는 용어를 더 선호했고, 게다가 특정한 정치적, 민족적, 계급적 이념에 종속되는 문학을 거부하였다. 그는 문학의 자율성을 강조한다.

문학이 다른 문화 부문이나 생활 영위에 종속적 존재가 아닌 것은
다시 말할 것도 없다. (…중략…) 문학은 넓고 자유로운 세계를 가지
고 자주적으로 육성 발전되어야 할 것이다.[4]

다음으로 염상섭은 민족에 한정되지 않는 자유로운 문학을 주장한
다. 그의 이런 발언은 민족을 무시하거나 부정한다는 이야기가 결코 아
니다. 그는 서울 중산층 출신으로 문학적 합리주의자였다. 만주에서 귀
국한 후 다시 창작 활동을 시작했던 그는, 좌파의 편향적 문학, 우파의
'순수문학'을 모두 부정하고 '사회성과 시대성'을 중시하는 문학을 옹호
하였다.

일제는 물러났으나 우리 자주정신을 그려놓는 외세가 대신 들어와
서 차지하고 있을지 모른다. 또는 일단 물러난 일제가 그 외세의 등에
업혀서 다시 반동의 주인이 되려고 할 경우도 상상되는 것이다. 재건
되는 문학은 정권에 아부하거나 추세하거나 또는 편향적 이념 밑에
서 나팔을 불고 길잡이로 나서려는 용기를 버리고 이러한 국제 정세
를 부단히 경계하면서 기본적이요 국가 민족의 대본인 교육과 문화
발전에 새로운 시각 새로운 결의가 요청된다고 생각된다.[5]

염상섭이 '민족문학'이라는 용어, '순수문학'을 부정한다고 해서 건국
기의 민족의 문제를 결코 도외시하지 않고 있음이 이 진술 속에 잘 드
러나 있다.

---

4) 염상섭, 「민족문학이라는 용어에 대하여」, 『호남문화』 창간호, 1948. 5. 13면.
5) 염상섭, 「조선문학 재건에 대한 제의—사회성과 시대성 중시」, 『백민』 1948. 5.
    15~16면 참조.

현대문학과 사회문화적 상상력

장편『효풍』은 염상섭의 이런 관심의 산물이다. 그의 용어를 빌리면, '사회성과 시대성'을 그의 입장에서 포착, 재현하면서 거기에 동시대인으로서의 작가로서의 내면을 표현하고자 한 문학적 관심의 산물이다. 그 결과 이 작품은 정부 수립기의 사회, 문화적 동향을 가장 종합적으로 섬세하게 재현한 작품이 되었다. 중도파 작가의 시선, 객관적인 관찰은 이 작품의 중요한 특성이다.

　이 작품의 문학적 특성은 여러 가지 차원에서 논의할 수 있으나 가장 중요한 것은 이 작품에서 사용하고 있는 작가의 몇 가지 서사 전략이다. 작가가 작품을 통해 그의 관심사를 보다 효율적으로 표현, 전달하기 위해 사용하는 형식적 수단과 장치를, 작품의 서사 전략이라고 볼때, 그 서사 전략 이해는 이 작품을 이해하는 데 기초 작업이라 할 수 있다.

　첫째,『효풍』은 당시 서울을 중심으로 한 여러 정치적 세력 간의 이념적 갈등보다는 당시 서울 시민들의 일상생활을 주로 다룬다. 집단이 아닌 시민 개인과 개인들의 이야기에 초점을 맞추고 있다. 그 이야기 이면에는 동시대의 사회, 문화적 풍속, 특히 한반도 남쪽에 친서방적인 단독정부를 출범시키기 직전의 미군정기의 정치적 분위기, 좀 더 구체적으로 말하면 국내 여론의 동향을 제대로 파악하지 못한 채 38선 이남에 단독정부를 세우려는 미군정청의 정책과 군정청의 정책에 반대하는 이른바 좌익 인사들의 체포 작전이 전개된 당시의 공안 정국이 놓여 있다. 서로 약혼한 중산층 출신의 남녀 주인공들이 이런 분위기에 휩쓸려 고뇌, 방황을 거듭하고 경찰서에 잡혀가 곤욕을 치르고, 약혼자와의 결혼을 앞둔 남주인공이 전 직장 동료인 '여기자(화순)'가 시국에 환멸을 느껴 38선을 넘어가려 하자 그녀의 도피를 돕기 위해 행동을 함께한다는 이야기를 하면서도, 작가는 그 이유를 구체적으로 설명하지 않는다. 서사의 초점을 결혼을 앞둔 청춘 남녀가 일상생활에서 겪는 곤경, 방황, 일탈 등에 두고 있기 때문이다. 그러나 이 결혼 이야기의 이면에는 총선거를 전후한 시기의 분단 반대 여론과 좌파 인사 검거 선풍에 따른 사회 분위기 변화가 정부 수립 전후의 서울 거주 시민들의 일상생활까지 큰 영향을 미치고 있다는 동시대 작가의 현실 진단이 놓여 있다. 작품의 배경을 이루는 미군정기 말기의 공안 정국은 이 작품의 서사와 밀접한 관련을 맺고 있다.

둘째, 가족을 중심에 둔 '가족 이야기'에 서사의 주안점을 두고 있다. 가족 이야기에는 가족 중심의 개인의 성장이야기, 한 가족 공동체가 경험하는 여러 사건 이야기, 한 가족사 이야기를 통한 집단이나 민족의 역사 이야기 등 여러 가지가 있으나, 이 작품은 두 가족의 구성원들의 이야기에 주안점을 두고 있다. 중산층인 이 두 가족의 자녀는 서로 약혼한 관계이다. 따라서 남주인공(신문기자 박병직)의 가족(아버지 박종렬, 어머니 등)과 여주인공(교사 김혜란)의 가족(아버지 김관식, 어머니, 오빠 김태환)은 자녀의 약혼으로 사돈 관계나 다름없는 상태에 놓여 있다. 그러나 두 가족은, 남주인공의 아버지가 일제시대에 '도의원'을 지낸 '서울양조회사' 사장(사업가)이고, 여주인공의 아버지는 미국에서 영문학을 공부한 대학 강사로서 사회 물정에 어둡지만 양심적인 지식인이라는 사실에서 드러나듯, 서로 이질적인 데가 있다. 여주인공 아버지가 민족주의자라면, 남주인공의 아버지는 이른바 '친일파'이자 유력 우익 인사이다. (그는 '우익 청년단' 활동을 지원하는 막후 실력자이다.) 작품에서 혜란은 거의 주인공의 위치에 있는데, 이는 작품의 서사가 여주인공의 이야기에 더 비중을 두고 있다는 뜻이다.

셋째, 『효풍』은 고소설에서 흔히 볼 수 있는 '혼사 장애담'(결혼 지체담)이라는 서사적 틀을 재활용하고 있다. 고소설의 혼사 장애담에는 전쟁, 간신의 농락, 불가피한 이별 등의 혼사 장애 요인이 등장하고, 대개 그 장애를 극복하는 방식으로 이야기가 전개되는 경우가 많은데, 『효풍』의 서사도 이와 비슷하다. 서로 결혼하기로 약속한 한 젊은 남녀가 이런저런 이유로 결혼할 수 없는 상황 속에 놓이게 되지만 결혼 장애(지체)의 요인들이 사라지면서 그 결혼이 성사된다는 이야기를 중심 서사로 삼고 있다. 이 소설에서 실제 결혼식 장면은 없으나 이 작품은 남녀의 결혼이 암시되는 것으로 끝나고 있지만, 주인공의 결혼 장애 요인은 개인적이자 사회적인 것으로 그려진다. 옛 직장 동료인 좌파 성향의 여기자(최화순)의 처지를 전적으로 이해하는 박병직은, 그녀가 북으로 가려 하자 그녀를 위해 도피 자금을 마련하고 그녀의 38선 행을 돕기 위해 부모 몰래 가출하는 사건이 발생하고, 그사이 김혜란은 어느새 자신에게 접근해 와 호의를 베풀면서 미국 유학을 알선하겠다는 미국인 사업가(베커)와 자주 만나고 함께 인천으로 놀러 가기까지 하는 사건이 일어난다. 그녀는 베커에게서 새로운 우정을 느끼는 가운데 자주 연락하지 않는 약혼자와의 결혼과 유학 사이에서 잠시 마음이 흔들린다. 결혼을 앞둔 남녀는 저마다의 사정으로 방황을 거듭한다. 남녀 주인공을 둘러싸고 있는 미군정 말기의 독특한 사회적, 정치적 분위기에 휩쓸리면서 혼사가 지체되고 있는 것이다.

이 소설은 문학작품으로서 개인 이야기, 가족 이야기, 혼사(결혼) 장애담 등이 중첩되어 있다. 이 가족 이야기(결혼 이야기) 외에 또 하나의 서사적 특성을 덧붙이지면, 탐정소설적인 서사 방식의 채택이다. 작품의 후반부가 특히 그러한데, 이 부분에서 이야기는 박병직의 '여기자의 월북 도피'를 돕기 위한 가출 사건(실종)과 행방이 묘연한 그를 쫓는 박병직 아비의 탐색담에 초점이 맞추어져 전개된다. 그러나 정작 주목되는 점은, 이 작품의 서사적 전략의 중심부에 고소설에서 자주 볼 수 있는 두 가족의 혼사 장애담이 놓여 있다는 사실과, 그 혼사의 지체(장애)가 두 가족 간의 여러 가지 갈등과, 가족 구성원 내부의 심리적 균열을 야기하고 있다는 사실이다. 작가가 이 가족 내부의 갈등, 심리적 균열(들)의 요인은 중층적이지만, 이 균열의 궁극적 원인이 두 가족을 둘러싸고 있는, 이 작품의 시대적 배경인 당시(미군정 시대)의 정치적, 사회적 분위기 때문이라는 것은 이 작품의 중요한 메시지의 하나이다.

이 작품의 사사 전략을 중심에 놓고 『효풍』을 읽으면, 이 작품은 정부 수립 직전 서울에 거주하고 있는 중산층 두 가문의 결혼 풍속도라고 읽을 수 있다. 남녀의 만남, 약혼, 결혼 등은 모두 일상생활의 문화이다. 남녀의 약혼에서는 두 가족의 사회적 계층과 내력, 가장의 직업과 경제적 형편, 두 가족의 가치관, 생활의 차이 등이 작용한다. 사회, 문화적인 시각에서 이 작품을 보면, 남녀 주인공의 결혼 약속이 정부 수립 직전, 미군정기의 독특한 시대적, 정치적 분위기에 휩쓸리면서 그 주인공들이 장애를 겪지만 결국 가족의 도움으로 그 장애를 극복하고 결혼하기에 이른다는 이야기이다. 그러나 이 소설은 남녀가 난관을 이겨 내고 결혼 약속을 지키게 되었다는 그 결말보다는 그들이 겪은 난관 쪽에 더 튼 비중을 두고 있다. 작품의 제목은 이 난관이 '겨울에서 봄으로' 넘어

가는 계절의 '찬바람', 즉 해 뜨기 직전의 쌀쌀한 '새벽바람'이라는 의미를 지니고 있지만,『효풍』의 심층적 의미는 그보다 훨씬 복합적이고 무거운 것이다. 결혼 이야기이되, 그 속에 당시의 시대적, 정치적 삽화들을 가득 뿌려 놓고 있기 때문이다. 예를 들면 작품에 등장하는 '청년단, 미국, 우익, 빨갱이' 등은 작품의 중요한 문화적 코드이자 정치적인 용어이다. 이 문화적 코드와 삽화들의 시대적, 사회, 문화적 의미를 분석해 보아야 이 작품의 정치적 의미를 파악할 수 있다.

한 가지 예를 들어 보자. 이 작품에 잠시 등장하는 미국인 사업가 '브라운'의 부인의 경우, 그녀는 지금 '문교부'에 근무 중이다. 여주인공 김혜란은 학창 시절 이 '브라운의 부인'으로부터 '영어와 회화'를 배운 적이 있다. 그냥 지나칠 수 있는 삽화지만 이 '문교부'는 군정청 문교부를 의미한다. 해방 직후 미군정청 문교부는 바로 한국 학교교육의 기본 프로그램을 만든 기관이었다. 이 프로그램은 한국 정부의 출범 이후에 계승되며, 신정부의 새로운 교육 프로그램에도 큰 영향을 미쳤다.[6] 여주인공이 접촉하고 있는 인물 브라운이 미군정청의 '교육, 문화'와 관련되어 있다면, 또 하나의 미국인 인물 '베커'는 '사업'과 관련되어 있다. 그가 들여오는 주요 무역 품목은 '솜, 생고무, 종이' 등인데, 이 물

---

6) 조선어학회, 진단학회 등이 참여한 해방 후의 교육정책 수립과 국어 교과서 편찬은 미군정청 문교부 학무국의 주도로 이루어진 것이었다. 소설 속의 브라운은 실력자라 볼 수 있다. 미군정 시대의 문교부 학무국은 교육정책 전반에 대한 심의를 위해 학무국에 '조선교육심의회'(1945. 11. 23~1946. 3. 7. 자문은 연희전문의 언더우드와 미군 측의 데카드 대위)를 두고 이를 중심으로 교육정책을 수립하였다. 교육 전반의 문제를 심의하였고, 1946년에 초 · 중등학교 '교수요목'(교육과정)을 완성하였다. 이 교수요목은 정부 수립 후 그대로 계승되었다.

품들은 해방에서 건국기에 이르는 시기의 한국의 경제적 사정과 직접적으로 이어져 있는, 당시의 정치적, 경제적인 문화 코드이다. 남주인공이 민족문제를 두고 베이커와 나누는 대화 속에서 거론되는 미군정의 문제는 당시의 정치적 상황 및 사회적 분위기를 드러내는 정치적인 문화 코드이다. 미국 사업가 베커는, 작품 속에서 일제시대 한국 특산물을 거래하였던 '미쓰이 회사'가 퇴장하자, 그 뒤를 이어 서울에 나타난 '미국 미쓰이'로 표현되기도 한다.

이 작품의 서사 공간은 서울이라는 공간을 중심으로 하면서, 그 공간이 서울의 관문인 인천(인천항)과 서울 근교 그리고 서울 북쪽 38선(개성 부근) 쪽으로 확대되고 있다. "즐비한 점포에서 전등불이 흘러 나와도 종로의 네거리는 달빛이 전등 불빛보다 더 생색이 난다. 문을 닫은 백화점 앞 컴컴스레한 정류장을 열을 지어 서 있는 수많은 사람들의 얼굴이 두어 칸통 떨어졌어도 달빛에 대중치고 분간할 수도 있었다. 수만이는 앞선 네 그림자가 전차를 기다리는 승객의 열로 들어서는 것을 보고 한참 붐비는 선두에 섞여 끼었다."(『효풍』, '강가에서' 장(章)) 작품 속의 서울 풍경을 묘사한 대목이다. 인용 부분에 등장하는 수만이는 '청년단'의 일원으로서 그는 지금 임무를 수행하는 중이다. 이 '청년단'은 작품 이해에서 중요한 코드이다. 예를 들면 박종렬이 옛 친구인 성북동의 김관식을 찾아가 선거 출마(5월 총선거)와 청년단 고문직을 권유하고, 김관식이 이를 거절하는 삽화 부분의 '청년단'은, 해방 직후에 등장한 여러 정당과 정치가들이 서로 경쟁적으로 만들었던 공적이거나, 사적인 청년 조직이었다. 이 작품에는 우익에서 좌익에 이르는 청년단이 등장한다. 이 청년단이라는 기호는 해방 정국에서 1948년 총선거를 전

현대문학과 사회문화적 상상력

후한 시기의 시대적, 정치적 분위기와 관련지어 읽어야 비로소 그 정치적 의미가 드러난다.[7]

3.『효풍』에 나타난 정부 수립 직전 서울의 사회, 문화적 풍경—몇 가지 단면

염상섭의『효풍』은 중간파의 입장에서 바라본 해방 정국의 정치적, 문화적 혼란을 정부 수립 직전의 시점에서 다루고 있는 작품이다. 결혼을 약속한 두 가문에서 여러 가지 뜻하지 않은 장애 요인의 등장으로 결혼식을 자꾸 미룰 수밖에 없다는 사정을 표면에 내세운 혼사 장애담이지만, 사실은 미군정기에서 정부 수립에 이르는 시기에 서울 거주의 지식인 시민들이 직면하고 있었던 당시의 정치적 현실과 정치적 혼란을 시민들의 일상생활의 차원으로 옮겨 놓은 정치적인 소설이다. 이 소설이 신문에 연재되던 1948년의 시기는, 1946년 하반기의 철도 파업, 대구 봉기 등의 정치적 사건이 점차 평정되고, 미·소 공동위원회가 양국의 이해관계로 교착 상태에 이르고, 한국 문제가 유엔으로 이관되면서 남한의 단독 총선거(1948. 5. 10)가 실시되던 즈음에 해당된다. 남주인공의 아버지가 여주인공의 아버지 김관식을 찾아가 '선거 출마'를 권고한다는 삽화가 등장하는 것으로 보아, 미군정에서 총선거를 실시하

---

7) 이 작품에 등장하는 '청년단'은, 해방에서 정부수립에 이르는 시기의 여러 가지 형태의 청년단(김구의 청년단, 이범석의 민족청년단, 지청천의 대동청년단 등)의 존재를 염두에 두어야 그 의미가 분명히 드러난다. 문화예술계의 경우 김동리 중심의 청년문학가협회도 당시 맥락에서 보면 청년단적인 성격이 농후한 단체였다고 할 수 있다.

고 이어 한국 정부가 출범되기 이전, 과도기 서울의 사회문화적 풍경의 재현에 소설의 초점이 맞추어져 있다.

『효풍』에 재현된 시간대는 현대의 '겨울에서 봄까지'인데, 작품의 시대적 맥락으로 보아 이것은 대체로 1947년 겨울에서 1948년 봄까지로 읽을 수 있다. 작품의 서사적 원경에 좌, 우파로 나뉜 청년단과 좌, 우파의 이념적 대립이 각각 놓여 있고, 그 뒤에는 미군정청, 국립경찰, 각종 정당 등이 있겠지만, 작가는 그 근경(近景)에 시대적 분위기를 녹여줄 수 있는 '결혼을 앞둔 남녀 주인공'을 내세워 국민국가 형성기의 문화적 혼란과 미군정의 정책에 의한 민족 분단 문제를 객관적 시선으로 재현한다. 이 작품의 문화비평적 읽기는 작품에 나타난 여러 문화 코드를 두루 아우르는 것이 되어야 마땅하겠으나, 여기서는 해방 후에 부상한 인종과 문화 문제, 언어적 혼종성 문제, 그리고 이와 관련된 민족적, 문화적 정체성 문제, 미군정이 당시 펼친 한국 정책에 대한 문제, 가족 구성원 내부의 균열과 당시 사회문화적 혼란의 대응 관계 등의 이슈를 중심으로 살펴보고자 한다. 논의의 번거로움을 피하기 위해 이상의 이슈들을 다시 세 가지 주제로 요약해 작품에 나타난 당시 문화적 풍경의 실상을 분석해 보자.

1) 해방 후의 인종과 문화—한국인, 일본인, 미국인

해방 후의 사회 변화 중에서 가장 대표적인 것은 일본인의 귀국과 미군(미국인)의 입성이었다. 이것은 한반도 중에서 특히 서울에서 자주 경험할 수 있는 인종 문제의 하나라 할 수 있다. 이 작품의 '당세 풍경'

장에는 해방 후 귀국하지 않은 잔류파 일본 여성을 둘러싼 이야기가 자세히 서술되고 있다. 한국 남자와 결혼, 요릿집을 경영하는 그 일본 여자의 사연은 그대로 해방 전후사를 압축한 것이라 할 수 있다.

사연은 이렇다. "통감부 시대에 이주해 와서 부모도 조선말을 잘하지마는 나면서부터 조선 사람 유모의 젖으로 길러 냈"고 현남편이 "조선 사람"이다. 일제 말기 그 여자의 첫 남자가 군대에 입대, 전쟁터로 나가자 그녀는 '경성의 M백화점'에 취직했는데 그때 그곳의 점원이던 현재의 남편 임평길(林平吉)을 만났다. 임평길(林平吉)은 결혼 그 집 '데릴사위'가 되었는데 '창씨개명' 때 이름을 '요시노 헤이키치(吉野平吉)'으로 고쳐 가네마스의 '양자 사위'로 살았다. 아직 "입적하지 않아 일본인으로서 징병에 끌려가지도 않았고 조선에서 징병 징용이 실시될 때도 장인 덕에 빠졌다." 해방 후 그녀의 부모는 값진 것은 다 빼어 가지고 나갔고 평길은 "요시노(吉野)라는 성을 떼버리고 임가(林家) 행세를 하여 다시 훌륭한 조선 사람이 되었다." 일본인 장인의 재산을 상속한 게 아니라 "조선 사람으로서 적산(敵産)을 처 맡았다." 이 삽화는 해방 전후의 세태 변화를 잘 보여 준다. 다음 대화에 등장하는 언어를 보자.

> "그두 그렇지만 정치 세력이란 무서운 걸세. (…중략…) 그 소위 '국어 상용' 시대에 부부끼리인들 조선말을 썼겠나마는 시절이 바뀌니까 저렇게 기를 쓰고 불야살야 조선사람이 되었네 그려."
> 장선생은 매우 유쾌한 듯이 웃는다. (…중략…)
> 해방되던 해 봄에 소개(疏開) 법석이 날 제까지도 이 거리에서 '가네마스−金松'라면 일류는 못 가도 쏠쏠히 알려진 요릿집이었지마는 지금의 취송정(翠松亭)은 이 집 외딸 가네코(金子)가 해방과 함께 치마

저고리를 떨치고 나서면서 갈아붙인 문패다.[8]

이 작품에는 일본인 외에 두 명의 미국 남자가 등장한다. 그중 '브라운'은, 그의 부친이 구한국 시대에 조선에 와서 "광산을 하다가 총독부에 밀려 삼정(三井)에 넘기고" "오일컴퍼니석유회사를 하다가 치워버리고 떠났"던 집안 내력이 있는 인물로 한국 학생의 미국 유학 알선 사업을 하고 있다. 그는 부친의 연고지인 한국에 해방 후 "미군을 따라 지원해 온" 사람이다. 브라운의 부인은 '문교부'에 근무 중이다. 영문학자 아버지(김관식)를 둔 작품의 여주인공―현재 골동품 가게 '경요각'의 점원―김혜란은 학창 시절 이 '브라운의 부인'으로부터 '영어와 회화'를 배운 적이 있다. 이 '문교부'가 군정청 문교부를 의미한다는 사실은 이미 앞에서 지적한 바 있다. 미군정청의 조선 교육 프로그램 중에서 가장 신경을 쓴 것은 미국식 민주주의를 가르치는 중등학교 '사회과' 과목이었다. 여주인공이 접촉하고 있는 브라운이 '교육, 문화'와 관련되어 있다면, 또 하나의 인물 '베커'는 "솜, 생고무, 종이"를 인천항으로 들여와 파는 사업가로서 한국의 민속에 관심을 가지고 있다. 골동품 가게 경요각 주인 이진석은, 큰 이익을 남기는 베커의 사업에 진출하고자 그와 친해지고자 안달하는 인물이다. 하와이에서 유학 생활을 한 적이 있는 이진석은 스스로 미국인과 영어로 의사소통할 수 있는 데도 불구하고, 미모인 혜란을 내세워 베커의 환심을 사고자 한다. 베커는 한

---

8) 염상섭, 『효풍』, 실천문학사, 1998, 30~31면. 본문의 면수 표기는 이 텍스트에 의함.

복 차림의 혜란의 아름다움에 매료된다. '교육, 문화' 사업과 '사업'을 하는 두 미국인은 해방 후의 서울에 새로 등장한 실력자로 그려진다.

일본인이 떠난 후의 서울에 미국인이 새로운 실력자로 등장하고 있다는 이야기는, 그들이 정치, 경제, 문화 등 여러 면에서의 서울의 새로운 권력자라는 사실을 드러낸다. 베커를 따라다니며 통역을 하며 푼돈이나 챙기는 장선생(혜란의 여학교 시절의 선생)이나 베커의 환심을 사고 그로부터 경제적 이익을 얻고자 부심하는 경요각 주인의 행태에서 그 시대의 사회생활의 단면을 읽을 수 있다. 한국인과 결혼하여 서울에 눌러 사는 일본 여자, 실력자 미국인들과 그들의 활약 속에 끼어 있는, 원주민 한국인의 모습 속에 해방 후의 서울의 인종적 풍경의 단면이 고스란히 나타나 있다.

2) '영어'로 소통하기와 언어적 혼종성

이 소설에서 '언어'는 중요한 의미를 함축한 문화 코드이다. 등장인물 사이의 영어 회화, 통역군의 등장, 대화에서의 이중 언어 사용 등은 이 소설의 문법에 나타나는 독특한 요소이다. 작중인물의 배치가 한국인, 미국인, 일본인 등으로 구성된 자연스런 결과이지만, 그 언어 자체는 당시의 재편된 정치적, 문화적 분위기를 축약적으로 재현한 것이다. 미군정 당시 사회에서는 '통역정치'라는 말이 유행하였다. 다음 대목을 보자.

주인이 들어오니까 네 사람은 조선말은 쑥 빼버리고 영어로만 수작이 되었다. 영어회화의 경연(競演) 쉼즉하나 모두들 유쾌하였다. 듣는 베커는 물론이요 그 중에서 가장 유창한—아무리 유창해도 베커만이야 못하겠지마는 본토는 아니나 하와이에서 청년 시대를 지낸 이 상점 주인 이진석이 역시 서투른 조선말보다는 서양 사람과 영어로 거침없이 이야기하니 유쾌하고 혜란이는 혜란이대로 서양청년과 회화연습을 하니까 재미있다.

"솜, 생고무, 종이—우선 급한 대로 이 세 가지 중에서 한 가지만이라도 우리 같은 양심적으로 무역을 해보겠다는 사람에게 내맡겨 주었으면 구급이 될 뿐 아니라 이런 혼란을 면하겠는데—정부에서 어느 정도 통제를 한다든가 보호감시를 하는 것은 좋으나 요새같이 모리배의 패에 넘어가서야 이거 큰일 아닌가요…?"

이진석이가 초면인 미스터 베커를 붙들고 하는 이야기가 대개 이러한 종류의 수작이었다(12면).

경요각에서 일하는 혜란이가 그곳으로 찾아온 베커, 베커를 따라 다니는 전직 영어 선생(장만춘)과 이야기하는 중에 이진석(가게 주인)이 들어와 함께 나눈 대화의 일부이다. 대화의 중심에 미국인 베커가 있다. 이진석은 베커에게서 이권을 얻어내기 위해 그에게 통사정하고 있다. "영어로 수작한다"는 장면 설정은 이 작품에서의 당시 사회에서의 영어의 언어적 지위를 잘 보여 준다. 미국인은 실력자이고 그들과 상대하기 위해서는 영어를 사용해야 한다. "영어 회화 경연대회"라는 표현도 흥미롭지만, 서양 사람과 영어로 회화하는 경험을 혜란이 재미있어한다는 표현은 인상적이다.

작가는 '영어 회화' 장면을 작품 속에 삽입하면서, 해방 후 미국인이 들어오면서 나타난 영어의 언어적 지위의 격상 현상을 해방 전의 사정과 비교하고 있다. 식민지 시대 영어의 지위는 보잘것없었다는 것이다.

학창 시절 한때 자신에게 그 영어를 가르쳤던 영어 선생님이, 이제 베커와 같은 외국인을 따라다니며 통역해 주고 푼돈이나 얻는 신세로 전락한 모습을 보는 여주인공의 시선 속에는, 영어에 대한 주인공의 복잡한 감정 상태가 잘 나타나 있다. 여주인공(혜란)은 베커를 따라 다니는 그 선생의 행태가 마치 "옛날로 말하면 형사끄나풀이나 고물상 거간꾼" 같다고 하면서, "이것은 해방을 건성 한 탓"이라고 생각하고 있다. 다음과 같은 대목은 여러모로 주목할 만하다.

> 그러나 또 다시 생각하면 전쟁 때 영어 선생쯤이야 누가 거들떠보지도 안았지마는 해방이 되고 미군이 진주한 지도 이태가 되는 오늘날에도 자기가 배운 영어 선생님이 옛날로 말하면 형사끄나풀이나, 고물상 거간꾼으로 떠돌아다니게 되었으니 딱한 일이다. 이것은 해방을 건성 한 탓인지, 장선생의 성격이나 자기 자신의 잘못인지, 영어를 한다는 그것이 또 혹은 내가 영어를 하거니 하고 막연히 섣불이 나선 거기에 실수가 있었는지 어쨌든 혜란이는 장선생을 보기가 민망하고 이 앞에 앉았는 것이 싫어졌다(17면).

이 부분은 한국에서의 한국인의 영어 사용 문제와 한미 관계는 결국 정치 문화적인 것이고, 미국인의 등장은 진정한 '해방'이 아니라는 작중인물의 복잡한 심리를 표현한 것으로 읽을 수 있다. 미국인에 대한 착잡한 심정—위화감의 표현이다.

베커는 브라운보다 이 작품의 이야기에서 차지하는 비중이 더 크다. 그는 약혼자(박병석)를 둔 혜란에게 한국 문화를 배우고 싶다고 말하며 호감을 가지고 접근하고, 그녀의 미모와 그녀가 입은 한복의 아름다움에 매력을 느끼고, 카메라를 들이대고 '사진 촬영 공세'를 펴기도 하는 인물이다. 여기서 한복의 이미지는 한국의 문화적 이미지로서 주목되지만, 베커가 혜란에게 미국 유학을 권하고 스스로 그 알선자로 나서 혜란의 결심을 얻게 되는 이야기에 이르러서는, 그녀와 약혼한 사이인 박병직과의 관계를 스스로 깨어 버리는 게 아닌가 하는 의구심을 불러일으킨다. 베커의 등장으로 약혼한 남자가 있는 여자의 마음을 송두리째 흔들어 놓고 있는 것이다. 이 미국인은 신사적인 행동을 견지하는 사업가지만 그 경력을 보면 단순한 사업가 이상의 인물이다. 베커는 "열두 살 적에 총영사인 부친을 따라 일본에 삼 년, 상해에 이태나 가 있다." 태평양 전쟁 시에는 "통역 겸 선전공작대"로 "오키나와에까지 종군"한 경험이 있는 인물이다. 그는 취송정의 가네코(金子)와 일본말로 소통할 수 있다. "혜란이는 해방 이후 아무데서도 들어보지 못하던—취송정의 가네코 자신에게서도 들어보지 못하던 일본말을 이 미국 청년에게서 듣는 것이 희한하여 웃었다."(71면) 이 미국인은 일본어도 구사할 수 있는 언어적 능력의 소유자, 일본과의 전쟁에서의 승리자로 그려진다. 베커의 경력은 그가 정치적인 배경을 가지고 있음을 시사한다. 이진석이 혜란을 내세워 베이커와의 사업 이야기를 진척시키는 동안, 이것이 일종의 '미인계적인 수작'이라는 것을 안 그녀는 자신의 처지 때문에 심리적 갈등에 빠진다. 그녀의 베커에 대한 태도는 한편으로는 곤혹스럽고 다른 한편으로는 묘한 호기심을 불러일으키는, 미묘하고 복잡한 것이다.

일제의 언어적 잔재, 특히 시민들의 일상 언어생활 속에 고스란히 남아 있던 일본어 사용 문제(언어적 혼종성)보다는 영어 문제에 관심을 기울이고 있는 작가의 태도는 한때 만주국의 『만선일보』에서 일한 적이 있었던 작가 자신의 경력 때문일 것이다. 언어생활 속의 일본어 잔재 청산 문제는 해방 후 국어교육 정책과 중등학교 국어 교과서 편찬에 참여하고 있었던 조윤제의 중요한 관심사의 하나였다. 교육자였던 조윤제의 견해에 따르면 이 문제는 자국어 교육을 통해서 비로소 실현될 수 있는 것이었다.[9] 염상섭의 「효풍」은 이와 다른 차원에서의 '언어적 혼종성' 문제를 제기하고 있다.

염상섭은 단편 「양과자갑」(1948)[10]에서도 미국인과 영어(번역) 문제를 다룬 바 있다. 이 단편은, 양공주 집에 세들어 사는, 융통성이 없고 무능하지만 자존심 강한 지식인 남편(대학 영문과 강사 신분), 어려운 살림을 꾸려 가는 현실주의자인 그의 아내, 그리고 여학교에 다니는 딸 사이에서 일어나는 작은 소동을 다룬 한 가족의 이야기이다. 사건은 집주인이, 아내를 통해 자신이 미군에게 받아온 '적산 가옥' 집문서(영어)와 영어 편지(미군이 사랑을 고백하는 내용)를 잇달아 남편에게 번역해 달라고 부탁하지만, 남편은 화를 내며 그 번역을 거부한다. ("그런 것 번역하려고 영어를 배운 게 아니다.") 아내는 대신 딸을 시켜 그것을 번역해 준다. 그 양공주는 고마움의 표시로 아내에게 양과자를 선물한다. 그 사실은 안 남편은 그 '양과자갑'을 마당에 집어 던지지만, 아내는 남편 몰래 그걸 다시 집어다 딸에게 가져다 준다.— 이 이야기에서 '영어'는, 미군과 양공주, 이들과 평범한 가정집, 경제적 곤궁, 번역해 주고 세들어 살기, 양과자 얻어먹기 등의 복합적 의미망을 거느리고 있다.

9) 이에 대해서는 서준섭, 「한국정부 수립 후 고등학교 국어 교재에 나타난 국가주의와 민족문화 창조론」, 『국어교육』 128집, 한국어교육학회, 2009 참조.

10) 염상섭, 「양과자갑」, 『해방문학선집』, 종로서적, 1948.

'양과자 갑'에 대한 가족 구성원의 태도는 거부와 수용의 양가적인 것으로 나타난다.

장편『효풍』에 나오는 혜란과 부친 김관식(미국 유학파, 늙은 대학 강사)와의 관계는「양과자갑」의 '딸과 그녀의 아버지'를 연상시키는 점이 있다. 두 작품은 모두 한국에 들어온 미국인과 그들의 움직임, 그리고 언어의 국경을 넘어선 한국인과 미국인 사이의 의사소통 문제와 그들의 언어가 한국인의 일상생활 속에 들어오면서 가해지는 영향력을 다루고 있다. 한마디로 '미국인(영어)의 힘'에 대한 작품이라는 점에서 같다. 그러나『효풍』은「양과자갑」보다 멀리 나아간 작품이다. 미국인을 전면에 내세우고 작중인물들과 만나 대면하면서 함께 움직이게 함으로써, 이 문제를 본격적으로 다루고자 한 소설이『효풍』이다.

이 작품의 작중인물들은 모두 각자의 처지에서 자신의 생활에 충실하고 있을 뿐이다. 진석, 혜란, 베커, 브라운 등은 모두 생활인이되 그 인종, 문화, 입장에서 서로 다른 점이 있다. 이야기는 시종 각 인물들의 일상생활에 대한 충실한 서사로 일관된다. 박종율이 브라운의 도움으로 흑석동 한강변의 적산 가옥을 불하받아 별장으로 소유하게 된 것도 당시의 권력기관(미군정청, 경찰 등)에 연줄을 둔 사업가로서의 그의 일상생활의 일부라는 의미를 띠고 있다. 정치 문제와 관련된 이야기나 화제는, 이야기의 배면에 숨겨져 있거나 이야기 속에 끼워 넣은 삽화를 통해 슬쩍 제시되고 있어서 작품의 문면에 전면적으로 나타나지 않는다. 예를 들면 혜란이 약혼자 박병직과 함께 다방골의 유명한 술집을 방문하는 대목에서, 그 술집이 '중립파–누님집'으로 불리게 된 사연과 그 여주인을 설명하는 삽화가 있다. 이 삽화는 좌·우파로 나뉘어

현대문학과 사회문화적 상상력

있었던 건국기 서울의 정치적 분위기를 상징적으로 보여 주고 있다.[11] 화순의 친한 동료인 좌파 청년이 숨어 있다가 갑자기 들이닥친 경찰의 추적을 피해 도망쳤던 곳도 이 술집이고, 남녀 주인공이 경찰의 오해로 함께 경찰서로 잡혀갔던 곳도 이 술집이며, 박병직이 신문기자 최화순을 자주 만나는 장소도 이곳이다. 이 이야기들도 마치 삽화처럼 서술된다.

그러나 이 작품에서 '영어'는 그 '중립파―누님집'이라는 이름의 술집처럼 다분히 정치적인 의미를 띠고 있는 기호라고 할 수 있다. 잘 드러나 보이지 않지만 영어는 이 이야기 속에서 큰 힘을 발휘하고 있다. 군정청의 지원을 받고 있는 미국 출신 인물의 동선(動線)이 한국인 인물들의 이야기와 겹쳐지는 가운데, 영어는 작가가 사용하는 한국어의 작품에 독특한 언어적 분위기 즉, '언어적 혼종성'(혼성성, 한국어와 영어의 기묘한 공존 상태)의 분위기를 부여하고 있다. 이런 언어적 혼종성은 이 작품 전체의 문화적, 정치적인 분위기를 구체적으로 반영하고 있다고 해도 지나친 말이 아니다.

---

11) 이 술집 여주인은 사십 대 중년 인텔리 여인으로서, "해방 후 좌우 정객과 우국지사에게 위안을 주느라고" 술집을 열었다. 이 술집은 어느새 "좌우익 할 것 없이 정계, 실업계의 누구"라면 알 만한 사람들, "신문기자 축"들이 자주 드나드는 장안의 명소가 되었고, 그곳을 찾는 "입심 좋은 젊은 축들은 누님에게 일두양이주의자(一頭兩耳主義者)라는 존호"를 바치기도 하였다. 이 삽화의 중요한 의미는 이 여주인이, 좌우 한쪽으로 편향된 어떤 '주의자'가 아니라, 좌우파의 이야기를 모두 들을 줄 아는 "서글서글한 중성적 성격"의 정치적 중립파라는 것이다. 이 삽화는 작가를 포함한, 작품의 두 주인공의 정치적 입장을 암시해 주고 있다.

3) '혼사 장애/ 가족의 균열/ 일상생활의 혼란', 그 내부적 요인과 외부적 요인—중산층 출신 작가의 시선으로 본 미군정기의 사회, 문화, 정치

『효풍』의 서사가, 약혼한 사이인 남녀 주인공이 시대의 분위기에 휩쓸리면서 전개되는 혼사 장애담을 중심에 두고 전개되는 두 가문의 가족 이야기의 성격을 띠고 있고, 약혼한 당사자들이 직면하는 일상생활의 혼란과, 두 가족 구성원 내부의 균열을 중심으로 전개된다는 점은 이미 언급한 바 있다. 이 혼란과 가족 구성원 내부의 균열의 요인은 무엇 때문일까. 이 문제는 이 작품 전체의 의미를 이해하는 데 반드시 고려해야 할 중요한 사안이다.

이 균열의 요인은 두 가족의 내부에 잠복되었다고 하겠으나, 가족 외부의 요인 즉 당시의 정치적, 사회적 분위기에 의해 그 내부 요인이 증폭되고 있다고 할 수 있다. 가족 내부의 균열 현상은 그 내부적 요인과 가족 외부적 요인 양쪽의 영향을 받고 있다. 예를 들면 여주인공의 부친 김관식의 박병직의 부친에 대한 태도(박종렬의 친일 행적을 못마땅하게 생각하는 것)에서 두 가족 사이의 어떤 틈을 발견할 수 있지만, 두 가문의 가장인 김관식과 박종렬은 각각 자신의 딸과 아들의 약혼에 대해서는 반대하지 않았다. 박종렬이 김관식의 아들 태환을 데려다 자신의 회사 사무를 맡기고 그를 자신이 후원하는 우익 청년단 행동대장으로 삼고, 장차 며느리가 될 혜란을 호감을 가지고 대했다는 사실은 두 가문의 밝은 장래를 시사해 준다. 그러나 학교 선생으로 있던 혜란이 약혼자가 '빨갱이'라는 잘못된 소문 때문에 학교를 그만두는 사건이 일어나자, 박종렬은 며느리가 될 아이가 '빨갱이'라는 이유로 학교를 쫓겨났다는 소문을 듣게 된다. 박종렬의 혜란에 대한 호감이 의심으로 바뀌고 심리적 균열이 생겨나기 시작하는 것은 바로 이 소문 때문이다. 이 소문은 사실과 다른 잘못된 것이지만, 그것이 장차 시아버지가 될 박종렬(우익 인사)의 귀에 들어간다는 사실은 심각한 사건이라고 할 수 있다. 이 순간 장래 며느릿감에 대한 당초의 호감은 의구심으로 바뀌고 박종렬의 일상적 심리 내부에 균열이 생긴다.

혜란의 아버지 김관식이 자신의 딸과 약혼한 병직을 못마땅하게 생각하기는 마찬가지이다. 특히 병직이 가족 몰래 어떤 여기자를 따라 38선 부근까지 갔다가 가족에게 잡혀 돌아왔다는 소식을 듣고 그가 빨갱이가 아닐까 의심의 눈초리를 보낸다. 빨갱이라는 기호는, 지금도 그렇지만, 미군정기에서 반정부적, 반체제적인 사람들을 지칭하는 기호로서 '위험인물'이라는 의미를 지닌다. 혜란이 그런 인물이 아닌데도 그런 기호가 붙여지게 된 데는 사실을 제대로 모르는 주변 사람들의 오해 때문이기도 하지만, 걸핏하면 그런 기호를 붙이려는 당시 사회의 경직된 분위기 때문이라고 할 수도 있다. 병직의 경우는 혜란이 직접 자기 아버지의 오해를 풀어 주는 것으로 처리된다. 혜란의 경우 그녀는 중산층에 속하는 건전한 시민이지만, 자신도 모르는 사이에 엉뚱한 기호가 붙여진 것이다.

미군정기에서 남한 단독정부 수립에 이르는 시기의 사회 정치적 분위기가 당시 서울 시민의 일상생활에까지 미치고 있다는 점, 현실적인 정치적 분위기가 시민들의 일상생활에 침투함으로써 일상생활과 정치는 불가분의 관계 속에서 작동하고 있다는 점이야말로 이 작품이 전하고자 하는 중요한 메시지이다. 약혼한 남녀 주인공이 겪는 심리적 균열의 원인과 그 양상에는 차이가 있지만, 이 균열은 남녀 주인공 모두에게 상처를 남기면서 양쪽 가족 모두에게 큰 영향을 미친다. 그 심리적 균열이 어떤 식으로 표출되는지는 부자 관계인 김관식과 태환의 대화에 잘 나타나 있다. 다음과 같은 부자간의 대화와 그 속에 언급되는 장차 사돈이 될 박종렬에 대한 김관식의 발언을 보자.

> "너두 한자리에 걸귀가 들린 박종렬이를 따라다닌다마는, 밥벌이나 하라는 것이지, 되지 않게 정치 운동에 덤빈다든가 한 자리 꿈이나 꿀 테거든 내일이라도 다닐 생각마라."
> 이번에는 아들에게로 직접 달려들었다.
> 세상을 서재의 유리구멍으로만 내다보고 앉았던 이 영감은, 자기의 울분을 집 속에서 늙은이의 잔말로 이렇게나 풀어버리는 것이 자기 위안인 것 같기도 하다.
> "제가 무슨 운동을 합니까? 청년 운동을 좀 거들 뿐이죠."
> 태환이는 참다못해 한마디 하였다.
> "청년 운동—잘 먹지도 못하고 비쓸거리는 남의 집의 젊은애들을 데려다가 정상배나 모리배 따위들을 목말이나 태우는 것이 박종렬이의 청년 운동이라든? 너는 경마잡이쯤 되겠구나."(311면)

부자간의 갈등과 장래 사돈에 대한 냉소가 잘 드러나 있다. 김관식은 장래 사돈 밑에서 '청년단' 노릇을 하는 아들의 행동과, '잘 먹지도 못하고 비쓸거리는 남의 집의 젊은애들을 데려다가 정상배나 모리배 따위들을 목말이나 태우는" 장래 사돈의 행동거지 모두에 대한 불만을 토로하고 있다. 여기에 등장하는 청년단과 다른 부분에서 언급되는 '빨갱이'라는 단어는, 이미 언급한 바와 같이, 이 소설 전체의 중요한 문화적

현대문학과 사회문화적 상상력

코드이다. 좌파 신문사 여기자 화순, 경찰에 쫓기는 화순의 동료 '이동민', 화순의 처지를 이해하고 그녀의 월북(도피)을 돕기 위해 아버지 몰래 가출하는 병직 등이 모두 앞의 단어와 관련되어 있지만, 그 단어의 의미는 작중인물에 따라 다르다. 작품에 잠깐 언급되는, 경찰에 쫓기고 있는 인물 '이동민'은 좌익의 행동파 사상가(작품 속에서 그는 "지명수배중의 인물이라 하여도 그리 대수롭게 여기는 거물도 아니요."(62면)라고 설명되어 있으나, 그가 어떤 일로 지명 수배자가 되었는지에 대해서는 전혀 언급이 없다.), 화순은 그를 따르는 좌파 성향의 여기자로서 그의 심정적 동조자로 추측되고, 병직은 오래전부터 친하게 지내는 여기자 화순에 대한 심정적 동정자로 짐작되지만, 그 이상의 자세한 설명은 없다. 병직, 혜란, 화순은 이동민이 들렀던 음식점에 갔다가 그곳에서 이동인을 추적하던 경찰에 연행되어 경찰서 유치장에서 함께 조사를 받는 곤욕을 치른 일이 있고 이 사건 이후 화순은 북으로 도피하고 싶다는 생각을 병직에게 토로한다.

작품의 후반부는 박병직이 우익 청년단원으로 보이는 청년으로부터 테러를 당한 후, 화순의 월북을 돕기 위해 가족 몰래 화순과 함께 38선으로 떠나는 사건이 일어나고 박종렬이 이를 아들의 '실종' 사건으로 간주하면서 그 아들의 종적을 추적하는 이야기를 중심으로 전개된다. 박종렬이 사람을 시켜 아들의 묘연한 행방을 추적하는 이야기 부분은 탐정이 범인의 행적을 추적하는 탐정소설의 이야기처럼 서사 전체에 긴장감을 부여하고 있다. 작품의 후반부는 병직, 화순의 '실종' 사건과 병직의 향방을 찾는 박종렬, 우익 청년단 단장 김태환(혜란의 오빠) 등의 활동을 중심으로 서술된다. 병직의 실종 내막, 즉 먼저 북으로 넘어간 이동민을 따라가려는 화순을 돕기 위해, 그 스스로 비밀리에 화순을 따라 서울을 떠나 38선으로 갔던 사실은 뒤에야 밝혀진다. 병직은 태환의 청년단과 경찰의 도움으로 38선을 넘기 전에 잡혀 경찰의 조사를 받고 집으로 '귀환'하게 되지만(뒤에 밝혀진 바에 따르면, 함께 가기로 한 화순이 병직보다 먼저 서울을 떠나는 바람에 서로 만나지 못한 것으로 되어 있다.), 결국 이 사건으로 서울의 혜란, '누님집' 여주인도 경찰서에 소환되어 며칠 동안 유치장에 갇혀 조사를 받는 곤욕을 치른다.

그렇다면 박병직의 정치적 신념은 무엇일까? 그 해답은 작품의 '스왈로 회담' 장(章)에 나오는 병직, 화순과 베커의 대화 속에서 잘 나타나 있다. 병직은 화순과 함께 '스왈로'란 이름의 술집에 들렀다가 거기서 우연히 베커를 만나게 된다. 병직은 베커에게 화순이 'A신문사' 기자이고, 자신은 'B신문사' 기자(병직은 'A신문사'에서 오래 근무하다가 최근 'B신문사'로 옮긴 인물이다.)라고 소개하면서, 먼저 'A신문'이 미군정에 대해 비판적이고 'B신문'이 군정을 지지하는 입장을 취하고 있으나, 'A신문'(좌익계 언론)의 기사 내용 중에는 자신은 물론 조선 사람 모두가 수긍하는 점도 있다는 사실을 베커에게 말한다. ("일제시대에는 좌우익의 구별이 없이 함께 단결하였던 것을 당신들은 생각해 보아야 할 것"과, 한국인에게는 '좌우 없이 의견이 일치하는 부분이 있다'는 점을 베커에게 설명한다.) 대화가 진행되면서 병직, 화순 모두 베커의 미국중심주의적인 의견에 비판적인 발언을 하게 되면서 그 대화에 긴장된 분위기가 조성된다. 병직과 베커 사이의 다음과 같은 취중 대화를 보자.

"이런 말이야 베커 군에게 할 말은 못되지마는 우익에게까지 지지를 못 받는 것은 군정의 실패요, 우익끼리까지 분열시킨 것도 미국의 책임이라고 아니할 수 없지. 더구나 남조선이 적화할 염려가 있다면 완전히는 당신네의 실패요."

병직이 차차 열이 올라간다.

"그 반면에 조선인 자신의 과오에도 책임이 없지 않겠소?"

"그야 우리도 모른 게 아니오. 반성하여야겠지마는 그러나 조선사람 모두가 미국정책에 열복(悅服)하지 않고 미국세력에 추수(追隨)하고 아부(阿附)하지 않는다는 의미로 조선 사람에게 책임을 물어서는 안 돼요! 적어도 그와는 정반대의 의미로 해석돼야 할 거요!"

베커와 같은 미국 청년과 다행히 일본말로라도 수작을 직접 하여 의사소통이 되는 것만 병직이에게 시원하고 유쾌하였다.

"그러면 미국에 추종(追從)하고 미국 세력이나 끼고 놀겠다는 축만을 상대로 하니까 결국은 실패란 말요?"

베커의 말은 옳았다.

"물론―진정한 여론에 귀를 막거나 백성의 소리가 들리기는 하여도 자기네 비위에 맞지 않으니까 듣고도 모른 척하는 것이 아닌가 하는데…?"

"그렇기야 할까요. 다만 어떤 것이 진정한 여론인지 갈피를 잡지 못하는 것이겠죠."

베커는 역시 팔이 안으로 굽는 소리를 하면서 웃는다(114~5면).

미군정이 토론의 중심 주제이다. 병직은, 'B신문사' 기자의 입장에서 군정을 지지하면서도, '미군정'의 정책과 당시 한국인의 여론 사이에는 상당한 거리감이 존재하고 있다는 점을 베커에게 지적하고 있다. 그 요지는, 미국을 지지하느냐 하지 않느냐 하는 이분법적인 단순한 논리로 한국인을 대하려고 하는 군정청의 정책 때문에, 민족 내부 우익들의 폭넓은 지지를 못 받고 있을 뿐만 아니라 우익 자체의 분열까지 조장하고 있다는 것이다. 병직은, 진정한 여론의 갈피를 파악하지 못하는 것은 미군정, 나아가 미국의 실패라는 자신의 생각을 토로하고 있다. 다음은 당시 여론에 대한 병직과 베커의 대화 내용이다.

> "그럼 조선에 진정한 여론이 없단 말씀요? 그야 혼돈상태인 것은 사실이마는…"
> 하고 병직이는 정색을 한다.
> "진정한 여론이 없다는 것은 아니지만 그 선봉은 빨갱이가 아니요?"
> "당신 같은 분부터 빨갱이와 대다수의 여론의 중류, 중추(中流, 中樞)가 무엇인지를 분간을 못하니까 실패란 말요! 우리는 무산 독재도 부인하지마는 민족자본의 기반도 부실한 부르주아 독재나 부르주아 아류(亞流)를 긁어모은 일당 독재를 거부한다는 것이 본심인데 그게 무에 빨갱이란 말요? 무에 틀리단 말요?"
> "그야 물론이조. 독재란 금물이요. 잘 알겠습니다."
> 베커도 조선 청년의 소리를 듣는 것에 흥미가 나는 듯이 유쾌한 낯빛으로 맥주병을 들어서 병직에게 권한다(115면).

이 부분을 정독해 보면 병직이가 여론의 중추를 형성하는 서울 중산층의 일반적인 여론을 대변하고 있음을 알 수 있다. 병직의 발언을 정독해 보면 그가 전에 함께 근무하던 여기자의 의견에 동조, 옹호하는 행동을 보이고 있으나 결코 '빨갱이'가 아니라는 사실이 드러난다. "무산 독재, 부르주아 독재" 모두에 대한 비판에서, 병직이 생각하는 민주주의적인 단일민족 국가에 대한 이상을 짐작할 수 있다. 극좌와 극우를 모두 비판하고 있는 데서 박병직의 정치적 입장이 중간파(중립파)라는 사실이 드러난다. 극우와 극좌 모두를 배제한 온건한 중도주의야말로 작가 염상섭의 정치적 입장이기도 하다고 볼 수 있다. 박병직은 극좌,

극우를 배제한 '대다수 여론의 중류층(중추층)이 지지하는 민족국가 건설을 옹호하고자 한다. 그가 보기에 미군정 당국은 자신의 정책에 대한 지지 여부에 따라 당시의 한국인을 단순하게 좌파와 우파로 구분하고 있으나 이는 피상적인 진단이다. 미군정의 정치는 한국인의 여론의 실상을 잘 모른 채 이분법적인 도식으로 대하고 있다는 것이다. 그래서 "빨갱이와 대다수의 여론의 중류, 중추가 무엇인지 분간을 못하"고 있다. 그 결과 대다수의 여론의 중류층과 그 중류층에 속하면서 미군정청의 정책을 비판하거나 거기에 반하는 행동을 한 사람들을 빨갱이로 잘못 판단하고 있거나 그들을 빨갱이로 몰아 가고 있다는 것이다. (여기자 화순의 경우도, 작품에서 자세한 설명은 없으나, 이로 인한 정치적 희생자일 가능성이 높다. 병직이 왜 끝까지 그녀와 함께 행동하고자 하는가 하는 이유도 그런 맥락에서 추론해 볼 수 있다.) 게다가 당시 38선 이남에서의 단독정부 수립은 한국의 분단을 고착화하는 것으로서 이는 미국의 대한반도 정책의 실패라고 박병직은 보고 있다.

박병직은 38선에 의한 분단만은 막아야 한다고 보았는데, 이런 생각은 38선이라는 단어가 작품 곳곳에서 반복되고 있는 데서 잘 드러난다. "대관절 내 삼팔선은 언제나 터질려는지?…" "아니 삼팔선은 도처에 있거든요! 이렇게 책상을 나란히 놓고 눈에 안 뵈는 삼팔선…" "삼팔선은 삼천만의 원부가 되었고 김선생에게는 청춘의 꿈을 뺏고 인생의 아름다운 시까지 짓밟아버렸지마는…"(230~231면). 작품 끝에서 박병직은 "삼팔선 위에 암자나 짓고 살고 싶다"고 말하고 있다.

그러나 작품 전개에서 중요한 것은 화순을 옹호하고자 하는 박병직의 중도적인 정치적 입장이 그를 둘러싼 현실 사회에서는 허용되지 않는다는 사실이다. 작품의 '당세 풍경' 장에는 다음과 같은 대화가 삽입되어 있다. "지금 판에 어느 방면, 어느 기관 쳐놓고 좌익 계열에서 아니 스며들어 간 데가 없는 것도 사실이지만 또 한편 빨갱이 빨갱이 하는 말처럼 대중없는 것도 없지. 제 비위에만 틀리면 단통 빨갱이를 들씌우니까…"(37면).

작품에 나타난 가족의 균열의 요인이 가족 내적 요인보다 가족 외적 요인 즉 당시의 정치적 분위기의 영향을 크게 받고 있다는 것이 이 작품의 첫 번째 중요한 메시지라면, 두 번째 메시지는 이 정치적 분위기가 미군정의 정책에 의해 조성되고 있다는 것이다. 브루스 커밍스에 의하면, 미군정은 '신정부(단독정부) 수립에 따른 구상과 관련된 보수 진영과의 제휴 강화, 강력한 경찰력의 확립, 남한만의 독자적인 군대 창설, 좌익에 대한 탄압' 등을 그 기본적 정책 목표로 삼았다.[12] 앞에서 인용한 대화 속의 병직의 발언은 대체로 이런 맥락에서 나온 것으로 볼 수 있다. 브루스 커밍스의 지적이 틀리지 않다면 이 작품에 나타난 가족 이야기(혼사 장애담)를 중심으로 한 서울 시민의 사회문화적 풍경은, 남녀 주인공(가족)의 결혼 풍속을 둘러싼 일상적 이야기이자 단독정부 수립 직전의 미군정 시대의 정치적 분위기와 관련된 이야기라고 해석할 수 있다. 이 작품은 당시 서울 시민들의 일상생활과 미군정 시대의 정치적, 문화적 풍경을 중층적으로 다룬다. 경찰에 쫓기는 좌파 인물의 풍경, 사상 문제로 가족 간의 균열이 발생하는 것도 이와 관련

---

12) 브루스 커밍스, 「한국의 해방과 미국정책」, 『분단전후의 현대사』, 일월서각, 1983, 152면 참조.

된다. 미군정기에서 정부 수립에 이르는 당시의 정치적 시간은 민족 외부의 강대국의 이해관계(미국, 소련, 유엔 등)에 의한 시간표 속에서 흘러갔다고 해도 지나친 말이 아니다.

『효풍』이라는 제목은 겨울에서 봄으로 가는 계절의, 해가 뜨기 전의 '차가운 새벽바람'이라는 뜻이다. 약혼자를 두고 직장 동료인 화순의 처지가 안타까워 가족 몰래 그녀를 따라 북쪽으로 갔던 병직의 방황, 미국 청년 베커에게 잠시 이끌려 미국 유학을 생각했던 혜란의 혼란, 약혼 후 '혼사 지체와 장애'와 관련해 두 가문이 겪었던 일체의 사건과 갈등 등이 모두 해뜨기 전의 한바탕 '효풍'이라는 것이다. '효풍'이 찬 새벽바람이라면 그 이후란 무엇일까. 하나는 두 청춘 남녀의 결혼이고 다른 하나는 총선거를 통한 남한 단독정부 수립이다. 단독정부 수립은 직접 언급되지 않고 있지만, 이 작품의 이면에 숨겨져 있는 중요한 이슈의 하나이다.

이 소설은 1948년 1월부터 11월 사이, 남한의 총선거 실시와 대한민국 정부 수립 시기에 일간지에 연재되었다. 약혼한 두 가문이 혼사 문제가 남녀 모두 서로 다른 사정으로 혼란과 소동 속에 표류하다가, 결국 무난히 결혼 쪽으로 해결되게 되었다는 것으로서, 서사의 핵심은 혼사의 장애, 지체의 요인 쪽에 놓여 있다. 중요 언론사의 여기자가 쫓길 수밖에 없는 당시의 공안 정국과 미국인 베커의 등장이 남녀 주인공의 결혼이 지체되는 요인이다. 병직이 38선 부근 개성에서 잡혀 집으로 돌아오고, 혜란이 베커의 귀국으로 일시적으로 흔들렸던 마음을 정리함으로써 지체되었던 결혼 문제가 성사될 것이라는 암시로 이야기는 마무리되지만, 두 가문의 결혼이 그 가족을 둘러싼 내·외부의 균열, 갈등 문제를 모두 다 해결하리라고 말하기 어렵다. 가족들 내부의 갈등, 균열은 일시적으로 봉합되었을 뿐이고, 가족 외부 특히 공안 정국과 관련된 사회적 갈등은 여전히 미결로 남아 있는 셈이다.

소설은 서울 출신 작가, 국민국가 수립 풍경을 바라보는 중간파 작가 염상섭의 시선을 담고 있다. 미군정 시대 서울을 중심으로 한 정치와 문화에 대한 작가의 시선은 비판적이다. 당시 미군정청의 좌파와 우파라는 단순한 이분법에 의거한 정치는 중산층과 온건한 민족주의적인 우파 시민들의 분열을 초래하면서 서울 시민의 일상생활을 뒤흔들어 놓을 정도로 당시의 정치 문화 전반에 큰 타격을 가하였다는 것이다. 결혼을 앞둔 서울 중산층의 남녀와 그 가족 간의 갈등, 가족 내부의 균열과 균열의 봉합이라는 작품의 서사를 따라가다 보면, 독자는 민족 분단으로 귀결된 당시의 민족적 비극과 직면하게 된다. 단독정부 수립기의 서울의 정치 문화를 이념적 편향 없이 냉정하게 포착하고자 한 작가의 역량을 엿볼 수 있는 작품이다.

4. '일상생활-문화-정치'의 회로와 작가의 문학적 이성

정부 수립 전후의 문화 연구는 당시의 여러 문화 자료를 시대적 맥락 속에서 재구성하고 이를 해석하는 가운데 진전을 이룰 수 있다. 이 글은, 염상섭의『효풍』을 자료로 하여 미군정기에서 정부 수립에 이르는 시기의 현대 문화의 일면을 일상생활의 문화 정치의 차원에서 이해하기 위한 하나의 시론적 성격을 띠고 있다. 이 작품은 당시 서울 시민의 일상적인 생활문화를 두 가족 간의 혼사 장애담이라는 차원에서 다루고 있으나, 이를 정독해 보면, 개인, 가족, 민족 문제를 아우르는, 미군정에서 정부 수립에 이르는 시기의 서울의 일생생활의 문화, 정치를 포괄적으로 다룬 장편소설이자 종합적인 문화 텍스트라 할 수 있다.

문학적인 관심에서 볼 때 이 작품은, 개인의 일상생활 이야기, 가족 이야기, 혼사 장애담 등의 서사 전략을 사용하면서 그 이야기들을 중첩시키고 있는 작품이다. 이 가족 이야기를 따라가 보면, 가족과 가족 내부의 문제가 그 내부의 요인보다 그 외부의 동시대 미군정기의 정치적 사회적 상황의 영향을 크게 받고 있음을 발견할 수 있다. 결혼을 앞두고 겪는 청춘 남녀의 방황, 그로 인한 가족들의 혼란과, 건국기의 사회문화적 상황, 긴장감이 감도는 사회 분위기는 서로 대응관계를 이루며 중첩되어 있다. 약혼한 남녀의 결혼이 이런저런 이유로 자꾸 지체된다는 혼사 장애담을 전면에 내세운 이 작품의 서사 방식은 청춘 남녀의 결혼과 그 가족 이야기를 통해 단독정부 수립 당시 서울의 사회, 정치적 풍경을 일상생활 문화의 차원에서 효율적으로 포착, 재현하기 위한 작가의 전략적인 문학적 장치라 할 수 있다.

문화론의 관점에서 이 작품을 읽을 때, 작품에 등장하는 여러 가지 용어—'문교부, 청년단, 우익, 빨갱이, 미군정, 미국인' 등—는 건국기 당시의 사회, 문화 풍경과 관련된 정치적 문화적 코드라는 의미를 지닌다. 서울에 잔류한 일본인, 미국인의 등장, 언어적 혼종성 등의 문제는 인종 문제 및 언어적 분위기와 관련된 당시의 독특한 서울의 일상적인 문화 풍경을 이해하는 데 빠뜨릴 수 없는 문화적 코드이다. 이 작품은 해방 직후에도 건재하는 친일파, 미국인을 이용해 자기 이익을 챙기려는 모리배, 좌우파의 대립 등의 문제를 다루고 있을 뿐만 아니라, 당시 여론의 주축인 건전한 시민사회의 분열과, 중산층 가족 구성원들 간의 갈등과 가족 내부의 균열 등의 일상적인 사회문제를 제기하고 있다. 그렇게 되는 요인의 하나가 미군정의 한국 정책과 관련되어 있다는 것이 이 작품이 전하는 중요한 메시지의 하나이다. 작품의 '스왈로 회담' 장에 나오는 베커와 남주인공 병직의 대화에 그 점이 지적되고 있다. 미군정이 당시 대다수 한국인의 여론을 제대로 파악하지 못함으로써 민족 내부의 온건 여론층의 분열과 갈등을 증폭시키고 그것이 중산층 가족 내부에도 영향을 미쳐 중산층의 분열, 가족 간의 갈등, 가족 내부의 심리적 균열을 가져오고 있다는 것이 이 작품의 진단이자 성찰이다. 이렇게 볼 때 이 작품은 미군정기에서 정부 수립기에 이르는 시기의 사회, 문화적 현상에 대한 문학적 증언이자 문학적 성찰과 비판이라는 복합적 의미를 지니고 있다고 해석할 수 있다.

남녀 주인공들이 직면했던 혼사 장애도 크게 보면 이와 관련된다. 두 청춘 남녀가 우여곡절 끝에 재회하고 결혼을 이야기하는 것으로 이야기는 끝나지만, 그들이 입은 상처와 사회적, 심리적 갈등, 결혼이 지체되면서 두 가족이 겪은 가족 내부의 갈등과 심리적 균열은 해소되었다고 하기 어렵다. 두 가족-문화의 균열 문제는 봉합으로 처리되고 있다. 이 균열, 봉합의 역사적 맥락은 무엇일까 하는 문제가 남는다. 민족 내부의 갈등, 분열(분단)과 그 분열 상태의 미해결 상황에서의 남한 단독 정부가 출범한 당시 현실이 그것이 아닐까? 총선거가 이루어지고 분단 상태에서 정부가 출범하던 그 혼란의 시기에 이 작품이 신문지상에 연재되고 또 종결되었다는 사실은 여러모로 시사적이다.

『효풍』은 정부 수립 직전, 미군정기의 사회와 문화의 실상을 서울 중산층 출신 작가의 중도적인 시선으로 생생하게 재현한 문학작품이자 해방기의 중요한 문화 텍스트이다. '스왈로 회담' 장에는 '부르주아 독재'(극우파), '무산 독재'(극좌파) 모두를 넘어서 여론의 중추를 반영한 민족 세력에 의한 민족국가 수립을 열망했던 작가 자신의 정치적, 문화적 비전과, 당시 미군정의 정책에 대한 작가의 비판적 견해가 표현되어 있다. 염상섭은 민족문화와 전통이 외세의 개입으로 분열, 훼손되는 것을 바라지 않았다. 그는 극우와 극좌를 넘어서, 온건 우파와 온건 좌파가 협력하는 중도적, 민족주의적인 연립정부를 열망하였고, 남북 분단에 반대하였지만, 그의 정치적 중도주의의 이상은 당시에 이루어지지 않았다. 정치적 힘이 좌우 양극으로 치닫는 시대에서 중도파는 설 자리를 찾기 어렵다는 것이 일반적 사실이다. 그러나, 여론의 중추를 이루는 다수의 중도파가 없는 시대의 정치는 좌우 사이의 첨예한 갈등으로 치달아 민족, 문화, 정치 전체를 왜곡할 수 있다는 것도 엄연한 사실이다. 문학이 곧 정치는 아니며 작가가 곧 정치가인 것도 아니다. 염상섭은 한국 작가로서 동시대 정치적 문제를 일상생활의 차원에서 자신의 작품에 수용하였고, '일상생활–문화–정치'의 회로라는 문학적 장치를 통해 이를 우회적으로 다루고자 하였다. 문학은 현실 문제를 다루되 우회적으로 다루며, 이 우회는 모든 문학의 본질이다.

끝으로 그의 중도적인 문학적 입장에 대하여 몇 가지만 덧붙이자. 염상섭의 문학적 거점은 새로운 국가와 정부를 열망하는 서울 중산층 시민의 중도적 현실주의이다. 그의 중도적 현실주의는 좌우를 떠난 그 중간이라는 의미 이상의 의미를 지니고 있다. 그는 감정보다는 문학적 이성에 의해, 편향된 이념을 넘어선 살아 있는 삶의 세계를 통찰하고, 자신의 이해관계를 떠나 되도록 투명한 눈으로 세계를 넓은 시야에서 보려고 했고 또 그렇게 했던 작가이다. 염상섭 특유의 이 문학적 이성이야말로 그의 중도적 현실주의의 근본 바탕을 이루고 있다. 이 문학적 이성에 비해 중도적이라든지 현실주의라든지 하는 표현은 모두 부차적인 것이었다고 볼 수 있다. 작가로서 그런 입장에 있었기 때문에 그는 미군정기의 일상생활 속에서 작동하는 현실 정치의 동향과 여론의 흐름을 보다 냉정하고도 객관적인 시선에서 바라보고 문학작품을 통해 이를 성찰할 수 있었다. 그의 문학적 이성, 중도적 현실주의는 사회적 상상력의 문학으로 표현되며, 이런 문학적 특성은 식민지 시기의 대표작 『삼대』 이전으로 거슬러 올라가는 그 내력이 오래된 것이다. 그가 여론의 중추와 그 동향을 누구보다도 정확하게 파악할 수 있는 신문사에 오랫동안 몸담고 있었던 언론인–작가로서 오랜 수련기를 거쳐 왔다는 사실은 널리 알려져 있는 사실이다.

현대 소설에 나타난 분단
·이산 모티프

— 전상국, 유재용, 임동헌, 이순원, 김소진의 작품을 중심으로

1. 강원도 지역 문학과 분단 · 이산의 모티프

이데올로기의 갈등, 6 · 25전쟁, 분단, 이산 등의 문제는 한국 현대문학의 지속적인 주제의 하나이다. 예를 들면 최인훈의『광장』, 윤흥길의「장마」, 조정래의『태백산맥』, 홍성원의『남과 북』, 전상국의「아베의 가족」, 김원일의『불의 제전』등과 같은, 일반 독자들에게 잘 알려져 있는 소설들이 그 정도의 차이는 있으나 모두 이 주제와 관련되어 있다. 이러한 사실은 남북 분단과 6 · 25전쟁이 한국인의 현대 생활과 체험에 지울 수 없는 커다란 상흔과 흔적을 남겨 놓았고, 많은 작가들이 이 문제에 지속적인 관심을 기울여 왔다는 사실을 잘 말해 준다. 전쟁 체험 세대는 물론이고 미체험 세대도 이와 관련된 문제를 다룬 소설들을 쓰고 또 다양한 독자들에게 그 작품들이 읽히고 있다는 것은 우리 사회가 아직도 이 문제에서 결코 자유롭지 못하다고 사실을 반증해 준다.

한국문학의 일부분으로서의 강원도 지역 문학은 분단 시대 한국 현

대문학의 흐름을 고스란히 반영하고 있다. 앞서 거론한 전상국(1940~)의 소설 「아베의 가족」의 경우만 하여도, 이 작품은 6·25의 상흔과 그 극복 문제를 다룬 작품으로 이 방면의 주요한 소설로 평가되고 있는데, 그 지리적 배경이 강원도 춘천 북쪽의 한 시골로 되어 있다. 전상국은 강원도 홍천 출신의 소설가로 분단·이산의 문제를 누구보다도 지속적으로 탐구해 온 작가이다. 그의 문학은 한국문학이자 강원도 지역 문학이며, 강원도 지역 문학이자 한국문학이다. 말하자면 지역적 특수성과 한국문학으로서의 보편성을 동시에 드러내고 있다. 구 철원 출신의 소설가 유재용(1936~)의 경우도 비슷하다. 그의 중요한 주제의 하나도 실향민의 고통과 고향에 대한 향수이다. 이들은 모두 6·25 체험 세대로서 한국문단의 중견 작가이지만, 전후에 태어난 강원도 출신의 젊은 작가들의 작품에서도 분단·이산 문제는 자기 세대의 관점에서 지속적인 관심사가 되어 왔다. 임동헌(1957~2009, 충남 서산 출신, 철원에서 성장), 이순원(1957~ , 강릉 출신), 김소진(1963~1998, 철원 출신) 등이 이 경우에 속한다. 일찍부터 38선으로 분단되었고, 격전지였으며, 전후에도 다시 휴전선으로 분단되어 남북이 첨예하게 대치하고 있는 지역이 바로 강원도라 할 때, 이 지역 출신의 여러 작가들의 작품에 분단·이산 문제가 빈번하게 나타나고 있다는 사실은 어느 정도 필연적인 현상이라 할 만하다. 휴전선이 동서로 길게 관통하는 강원도 지역 문학은 분단 시대 한국 현대문학의 한 축도이다.

강원도 문학에 나타난 분단·이산의 모티프를 강원도 출신의 소설가들의 작품을 중심으로 분석하고 그 문학적 의의를 생각해 보자는 것이 이 글의 목표이다. 그러나 논의할 작가와 작품 수가 많고 다루어야 할

현대문학과 사회문화적 상상력

주제가 방대하기 때문에 본고에서는 다음 두 가지 사항에 특히 유념하고자 한다. 첫째, 전쟁 체험 세대와 미체험 세대의 소설을 두루 다루되 각 작가의 작품 중에서 이 방면의 대표적인 작품을 한두 편씩 선별하여 논의하고자 한다. 분단·이산 문제를 바라보는 작가들의 다양한 시각과 문학적 관심의 차이들을 효율적으로 이해하기 위함이다. 둘째, 작품 분석에서 각 작가들의 작품의 지역적 특수성과 문학적 보편성을 동시에 고려하고자 한다. 이는 지역문학과 한국문학은 둘이 아니라는 필자의 문학적 믿음과 관련된다.

2. 분단·이산 문제의 문학적 인식과 잃어버린 정체성의 탐구—전상국의 소설

소설은 시간과 인물이 중요한 이야기 문학이다. 고전적인 개념의 소설은 흘러가는 시간 속에서 잃어버린 공동적, 집단적 생활의 기억을 기억 속에서 창조적으로 재구성한 것이다. 발터 벤야민은 「이야기꾼」에서 집단적 삶의 쇠퇴와 개인의 고립이 소설의 바탕이 된다고 하였고, G. 루카치는 『소설의 이론』에서 소설을 일러 선험적 고향 상실성의 문학, 잃어버린 본질을 시간 속에서 되찾는 이야기라고 말하고 있다. 전상국과 유재용의 분단·이산을 다룬 소설들도 크게 보면 그런 이야기에 속한다. 이들의 소설에서 고향은 대체로 가족이나 마을 공동체가 평화롭고 행복한 삶을 영위했던 유년기의 기억과 함께 재현된다. 그리고 분단과 전쟁은 그 공동체를 파괴하는 폭력적 힘으로 제시된다. 이로부터 가족의 이산과 개인의 방황이 야기되는데, 작가는 그 기억들을 더듬어 그 과정을 재구성하고 이를 통해 기억 속에서 잃어버린 시간을 되찾고자한다.

전상국, 유재용은 모두 소년기에 전쟁을 경험한 세대로서 전쟁의 상흔과 그 극복 문제를 문학적 과제로 삼고 있다는 점에서 서로 비슷하지만, 구체적인 작품 세계와 문학적 비전은 서로 다르다. 각자의 문학적 관심사와 작가로서의 위치가 서로 다르기 때문이다.

전상국의 경우 6·25는 그의 등단작 「동행」(1963)을 비롯해서 「하늘 아래 그 자리」, 「지빠귀 둥지 속의 뻐꾸기」 등 여러 작품에서 등장인물들의 운명을 결정짓는 중요한 동력으로 작용하고 있다. 작가 자신의 전쟁 중의 가족과의 피난 체험은 단편 「잊고 사는 세월」, 「산울림」 등의 작품에서 단편적으로 드러나고 있으나, 작가 개인의 차원을 넘어선 동시대인들에게 남긴 전쟁의 상흔과 그 극복의 문제는 연작소설 『길』(1985)과 중편 「아베의 가족」(1979)에서 본격적으로 다루어진다. 이 두 작품은 한국인이 겪은 전쟁의 상흔을 포괄적, 전체적인 시각에서 다루고 있다는 점에서 주목된다.

장편 연작소설 『길』은 한 가족을 중심으로 한 전쟁과 분단·이산의 문제를 집중적으로 조명한 작품이다. 시간적으로는 일제 말기에서 6·25를 거쳐 4·19까지, 공간적으로는 황해도 평산읍 대호리에서 서울, 강원도 W시(원주시), H읍(홍천읍) 등에 이르는 배경이 이 소설의 무대로 되어 있다. 작품의 초점은 분단, 전쟁으로 인한 한 가족의 비극적 이산과 그들의 기구한 삶에 맞추어져 있다.

황해도 대호리의 유지이자 지주인 박준성 노인에게는 아들 태혁과 마름인 최서방 집에서 사는 또 하나의 아들 영재(태혁의 이복동생)가 있다. 이것이 이 소설의 발단이자 일차적인 갈등의 요인이다. 영재는 태혁과 불화 끝에 6·25전쟁 전에 월남한다. 이 작품의 이차적 갈등은, 사회주의자로서 학병 징집을 피해 산속에 숨어 있던 태혁이 해방 후 38선이 그어지자 북한 공산당 간부로 변신, 토지개혁 책임자로 나서 자기 집의 토지를 몰수하고 고향과 가족들을 떠나는 데서 기인한다. 여기서 가족(태혁과 어린 아들 덕수, 누나 은하, 어머니 사이)의 이산이라는 이 소설의 기본 모티프가 설정된다. 말하자면 이데올로기가 한 가족을 파괴하면서 가족 구성원들의 이산을 야기시킨다. 6·25전쟁이 터지자 덕수네 가족은 할아버지를 남겨 두고 고향을 떠나 남으로 피난길에 오른다. 영재의 시점으로 서술되는 이 부분의 피난 이야기에서 결정적인 분기점은 피난길에서의 세 가족의 뜻하지 않은 이산이다. 덕수, 은하, 어머니가 서로 완전히 헤어져 오랫동안 저마다의 기구한 운명 속에 내던져지는 것이다.

이 작품에서 전쟁은 결코 직접적으로 그려지지 않고 있지만, 그 전쟁은 주인공의 가족뿐만 아니라 가족의 구성원들의 온전한 삶을 파괴하는 폭력적이고 파괴적 힘으로 작용하고 있다. 전쟁은 박덕수 가족의 남쪽으로의 피난 행렬의 배면에 놓여 있지만 끔찍한 폭력의 형태로 그 가족을 덮친다. 피난 중 철원 부근에 이르러 어떤 외딴집의 방에서 잠을 자던 덕수네 가족들에게 닥친 돌연한 사건이 그것이다. 한밤중 총을 든 사람들이 들이닥쳐 어머니와 어린 누나를 끌고 가 능욕하는 동안 아침에 밤에서 홀로 잠을 깬 어린 덕수는 잠에 떨어져 사태를 알아채지 못한다. 가족과 헤어져 고아 아닌 고아의 신세가 되는데, 이 사건은 가족들 간의 수년 동안의 이산의 직접적인 계기로 되어 있다. 전상국의 소설에서 전쟁의 폭력성은 이처럼 연약한 여성에 대한 군인이나 남성들의 동물적인 폭력 행사('강간')로 나타나는 경우가 많은데, 「그 먼 길 어디쯤」, 「아베의 가족」에서도 '강간' 사건이 등장한다. 『길』은 그 전형적인 예에 속한다. 이 사건은 이 소설에서 가장 끔찍한 부분으로서, 이것은 전쟁의 시간이 다름 아닌 광기와 폭력과 공포를 야기하는 인간에 대한 인간의 잔인하고 폭력적 시간이라는 사실을 첨예하게 드러내는 중요한 기표가 된다. 이 사건은 가족의 이산의 직접적인 요인이자(폭력의 당사자들이 인민군인지 국군인지 유엔군인지 분명하게 밝혀지지 않고 있다.) 가족 구성원들 모두의 삶의 운명을 바꾸어 놓는 작품의 서사 전체의 분기점으로 작동한다.

주인공 덕수는 고아가 되어 미군 부대와 고아원을 전전하며, 어머니는 자식들과 헤어져 H읍에서 병원의 허드렛일, 보따리장수를 하며 힘겨운 생존을 지속한다. 어린 나이에 끔찍한 일을 당한 누나는 겨울 눈 속에서 헤매다 두 다리에 심한 동상이 걸려, 아버지뻘 되는 낯선 남자(그 역시 전쟁의 상처를 간직하고 있다.)에게 구조된 후 두 다리를 '여물 써는 작두'로 잘라내어 불구가 되고, 인제 방동리 약수터 부근의 산속 움막에서 세상을 등진 채 그 남자와 비극적인 삶을 영위하는 것이다. 이 소설이 전쟁보다도 전쟁으로 인한 가족의 이산의 고통 쪽에 초점이 맞추어져 있음이 이로써 분명해진다. 주인공인 어린 덕수가 무방비 상태에서 가족들과 헤어져 망망한 눈 덮인 들판에 홀로 버려지는 순간을 작가는 이렇게 묘사하고 있다.

"나는 눈 속을 내닫기 시작했다. 그렇게 큰 공포, 그처럼 아득한 절망을 체험해 본 적은 아직 없었다. 온통 흰 것뿐인 그 저쪽 산 밑으로 피난민 대열이 아득하게 보였다. 그 사람들을 향해 나는 죽을힘을 다 해 뛰었다."

　인용문에서, 어린 덕수가 피란 중 가족과 헤어져 겪는 '추위와 무서움과 배고픔'은 그대로 어린 소년이 어떻게 전쟁의 파괴적, 폭력적인 힘 앞에 무방비 상태로 던져지는지 생생하게 보여 준다. 그가 경험하는 육체적, 정신적 공포감은 가족의 피난―가족으로부터의 이탈―고립이라는 개인적 상황 때문이라기보다는, 온전한 삶의 질서를 파괴하는 전쟁 전체의 폭력적인 상황 때문이라고 보아야 할 것이다. 덕수의 시점에서 서술되는 이 소설은 피난 중 고아의 신세가 된 그가 천신만고 끝에 가족과 재회하기까지의 성장 과정에 초점을 맞추고 있다. 그런 점에서 『길』은 덕수가 겪는 전쟁과 이후의 성장을 다룬 성장소설의 일종으로 볼 수도 있다. 그러나 그 성장 과정은 교양소설에서 볼 수 있는 일반적, 정상적인 성장 과정과는 거리가 멀다.

　주인공(덕수)을 지배하는 고아 의식과 그를 둘러싼 비문화적인 환경(한때 그를 보호했던 미군 아담스는 그를 '애완동물'처럼 취급한다.) 그리고 억압적인 아버지 태혁에 대한 기억과 적대감이 그의 정상적인 성장을 불가능하게 한다. 따라서 소설의 시간은 등장인물들의 정상적인 성장의 시간이 아니라 성장 장애의 질곡의 시간으로 나타난다. 그 이유는 앞서 지적한 모든 소중한 것을 파괴한 6 · 25의 깊은 상흔이 인물들의 나날의 삶을 여전히 구속하고 있기 때문이다. 이런 사정은 주인공뿐만 아니라 주인공의 어머니, 누나 모두에게 해당된다.

　이 소설의 인물들을 구속하는 작중인물을 찾자면 바로 '아버지'라 할 수 있다. 이 아버지는 덕수 가족의 비극의 원천이다. 덕수의 아버지 태혁은 이데올로기, 정치, 폭력(그는 가족을 버리고 다른 여자와 산다.) 등의 의미와 관련되어 있다. 그는 가족과 헤어진 후 북에서 다시 월남하여 이름을 바꾸고 정치가(야당 국회위원)를 꿈꾸는, 변신과 처신에 빠른 이기적인 인물이다. 그는 가족 모두에게 억압적인 존재로서 북에서든 남에서든 자신이 원하는 역사를 만들겠다고 공언하고 있지만, 덕수의 입장에서 보면 두려움과 괴로운 공포의 대상일 뿐이다. 덕수가 현실에서 벗어나 미국으로 도피하고자 하는 것도 그 때문이다. 아버지의 정치적 야망은 덕수에게 아무런 신뢰감도 심어 주지 못한다.

그에 비하면 '영재 아저씨'(사실은 덕수의 숙부)는 덕수의 정신적인 아버지이다. 그는 덕수를 고아원으로부터 구해 주고 그에게 어머니와 누나를 찾아 주고 덕수 가족에게 끝까지 헌신적인 사랑을 베풀어 주는 인물이다. 이승만 정부의 부정부패 속에서 일어난 4 · 19를 보는 영재 아저씨의 생각을 서술하는 대목 속에는 그의 정치의식이 잘 드러나 있다. 그는 "민주혁명을 담당할 세력도 자유와 평등의 참가치를 터득한 중산계급"이어야 하며 "학식과 지성과 어느 정도의 경제력을 가진 성숙한 계층만이 정의를 (…) 구현할 수 있다."고 생각하는 인물이다. 이런 역사의식은 그대로 작가 자신의 역사관의 발로라고 할 수 있다. 영재에 비하면 어머니는 평범한 인물이다. 그녀는 자신을 버린 남편에 맹목적으로 매달리며 희생을 감수하는 순종적인 여성, 가부장적인 가족제도에 충실한 봉건적인 여성으로 그려진다.

그런 의미에서 대학생이 된 덕수가 친구 병대와 함께 4 · 19혁명 대열에 참여하는 것은 '아버지'로 표상되는 억압적인 제도, 역사, 부패한 정치 등의 구체제에 대한 부정과 저항의 의미를 지닌다. 그의 4·19 참여는 그를 주눅 들게 한 나쁜 역사와 현실을 바꾸려는 구체적인 의지의 한 표현이다. 그리고 이 과정에서 일어나는 덕수의 태도와 행동의 변화는 이제 그가 독립적으로 생각하고 판단할 수 있는 주체적 인간으로서 성숙하는 단계에 들어서고 있음을 말해 준다. 그는 미국에서 온 아담스의 초청장을 거부하는데, 이것은 미국으로 가고 싶어 했던 종전의 현실 도피의 꿈을 버리고 불행하지만 현실의 삶을 수락하며 그 현실 안에서 주체적으로 살아가겠다는 주체의식의 한 발로라 할 수 있다. 결국 세상으로부터 등진 삶을 살아온 누나의 남편을 세상 속으로 끌어들이려는 영재 아저씨의 끈질긴 노력이 결실을 맺고, 선거에서 낙선한 아버지가 어머니 곁으로 돌아옴으로써 소설은 끝난다. 전쟁의 피난길 위에서 파괴되고 흩어졌던 가족들은 저마다 돌이킬 수 없는 세월의 깊은 상처를 간직한 채 재회와 재생의 길 위에 서는 것이다. 덕수와 병대의 대화 속에 삽입된 다음과 같은 말은 분단 문제를 바라보는 작가의 시각을 드러내는 것이라 할 수 있다. "문제는 쌍방의 기득권을 가진 이들이 자신들의 이익이나 기득권 유지라는 좁은 생각을 버리고 민족주의적 입장에서 모두의 의견을 어렵게 받아들여 어떤 정책으로 통일을 밀고 나가느냐 하는 데 있다."

『길』이 6·25전쟁 전후에서 현재에 이르는 한 이산가족의 비극적 운명을 그리고 있다면, 중편 「아베의 가족」은 역시 전쟁의 상처를 지니고 있는 한 가족이, 현재에서 과거로 거슬러 올라가면서 그 상처의 기원을 확인하고, 전쟁으로 인해 잃어버린 자기정체성을 되찾고자 하는, 전쟁의 상흔 극복 의지를 그리고 있다. 그 점에서 「아베의 가족」은 나중에 써진『길』보다 한걸음 더 나아간 작품이라 평가할 수 있다. 구조와 형식 면에서도 장편 연작소설이라는『길』의 어중간한 형식보다 견고하며 정제되어 있다.

전상국의 대표작 중의 하나라고 할 수 있는「아베의 가족」은 6·25로 갈가리 찢기고 상처받은 한 가족의 비극적 역사를 추적하면서, 잃어버린 삶의 뿌리를 찾아가는 이야기이다. 소설은 6·25가 남긴 가족의 비극과 악몽의 생활을 피해 미국으로 이민 간 전쟁 체험 세대의 2세인 진호가 주한미군의 신분으로 귀국, 어머니가 살던 곳을 찾아가는 현재의 이야기와, 어머니가 겪은 과거의 6·25 이야기가 교직되면서 전개된다. 이 과정은 진호가 고국에서 보냈던 우울한 과거의 기억을 되살리는 과정과 맞물려 있다. 이 소설의 두 축은 어머니 세대가 겪은 전쟁의 비극과 그것을 현재의 관점에서 재인식하는 아들 진호의 그 역사에 대한 인식 태도라 할 수 있는데, 이 두 세대를 이어 주는 매개체가 어머니의 '수기'와 그들이 고국에 버리고 간 백치 '아베'이다.

진호의 어머니는 수기에 의하면 6·25 직전 춘천에서 버스로 30분 거리에 있는 마을 "샘골"(지금은 댐으로 수몰된 마을)의 유복한 집안의 법학도와 결혼, 신혼 생활을 하고 있었고, 첫 아이를 임신 중이었다. 그러나 6·25전쟁으로 시아버지와 남편을 잃고 미군에게 강간당하는 참변을 당한다. 그 와중 속에서 조산한 아이가 백치 아들 아베이다. 현재의 남편(진호의 아버지)은 전쟁 중에 죄 없는 사람을 죽인 후 죄의식에 사로잡혀 떠돌다가 샘골에 들어와 어머니 집에 농사일을 거들며 식객으로 머물렀던 심약한 인물이다. 그는 전쟁 중 사람을 죽일 때 그를 천진하게 쳐다보던 아이에 대한 죄의식에서 벗어나기 위해 백치인 아베에게 사랑을 쏟아붓고, 그것이 인연이 되어 어머니와 결혼, 샘골을 떠나 서울 산동네에 정착하지만 생활에서는 무능력자로 살아간다. 말하자면 진호의 어머니, 아버지 모두 전쟁의 치유할 수 없는 깊은 상처를 간직한 인물이다. 어머니의 아들이자 진호 남매의 이부형제인 '아베'는, 어머니 세대가 겪은 전쟁이 비극 소산이자 외국인이 참전한 민족상쟁의 역사적 상처의 살아 있는 표상이다. 문제는 아베의 불구를 아무도 고칠 수 없으며 그의 존재가 가족의 견딜 수 없는 짐으로서 가족 구성원 모두에게 형언할 수 없는 불행의 어두운 그림자를 짙게 드리고 있다는 데 있다. 아버지의 무기력, 어머니의 비극적 숙명, 집안을 뒤덮고 있는 어두움, 가난과 진호의 탈선, 이 모두가 아베와 관련되어 있는 것이다.

양공주로 있던 고모가 미군과 국제결혼을 하여 이민을 떠난 후 그녀로부터 가족에게 이민 초청장이 날아왔을 때 가족들이 질식할 것 같은 고국을 떠나 도망가듯 이민 길에 오르는 것도 사정은 마찬가지이다. 그들은 고난의 땅을 떠나는 것이다. 아베 하나를 남겨 놓고. 미국에서의 새로운 삶은 기대와는 먼 것이었다. 아버지의 힘겨운 노동, 죄책감 때문에 폐인으로 변해 가는 어머니의 마음속의 질병, 진호 남매의 힘겨운 나날들, 어머니는 모두 '아베 귀신'이 씌었기 때문이라고 믿는다. 아베의 가족은 미국에서도 결코 두고 온 아베로부터 자유롭지 못하다. 그러던 중 진호 남매는 어머니의 가방 속에서 수기를 발견하고 어머니(아버지)의 숨겨진 비밀을 알게 된다. 진호가 서울의 옛 친구에게 하는 말 속에는 이국에서의 그의 정신적 위기감이 생생하게 드러나 있다.

"미래? 누구, 누구의 미래냐? 뿌리가 없는데 어떻게 꽃이 피겠냐?

우리 식구들은 지금 화병에 꽂힌 꽃망울과 같다. 어쩌면 한때 꽃이 될 수도 있겠지. 그러나 결국은 머지않아 쓰레기통 속에 집어 던져질 것이다."

그가 주한미군으로 자원, 떠나간 고국 땅을 다시 찾아온 것은 잃어버린 삶의 '뿌리'를 되찾기 위한 것이다. 그는 "어머니의 사랑"만이 가족 모두를 구원할 수 있다고 믿는다. 그 사랑의 힘을 키울 수 있는 존재는 아베밖에 없다.

진호의 샘골로의 여행은, 자신이 몰랐던 어머니 세대가 겪은 전쟁의 상흔과 이부형 아베 탄생의 기원을 더듬어 올라가 가족사, 나아가 비극의 민족사를 더듬어 올라가 그것과 직면하는 역사 기행이기도 하다. 그 속에서 그는 샘골이 겪은 전쟁의 상처, 어머니의 시아버지의 죽음, 임신한 아내를 두고 의용군에 잡혀간 어머니의 전 남편의 운명, 고향에 홀로 남아 아들이 돌아오기를 기다리다 죽은 어머니의 늙은 시어머니(할머니)의 엄청난 비극이 고스란히 남아 있음을 발견한다. 여기서 그는 어머니가 감당해 온 비극은 아베 하나에 그치는 것이 아님을 인식하고 댐 속에 묻힌 샘골 자락에 남아 있는 할머니의 묘에 처음으로 성묘하기에 이른다. "(…) 황량한 들판에 던져진 그 시든 나무들의 꿋꿋한 뿌리가 돼줄지도 모를 우리의 형 아베의 향방을 찾는 일도 우선 그 무덤에서부터 시작해야 한다고 나는 그렇게 생각했던 것이다." 할머니의 '무덤'이 샘골을 덮친 끔찍한 전쟁이 남긴 아베 가족의 역사의 슬픈 잔해라면, 서울에서의 어두웠던 가족사도 그 역사의 산물이다. 아베는 그 비극적 역사의 대물림, 어머니로부터 자식에게 모든 가족들에게 그림자를 드리우고 있는 비극적 역사의 소산인 것이다. 그 무덤이 비극적 가족사의 잔해라면, 가족들의 어두운 삶에 생기를 불어넣어 줄 수 있는 생명의 뿌리도 그 잔해 속에 있다고 믿는 것이다. "그 시든 나무들의 꿋꿋한 뿌리가 돼줄지도 모를 우리의 형 아베"라는 진호의 생각 속에는 이러한 믿음에서 비롯되는 주인공의 깊은 애정이 담겨 있다. 아베에 대한 증오와 무관심과 외면이 사랑으로 변화되는 것이다.

이 작품은 이중적 의미의 귀향 소설로 볼 수 있다. 고향(고국)으로의 귀향과 가족사의 비극의 기원으로의 회귀라는 의미에서 그렇게 볼 수 있는데, 이 과정은 갈등의 가족사, 나아가 비극적 역사의 재인식과 그 역사와의 화해라는 의미를 함축한다. 이 갈등의 극복과 화해는 나쁜 역사 속에서 잃어버린 자기 정체성을 재발견하는 행위로서 그 자체는 현저히 이성적인 것이다. 작가는 이성만이 가족의 불행과 나쁜 역사를 헤쳐 가는 힘이라고 생각한다. 진호의 귀향의 의미는 한마디로 말해 가족들이 잃어버린 시간을 되찾는 것, 달리 말해 잃어버린 삶의 본질을 되찾는 것이라 해석된다. 아베의 가족으로 대변되는 한국인의 삶의 본질이 지난 분단 전쟁의 역사 속에 사라졌다면, 그것을 되찾는 일은 그 역사를 거슬러 오르고 현재의 삶의 뿌리를 더듬어 올라가서 탐구해야 한다고 보는 것이다. 그런 의미에서 「아베의 가족」은 한국인이 잃어버린 보편적인 삶의 본질을 공동체의 기억 속에서 되찾는 소설의 전형적인 예라 할 수 있다. 자기 정체성 찾기 모티프는 이 소설의 핵심적인 부분이다. 역사의 상흔을 극복할 수 있는 힘도 이러한 공동체의 삶의 본질을 회복하고자 하는 노력을 지속할 때 비로소 성숙할 수 있음을 말해 주는 작품이다.

3. 실향민의 삶의 고통과 향수—유재용의 소설

전상국의 소설에도 실향민이 등장하지만, 유재용(1968년 등단)은 이 실향민의 삶의 고통과 향수를 본격적으로 탐구하고 있는 작가이다. 중편「그림자」(1982)와「달빛과 폐허」(1987)는 그의 실향민 의식이 단적으로 드러나 있는 예에 속한다. 두 소설 주인공 모두 실향민으로 되어 있는데, 이는 작가 자신의 실제 처지를 대변하는 것이다.

「그림자」의 경우, 이 작품은 그 제목에서 보듯 작중인물들에 드리운 삶의 '그림자'를 다룬 것이다. 그 그림자의 실체는 다름 아닌 실향민만이 간직하고 있는 고향 상실의 상처와 관련되어 있다는 이것이 이 소설의 기본 구조이지만, 그 상처의 실상과 깊이를 드러내고 보인다는 것이 이 소설의 의도이다. 주인공 장순구는 아버지 작고 후 결혼하여 직장 생활을 하다가 퇴직, 퇴직금으로 서울 변두리에 아동복 가게를 내고 성실히 살아가고 있는데, 그에게는 두 가지 고민이 있다. 하나는 결혼한 누이동생이 잦은 부부싸움 끝에 툭하면 순구네 집으로 찾아와 그들 부부를 괴롭히는 것이다. 그녀는 정상적이라고 하기는 곤란한 성격의 소유자로 두 번 이혼한 일이 있는데 현재는 세 번째 결혼생활을 하고 있다. 순구의 아내는 견디다 못해 그녀를 "구제불능의 인간 망종" 취급을 하고 있다. 다른 하나는 고향 친구 조근석(그는 순구와 함때 누이동생과 결혼시키고 싶어 했던 인물이다.)에게 빌려준 돈을 떼일 처지에 놓여 있다는 사실이다. 이것은 친구와 그 자신의 사이의 신뢰 문제일 뿐 아니라 그와 아내 사이, 즉 남편으로서의 신뢰성 여부와 직결된 문제이다. 순구의 이 고민들을 따라가 보면, 고향을 잃고 객지에서 떠도는 북쪽이 고향인 실향민의 말 못할 사연과 남쪽이 고향인 정주민 사이의 보이지 않는 갈등이 잠복되어 있다. 순구의 결혼만 해도 "근원 없는 뜨내기"라고 불신하여 결혼을 반대했던 장모 때문에 괴로움을 겪어야 했던 일이 있다. 말하자면 순구의 삶은 여러모로 괴로운 것이다.

이 괴로움의 근원은 무엇인가. 순구 자신이 실향민이기 때문이다. 그에게는 말 못할 사연이 있다. 그는 6·25전쟁 전 어머니를 고향에 남겨두고 아버지와 단둘이 38선을 넘어왔다. 하나뿐인 누이동생 순애는 전쟁 중에 간신히 데려왔다. 사정이 그렇데 된 데는 아무에게도 말 못하는 내력이 있다. 왜정 때 아버지는 북쪽 고향에서 정미소를 경영하면서 농사를 짓고 있었으나 해방 후 세상이 바뀌어 공산 치하가 되자 가족들은 모든 재산을 몰수당하는 비운을 겪는다. 당시 소학교 교원이던 어머니는 여성동맹위원장으로 차출되어 자주 집 밖으로 다녔는데, 그것이 아버지의 '의처증'을 가져오고 그 때문에 부모는 마침내 이혼하였다. 당시 어린 순애는 친딸임에도 불구하고 아버지가 어머니의 불륜의 씨앗으로 치부하여, 아버지와 월남한 뒤에 순구가 가서 데려올 때까지 한동안 어머니가 맡아 기르고 있는 바람에 헤어져 살았다. 그런데 서울로 데려온 어린 순애를 아버지가 받아들이지 않아, 다시 고아원에 맡겼고, 그녀는 순구가 제대 후 취직할 때까지 그곳에서 고아처럼 혼자 성장하였다. 그녀는 상처를 많이 받았고, "사무실 사환, 상점 점원, 공장 직공" 등의 생활을 전전하며 불쌍하게 자랐다. 그녀의 정서적 불안과 결혼생활에서의 부적응증의 이면에는 이러한 말 못할 사연이 있는 것이다. 순구가 고향 친구들과 자주 어울리고, 순애에게 남다른 애착을 보이는 데는 그가 실향민이고 순애가 하나뿐인 동생이라는 사실이 놓여 있다. 그는 조근식을 통해 '고향'을, 순애를 통해 '어머니'를 본다. 이러한 순구의 두 마음을 모르는 아내는 그가 '지난날의 허깨비'에 사로잡혀 있다고 말한다. 요컨대 고향 상실과 어머니와의 이별이 가져온 실향민의 기억 속의 상흔이 현재의 가정생활의 '그림자'로 나타나고 있는 것이다.

실향민이 지닌 그 '그림자'는 숙명적인 것으로서 결코 벗어날 수도 없다는 것이 이 소설의 의미이다. 순구는 말한다. "북쪽에 고향을 두고 온 사람들에게는 고향을 떠나온 사실이 지난 일이 아니라 지금 벌어지구 있는 일이야. (…) 고향 가는 길이 뚫리지 않구 내가 살아있는 한 고향을 잃어버린 일은 과거 속에 파묻힐 수 없는 영원한 현재야." 그의 아내가 그 '허깨비'를 결코 떼낼 수 없게 되어 있는 것이다. '길고 긴 순애의 외롭고 아픈 방황'은 순구 자신의 것이기도 하다.

순구의 탈출구는 휴전선을 지척에 둔 와수리행 버스에 오르는 것이다. 고향에 가까이 가 보는 것—그것만이 주인공의 위안이 된다. 독자는 여기서 결코 치유할 길이 없는 실향민의 향수가 단순한 향수가 아닌 고통스러운 것임을 이해할 수 있다.

「달빛과 폐허」는 실향민의 고통과 향수를 좀 더 적극적으로 탐구하고 있는 작품이다. "채두영이 철원을 떠난 것이 만 아홉 살 때였다. (…) 만 사십 년이라는 세월이 뿌옇게 흐려져 안개막처럼 기억 앞에 놓여 있었다." 실향민인 이 소설의 주인공은 그 '안개막'을 걷어 내고 두고 온 고향(구철원), 이제는 휴전선 속에서 폐허로 변해 버린 그 고향 땅 안으로 모험적인 기행을 감행한다. 그 기행의 내력과 구철원 폐허에서의 체험이 이 소설의 내용이다.

아버지와 함께 고향 가까운 휴전선 인근 마을(육단리, 다목리 등)을 자주 찾았던 채두영은 아버지 사망 후 다시 그곳 여행을 하던 중 비슷한 처지에 있는 사학도 하명구를 만나, 함께 민통선 북방 지역 사적 탐사반에 끼어 아버지가 꿈에 그리던 구철원 땅을 밟는다. 그러나 아버지로부터 귀가 닳도록 들어온 고향의 증조부가 오랫동안 공들여 지었다던 큰 집과 집 앞 골목길 마을의 금융조합과 철원극장 등은 모두 흔적조차 찾을 수 없다. 전란으로 폐허로 변했기 때문이다. 그러나 주인공은 답사반의 텐트에 남아 달빛 교교한 폐허 속에서 그 자리를 휩쓸고 지나간 전쟁의 포성과 그 이전의 아버지가 살던 집과 그 집이 들어서기 전 그곳에 나라를 세웠던 궁예의 말발굽 소리를 환청, 환각 속에서 추체험한다. 말하자면 환각 속의 귀향과 고향의 역사 기행을 체험한다. 이 환각에 기댄 고향 체험이야말로 이 소설의 주요한 특성인데, 이러한 방식의 선택은 그 나름의 필연성을 띠고 있다. 모든 것이 폐허로 사라진 마당에 환각에 의하지 않고서는 잃어버린 고향을 되찾을 수 있는 방안이 달리 없기 때문이다.

이 작품은 여전히 실향민의 향수를 다룬 것이면서도 「그림자」의 조순구의 휴전선 마을 기행(향수 달래기)에 비해 한결 진전된 문제의식을 보여 준 것이라 할 수 있다. 실향민의 향수가 역사의식과 관련되어 있는 것이다. 작가의 역사의식은 두 가지로 요약해 볼 수 있다. 우선 역사의 신화화, 전설화에 대한 경계심이다. 예컨대 철원 한탄강의 '승일교'(이 다리에는 남쪽은 이승만이, 북쪽은 김일성이 놓았다는 전설이 있다.) 전설은, 분단 현실의 다툼을 직시하게 하기보다는 냉혹한 현실과의 대결을 회피하거나 분단의 현실을 무의식으로 가려지게 할 수 있는 것이다. 분단 현실과 역사를 신화화(전설화)하지 말고 현실을 이성적으로 직시하여야 한다는 것이다. 다음으로 현재의 휴전선은 따지고 보면 '국경'이나 다름없다는 사실의 인식이다. 아무도 그것을 넘을 수 없고, 그 주변에서 서성거릴 수밖에 없는 현실이 그것을 증명해 준다. 휴전선 곳곳의 민통선도 이와 다르지 않다.

주인공의 달빛 아래서의 환각 속의 고향 체험과 역사 기행은 분단의 역사에 대한 이러한 이성적인 사유와 긴밀한 관련을 맺고 있다. 작품의 끝부분을 이루는 주인공이 환각 속에서 보는 '새로운 철원'에 대한 비전은, 고향을 잃어버리고 살아가는 실향민 자신의 새로운 역사에 대한 비전이라 할 수 있다. 그 '새로운 철원'의 비전은 폐허 위에 '아들이 빈 집터에서 새 집을 짓는 모습'이다.

4. 냉전 체제의 지속과 전쟁 미체험 세대의 분단 역사의식—임동헌, 이순원, 김소진의 소설

전쟁 체험 세대들의 작품들은 대체로 작가의 원숙기에 써진 것이어서 그 수준이 고른 편이다. 그러나 이 장에서 개관하고자 하는 전쟁 미체험 세대들의 분단 문제에 대한 작품들은 대개 작가 생활의 초기에 써진 것으로 그 완성도 면에서 미숙한 점이 없지 않다. 그렇기는 하나 이들의 분단 역사에 대한 의식은 선배 작가들에 비해 결코 뒤지지 않는다. 전쟁 미체험 세대로서 새로운 처지에 놓여 있기 때문에 이들의 작품이 다루고 있는 문제의 성격에서는 전쟁 체험 세대들의 그것과는 다른 점이 많이 발견된다. 임동헌 소설에 나타난 민통선 북방의 '개척촌'

주민들의 부자유스러운 삶의 문제, 이순원 소설이 다루고 있는 수복 지역 주민들의 이데올로기적 콤플렉스와 억압적인 정치와 분단 체제와의 관계, 김소진 소설의 주제인 반공 포로의 남쪽 생활의 적응 문제 등은 본고의 주제와 관련해 볼 때 결코 무시할 수 없는 문제라 할 수 있다. 여기서는 이들 젊은 작가들의 서로 다른 분단 역사의식을 작품을 주요 모티프를 중심으로 살펴보기로 한다.

임동헌의 장편소설『민통선 사람들』(1996)은 민통선 북방 '개척촌' 주민의 기억의 문학적 재창조를 통해 분단 체제의 고통을 해부한 소설이라는 점에서 매우 이채로운 작품이다. 작가 스스로 민통선 북방 "갈 수 없는 나라에 대한 최초의 문학적 보고서"라 밝히고 있듯이, 이 소설은 일반인에게는 낯선 철원 민통선 북쪽의 남방한계선에 인접한 마을의 생활 실태에 대한 문학적 보고이다. '개척촌'이란 넓은 평야지대로서 농사를 지을 수 있는 땅이지만, 남방한계선(남북이 대치하고 있는 군작전 지역)에 접하고 있는 특수성을 고려하여 그 지역 개척을 위해 대략 1970년대 초에 당국이 인위적으로 조성한 일종의 전략적인 마을을 지칭한다. 말하자면 군 당국의 보호하에 있는 남한의 최북단 마을이다.

이 작품은 작가의 체험과 기억에 바탕을 두고 있으며, 국민학교 6학년생이 이야기의 화자로 등장한다. 작가 자신이 1957년생이라는 사실을 염두에 두면, 그가 국민학교 6학년 때, 대략 1970년대 초쯤의 이야기로 짐작된다. 이야기는 간단하다. 군에서 상사로 제대한 화자의 아버지는 고향이 철원인 데다 집과 땅을 거저 준다는 소식을 듣고 가족들을 이끌고 그 개척촌 입주를 자원하여 들어간다. 이야기는 화자의 가족이 다시 그곳을 떠나오기까지 그곳에서 보낸 일 년 동안 보고 들은 여러 가지 삽화로 구성되어 있다.

그러나 그 삽화들은 냉전이 지속되고 있는 분단의 고통스런 현실을 다른 어떤 소설보다도 생생하게 드러내고 있다. 첫째, 주민들의 집은 모두 일정한 '호수'가 부여되고, 반장은 주민의 이름 대신 마이크를 통해 그 호수를 호출하고 전달 사항을 전한다. 둘째, 낮에 들에서 일할 때는 반드시 '흰옷'을 입어야 한다. 이는 인근의 군부대들이 주민임을 구별하기 위한 것이다. 셋째, 주민들은 민통선의 초소를 통해서만 바깥 출입을 할 수 있다. 북쪽의 휴전선이 국경의 일종이라면 이 민통선은 또 하나의 국경—'내적 국경'이라 할 수 있다. 주민들의 자유로운 활동의 제한은 여기서 필연적인 것이 된다. 넷째, 주민들의 생활은 곳곳에 널려 있는 지뢰와 만약의 경우에 야기될 수 있는 피아간의 총격전의 위험에 무방비 상태로 노출되어 있다. 주인공의 가족들의 입주 초의 공포와 불면, 아버지의 잦은 음주와 어머니와의 다툼이 말해 주듯 아버지의 당초의 기대와 민간인으로서의 새 생활의 꿈은 조만간 난관에 부딪친다. 민통선 밖 여고에 통학하던 고모가 정체불명의 군인에게 욕을 당하고, 나물 뜨러 갔던 어머니가 지뢰 사고를 당해 죽자 아버지는 남은 가족을 이끌고 그곳을 떠난다.

이 작품은 가족들의 현지에서의 적응 과정과 그 테두리가 좁은 공간에서 일어나는 자잘한 사건들을 중심으로 전개되는 세태소설적 성격을 띠고 있으나 주민들의 삶의 생태 분석에 주안점이 두어져 있어 장편으로서는 미흡한 점이 많다. 그러나 이 소설은 일반인의 기억 속에서 사라진 철원 지역 '개척촌'의 실상을 전면적으로 다룬 거의 유일한 작품이라는 점에서 그 의의가 크다. 이 소설 곳곳에 드러나 있는 개척촌 개

현대문학과 사회문화적 상상력

척 당시의 주민 생활의 통제와 부자유, 군사적 긴장과 생명의 위협 등은, 휴전 후의 냉전 체제, 분단 체제의 정치적 현실을 그 극단에서 전형적으로 보여 주는 것이라 할 수 있다. 민통선 북방 마을에서의 힘겨운 생존은 곧 냉전 체제에서의 한국인의 삶의 방식과 일맥상통한다.

이순원은 가족사의 아픈 기억 속에서 부모 세대들이 경험한 전쟁의 기억을 되살리는 소설을 쓴 바 있으나(「소」, 「아버지의 수레」) 그의 세대의식은 아버지와 위선적인 삶과 유신 치하에서 제5공화국 초입에 이르는 시기의 권위적, 억압적인 정권의 속성을 상호 연관 속에서 바라보면서 거짓의 가족사와 나쁜 역사를 다 같이 비판하고 있는 장편『우리들의 석기시대』(1991)에 잘 나타나 있다. 이 소설은 한 대학생의 작가로서의 성장 과정을 재구성한 성장소설의 일종이지만, 주인공이 바라는 정신적 성장(성숙)이 억압적인 가족사와 역사 모두에 구속됨으로써 자신의 이상을 찾지 못하고 방황과 좌절을 거듭하는 한 젊은이의 정신 구조와 그 정신을 둘러싼 현실 상황의 구조 분석에 초점이 맞춰지고 있다.

주인공의 아버지는 수복 지역인 양진(상상적인 장소)의 유지로서 '통일주체국민회의' 대의원에 출마한다. 아버지는 양조장을 소유하고 있는 양진 최고의 부자지만, 일정 때는 친일분자였고, 인공 치하의 유력자였다는 콤플렉스 때문에 '반공방첩', '멸공통일'을 외치며 대의원 선거에 나선다. 민족의 화해와 통일을 달성하기 위한 통일주체국민회의 출마자에게 이런 행위는 일종의 모순이다. 그 모순은 유신, 즉 국민의 반대에도 불구하고 헌법을 제정, 장기 독재를 꾀하고 있는 억압적인 정치권력의 모순과 엄밀히 대응된다. '한국적 민주주의 발전과 대통령의 일인 장기 독재'가 모순인 것처럼 아버지의 행동도 모순이다. 이 모순을 은폐하고 있다는 점에서 아버지와 정치권력은 모두 같다. 주인공의 이러한 인식은 '아버지와 정치권력 형태'가 모두 분단 체제의 산물이라는 사실을 드러낸다. 주인공의 꿈은 '갈매기'의 꿈으로 대변되는 자유와 진실에 충실한 가족공동체, 민족공동체의 삶이지만, 지속되는 억압적인 현실과 이 꿈 사이의 거리는 얼마나 먼가.

주인공이 '유신헌법' 철폐 데모에 참가하는 행위는 이 거리를 좁히려는 주체적인 행동이라 할 수 있다. 그는 끝없이 검열에 시달리는 대학 신문사 기자 생활을 그만두고, 소설 쓰기에 전념한다. 그의 문학의 길 선택은 현실의 모순을 넘어 삶의 진실에 이르려는 그 나름의 새로운 삶의 방식의 선택이다.

이순원이 모순으로 가득 찬 가족사와 역사를 통해 분단의 역사를 인식하고 있다면, 김소진은 반공 포로였던 아버지의 삶을 통해 지속되는 분단의 아픔을 내면화한다. 김소진의 단편 「쥐잡기」(1991)는 바로 그러한 인식의 산물이다. 반공 포로로서 강원도 철원에 정착하여 한평생 가난 속에서 쓸쓸한 삶을 살다 작고한 작가 자신의 아버지에 대한 소설적 제문(祭文)이라 할 수 있는 이 소설에는 세 개의 '쥐' 이야기가 나온다.

첫째는 현재 대학생 신분인 주인공이 잡으려고 하는 쥐이다. 그는 지금 '쥐 노이로제'에 걸려 있다. 집안의 생계수단으로 아버지가 물려준 구멍가게의 잡화들을 쥐가 다 망가뜨리고 있는 것이다. 둘째는 작년 이맘때쯤 아버지가 살아 있을 때 아버지가 보여 준 쥐잡기 솜씨이다. 셋째는 옛날 거제도 포로수용소에 있을 때 아버지가 길렀던 쥐이다. 그 '쥐'는 아버지의 위태로웠던 생명을 구해 주었고(잠결에 군화를 갉아먹는 쥐 소리를 듣고 잠을 깨어 화장실에 간 덕분에 아버지는 목숨을 구

현대문학과 사회문화적 상상력

했다고 한다.) 아버지가 남쪽과 북쪽을 놓고 어느 곳으로 갈 것인가 고민할 때 그가 지니고 있던 쥐가 마루에 그어진 경계선의 저쪽으로 쪼르르 도망을 치는 바람에 그 뒤를 따라 간 것이 그의 남한 선택이라는 운명으로 귀결되었다. 고향인 북에는 가족이 있었으나, 아버지는 그곳으로 가지 않았던 것이다. 중요한 것은 "웬 쥐였냐구? 글쎄 모르지. 맹탕 헷것이 눈에 끼었는지두. 언젠간 돌아가겠지 하며 살다보니…"라는 아버지 생전에 아버지가 그에게 한 말이다. '맹탕 헷것'—이것은 반공 포로였던 아버지가 자신의 일생을 두고 하는 말이다. 이 진술 속에 아버지의 허무한 인생이 요약되어 있다. 주인공은 사진틀에 모셔 놓은 아버지의 모습을 바라보며 그의 쓸쓸한 인생을 추모하는 것이다. 주인공은 가게 안에 든 쥐 잡기에 실패한다. 이 이야기는 다른 분단·이산 소설과는 달리 반공 포로의 기구한 일생을 아들의 시선으로 그리고 있다는 점에서 특징적이다.

김소진은 임동헌, 이순원과 함께 선배들과는 서로 다른 시각에서 각각 분단·이산 문제를 다루고 있다.

5. 한국문학과 강원 지역 문학

강원도 출신 작가들의 소설에 나타난 분단·이산 모티프들은 다양하다. 전쟁의 참상과 가족 간의 이산과 재회, 전쟁이 남긴 비극적 상흔과 잃어버린 정체성, 실향민의 고통과 고향에 대한 향수, 민통선 북방, 개척촌 주민들의 부자유스러운 생활, 억압적인 정치권력과 어두운 역사의 바깥에서 은밀하게 작용하고 있는 냉전 체제와 분단의 역사, 반공 포로의 쓸쓸한 인생—이 모든 것이 6·25, 분단, 이데올로기의 갈등의 산물이다. 이러한 사실은 지금까지의 전상국에서 김소진에 이르는 여러 작가들의 소설 작품들이 구체적으로 증명해 주고 있다. 이들 소설에 나타나 있는 이러한 문제들은 그대로 강원도 주민들의 구체적인 생활과 체험이라고도 할 수 있다. 문학작품은 나날의 삶에 바탕을 두고 있으며, 그 삶의 실상이 가장 구체적으로 첨예하게 드러나고 있는 곳이 바로 소설이라고 할 수 있겠기 때문이다.

6·25와 국토의 분단, 민족의 이산이 남겨 놓은 역사의 상처는 현재에도 지속되고 있다. 그 상처의 극복 방법의 하나는「아베의 가족」의 주인공처럼 전쟁의 상흔과 분단의 현실을 재인식함으로써 잃어버린 현실을 재인식함으로써 잃어버린 정체성을 회복하려는 이성적인 노력을 지속하는 것일지도 모른다. 또는「달빛과 폐허」의 주인공이나『우리들의 석기시대』의 주인공처럼 신화(전설)로 변하고 있는 역사에서 그 신화를 걷어 내고 현실의 역사를 냉정하게 정확하게 인식하는 것일 수도 있다. 그러나 소설은 모든 문제를 해결하려는 문학 형식이라기보다는 끝없이 질문하고 삶과 역사의 문제를 제기하기 위한 형식이다. 문제의 해결 방안을 생각해 보는 일은 그 소설을 읽는 독자들의 몫이다.

지금까지 살펴본 몇몇 강원도 지역 출신 작가들의 작품 분석을 통해 잘 드러나는 바와 같이 분단·이산의 주제는 전쟁 체험 세대를 넘어 이후의 세대들에게도 중요한 관심사가 되고 있으며, 그 소재와 문학적 시각 양면에서 다양한 모습을 보인다. 이순원 소설에 등장하는 수복 지역으로서의 '양진'이라는 상상적 장소, 임동헌이 다루는 구철원 비무장지대의 '개척촌' 같은 장소는 다른 지역 작가의 문학작품에서는 찾아

볼 수 없는 강원도 지역 문학만의 독특한 장소성을 지니고 있다고 할수 있다. 그런 독특한 장소성을 창작의 시공간으로 끌어들이는 작업은 그 장소성을 잘 아는 지역 작가만이 할 수 있다. 그런 의미에서 한국문학 연구는 각 지역의 특수성을 사유할 수 있는 '지역문학'이라는 개념을 적극적으로 상정할 때 새로운 진전을 기대할 수 있다. 이를 위해서는 다양한 수준에서의 지리비평 또는 문학지리학의 방법 도입이 필요할 것이다.

분단 · 이산의 문제는, 이 글 앞머리에서 지적한 바와 같이, 한국 현대문학의 지속적인 주제의 하나이다. 강원도 지역 출신 작가들의 소설속에 등장하는 여러 인물들이 제기하는 삶의 질곡이나 역사의 상흔들이 다른 지역 작가들의 분단 · 이산 관련 작품들에 나타난 상흔들과 어떤 차이점을 드러내고 있는가 하는 점을 검토해 보는 일은 이 주제에 대한 이해를 심화할 수 있는 작업이 될 것이다.

일상성의 서사와
개인적 욕망의 스펙트럼
— 1990년대 신세대 소설의 비평적 개관

1. 1990년대 소설의 분화와 질주 — 장정일에서 전경린까지

　1990년대는 한국 사회와 문화 전반에 급격한 변화가 이루어진 한국 문학의 전환기이다. 이 변화는 그로부터 10년의 시간이 경과한 현재의 눈으로 볼 때 더욱 뚜렷하다. 1970, 80년대까지 문학의 큰 주류를 이루었던 사회, 역사적 상상력의 문학의 약화 현상, 개인과 가족의 문제를 중시하는 신세대 작가 특히 여성 작가들의 전면적 부상(浮上)과 약진, 서점의 소설 코너에서 확인할 수 있는 수많은 새로운 작가들의 등장, 전반적으로 확 달라진 문화적 분위기 등의 요인도, 이를 거슬러 올라가면 모두 1990년대 초의 국내의 정치적 변화에서 비롯되는 것이라 할 수 있다. 그 변화의 결정적 시기는 1980년대 말에서 1990년대 초에 이르는 시기이고, 그 변화의 중요한 요인은 오랜 숙원이었던 정치적 민주화의 실현이었다. 수십 년간 지속된 권위주의적 정권의 종언(문민정부의 탄생)과 독일 통일, 소련과 동구권의 해체에 따른 국내외의 새로운 변화의 기운은 사회 전반에 확산되어 문화계의 풍토를 서서히 바꾸어 놓았다. 좁고 긴 협곡을 만나 함께 모여 급한 물살을 이루며 흘러왔던 강물은 갑자기 평지를 만나면 부채처럼 넓게 퍼지면서 다양한 물결 무늬를 이루며 흘러간다. 문학의 흐름도 비슷하다. 민주화 이전의 문학의 흐름 속에 잠재되어 있던 다양한 문학적 에너지들이 이후 표면으로 그 얼굴을 드러내면서 새로운 생성과 변화를 거듭하고 있다. 이 새로운 물결은 그 안에 어떤 보이지 않는 역동성과 어떤 속도를 간직하고 있다. 신경숙, 윤대녕, 성석제, 전경린 등 새로운 감수성의 작가들의 대거 등장과 이들 신세대 작가들의 행진이 소설의 전통과 분위기를 단기간 안에 바꾸어 놓았다는 사실은 주목할 만하다. 그 변화는 현재에도 이어지고 있다. "모든 단단한 것은 공기 속에 사라지"는, 현대사회의 그 발빠른 변화와 속도와 어떤 신생의 기운을 실감할 수 있다. 전대의 문학을 나타내는 기호가 대체로 '민중'이었다고 한다면 이 시대는 그 기호가 퇴조한 자리에서 단일 기호로 지칭하기 어려운, 다양한 문학적 욕망이 분출하면서 그것들이 쌓여 어느새 새로운 문학적 지형도를 형성해 갔던 시대이다.

전환기로 지칭되는 1990년대 소설의 특성은 대체로 다음 세 가지로 요약해 볼 수 있다. (1) 사회, 역사적 상상력의 점진적 약화, (2) 민주화 이전의 문학이 상대적으로 소홀히 했던 개인 주체의 성장 이야기와 일상성의 회복, 또는 일상성으로의 회귀, (3) 소재-주제 양면에서의 공동체의 집단적, 공적 영역으로부터 사적 영역으로의 관심 전환. 이런 특성은 당시의 대부분의 소설에서 발견할 수 있지만 특히 신세대 작가들의 소설 작품에서 생생하게 나타나며, 이들의 소설은 이 시대 소설의

현대문학과 사회문화적 상상력

흐름의 일반적 양상을 대변하다시피 하고 있다. 이 시대 소설의 특성 중에서 (1)은 소설의 탈정치화 경향을 말하는 것으로서, (2), (3)의 현상과 서로 맞물려 있다. 이것을 달리 설명하면, 종전의 권위주의 사회에서 억압, 배제되었거나 뒷전으로 밀려나 있었거나 작가들이 잠시 접어 두었던 타자들, 즉 개인, 여성성, 가족, 일상 등의 재발견과 그 문학적 복원, 복권이라 할 수 있다. 프로이트의 지적대로 '한때 억압, 배제되었던 것'은 언젠가 돌아오고 자기 주장을 하게 마련이다. 억압적 근대에 대한 반성, 근대성의 재인식, 각종 '중심주의'에 대한 반성, 페미니즘론, 문학 중심 담론에서 접어 두었던 문화론, 대중문화론(하위문화론) 등이 1990년대 문단의 중요한 이슈로 등장했던 사실은, 민주화 이후의 새로운 시대의 사회문화적 분위기가 어떠했는지 이해하는 데 중요한 문학적 지표가 된다고 할 수 있다. 이 시대 문학의 새로운 지형은 신세대 작가들의 소설 주변에서 생생하게 나타난다. 소설의 변화를 주도한 이들의 새로운 소설 경향은 다양한 스펙트럼을 보여 주지만, 대체로 대중문화 체험의 적극 수용, 인물의 개인적 성장사에 대한 적극적인 관심, 시적 문체의 사용, 사랑이나 가족과 일상 세계의 소설화 경향 등은 이 시대 소설의 지배적인 중요한 특성이라고 할 수 있다.

한 시대의 소설을 개관하는 방법에는 여러 가지가 있겠지만, 가장 이상적인 방법은 기성 작가, 신진 작가를 통틀어 당대에 출판된 모든 작품을 통독하고 그중에서 문학적 향기가 높은 작품을 가려 이를 문학사적인 시각에서 정리하는 것이다. 그러나 이것은 좀 더 시일을 요구하는 작업이다. 그래서 여기서는 1990년대를 전환기로 이해하면서 당시 소설이 보여 준 문학적 변화의 양상을 가장 생생하게 보여 주고 있는,

몇몇 신세대 작가의 소설을 중심으로 그 변화의 일반적 양상을 개관하는 데 주안점을 두고자 한다. 물론 이들의 작품이 이 시대에 나온 모든 소설 작품 전체를 대표하는 것이라고는 말할 수는 없을 것이다. 그러나 이들의 작품을 제외하고서는 1990년대 소설의 흐름을 제대로 이해하기 곤란한 것도 사실이다. 이들은 민주화 이후의 한국 소설의 변화된 문학적 풍경을 대변하고 있을 뿐만 아니라, 4·19 세대를 중심축으로 하는 한국 소설의 전통에 새로운 바람을 일으키면서, 문단의 새로운 주역으로, 새로운 문학 세대로 떠오르고 있다. 우리는 이 새로운 세대 작가들의 대거 등장 현상뿐 아니라, 이들이 지난 십 년 동안 누구보다도 많은 작품을 발표했다는 사실과—이들은 몇 권의 단편집 외에 한결같이 여러 편의 장편을 출판하고 있다—폭넓은 독자층을 확보하면서, 우리 시대의 소설의 한 흐름을 형성하기 시작했다는 사실에 주목하고자 한다. 이들은 그저 몇 편의 작품을 남긴 단순한 작가들이 아니다. 대개 1960년대생인 이들의 이름은, 오늘날 한국 소설계를 말할 때에도 빼놓을 수 없는 존재가 되어 있으며, 작가로서 크게 성장해 있다. 1990년대에서 오늘날에 이르는 소설의 흐름을 이해하자면 이들의 소설을 읽어야 한다.

이 소설 개관은 개별 작가들의 작품 개관과 간단한 종합과 요약 두 부분으로 구성되어 있다. 우선 개관의 대상으로 삼은 신세대 작가로서는, 1990년대에 등장한 여러 작가들 중에서 여러 비평가들에 의해 자주 조명된 문제작을 발표한 작가로 하되, 여러 편의 장편소설을 쓴 작가, 이 시대의 소설의 흐름을 이해하는 데 도움이 될 만한 작가들을 우선적으로 고려하였다. 신진 작가들과 읽어야 할 작품이 너무 많아, 대

현대문학과 사회문화적 상상력

상 선정은 엄밀한 객관적 기준에 의해서라기보다는 필자의 독서 범위와 필자의 주관에 의한 자의적인 것이다. 이 개관의 의도는, 여러 작가의 소설을 통해 이 시대의 소설의 다양한 경향과 소설의 변화의 실상을 개관하면서, 동시대 문학 전반을 파악할 수 있는 하나의 관점을 제공하는 데 있다. 이 글은 신세대 작가 하나 하나의 소설 세계를 자세히 이해하기 보다는 전반적 특성 파악에 역점을 두고 있다. 일상성 속에 잠복되어 있던 다양한 문학적 욕망을 표출하고자 하는 이들의 소설의 경향을 이 글에서는 대체로 (1) 대중문화의 수용과 소설 형식의 실험(장정일, 김영하, 백민석), (2) 집단적, 공적 기억의 내면화와 자율적 주체의 구성(신경숙, 윤대녕), (3) 변두리 인물의 발견과 구연 이야기체 소설의 등장(성석제), (4) 사랑, 가족 이야기와 여성 주체의 성장(은희경, 전경린) 등 네 가지로 나누어 이해할 것이다. 이러한 구분은 논의의 편의를 위한 것이다. 다음으로 이들의 소설에 대한 종합적 재론은 개별 작품을 넘어서는 민주화 이후의 소설의 변화를 이해하기 위한 것이다. 신세대 소설의 역사적 의의를 이 시대의 문화적 맥락에서 생각해 보고자 한다.

2. 대중문화의 수용과 소설 형식의 실험
— 장정일, 김영하, 백민석

민주화의 운동의 목표의 하나가 사회 전반의 민주화이고, 이것이 개인의 자율성의 증대와 자기 표현 기회의 확대를 의미하는 것이기도 하다면, 개인 주체의 재발견과 '개인의 성장 이야기'에 역점을 둔 소설의 전면화와 그 확산 현상은 그 자체가 민주화의 한 결과라고 할 수 있다.

개인과 사적 영역의 재발견과 그 문학적 복원은 가족과 사랑의 재인식, 개인의 내부에서 잠재되어 있던 다양한 욕망과 취향의 복권과 뒤섞이며 신세대 소설의 다양한 이야기를 구성하는 동력으로 작용하지만, 그 표현 방식에서는 작가에 따라 다양한 편차를 보인다.

(1) 신세대 문학의 중요한 표지의 하나로서 우선적으로 거론할 수 있는 것이 바로 대중문화(음악, 영화, 컴퓨터 게임 등)의 수용이다. 장정일, 김영하, 백민석 등의 작품의 경우가 특히 그렇다. 대중문화를 적극적으로 수용한 소설의 등장은, 소설은 진지한 예술이고 대중문화와는 거리를 두어야 한다고 믿어 왔던 종래의 통념으로 보면 새롭고 낯선 풍경이다. 문학과 대중문학의 만남 현상은, 대중문화의 확산 속에 성장한 세대의 등장을 알리는 세대적 기호와 같은 것이라 할 수 있다. 장정일이—그는 1980년대에 이미 몇 권의 시와 희곡을 발표한 적이 있다.—이 방면의 선구자라면, 김영하와 백민석은 그 뒤를 이은 작가이다.

장정일(1962~)은『아담이 눈뜰 때』(1990),『너에게 나를 보낸다』(1992),『너희가 재즈를 믿느냐』(1994),『내게 거짓말을 해봐』(1996) 등의 여러 실험적인 장편을 잇달아 발표하여 90년대 전반기에 독자의 눈길을 끌었다. "내 나이 열아홉, 그때 내가 가지고 싶었던 것은 타자기와 뭉크 화집과 카세트 라디오에 연결하여 레코드를 들을 수 있게 하는 턴테이블이었다"(『아담이 눈뜰 때』). 이 문장은 개인적 취향과 욕망을 중시하는 대중사회에서의 장정일 소설의 성격과 지향점을 잘 보여 준다. 대학 입시에 실패한 한 재수생의 대도시 이면 편력과 이를 통한 정신적 성장 과정을 다룬 이 소설에서, 그 성장이 여러 성적 편력을 포함하고

현대문학과 사회문화적 상상력

있다는 점과, 주인공의 욕망이 인용한 문장에서 보듯 물질이나 상품의 형태를 띠고 있다는 사실은 주목할 만하다. 그의 작품에 등장하는 '타자기, 뭉크 화집, 턴테이블' 등은 작중인물의 현실적 욕망의 대상이자 상품이라는 이중적 의미를 지닌다. 이 상품에 대한 욕망은 대학 진학을 포기하고 작가의 길을 걷고자 하는 주인공의 사회적 욕망, 즉 '글쓰기, 예술, 대중문화 취향' 등과 관련되어 있으며, 그의 소설의 서사는 이 욕망의 충족 과정 자체에 주안점을 두고 있다. 장정일 소설은 이 상품에 대한 욕망과 소설 쓰기를 동일 차원에서 설정하면서 전개되는바, 그 점에서 그의 소설은 대중 소비 사회에서의 개인적 욕망의 탐구가 바로 소설이라고 보는 소설의 등장을 생생하게 보여 준다. 그 욕망 중에서 특히 강조되는 것은, 글쓰기라는 욕망 자체이다. 이 소설의 또 하나의 특성은 서사와 묘사 외에 현대사회와 예술에 대한 여러 지적 담론들이 자주 인용되고 있다는 사실이다. 이것은 불확실한 현실을 마주하고 소설을 써야 하는 작가(주인공)가 그 현실을 더 잘 이해하기 위해 스스로 의지하고 참조하는 지적 정보로서, 정보의 수용(인용)은, 패러디와 함께 장정일 소설의 중요한 방법의 하나이다.

『너에게 나를 보낸다』는 정보와 패러디에 의존하는 그의 소설 쓰기의 지향점을 잘 보여 준다. 실험성이 강한 이 소설은 세 가지 차원에서 이해할 수 있다. 첫째, 파편적 경험의 조합으로서의 소설 쓰기를 보여 준다. 세 사람의 '인생 유전'을 다룬 이 작품은 모두 345개의 단편으로 구성되어 있다. (그 단편들은 후쿠야마의 『역사의 종언』, 도스토예프스키의 소설, 카프카의 소설 등 작가가 읽은 여러 작가의 작품에서 가져온 잡다한 인용문과 작가 자신의 단상들을 섞어 놓은 것이다.) 이런 단편식 서술 방식은 삶의 전체성과 통일성을 잃어버린 작중인물이 보여 주는 인생 유전의 이야기를 효과적으로 전개하기 위한 것이다. 둘째, 개인의 통일된 정체성이 흔들리는 삶의 불확실성을 다룬다. 이 삶의 불확실성, 고정된 정체성에 대한 작가의 부정은 돌고 도는 세 인물의, 방금 언급한 '인생 유전' 이야기를 통해 구현된다. 진실한 작품을 쓰려던 '작가'는 표절 작가로 전락하고, 한때 문학도였던 '은행원'은 인기 작가로 성공하고, 섬유공장에 다니며 작가와 동거하는 '바지 입은 여자'는 창녀로 전락하며, 그 창녀는 유력자의 눈에 띄어 속옷 광고의 모델(배우)로 성공하고, 표절 작가는 그녀(배우)의 '가방모찌'가 된다. 인간에게 어떤 불변의 정체성이란 없으며, 진리는 변한다는 것이 소설의 숨겨진 메시지이다. 셋째, 패러디를 소설의 방법으로 활용한다. 인용은 벌써 패러디에 가까이 가는 것이지만, 이 소설은 "치치올리나가 국회의원이 되고, 마유미가 베스트셀러 작가가 되고, 치과 의사가 국수집 주인이 된다"(소설의 앞부분에 인용된 글)는 풍문을 패러디한 것이다. 이 소설의 기본 발상법은 패러디이다. 넷째, 소설과 리얼리티에 대한 통념의 전복과 유희로서의 글쓰기를 보여 준다. 소설은 허구라 보면서 과거의 소설이 보여 주던 그 엄숙주의를 전복한다. 유희 정신과 경쾌함이 넘치는 실험성이 강한 이 소설은 장정일의 대표작이라 할 수 있다.

이후 그는 재즈적인 즉흥적인 소설 쓰기를 실험하기도 하고, 통상적인 소설을 넘어선 포르노그래피에 가까운 소설 『내게 거짓말을 해봐』를 출판하기도 한다. 화가 '제이'와 여고생 '와이'의 성적 일탈과, 성애의 탐닉을 그린 이 소설은 섹스에 대한 사회적 금기에 도전한 것이라 하겠으나, 통상적인 소설을 넘어선 포르노그래피, 상업주의 냄새를 풍기는 통속소설이다. (이 소설은 판매 금지되고 작가는 유죄판결을 받았다.) 그의 소설은, 소설과 소설가 모두에 대한 통념에 부정하는 실험적인 소설의 가능성과 그 한계까지를 함께 보여 준 것이라 할 수 있다. 인간 내면의 어두운 성적 충동(도착적(倒錯的)인 섹스, 새디즘과 마조히즘)을 적나라하게 표현하는 단계로까지 나가고 있어서 이채롭다. 장정일의 포르노그래피 소설은, 백민석의 괴기소설과 함께 소설의 금기에 도전하고자 하는 이 시대의 문화적 풍경의 일부를 이룬다.

(2) 김영하(1968~)의 소설의 특성은 그의 초기 단편「삼국지라는 이름과 천국」,「전태일과 쇼걸」에 잘 나타나 있다. 앞의 작품은 대학 시절 민주화 운동의 기억을 가진 인물이, 사회에 나와 자동차 판매업체의 직원으로 근무하면서, 개인용 컴퓨터 게임 '삼국지'에 몰두하는 이야기이다. 소설의 대부분이 삼국지 게임 이야기로 채워져 있다. 이 게임은 복합적인 의미를 지닌다. 판매 실적이 저조한 무능 사원으로 몰려 상급자로부터 질타를 당한 후 집에 와서 게임에 몰두하는 데서 드러나듯, 컴퓨터 게임은 조직 사회의 부적응과 그에 따른 현실도피의 공간이자, 개인적 욕망을 대리 충족시킬 수 있는 개인적 취향의 세계를 의미한다. 주인공은 가상공간에서의 게임을 현실적인 생활과 동일시하기도 한다. 그는 게임에 여러 전략을 구사해 보지만 실패하면서 '적'(직장의 상사)과의 타협을 생각한다. 가상 세계를 통해 현실을 보고자 하는 그의 소설은 도시의 거리의 충만한 이미지와 현실에 대한 상념으로 확대된다. 뒤의 작품은 영화 '전태일'과 '쇼걸'의 동시 상연을 알리는 극장가의 광고판의 이미지에 대한 상념을 다룬 것이다. 그것은 질적으로 다른 영화지만, 상품과 교환이라는 동일한 원리가 지배하는 변화된 세태

와, 그 얼굴을 숨기고 있는 현대 소비사회의 거리의 풍경의 일부라는 점에서 동일한 의미를 가진다. 주인공은 이 영화를 옛 애인과 함께 보고자 하지만 뜻대로 되지 않는다. 작중인물은 끝에서 이 영화들은 모두 혼자 보기에 적당한 영화라고 생각한다. 김영하 소설은 이처럼 현대 조직사회에서의 생활의 곤경과 고립, 그리고 따분한 일상을 다루면서 그로부터 벗어나고자 하는 일탈 욕망과 어떤 충격 체험에 대한 유혹을 다룬 것이 많다. 이 욕망은 게임(영화)으로 나타나기도 하지만, 섹스나 환상 같은 것으로 표현되는 경우도 있다(「피뢰침」, 「고압선」). 그는 '사이버 모험가'(신수정)인 동시에 따분한 일상을 벗어날 수 있는, 충격 체험 애호가이다.

　장편 『나는 나를 파괴할 권리가 있다』(1996)는 가상의 이야기 즉 판타지 소설이다. 삶을 포기하고자 하는 사람을 도와주는 자살 안내업자의 이야기이다. 섹스는 여기서도 빈번하게 등장한다. '죽음'을 그린 두 편의 서양 미술작품을 이야기의 서사적 장치로 활용하고 있는 이 소설에서, 두 여자의 죽음을 안내하는 남자 주인공은, 인간의 죽음을 주재하는 자, 즉 신과 같은 역할을 맡는 인간으로 표현되어 있다. 삶은 너절한 것이며, 현실은 그럭저럭 살아가거나 자살하거나 양자택일을 요구한다는 것, 각자는 죽을 권리가 있다는 것이 이 소설의 의미이다. 현실과 환상, 실재와 가상이 착종된 판타지 형식을 보여 주고 있다는 점에서 특기할 만하다. 현대인의 고립과 현실에 대한 환멸을 읽을 수 있는 소설이다. 가상현실에 대한 작가의 관심은 민담에 대한 관심으로 이어지기도 한다. 어떤 고을에 사또가 부임한 첫날 밤 억울하게 죽은 여자 귀신이 나타나고, 사또가 그 원한을 풀어 준다는 아랑의 전설을 현대 속에서 재창조한 장편『아랑은 왜』(2001)가 이에 해당된다. 이 소설에서 작가는 옛이야기를 지금 이곳에 새롭게 전하는 이야기꾼일 뿐이다. 그는 다른 동세대 작가들과는 달리 자전적 소설을 쓰지 않고, 대신 환상(가상 세계)이나 민담에 끌리고 있다. 판타지 영화나 게임 같은 가상현실 세계에서 아이디어를 얻고 있는 그의 소설은, 소설은 현실의 재현이 아니라 인공적으로 만들어진 환상적인 이야기로 재정의하고 싶어 한다. 그의 소설은 90년대 문단의 또 하나의 새로운 풍경이다. 그는 개인적 욕망과 도시적 환상을 건조하고 속도감 있는 문체로 표현하고 있는 작가로서, 앞서 언급한 두 장편 외에『호출』(1997),『엘리베이터에 낀 그 남자는 어떻게 되었나』(1999)와 같은 소설집을 출판하였다.

(3) 백민석(1971~)은 장편『헤이, 우리 소풍간다』(1995)로 등장하여 단기간에 두 권의 소설집(『내가 사랑한 캔디』, 1996.『16믿거나 말거나 박물지』, 1997)과 또 하나의 장편『목화밭 엽기전』(2000)을 발표하는 필력을 보여 준 작가이다.『헤이, 우리 소풍간다』는 무허가 산동네 빈민촌에서 부모 없이 자라 극작가가 된 남자 주인공이, 과거의 어두운 기억을 찾아 나서는 이야기이다. 크게 보면 성장소설의 성격을 띤 작품이다. 1980년대 초 초등학교 시절에 일곱 명의 비슷한 동네 또래들이 텔레비전 앞에 모여 애니메이션('딱따구리, 오로라 공주와 손오공, 마이티 마우스, 집 없는 소년, 달려라 뽀빠이, 요술공주 새리, 박스바니와 그의 친구들' 등)을 보며 자랐던 성장 기억에 초점을 맞추고 있는 이 소설은, 서사적인 면에서 다음과 같은 몇 가지 이채로운 모습을 보여 준다. (1) 화자의 친구 아이들이 모두 애니메이션 캐릭터의 이름을 딴 별명(일종의 기호)으로 등장한다. 성장한 이후도 마찬가지인데, 이것은

만화영화를 보고 자란 산동네 아이들(세대)이 아직도 자신의 과거와 텔레비전이 생산한 동시대의 이미지에 구속되어 있다는 사실을 말하기 위한 장치이다. (2) 힘 있는 자가 왕인 애니메이션 속의 이야기들, 아이들을 때리거나 집안에서 폭력을 휘두르는 동네 어른들 이야기, 정치적 폭력을 일삼은 80년대 초의 정치권력 이야기, 커서 폭력배가 된 친구들 이야기 등을 서로 중첩시키고 있다. 체제(환경)의 폭력이 사회적 폭력(친구들의 폭력)으로 재생산된다는 것이 작가의 생각이다. 친구들은 자라나 도시를 떠돌며 폭력과 살인을 일삼는다. (3) 무허가 산동네 집 아이들의 소외감과 사회적 불평등 의식이 표현된다. '태생'이라는 단어가 반복해서 나온다. '도시를 배회하며 폭력과 살인을 자행하는 딱따구리들'의 모습이 환상적인 분위기로 표현되고, 현실에서 억압, 소외된 화자의 꿈이 "퐁텐블로"라는 단어(화자의 '꿈'을 표상하는 이 말은 원래 주인공이 좋아했던 대중음악의 제목(외국 지명에서 따온 제목)이다.)와 함께 반복되는 이 소설은 작가 특유의 애니메이션적 상상력의 산물이다. 이 소설은 성장소설이긴 하되 비정상적 성장을 이야기하는 소설이다. 애니메이션은 백민석 소설의 형식과 언어, 내용에 큰 영향을 미치고 있다. 고아 의식, 일탈, 떠돎, 폭력은 이 소설의 중요한 모티프이다.

이 폭력은『목화밭 엽기전』에서 훨씬 끔찍하고 광기를 띤 모습으로 구현된다. 교육에 종사하는 부부가 비밀리에 지하에 포르노그래피 촬영 작업실을 만들어 놓고, 사람을 유괴하여 포르노를 찍고, 촬영을 위해 온갖 섹스 자세를 망라하는 콘티를 만들고, 사람을 죽이고 시체를 버린다는, 기괴한 폭력-공포 소설이다. 작가는 이 소설을 통해 작중인물의 폭력과 그를 돕는 폭력 조직 이면에는 현대사회의 보이지 않는 거대한 시스템(권력)이 간직한 폭력이 있고 이들은 서로 불가분의 관계를 맺고 있다고 말하고 싶어 하는 것 같다. 이 폭력 소설은 이 보이지 않는 권력(시스템)을 폭로하는 한편, 그 보이지 않는 힘과 환상적 대결을 하고 싶어 한다. 그러나 이 소설은 반인륜적, 반문화적인 소설이다. 공포 영화나 깡패 영화와 같은 하위문화 장르의 영향을 받은, 반문화적 반소설적인 '소설의 악몽'(황종연)을 보여 준다. 아직 젊은 백민석의 소설은 자체의 문제점을 안고 있으나, 애니메이션이나 하위문화의 소설적 수용에 의해 낯설고 섬뜩한 새로운 세계를 선보였다는 데 그 의의를 찾을 수 있다.

3. 공적 기억의 내면화, 서정적 문체, 개인 주체의 소설적 구축 — 신경숙과 윤대녕

대중문화 체험(음악, 비디오, 컴퓨터 게임, 영화 등)의 수용은 작가의 현실적 체험의 어떤 결여 부분을 메워 주면서 소설의 언어, 형식, 내용을 혁신하는 데 어느 정도 기여할 수 있다. 그러나 소설은 대중문화와 같은 간접 체험(매체, 가상공간의 체험)보다는 작가의 현실적 체험과 기억에 더 의존해 온 장르이다. 질 들뢰즈가 프루스트 연구에서 강조한 것처럼, 기억과 문학적 회상, 즉 '비의지적 기억'에 의한 '창조적 회상'은 소설의 본질이다. 장정일, 김영하, 백민석을 제외한 대부분의 작가들은 소설은 가상보다는 자신의 개인적 기억의 흘러가는 시간 속에서의 재구성—창조적 기억에 의지하고자 한다. 개인적 체험의 충실이라고 할 수 있는 이 방면의 작가들 중에는 개인 주체들이 사회 속에서 부딪치는 자신의 존재의 문제를 자신의 기억 속에서 좀 더 깊이 들여다보려는 노력을 소설 쓰기의 과제로 삼는 작가들이 있다. 작가의 내성(내면)과 관련된 소설, 내면적 인물 이야기라고 할 수 있는 이 경향을 대표하는 작가는 신경숙과 윤대녕이다. 이들의 소설에서 개인의 내면과 가족사 문제는 서로 중첩되며, 작중인물은 일상 속의 자아를 응시하면서 자아의 정체성 회복을 위해 도모하거나, 존재의 근원으로 회귀하고자 하는 욕망을 강하게 드러낸다.

(1) 신경숙(1963~)은 1990년대의 대표적인 작가의 한 사람이다. 탈정치적 분위기에서의 개인적 이야기에의 충실, 미시적 서사, 내면 심리에 대한 관심 등의 '가족과 개인의 이야기로서의 소설' 경향을 대변하며, 동시에 그 방면에서 가장 성공적인 작가이다. 그녀가 이 시대 대중적 인기 작가로 떠오른 것은 두 번째 단편집『풍금이 있던 자리』(1993, 첫 작품집은 1990년의『겨울우화』이다.)를 출판하면서부터이다. 이후 그녀는『오래전 집을 떠날 때』(1996),『딸기밭』(2000) 등의 단편집과, 장편『깊은 슬픔』(1994),『외딴방』(1995),『기차는 7시에 떠나네』(1999),『바이올렛』(2001)을 잇달아 발표하였다. 그중에서도 특히『외딴방』은 그녀 개인의 대표작이자, 이 시대 소설 문학의 중요한 문학적 결실의 하나로 평가되고 있다. 그녀의 소설은 양적으로 많아 간단히 개관하기 곤란하지만, 문체와 주제, 형식 등으로 나누어 개관하면 다음과 같다.

첫째, 신경숙의 소설은 섬세하고 정밀한 서정적 문체를 구사한다. 그녀의 소설은 이야기를 내세우기보다는 개인의 마음속에 침전물처럼 남아 있는 섬세한 감정의 무늬와 심리 묘사에 역점이 놓이는 그런 소설이다. "오늘은 비가…명주실 같은 저, 봄비…가 자꾸만 바깥을 내다보게…귀…귀 기울이게 해요. 방금 저는, 아버지와 저 속을 쏘다니다 왔어요. 들과 산과 빨래터를요. 산등을 따라 쭉 이어지는 봉우리들까지 오르락내리락 했습니다. 산속은 물론이요, 연두빛 능선에는 벌써 산수유가 피어서 가는 비에 파들거렸어요."「풍금이 있던 자리」의 한 구절이다. 이 더듬듯 하는 서정적 문장은 소설 문장으로는 독특한 것이다. 이 단편은 유부남을 좋아하여 그와 비행기를 타고 떠나기로 한, 한 미혼여성이 귀향 후 그에게 보내는 연애편지 형식의 소설이다. 화자는 지난날 아버지가 집으로 데리고 왔던 다른 여자 때문에 받았던 상처를 생각해 내고, 남자와의 약속을 지킬 수 없다고 고백하는데, 다분히 상투적인 내용의 소설이나 독특한 문체와 그것이 자아내는 독특한 분위기 때문에 아주 참신한 느낌을 주는 작품이다. 둘째, 그녀의 소설들은 마음의 상처를 지니고 있거나 가족의 불행 때문에 안주하지 못하는 인물들의 심리와 내면 묘사에 주안점을 두고 있다. 그녀의 소설은 상처를 받거나 고립된 젊은 여자의 영혼의 고투를 주로 다루고 있다. 잃어버린 자아의 정체성 회복은 소설의 중심적 테마이다. 크게 보면 내면 탐구의 심리 소설에 가깝다. 누구도 어쩔 수 없는 시간의 파괴적인 힘 앞에서 저마다 감당하기 힘든 마음속의 짐을 지고 있는 사람들의 이야기를 다룬 「감자 먹는 사람들」, 해외여행에서 돌아온 후 '빈집'에서 홀로 지내면서 느끼는 여성 화자의 삶의 적막감을, 가 버린 사랑에 대한 그리움과 가지 못하는 고향에 대한 향수와 이제는 시간의 폭풍우 속에서 사라져 버린 가족들의 단란한 추억 등에 걸치는 여러 마음속의 상념 속에 녹이고, 그 마음의 무늬를 촘촘한 그물처럼 섬세하게 얽어 A. 타르코프스키의 영화 〈향수〉와 비슷한 분위기를 풍기는 소설로 형상화한 「오래전 집을 떠날 때」와 같은 단편이 이 방면의 대표작이다.

셋째 자전적인 성격이 강한 소설이다. 그녀의 소설들은 대개 도시와 시골의 두 공간을 주축으로 전개된다. 이 둘은 서로 긴밀한 관련을 맺고 있어서, 전체적으로는 보면 시골 고향을 떠나 도시에서 떠도는 여성 인물이, 성장기의 상흔을 극복하고 시골의 고향으로 돌아가는 이야기라 할 수 있다. 대표작인『외딴방』은 가족 이야기와 개인 이야기를 중첩시키면서 이를 종합하고 있는 소설이다. 유신 말기에서 80년대 초까지 약 삼 년간의 개인사를 구로공단의 노동자들의 일상생활과 노동운동을 배경으로 이야기하고 있다. 이 작품은 고향을 떠나 구로공단의 전자회사에 다니며 산업체 특별 학교에 다니며 공부한 후 작가의 길로 접어들었던 작가 자신의 실제 체험에 바탕을 둔 것이다. 구로공단 여공의 일상생활과 그곳을 중심으로 한 당시의 노동운동이 여성 작가인 화자의 시선으로 생생하게 재현되어 있다. 사춘기에 집을 떠났던 주인공은 작가가 되어 다시 고향집으로 돌아오고, 작가는 서울 구로공단을 다시 찾아가 어두운 그 시절의 기억을 털어내면서 그 시절에 대한 결별의 인사를 나눈다. 이 떠남과 돌아옴, 회상과 결별은, 소설 속에서, 스스로 '제 발등을 찍었던 쇠스랑'을 '우물'에 버리고 집을 떠났던 주인공이 돌아와 그 '쇠스랑을 다시 찾는다'는 삽화와 서로 맞물려 있다. 이것은 작가가 세월 속에서 잃어버렸던 자기의 정체성을 다시 회복하기에 이르렀음을 말하는 것이다. 이 장편은 개인의 성장담을 중심으로 한 신경숙 소설의 커다란 진전을 보여 주는 소설이다.

신경숙의 소설은 시야가 좁고 내성적, 자기중심적이며, 개인사에 치중한다는 평가를 받고 있으나, 작가로서 스스로에게 부과한 자아의 내

현대문학과 사회문화적 상상력

면 탐구를 통한 자아의 회복이라는 과제를 그 나름대로 성취해 내는 단계에 이르고 있다는 평가가 가능하다. 뒤에서 다시 보겠지만, 다른 여러 여성 작가들도 자아의 성장과 소설 쓰기를 동시적 과제로 설정하고 있다.

(2) 첫 소설집『은어낚시 통신』(1994)은, 모천(母川)을 거슬러 오르는 은어처럼, '존재의 시원'에 이르고자 하는 내면적 인물에 지속적인 관심을 기울이고 있는 작품으로서, 윤대녕(1962~)의 문학적 출발점을 잘 보여 준 작품집이다. 가족 이야기와 타자와의 만남과 주인공의 내면 탐구라는 분명한 테마에서 시작되고 있는 그의 문학의 현실적 배경은, 부모와 떨어져 할아버지 밑에서 성장한 어린 시절의 기억과, 집을 떠나 떠돌았던 아버지 형제의 방랑벽이 남긴 성장기의 상흔이다. 그의 소설은 내면적인 인물의 소설이라는 점에서는 신경숙과 비슷하지만, 그 내면 탐구가, 작가의 불교에 대한 관심과 관련되어 있다는 점, '길' 위에서 방랑(여행)을 거듭하는 인물이 지속적으로 등장한다는 점 등에서 신경숙의 소설과 구분된다. 그의 작중인물은, 떠돌며 어떤 순간적인 실재와의 합일 체험, '존재의 열림'(하이데거)을 체험하는 과정을 보여 준다. 그의 소설은 길 위를 떠도는 인물의 자아 탐색담에 가깝다. 작가로서 그는 실제로 떠돌이 기질이 농후한 것 같다. 그의 소설은 독자를 늘 다른 길 위에 서게 하고 낯선 세계로 안내한다. 이 점은 그의 소설만의 독특한 매력이다. 삶은 언제나 새로운 길 위에 서는 여행과 같은 것이라는 것, 그렇게 새로운 길 위에 서는 것이 작가의 운명이라는 것, 그래서 운명의 얼굴을 보고 느끼기 위해 되풀이해 소설을 써야 한다는 것이 그의 문학에 대한 시각이다. 그는『은어 낚시 통신』외에『남쪽 계단

을 보라』(1995),『많은 별들이 한 곳으로 흘러갔다』(1999) 등의 단편집
과,『옛날 영화를 보러 갔다』(1995),『추억의 아주 먼 곳』(1996),『달의
지평선』(1998),『코카콜라 애인』(1999),『미란』(2001) 등의 여러 장편소
설을 썼다.

　그는 여러 편의 장편도 썼으나, 장편보다는 단편에서 더 성공한 작가
이다. 그의 시적 문체는 장편보다는 압축적인 형식인 단편에 더 잘 부
합된다. 그의 장편도 만남과 헤어짐, 떠남과 돌아옴, 출발과 회귀 등의
단편과 비슷한 구조를 보여 준다. 그 점에서 여러 단편소설의 확대판에
가깝다. 그의 단편의 중심적 주제는, 이미 지적한 바와 같이, 두터운 삶
의 베일을 벗고 생의 근원에 이르고자 하는 존재의 초월에 대한 관심
이다. 그의 첫 작품집을 보면, 그가 이 문제를 다루게 된 동기를 짐작할
수 있다. 사회적으로는 현대사회의 물신주의와 고도로 조직화된 직장
생활에 겪는 개인의 정체성의 위기와 관련되어 있다(「눈과 화살」, 「그
를 만나는 깊은 봄날」). 개인사적으로는 앞서 언급한 객지로 떠돈 아버
지 때문에 조부 밑에서 홀로 성장하면서 겪은 마음의 상흔과 삶의 어두
운 기억 때문이다. ‘역마살’이 끼어 바깥으로 떠돌며 살았던 삼촌과 아
버지의 기억을 작품화한 「말발굽 소리를 듣는다」는 그의 가족 관계를
이해하는 데 중요한 작품이다. 초기 소설에 나오는 ‘말’, ‘은어’ 이미지
는, 각각 떠도는 운명과 삶의 시원으로의 회귀 운동, 자기 구제를 향한
욕망의 흐름을 상징한다. 「소는 여관으로 들어온다, 가끔」, 「신라의 푸
른 길」에서의 ‘소, 여자’는 불교적 자성(自性, 불성), 인물이 추구하는 실
재(M. 하이데거의 존재, 또는 불교의 공(空), 무(無)로서의 실재. 인물은
실재와의 합일 체험을 추구한다.)에 가깝다. 그의 소설에 나오는 이와

같은 이미지 읽기는 바로 소설 읽기와 통한다. 그의 소설이 시적, 환상적 분위기를 자아내는 것은 이런 이미지를 사용하기 때문이다. 그의 소설에서 '여자'는 단순한 여자 이상의 실재를 상징하는 경우가 많다. 작중인물들은, 대개 길 위에서 어딘가로 가고, 그 과정에서 자신의 과거의 기억이나 현재의 삶의 어두움을 회상하고 응시하며, 그러는 동안 누군가 만나거나 어떤 일을 겪으면서(대개 우연히, 순간적으로 그런 일이 일어난다.) 어떤 초월적 경험을 하거나 삶의 고양감(高揚感)—존재의 시원과의 순간적 합일감, 충만감—을 경험하고, 출발점으로 회귀하거나 어딘가 다른 곳에 도착한다. 출발과 회귀, 만남과 이별을 간직하고 있는 작중인물의 이런 움직임은 그의 정화 과정을 수반한다. 그의 소설의 인물들은 어둠에서 밝음 쪽으로, 억압에서 해탈(자유)로, 구속에서 해방, 삶의 사막(죽음)을 거쳐 신생(재생) 쪽으로 움직인다. 첫 작품집보다 이후에 나온 작품집 수록 작품들의 분위기가 점점 밝아지고 있다(「빛의 걸음걸이」, 「상춘곡」). 그의 단편소설은 나날의 삶을 초월하고 거듭나고자 하는 작가의 내면(정신)의 모험담이다.

이 모험과 신생의 모티프는 환상적이고 시적인 분위기의 소설 「피아노와 백합과 사막」에서 탁월하게 구현되고 있다. 이 소설은 나날의 삶을 '사막'으로 느끼는 회사원이, 실크로드의 타클라마칸 사막을 횡단하는 긴 여행길에 나섰다가, 여행 중에 만난 여자와 사막에서 정사를 나누고 돌아와, 자기를 돌아보며 다시 새로운 삶의 길을 가기로 다짐하는 이야기이다. 소설의 끝부분, 즉 주인공의 방 안에서 "툭툭 피어나는 백합꽃"(여행지 사막에서 여자가 주인공에게 '백합 구근(球根)'을 손에 쥐어 준 적이 있다.)을 환상 속에서 바라보는 대목은 아주 시적이다. 이

'신생'의 주제는 존재 회귀보다 진전된 것이라 할 수 있다. 작중인물의 성숙은 곧 작가의 소설의 성숙과도 통한다. 이 신생의 주제는, 장편『달의 지평선』에서, 한때 학생운동을 한 적이 있는 남자 배우의, 헤어졌던 '옛 여자와의 재회'라는 형태로 변주되기도 한다. 그러나 그의 장편은 아직 인물들의 시야가 좁고 이야기도 단조로운 편이다. 단편에 비해 장편소설 제작이 상대적으로 미숙하다는 것은 이 작가의 문제점의 하나이다.

4. 변두리 인물의 발견과 구연 이야기체 소설의 등장 — 성석제

성석제(1960~)는 소설은 이야기이고 소설가는 이야기꾼이라고 보는 작가이다. 신경숙이 개인의 성장담을 말하고, 윤대녕이 일상적 삶의 초월을 문제 삼는다면, 성석제는 '건달, 술꾼, 제비족, 도박사, 착한 바보(농부)' 등 사회의 변두리 인물, 기구하거나 어떤 경지에 이른 특별한 인물의 인생을 이야기한다. 이 변두리 인물은 사회의 주류 바깥에 위치하고, 대개 정치적 관심이 적고, 각자의 위치에서는 어떤 경지를 이룬 인물이라는 특성을 보여 준다. 성석제는 "헤아릴 수 없이 많은 길, 세속의 다양함을 숭상한다."고 말한다. 세상은 넓고, 세속 사회에는 수많은 이야기를 간직한 허다한 사람이 있으며, 모든 사람은 그 나름의 사연이 있고, 모두 '인간'이라고 보고 있다. 재미있는 이야기를 소설이라고 보았던 라틴아메리카 작가 보르헤스를 연상시키는 그의 소설의 바탕은 소설집『호랑이를 봤다』(1999)에 나오는 잡다한 세속적 이야기들이다.

세속 사회의 잡다한 이야기들을 소설이라고 본다는 데 그의 새로움이 있다. 그의 소설의 또 하나의 바탕은 술 마시는 자리에서의 '술꾼'의 잡담과 객담(『홀림』)이다. 구연되는 옛날이야기체(『궁전의 새』는 옛날이야기체로 서술된다.), 중세의 한문체(전(傳), 서(書), 예를 들면 「조동관 약전」), 사설체 등은 그가 애용하는 이야기 방식이다. 시골에서 태어나 서울 변두리로 이주한 후, 성장하면서 보고 들은 여러 가지 이야기는, 그의 소설의 보물 창고이다. 다양한 이야기 방식을 실험하고 있다는 점에서 그의 소설은 실험적인 성격을 띠고 있다고 말할 수 있다.

그의 소설에 자전적인 요소가 없는 것은 아니지만(예를 들면 「유랑」, 「홀림」, 장편 『궁전의 새』 등), 작가로서 그는, 자신의 이야기(특히 가족사)를 직접 말하기를 피한다. 그 특유의 스타일로 바꾸어 이야기하거나, 다른 인물의 이야기 속에 희석시켜 이야기한다. 작가로서 그는, 자전적 이야기보다는 구연 이야기체(사설체)로 이야기하기 적당한 어떤 특별한 변두리 인물의 생애와 그 이야기에 더 매료된다. 자동차 추락 사고로 죽으면서 자신의 삶을 돌아보는 건달의 이야기를 즐겁고 유쾌하게 서술하고 있는 「내 인생의 마지막 4.5초」—이 작품은 그가 이끌리는 건달 소설의 특성을 잘 보여 주고 있다—는, 작가가 왜 그런 인물에 관심을 집중하는지 이해할 수 있는 하나의 단서를 제공해 준다. 건달이 회상하는 자신의 과거 이야기 속에는, 이제는 몰락의 길을 걷고 있는 또 하나의 건달 '마사오' 이야기가 등장하며, 거기에 이런 구절이 삽입되어 있다. "이제 마사오의 시대는 간다. 주먹과 발길질로 술값이나 우려내는 건달들의 시대는 가고 있다. 사업과 조직, 관리의 시대가 온다." '마사오'는, 산업사회의 등장과 함께 사라져 간 지난날의 윤리와 가치

(공동체적 일체감, 인정, 배려심, 사람의 훈기)와 그가 속한 시대(공간적으로는 시골)를 대변하는 인물이다. 인정과 인간으로서의 지키고자하는 최소한의 윤리, 법도가 아직 남아 있던 시대—그 시대는 돈과 시스템과 교환이 지배하는 매몰찬 현대에 밀려서 사라져 버린다.—와 그시대의 사람들을 대변해 주는 인물이다. 건달 이야기는 잃어버린 지난시대의 인정과 윤리를 오늘날에 되살리는 것이다. 이 건달 이야기 배면에는 그 시대와 그 시대 사람에 대한 작가의 어떤 그리움과 향수 같은것이 깔려 있다. (그의 소설에서 술꾼으로 등장하는 작가의 부친이 그시대에 속해 있다.) 그의 소설에서 '은척'으로 명명되는 시골 고향은 그곳을 떠나온 작중인물의 그리움의 대상, 이상향과 비슷한 곳으로 표현되고 있다.

건달 마사오, '취생옹의 첩실'(「유랑」), 댄스에 도가 튼 '왕제비'(「소설 쓰는 인간」), 도둑 이치도(『순정』), 깡패 조동관(「조동관 약전」), 성실한 바보 농부 황만근, 부지런한 농부 남가이(「황만근은 이렇게 말했다」, 「천하 제일 남가이」) 등은, 세상의 아웃사이더로 살아가고 그래서 냉대를 당하기도 하지만, 그 나름의 피치 못할 운명과 숨겨진 사연과 그 나름의 윤리와 법도를 지니고 있는 정겨운 인물들이다. 작가는 이들의 이야기를 능청스런 이야기꾼의 솜씨로 경쾌하고 거침없고 속도감 있는필치로 들려준다. 그의 소설은 즐거운 이야기의 축제판이다. 이들 이야기는 한결같이 우리가 잊고 사는 인정과 어떤 보편적 윤리(법도, 가치,인간적 훈기)를 전해 주는데, 그 윤리는 현대인이 잊고 사는 지난날의윤리, 잃어버린 공동체의 윤리와 닿아 있다. 작가는 그 잃어버린 시대의 인간과 인생을 현대사회에 환기하고자 한다. 사회 현실의 전반보다

현대문학과 사회문화적 상상력

는 그 안의 여러 인간과 인간의 윤리가 그의 주요 관심사이다.

현대의 이야기꾼으로 등장한 성석제는 많은 작품을 발표하고 있다. 『그곳에는 어처구니들이 산다』(1994), 『새가 되었네』(1996), 『재미나는 인생』(1997), 『아빠 아빠 오, 불쌍한 우리 아빠』(1999), 『호랑이를 봤다』 (1999), 장편 『왕을 찾아서』(1996), 『궁전의 새』(1998), 『순정』(2000) 등 이 그의 출판 작품 목록이다. 『순정』은 그중에서도 대표적인 작품이다. 땜장이와 술집 여자 사이에서 태어나, 일찍 아버지를 잃고 도둑이 된 이치도의 기구한 이야기이다. 그는 도둑이지만 생명은 해치지 않고 오 직 먹기 위해 도둑질을 한다. 도시에서 정치권력자의 재물을 훔친 후 쫓기다, 떠나온 고향('은척')의 첫사랑을 못 잊어 귀향한다. 이 부분에 서 '순정'의 의미가 드러난다. 첫사랑에 대한 순정, 이런 순수를 말하는 소설이다. 이치도가 돌아가는 고향처럼, 인정이 남아 있는 추억 속의 고향(시골, 자연)에 대한 작가의 애정은 각별하다. 고향은 성석제 소설 이 되풀이해 도달하고자 하는 이상향과 같은 곳이다. 이 소설은 새마을 운동과 월남 파병 시기 시골의 객줏집을 주 배경으로 시작된다. 객줏집 을 중심으로 한 술꾼들의 입담은, 이 소설의 작중인물, 테마, 언어, 스 타일을 벌써 규정하다시피 하고 있다.

그의 인간을 보는 태도는 선불교와 관련되어 있는 것으로 보인다는 사실과, 그의 소설은 실험성이 강한 소설이라는 점을 덧붙여 둘 필요가 있다. 그는 소설 속에서 '갈 데까지 간 사람, 초탈, 경지, 최고, 도(道)' 등을 말한다. 이야기의 쾌활함과 자유로운 유희 정신은 이와 무관하지 않다. 그의 인물에는 '허무' 같은 것도 있다. 그의 유희 정신과 결합된 건달 이야기는 자칫 객담으로 변질될 수 있고, 특정 인간의 생애와 윤리를 강조하는 소설은 현대의 복잡성을 간과하는 다분히 인생론적인 소설로 전락할 수도 있다는 점, 건달은 건달이고 도둑은 도둑일 뿐이라는 사실도 지적할 수 있다. 그러나 그의 소설이 지닌 실험성은 주목할 만하다.

5. 여성의 사랑, 가족 이야기와 여성 주체의 성장
— 은희경, 전경린

(1) 여성 작가의 대거 등장은 1990년대 소설을 말할 때 빼놓을 수 없는 사실이다. 신경숙도 그중의 하나지만, 은희경, 전경린은 그녀 못지않게 많은 문제작을 잇달아 발표한 작가이다. 신경숙이 구사하는 서정적인 문체와는 달리 감정이 정제된, 이지적인 문체를 구사하는 작가로서 은희경(1959~)을 꼽을 수 있다. 그녀는『타인에게 말걸기』(1996),『행복한 사람은 시계를 보지 않는다』(1999)와 같은 단편집과, 장편『새의 선물』(1995),『마지막 춤은 나와 함께』(1998),『그것은 꿈이었을까』(1999) 등의 장편을 냈고, 최근 장편『마이너 리그』를 출판한 바 있다.

은희경 소설의 주요한 관심사는, 사람과 사람 사이의 진정한 의사소통과 상호 이해가 불가능해져 가는 현대사회의 일상생활을 무대로 하는, 남녀 간의 사랑과 가정의 위기이다. 사랑은 개인적 욕망의 한 대상으로 변질되고, 가정의 남편과 아내는 부부로서 마땅히 있어야 할 서로의 애정과 친밀성을 잃고 서로 단절감을 느끼며 각자 집 밖에서 떠돈다. 겉으로 잘 드러나지 않는, 그 남녀의 사랑과 가정 이면의 '균열'을 집요하게 관찰하고, 이를 작품으로 바꾸어 놓는 것이 은희경의 소설 쓰기이다. 진정한 사랑의 꿈과 원하는 결혼으로 이어지지 못하는 직장 여성의 연애, 여자 형제 사이의 불화, 서로 기대하지 않는 단자화된 남편과 아내 등은 그의 소설의 중요한 이슈의 하나이다. 작중인물을 대하는 작가의 태도에는 어떤 냉정함이 있다. 인물들은 각자의 욕망을 추구하지만, 서로를 대하는 태도에는 냉소 같은 정서가 흐르고 있다. 작가가 보여 주는 인간관계의 균열은 그런 인물들의 태도에서 우러나온다. 작가가 도시의 연애와 사랑과 가정에서 발견하는 일상사와 세태, 인간관계는 비관적이다. 예를 들면, 서로 사랑하다가 다른 여자의 남편이 된 남자를 계속 만나 정사를 벌이다가 끝내 헤어진 후, 새로운 연애를 욕망하는 직장 여성에 대한 소설인 「그녀의 세 번째 남자」, 한 집에서 살면서 남편으로부터 사랑의 결핍을 아내의 심리를 다룬 「빈처」, 여러 남자를 전전하며 그에게 새로운 접근을 시도하는 직장 여성이 등장하는 「타인에게 말걸기」와 같은 작품은 은희경 소설의 일반적 특성을 대변한다.

첫 작품인 장편 『새의 선물』은, 외할머니 밑에서 성장하면서 '생의 비밀'을 어릴 때 이미 보아 버린 한 여자아이의 성장담이다. 이 작품은 은희경의 소설을 이해하는 데 단서가 될 만한 것이다. 십 대 여자아이가 보는 '생의 비밀'은 삶의 평범함과, 그 이면의 어른들의 '불륜'과, 이모의 '실연'이다. 이 소설은 성장소설이지만, 세태소설이나 관찰소설의 성격도 지니고 있다. 정열을 절제한, 냉정하고 이지적인 관찰에 의거한 소설인데, 이것은 그녀 소설의 중요한 방법이 된다. 이 냉정한 관찰, 또는 인물과의 '거리두기'는 인간관계에 대한 냉소를 그 안에 간직하고 있다. 그녀의 대표적인 단편의 하나로 생각되는 「그녀의 세 번째 남자」의 여주인공도 냉소적 태도를 지닌 인물이다. 사랑의 실패 끝에 그녀는 이제 사랑의 낭만 같은 것은 믿지 않기로 하고 새로운 남자를 찾아 나선다. 첫 작품에 나타나는 인물들의 이 냉소적 태도는, 다른 작품의 인물에서도 그대로 나타난다. 은희경의 도시 세태 관찰 소설은, 현대는 진정한 인간관계가 사라지고 있고, 도시적 삶의 현실에서의 사랑은 냉소로 얼룩져 있다고 이야기한다. 남녀의 연애도 부부 간의 사랑도 그 안에 냉소와 균열을 간직하고 있다고 말한다. 그녀의 소설은, 인간관계가 균열을 일으키고 서로 상처를 주고받으며 영위되는 비속해 가는 일상생활과, 낭만을 잃어버린 채 날로 삭막해져 가는 현대인의 애정 풍속에 대한 소설적 관찰이다. 이혼한 남편과 두 남자 사이에서 방황하는 젊은 여교수의 애정 행각과 일상을 그린 장편『마지막 춤은 나와 함께』는, 우리 시대의 세태를 비추는 하나의 문학적 거울이라 할 수 있다.

(2) 전경린(1962~)은 첫 작품집『염소를 모는 여자』(1996)로 단숨에 이 시대의 문제적 작가로 떠오른다. 가족과 제도에 의해 억압받고 있는 여성으로서의 삶에 대한 자기 인식과, 자율적 인간으로서의 자기 정립과 자아의 해방 가능성 문제는 그녀의 소설의 지속적인 테마이다. 그녀의 작품들은 자전적인 성격을 강하게 드러낸다. 그녀의 소설은, 결혼하여 아이 엄마, 가정주부로 살아가고 있는 작가 자신이 지금까지 살아오면서 실제로 체험해 온, 가족사와 개인사를 소설의 차원으로 바꾸어 놓은 것이 많은데(「안마당이 있는 가겟집 풍경」, 「꽃들은 어디로 갔나」), 이런 직접성은 여성으로서의 현실적 삶과 소설 쓰기를 서로 접근시키고, 서로 대질시킴으로써, 작가의 생활과 소설 모두를 고양하고 양자 사이의 일체감을 얻고자 하는 작가 자신의 문학적 태도에서 비롯되는 것이다. 그녀의 장편『아무 곳에도 없는 남자』(1997)의 한 장면―벽

현대문학과 사회문화적 상상력

에 걸린 저명 화가의 그림 이야기 부분—에 나오는, '예술적 비전과 현실의 일치'의 꿈은, 그녀의 소설을 이해하는 데 중요한 단서가 된다.

여성을 주제로 한 소설로서의 그녀의 소설의 특성은 단순히 여성으로서의 삶을 자각하고 표현하고자 한다는 데 있는 것이 아니라, 그녀가 소설을 통해 '소설과 현실의 일치' 문제를 탐구하고자 한다는 데 있다. 그녀의 소설은, 여성의 삶의 재현뿐 아니라 하나의 '인간으로서의 여성'을 다루면서 그 안에 잠재되어 있는 생명력의 현실화를 욕망하고 있다. 일상적 '여성–인간'(생명, 존재)의 초월의 가능성과, 이를 향한 형상학적 열정이야말로 전경린 소설이 지닌 특이성이라 할 수 있다. 자기 내면에 잠재되어 있는 고유한 생명력을 발견하고, 이를 일상적인 가정생활의 바깥—더 넓고 자유로운 공간—으로 끌고 가 자유롭게 뛰놀게 해방하고자 하는 욕망을 표현하고 있는「염소를 모는 여자」는, 이런 전경린적인 것이 가장 생기 있게 드러난 작품이다. 활기차고 섬세한 언어와 뛰어난 조형력이 십분 발휘된 작품이기도 하다. 이 작품에 표현된, 아파트에서 기르던 '염소'를 숲으로 몰면서 가출하는 여인의 이미지는, 일상으로부터 초월하고자 하고, 문학과 삶의 일치를 꿈꾸는, 작가 자신의 삶의 비전의 소설적 구현이다.

『아무 곳에도 없는 남자』는 이 일치의 비전을 여성 주체의 각성과 그 성장 가능성 문제와 묶어 함께 탐구해 보인 작품으로서, 전경린 소설의 한 진전을 보여 준 것이라 할 수 있다. 운동권 남자를 사랑했으나 그 사랑을 이루지 못해 스스로 절망과 고립 속에서 헤매던 여주인공이, 자기 자신과의 오랜 대면을 통해 마침내 묵은 자아의 허물을 벗고 자율적, 독립된 주체로 성숙한다는 이야기이다. 이런 진전이 여러 가지 죽음과의 대면을 통해 이루어지고 있다는 사실은 특기할 만하다. 지난날의 사랑의 결실인 그녀의 아이의 죽음(유산), 같은 남자를 따르던 또 하나의 여성 인물(과거의 열혈 운동권 출신)의 절망과 자살이 그것이다. 특히 소설의 남주인공도 고립과 절망과 죽음을 통과하는 가운데, 마지막에 이르러서 어떤 계기를 거쳐 새로운 인간으로 거듭나고 스스로의 인간적 성숙을 이루어 내는 것으로 설정되어 있어 주목된다. 이 소설은 '진정한 의미에서의 성장'을 말하는 소설이다. 표면적으로 보면 지난 시대의 기억(사회운동)을 간직한 인물들의 '후일담 소설' 비슷한 작품으로 보이지만, 그 이면을 보면 과거의 고통스러운 기억을 지니고 있는 두 젊은이들의 새로운 시대에서의 개인 주체의 각성과 성장을 증언하고 있는 소설이다. 개체의 현존을 초월하고자 하는 형이상학적 열망을 구현하고자 하는 인물의 정신적 고투를 다루고 있다. 여주인공은 아무에게도 의존하지 않는 독립적인 삶을 실천하는 단계로 나아가고 있다. 그녀의 소설이 여성 주체의 자각과 성숙 문제에 새로운 관심을 보이기 시작했다는 점은 90년대 여성 소설의 성숙을 의미하는 것이라 할 수 있다.

전경린은 그 밖에도 단편집 『바닷가 마지막 집』과 장편 『내 생에 꼭 하루뿐일 특별한 날』(1999), 『검은 설탕이 녹는 동안』 등의 여러 작품을 쓰고 있다.

6. 전환기 소설의 내부와 외부 — 대중/소비 사회의 소설과 독자

그 어느 시대보다도 많은 작가가 등장하고, 또 많은 소설이 출판되었던 시대가 1990년대이다. 바야흐로 소설의 대량생산의 시대로 접어들고 있는 것이다. 지금까지 개관한 장정일에서 전경린에 이르는 여덟 명의 작가가 낸 작품집만 해도 수십 권에 이른다. 이런 현상은 문학만으로 설명하기 어려운, 소설을 넘어서는 문화적 현상이라 보아야 할 것이다. 종래의 문학적 시각으로는 낯선 새로운 현상이 문학의 내부에서 일어나고 있으며, 그 바깥에는 어느새 밀어닥친 대량생산, 대량소비를 중시하는 대중 소비 시대의 사회적 분위기와 대중과 대중문화가 있다. 여성 작가들의 대거 등장과 약진도 새로운 문화적 현상의 하나라고 보아야 할 것이다. 우리가 미처 다루지 못한 여러 여성 작가들도 있다(배수아, 하성란, 조경란, 이혜경 등). 신세대 작가들이 출판한 소설은, 그 양적인 면에서 볼 때, 기성 작가들이 출판한 작품 수를 능가할 정도인데, 이들의 소설 내부를 자세히 들여다보면 많은 변화가 발견된다. 소설의 소재, 주제, 작중인물, 방법, 태도 등에서, 지난 시대의 소설이나 기성작가 소설의 일반적 특성과는 다른, 중요한 변화가 일어나고 있다. 이를 자세히 고찰하는 작업은 앞으로의 연구 과제로서 미루고, 여기서는 신세대 소설 개관을 통해 드러난 몇 가지 특성만을 간단히 요약해 보기로 하자.

이를 위해서는 90년대는 신세대 작가들의 소설이 많이 나왔지만, 기성 작가들의 작품도 여러 편 출판되었다는 사실도 함께 기억해야 한다. 몇 가지 예를 들면, 박경리의『토지』, 이문열의『변경』, 김원일의『불의 제전』과 같은 대작이 완결되고, 최인훈의『화두』, 현기영의『지상에 숟가락 하나』, 황석영의『오래된 정원』,『손님』등이 출판되었으며, 김주영 · 오정희 · 복거일 · 김원우 · 공지영 · 김영현 · 이순원 · 구효서 · 하창수 · 박상우 · 정찬 · 이승우 등의 여러 작품이 발표되었던 것도 90년대이다. 특히 최인훈과 황석영의 소설은 전환기를 맞아 지난 시대를 뒤돌아본다는 어떤 공통점을 보여 준다. 이는 기성 작가들도 시대 분위기에 합류하고 있는 현상을 대변하는 것으로 생각된다.

1) 몇 가지 변화 — 소재로서의 개인(가족), 소설 개념, 기타

일상과 개인 주체로의 귀환은 대부분의 신세대 소설에 공통적으로 나타나는 현상이다. 앞장의 개관에서 드러난 바와 공적 영역보다는 사적 영역(개인의 일상, 기억, 성장, 사랑, 가족 등의) 문제에 작가들의 관심이 집중되다시피 하고 있다. 개인 주체의 성장 이야기는 장정일에서 전경린에 이르는 거의 모든 작가들의 중심적 관심사로 부상하고 있다. 『너에게 나를 보낸다』(장정일), 『헤이, 우리 소풍간다』(백민석), 『외딴방』(신경숙), 『아무 곳에도 없는 남자』(전경린) 등은 다소 예외적인 경우이다. 그러나 이 소설들이 개인을 넘어선 공동의 기억(역사)을 다루는 것은, 대개 소설의 한 배경이나 인물들의 개인적 기억의 일부로서이다. 개인의 복원을 위한 서사적 장치의 일부일 뿐이다. 신경숙, 전경린의 소설의 경우도 그렇다. 작가들의 사회, 현실에 대한 포괄적인 문제의식이 현저하게 약화되고 있다. 이런 현상은 두 가지로 해석된다. (1) 그것을 긍정적인 면에서 보면, 우리 소설이 민주화를 이루면서, 오랫동안 작가를 괴롭혔던 현실 정치 문제에서부터 벗어나기 시작했다고 말할 수 있다. 소설가들의 개인의 복원은 그 당연한 귀결이다. 개인(사적 영역)과 집단(공적 영역)은 상호 보완적이다. (2) 이것을 부정적인 면에서 해석하면, 소설의 사회적 기능의 약화를 의미한다고 할 수 있다. 소설이라는 담론 형식의 넓은 영역을 개인적 영역으로 축소시키면, 작가는 자기의 삶을 이야기하는 사람에 불과해지고, 독자의 소설 읽기는 한 개인의 개인적 체험, 사생활이나 집안과 관련된 것, 그의 취향을 읽는 것이 된다. 소설가가 개인적 이야기에만 전념하게 되면, 유아(唯我)주의(개인주의), 나르시시즘, 퇴폐 등에 빠져들게 된다. (이것은 작가에게도 역기능으로 작용하게 되어, 독자들은 소설을 그저 개인적 언어(문체), 흥미, 개인적 취향의 대상으로 대하게 된다.) 그런 현상이 나타나고 있다.

또 하나의 변화는 개별 작품 배면에 작용하는, 소설이라는 개념의 변화이다. 신세대 작가들의 소설은 지금까지의 소설 개념에 새로운 소설 개념을 추가시키면서, 종래의 소설 개념을 변화시키고 있어 주목된다. '개인적 성장 이야기'로서의 소설 개념의 등장과 확산이 그것이다. (종전 소설에도 사소설로 대표되는, 그런 개념의 소설이라고 볼 수 있는 소설이 있었다.) 기성 작가들이 견지해 온, '역사적 공동체'의 이야기로서의 소설 개념이 여전히 존속하지만, 이 개념이 신진 작가들에 의해 변화되고 있는 것이다. 이것은 리오타르가 말하는, '큰 이야기'에서 '작은 이야기'로의 전환을 의미하는 것이기도 하다. 앞서 검토한 작가들의 소설에 나타난 소설관을 종합해 보면, 그런 결론이 나온다. 신세대 소설은, 소설 담론의 영역을 좁히는 대신, 주제, 형식, 문체, 기술 등에 걸쳐 새로운 영역을 개척하거나 추가하거나 혁신하고 있다. 죽음, 가상 세계, 판타지, 대중문화, 섹스, 정보, 존재의 시원, 떠돌이, 건달, 여성, 정념(전경린), 서정적 문체, 구연 이야기체, 만화 영화적 상상력 등이 이에 해당된다. 장정일(정보의 조립)과 같은 예외가 있기는 하지만, '창조적 회상'(기억의 재구성, 재창조)이라는 소설의 오래된 방법 개념은 크게 흔들리지 않고 있다. 성석제의 이야기체도 여기서 크게 벗어나지 않는다.

2) 장편소설

장편소설의 길이를 결정하는 것은 여러 가지 요소가 있지만, 그중에서도 인물, 주제(사상), 이야기의 시간 등이 중요한 위치를 차지한다는 사실에 대해서는 누구나 공감할 것이다. 어떤 인물들의 어떤 이야기를, 어떤 시간(공간) 위에서 어떻게 작동시키고, 그 종합을 통해 무엇(사상, 주제)을 이야기할 것인가 하는 것이 장편의 과제라면, 여기서 인물의 창조는 무엇보다 중요하다. 인물(이야기)은 다른 모든 것을 구속하고 결정하다시피 한다. 이런 관심에서 신세대 장편소설을 보면 대체로 세 가지 사실을 발견하게 된다. (1) 성장소설의 우위 현상이다. 은희경, 전경린, 신경숙 등의 소설에 나타나는 성장의 지표는 '세상의 비밀 알아차리기, 작가의 길, 상흔의 극복(개체로서의 성숙)' 등이다. (『늘 푸른 소나무』(김원일)가 이 방면의 고전이다.) (2) 소설의 화자로서 작가가 등장하거나(신경숙) 주인공이 작가거나(백민석) 작가의 길을 걷는 인물(전경린) 이야기가 많다. 소설가 소설의 문제점은 시야가 좁고 사유가 부족하다는 점이다. (3) '인물의 창조'라고 부를 만한 작중인물이 거의 없다. '표절 작가, 술꾼, 여성 작가로 성장하는 처녀(학생), 신생을 꿈꾸는 떠돌이, 열두 살에 생의 비밀을 알아차린 소녀, 자율적 주체성을 자각하고 독립하는 여자' 등이 작가들이 만든 인물들이다. 전경린 소설의 여주인공은 '인물의 창조'라 할 만하다. 장정일, 백민석, 성석제 등

현대문학과 사회문화적 상상력

이 보여 준 인물은, 황종연이 적절히 지적한 바와 같이, '비루한 영웅'에 해당된다. 이 표현은 다소 엘리트주의의 냄새를 풍기지만, 달리 부르기 어렵다. '비루한 인물'의 창조 현상은 세기말과 관련하여 볼 때 흥미롭다. (4) 내면적, 초월적 인물은 있으나 특별히 기억할 만한 작중인물, 지난 시대를 대신할 대안적 인물, 새로운 사유나 사상을 보여 주는 인물은 없다. 이것은 작가의 사유의 부족, 시야의 협소함을 뜻한다. 자신의 사유의 실험의 결여는 신세대 소설의 가장 큰 문제점이다. 등장인물의 수가 적고, 소설의 서사적 시간이 얕고, 인물의 시야가 좁다.

　작가의 소설적 실험이, 서사방식의 실험 수준을 넘어선 새로운 사유나 인물 창조로 이어지지 못하고 있다는 사실은, 신진 작가뿐 아니라 한국 소설 전체의 큰 문제점의 하나이다. 작가들이 아직은 자기 정립 단계에 놓여 있기 때문일 것이다. 성석제의 실험은 과거의 잃어버린 윤리나 법도의 복원―어떤 의미에서 보면 낡은 것의 재활용으로 귀결되고, 김영하의 판타지 실험도 작가 자신의 나르시시즘 수준을 넘어서지 못한다. (〈토탈 리콜〉, 〈블레이드 러너〉와 같은 영화, 「세상의 끝과 하드 보일드 원더랜드」, 「태엽 감는 시계」와 같은 판타지 소설은 새로운 사유와 형식 실험의 통합을 보여 주는 예이다.) 사유의 빈곤은 소설의 빈곤과 통한다. 당연히 소설의 통속화 문제도 나타나고 있다. 그 이유의 하나는 이즈음의 장편의 양적 팽창현상이다. 대량생산은 작품의 질적 저하와 작가의 재충전 기회 박탈을 초래한다. 모두 사유와 관련된 문제다. 통속화 경향은 출판 상업주의와 무관하지 않다.

3) 퇴폐, 나르시시즘, 유희

이런 현상이 나타나는 것 자체는 좋은 것도 나쁜 것도 아니다. 문제는 무엇을 위한 퇴폐, 나르시시즘, 유희인가 하는 점이다. 소설의 작중인물의 문제를 포함한 소설 전체에 걸려 있는 문제, 소설의 미학과 관련된 문제이다. 작가의 취향, 세기말적 현상, 지나친 엄숙주의에 대한 반작용, 자기애의 미극복(작가들은 이제 주체 정립 단계를 통과하고 있다.) 등이 그 요인이다. 그 이상의 특별한 것은 없는 것 같다. 유희보다는 유머가 여러모로 생산적일 것이다. 문제는 이 나르시시즘의 역기능인데, 한마디로 말해 이 신세대 소설(소설가)이 지니고 있는 가장 큰 문제점이 그것이다. '자아라는 우물'에 집착하는 시야의 협소성, 유아주의, 소설가 소설, '개인의 성장 이야기'로서의 소설 개념 등이 모두 여기서 비롯된다. 그 원인은 작가의 기질(지나치게 내성적인 성격), 여성이라는 젠더(여성의 활동 범위는 아직 좁은 편이다.) 때문이 아닐까 한다. 성석제의 시야는 넓은 편에 속한다.

4) 전환기 소설과 한국 소설의 전환기

1990년대 신세대 소설이 보여 준 개인 주체 회귀와, 개인 성장담 소설의 확산 내지 전면화 현상, 그리고 문단에서의 이들의 소설의 전경화 현상은, 여러 가지로 숙고해야 할 중요한 현안으로 등장하고 있다. 소설이란 무엇인가 하는 물음에 대한 재론을 요구하고 있기 때문이다. 이 현상이 이 시대 모든 작가들에게 해당되는 것이라고 성급하게 단정하기는 어렵다. 게다가 이 작가들은 이제 40대에 접어들고 있고 지금도

현대문학과 사회문화적 상상력

꾸준한 자기 갱신을 지속하고 있어 좀 더 시일을 두고 지켜보아야 하는 것이 사실이다.

지금까지의 논의한 결과만을 놓고 보면 잠정적이지만 다음과 같은 명제가 가능하다. (1) 1990년대 소설은 90년대라는 역사적 '전환기의 소설'의 성격을 잘 보여 주고 있다. (2) 1990년대 신세대 소설은, 종전의 소설 개념의 변화를 보여 주고 있다는 점에서, 우리 소설 자체가 이 시대에 와서 '새로운 국면에 접어들고 있다는 사실을 예고'해 주는 유력한 문학적 표지이다. 이 두 가지는 1990년대 소설의 문학사적 의의라 해도 좋을 것이다. 이 새로운 국면의 전개가 어떻게 될 것인가 하는 것은 속단하기 어렵다. (기성 작가들의 소설적 행보가 중요한 변수가 될 것이다. 이제 중견 작가 대열에 합류하게 될 신세대 작가들의 행보가 더욱 중요한 변수가 된다는 사실은 더 말할 것도 없다.)

1990년대의 소설의 내부에서 급속히 이루어진 변화는, 민주화 이후의 새로운 분위기 속에서 소설을 쓴 신세대 작가 자신에 의해 이루어진 것이다. 그러나 그 외부의, 소설과 작가를 둘러싸고 있는 여러 가지 새로운 문화 환경의 변화도 소설(작가)에 큰 영향을 끼쳤다고 보아야 한다. 특히 새로운 독자층(신세대)의 부상과, 대중문화의 확산 속에서의 독자의 취향, 욕구의 변화는 동시대 소설을 이해하고자 할 때 반드시 고려해야 할 사항이다. 신세대 소설이 독자의 애호 속에 판을 거듭하고 있다는 사실은 기억할 만하다. 문학 잡지(매체)의 확충, 출판 시장의 재편성과 확대(인터넷을 이용한 주문 판매), 출판 상업주의, 문학 시장의 재편성 등도 소설의 생산-소비에 많은 영향을 주었다고 생각된다. (소설에 대한 새로운 수요가 일어났고 새로운 공급 체계가 형성되었다. 대량생산과 대량소비의 시대가 열린 것이다.) 우리 소설이 이런 역동적 맥락 속에 서 있었던 적은 과거에 한 번도 없었다. 이 사실도 신세대 소설의 중요한 특성의 하나이다.

1990년대 신세대 작가의 소설은, 민주화 이후 작가와 소설의 내부와 외부에서 급속히 일어난 문화적 변화의 산물이다. 그것은 민주화 이후의 문화적 역동성과 소설의 변화를 가장 첨예하게 보여 주면서 현재에도 계속 움직이고 있는, 바로 지금 이곳의 한국 소설의 풍경의 일부를 이루고 있다. (1999)

제3부

진단과 비평

산업화 시대의 도시·욕망·윤리
— 한수산의『욕망의 거리』론

　한수산의 장편『욕망의 거리』(1994, 초판 1981)는 산업화 시대인 1970년대의 서울을 배경으로 한 젊은이들의 욕망의 풍속도이다. 이 풍속도의 한쪽에는 시골 태생 주인공들이 고향에서 보낸 가난하고 헐벗은 어두운 삶이, 다른 한쪽에는 그들을 소외시키는 동시에 은밀히 유혹하는 세속적으로 성공한 안락하고 풍요로운 서울 상류층의 생활이 놓여 있다. 주인공들이 걸어가는 '욕망의 길'은 시골에서 서울로 뻗어 있으며, 세속적 성공을 향한 그들의 욕망은 도시—도시는 무엇보다 욕망의 무한 개방의 의미를 지니고 있다—에 의해 중재된다.

　이 소설의 시대적 배경이 1970년대 서울이라는 사실은 이 소설을 이해하는 데 중요한 단서가 된다. 이 시대는 1960년대 이래의 권위주의적 정권에 의해 추진된 근대화·도시화·산업화 정책에 따라 많은 사람들이 고향을 떠나 도시로 몰려들었던 시대이다. 이 시대는 그래서 도시와 농촌, 빈부 사이의 격차가 증대하고, 정부의 경제 제일주의 정책에 따라 사회에 물질주의적인 분위기, 황금만능주의적인 풍조가 급속도로 팽배하였는데, 이러한 사실은 이 소설의 내용을 이루는 것이기도 하다. 분배의 불균형에 따른 소외계층의 증대, 지식인들의 민중에 대한 관심, 유신 체제의 등장과 지속적인 민주화 운동, 민중 의식의 성장 등도 1970년대 사회를 말할 때 빼놓을 수 없는 사실이지만, 작가는 이 시대를 세속적 욕망의 시대로 보고 있다. 동시대의 정치적 억압이라든가 사회적 불평등의 문제는 이 소설의 배면에 놓여 있을 뿐이다. 한수산은 이 소설을 통해 한 시대의 역사를 그리기보다는 동시대의 물질주의적 분위기가 만연한 서울을 중심으로 한 가난한 시골 출신 젊은이들의 욕망과 풍속과 세태를 그리고 있다. 그들의 숨겨진 상처와 욕망, 방황(좌절)과 성공, 도시적 비정함과 환상—요컨대 그들의 걸어간 욕망의 거리의 생생한 풍경을 보여 주는 소설이다.

가난한 시골 출신의 젊은이들의 서울 이주와, 이들의 신분 상승에 대한 욕망은 이 소설의 중심적인 관심사이다. 이야기가 시골과 도시의 두 층을 통해 전개되는 것은 그 때문이지만, 작가가 비중을 두고 있는 것은 시골보다는 작중인물들의 도시에서의 삶이다. 이 도시적 삶이란 도시 출신이 아니라 가난한 시골 청년이 경험하는 그것으로서 그 의미는 다음과 같은 진술 속에 잘 나타나 있다.

> "가난한 시골 청년이 서울엘 와서 대학을 다니고 … 고생을 하고, 그러면서 공부라는 걸 하죠. 대학 나와 직장엘 간다고 뭐가 해결이 돼요? 모양은 좀 달라도 가난은 여전하죠. 그때부터의 가난에는 서울이라는 그 도회성, 은성함을 살아보려는 발버둥이 또 가세되죠. (…)"

이 구절은 이 소설의 전체적인 분위기를 잘 암시해 준다. 도시는 소외와 환상의 두 얼굴을 지닌 작중인물들의 현실적 기반이다. 그 도시에 뿌리내리고 정착하고자 하는 한, 안락한 생활을 향한 그들의 욕망은 피할 수 없다. 그 욕망은 인물들의 삶을 변화시키고 운명을 바꾸어 놓을 것이다.

주인공들의 욕망이 도시적인 것이라 했지만 그 기원은 가난이다. 소설의 중심인물인 민세희·경태·정우 삼 남매 중에서 서울에 진출하여 그곳에서 성공을 꿈꾸는 세희와 경태의 가슴속에는 이 가난이 상처와 한으로 남아 있으며, 그들의 성공에의 욕망도 이 숙명 같은 가난으로부터 벗어나기 위한 것이다. (시골에 남아 있고자 하는 경우는 예외적인 인물이다.) 세희의 두 번째 남자인 무명의 영화 조감독 조윤기의 경우도 비슷하다. 이들이 서울에서 경험한 것은 소외감과 고독, 도시적 개인주의와 비정함이다. 그러나 서울이 그런 차원에서만 인식되는 것은 아니다. 자신의 재능을 실험할 수 있는 곳, 행운과 성공의 가능성을 지닌 공간으로 인식되기도 한다. 도시적 개방성과 환상에 의해 중재되는 이들의 욕망의 대상은 인물에 따라 다양한 모습을 띠고 있다. 세희의 욕망이 모든 것을 갖춘 남자와의 행복한 결혼이라면, 경태의 꿈은 돈을 벌어 자기 회사를 갖는 것이고, 윤기의 욕망은 명감독이 되어 영화가에서 성공하는 것이다.

이 작품은 가난한 시골 젊은이들의 서울에서의 좌절과 성공담이라 할 때, 여기서 가장 두드러지는 인물이 경태이다. 그는 가난과 대학 시절의 실연과 시련을 딛고 성공한다. 그의 욕망의 대상이 돈벌이(성공과 출세)라면, 그 욕망의 중개자는 가난 때문에 그에게 실연을 안겨 준 대학 시절의 애인 현채리이다. 그의 상류계층인 채리에 대한 감정은 사랑(동경)과 증오가 교차하는 복잡한 것이다. 그는 "헐벗고 추위에 떨며 굶주려서 그녀에게 매달리던 시절"을 결코 잊지 않으려고 한다. 대학 졸업 후 대재벌 회사의 입사시험에 합격하고도 그곳에 들어가지 않고 좀 더 가능성이 있는 작은 회사에 입사하여 열심히 일하여 간부가 되고, 아버지의 유산(그의 아버지는 가난한 시골 우체부였다.)인 시골 땅을 판 돈을 가져와 땅 투기를 하면서 돈을 모으려 하는 것은, 그의 가난 때문이기도 하지만 무엇보다도 채리에 대한 증오심과 대결의식 때문이라고 할 수 있다. 여기에는 그의 첫사랑에 대한 복수심이 강하게 작용하고 있다고 할 수 있는데, 그가 회사에서 만난 인혜와의 관계에서 진정한 사랑을 발견하지 못하는 것도 이와 무관하지 않다. 자신의 욕망은 어느 정도 성취하지만 더 높은 곳에 대한 욕망을 포기하지 않는 인물이다.

경태가 현실주의적 인물이라면 세희는 다분히 감상적·낭만적 성격을 지닌 인물이다. 그래서 방황과 좌절을 거듭한다. 가정 사정으로 연극영화과를 중퇴하고 영화배우를 꿈꾸었으나 이루지 못하고 세 사람의 남자를 겪는다. 첫 번째 남자인 부잣집 아들 강종민으로부터 배반당하고 무명의 조감독 조윤기와 동거하지만, 윤기의 감독 데뷔 작품이 실패한 후 헤어져, 장옥주 마담의 소개로 환갑이 넘은 박회장의 후처가 된다. '마네킹'과 같은 불행한 나날을 보내다가 미쳐서 정신병원에 들어가게 되는데, 그녀의 방황과 불행은 그녀의 감상적, 낭만적 성격과 허영 때문이라 할 수 있다. 허영은 거짓 욕망이며, 실체로 종잡기 어려운 욕망이다. 돈과 사랑을 다 갖춘 남자와의 행복한 결혼이라는 욕망은 추상적이며 구체적인 대상이 결여되어 있는 욕망이다. 이 욕망의 중개자는 무엇일까. 한때 꿈꾸었던 영화배우인가. 아니면 여자의 미모와 육체를 "일종의 상품"으로 생각해서 살아가는 요정 마담 장옥주인가. 불분명하다. 게다가 그녀의 성격은 수동적이고 충동적이며, 다분히 기분적인 데가 있다. 그녀는 아파트에서 바라본 "황혼이 아름다워" 윤기의 아파트에서의 동거를 결심하고 박회장과 결혼한 뒤에도 윤기를 못 잊어 밀회를 하고 그의 아이를 갖고자 하는 복잡한 여자이다. "육체라는 것, 그 몸 하나로 자신의 삶 전체에 문양(紋樣)을 주고, 사회적 신분을 위쪽으로 고양시키려 했던 여자"인 그녀의 허영(거짓 욕망)은 그녀가 이끌렸던 도시적 환상의 산물이라고 할 수 있다.

그렇기는 하나 소설의 전개에서 세희가 차지하는 비중은 크다. 여러 남자를 거치며 새로운 삶을 시도하는 인물이기 때문이다. 그녀는 가족(경태)과 이어져 있을 뿐만 아니라 박회장을 비롯한 조윤기, 장옥주, 박회장 등의 다양한 인물과 연결되어 있다. 충무로의 영화사(조윤기), 사회의 실력자들이 드나드는 고급 요정(장옥주), 재벌과 그의 가족(박회장) 등을 중심으로 한 다양한 욕망의 풍속을 드러내는 데 있어서 중요한 역할을 담당하는 인물이 그녀인 셈이다. 옥주가 육체와 뛰어난 장사수완을 밑천으로 삼는 유흥가의 뚜쟁이 같은 인물이라면, 박회장은 자신의 재력을 이용하여 여생을 즐기려는 인물이다. 옥주의 소개로 박회장과 어울리지 않는 결혼을 하는 세희의 행동은 돈 때문에 몸을 파는 것과 같다. 여기에서 욕망의 타락을 볼 수 있다. 계속되는 좌절 끝의 윤기의 영화감독으로서의 성공도 따지고 보면 그가 극장가에서 팔리는 영화를 만들 수 있었던 데 있다. 그는 영화의 예술성과 상업성 사이에서 갈등하지만 상업성에 굴복하지 않을 수 없는 상황에 놓인다.

등장인물들의 욕망이 타락한 욕망이 되는 것은 그 욕망이 시장의 논리—다시 말해 돈의 논리와 결합되기 때문이다. 옥주와 박회장의 경우가 그 전형적인 예이지만, 윤기·경태·세희의 경우도 정도의 차이는 있으나 사정이 비슷하다. 윤기가 자신이 만든 영화가 개봉될 때 "극장 앞의 동정"을 살핌으로써 자신의 영화의 성공 여부를 평가하는 행위는 그가 시장의 논리에 관심이 많다는 증거이다. 흥행에 성공하자 그는 "원을 한번 갚나 보다"라고 말하는데, 이 말은 그의 오랜 실패에 대한 한을 뜻하는 것이자 그의 성공이 돈과 관련되어 있음을 뜻하는 것이다. 경태의 회사에서의 빠른 승진은 그가 시장과 소비자의 생리를 깊이 연구하고, 이에 대한 남다른 감각도 지니고 있기 때문이다. 그의 땅 투기 행위는 땅을 자본과 동일시하는 시장의 논리에 바탕을 두고 있다. 세희는 옥주의 유흥가의 논리(여자의 몸이 곧 상품이라는)를 거부하지만 그녀의 결혼 행위는 이와 크게 다른 것이 아니다.

정도의 차이는 있으나 작중인물들의 대부분이 시장의 논리에 거의 무방비 상태로 노출되어 있음을 볼 수 있다. 이는 이 소설의 배경이 70년대 사회의 물질주의적 분위기를 반영하는 것임을 나타내며 이 소설이 지닌 대중성의 본질적 성격을 잘 드러내는 것이라 할 수 있다. 시장에 바탕을 둔 욕망의 원리를 작품 속에 적극적으로 수용하고 있다는 것이 이 소설이 지니고 있는 대중성의 중요한 근거이다. 작가는 산업화 사회의 욕망의 논리를 잘 파악하고 있을 뿐만 아니라, 그 욕망의 끝없음과 타락 가능성도 잘 알고 있다. 작품 곳곳에 등장하는 남녀의 자유롭고 분방한 사랑과 이별의 풍속, 그리고 여러 인물들의 성에 대한 개방적인 태도는 욕망의 타락이 전통적인 윤리의 타락과 불가분의 관계에 있음을 보여 주는 것이라 할 수 있다. 세희의 허영과, 어머니와 경태 사이의 의사소통의 단절은 도시적 욕망의 논리가 전통적인 윤리와 가치 의식이 해체되고 있음을 말해 준다. 욕망의 타락은 곧 전통적 윤리와 타락을 뜻한다.

이 소설이 당초에 신문 연재소설로 써졌다는 사실은 기억해 둘 만하다. 신문연재 소설은 대중성을 염두에 두지 않을 수밖에 없게 되어 있다. 가난한 시골 출신 젊은이들이 서울에서 욕망을 키우고 좌절하기도 하고 성공하기도 한다는 이야기는 그 자체가 흥미 있는 이야기이다. 그 욕망은 사랑과 돈을 향한 것이고 그 위에 시장(자본)의 논리가 놓여 있음을 이미 지적한 바와 같다. 작가는 출세와 사랑을 추구하는 '욕망의 거리' 위에 선 지난 시대의 젊은 풍속도를 그리는 데 그 나름대로 성공하고 있다. 작가 특유의 감각적인 문체가 주인공이 벌이는 욕망의 세계를 선명하게 포착하고 있다.

이 소설은 재미있게 읽을 수 있으나 거기서 인물들의 윤리의식의 결여를 발견하는 독자도 적지 않을 것이다. 인물들의 욕망은 가난에서 비롯되며, 그들의 신분 상승의 꿈이 그들을 소외시킨 도시에서의 일종의 한풀이적인 성격을 띠고 있지 않은가라고 생각하는 사람도 있을 것이다. 소설의 본성이 시장에서의 교환에 바탕을 둔 현대인의 나날의 삶을 그리는 것이라 해도 거기에 윤리의식과 뚜렷한 가치관이 깃들어 있어야 한다고 보는 독자들도 많을 것이다. 욕망의 생리와 종속에 치중한 나머지 그 욕망을 해석하는 작가의 윤리의식이 결여되어 있다는 사실은 이 소설의 큰 아쉬움이라 할 것이다.

그러나 꼭 작가가 윤리 문제를 도외시하고 있는 것만은 아니다. 경태가 회사의 여공들의 복지 문제를 제기한다든가 세희 삼 남매 중에서 막내인 정우를 통해 드러내고자 하는 것도 바로 그 문제이다. 특히 정우는 시골에 남아 소외되고 가난하고 억눌려 사는 사람들과 더불어 살고자 하는 긍정적인 인물이다. 그는 사회의 양지보다는 음지에서 보육원의 어린이들을 돌보며 '감옥에 간 은사'의 가르침을 실천하고자 하는 인물이지만, 작품 속에서 제대로 살아 움직이지 못하고 있다. 생각건대 이 작품이 연재되던 1980년대 초의 특수한 사회적인 분위기나 정치 상황 때문에 이 인물을 제대로 살리지 못한 것이 아닐까 하는데 이는 아쉬운 대목이 아닐 수 없다. (작가는 이 소설을 신문에 연재하는 과정에서 뜻하지 않은 고초를 겪어야 했다.) 정우는 고향 쪽의 신문사에 입사하여 자신의 뜻을 펴다가 모종의 사건(그 사건의 전말이 확실히 드러나 있지 않다.)에 휘말려 체포되고 감옥 생활을 하게 되는데, 정우의 행동이 작품 속에서 제대로 살아날 수 있었다면 다른 인물들의 욕망의 풍속뿐만 아니라 동시대의 사회와 역사의 움직임과 진정한 가치와 욕망의 윤리와 관련된 작가의 소재 의식이 더욱 분명하게 드러날 수 있었을 것이다.

이 소설은 윤기가 세희의 퇴원을 기다리고, 경태가 진영(정우의 애인)과 함께 동생 정우를 감옥에서 면회하는 이야기로 끝나고 있는데, 여기서 경태는 진영에게 삶의 여러 길과 '욕망의 가치'에 대하여 말하고 있다.

"내가 산 것과 정우가 산 게 어떻게 서로 다른 건지도 난 아직 모르겠습니다. 나에게도 얼마의 잘못이 있었을테고, 정우에게도 또 얼마의 잘못이 있었겠지요. 그러나 지금 와서 중요한 건 그런 건 아닙니다. 자기가 믿었던 가치, 그것이 옳았느냐 아니였느냐보다 먼저 … 그 가치를 지켰느냐가 중요한 게 아닐까요."

가치 판단에 대한 유보적 태도가 나타나 있는 발언이다. 경태의 이러한 가치 유보적 태도는 바로 작가 자신의 윤리적 태도를 드러내는 것이 아닐까. 산업화 시대인 1970년대는 급속한 도시화와 시골 청년의 도시 진입이 이루어진 시대이자 욕망의 시대였다. 이 작품은, 지금까지 논의에서 드러나는 바와 같이, 욕망의 무한 개방을 자극하는 그 시대 그 도시적인 '욕망의 거리'를 걸어갔던 가난한 시골 출신 젊은이들의 이야기이다. 작중인물들은 도시 속에 자신의 삶의 터전을 마련하는 과정에서 수많은 고통, 좌절을 경험하면서 상처 입기도 하였고, 때로는 그래서는 안 될 잘못을 저지르기도 하면서 살아야 했다. 인용문의 끝부분에 드러나 있는 가치 판단의 유보적 태도는 그런 맥락에서 읽을 수 있다. "자기가 믿었던 가치, 그것이 옳았느냐 아니였느냐보다 먼저 … 그 가치를 지켰느냐가 중요한 게 아닐까요."라는 구절은 복합적인 의미를 띤 말이다. 그 도시 속에 던져진 가난한 시골 출신 청년들과 그 속에 함께 살아가는 동시대 사람들에게는 각자에게 절실한 가치가 있었다는 것, 다시 말해 개인주의적 욕망을 추구하는 삶도 공동체의 가치를 추구하는 삶도 있었다는 것, 어느 것이 옳으냐가 중요한 것이 아니라, 작가의 가치에 대한 신념이 중요하다는 것이 작가의 논리인 것 같다.

가치에는 개인적 가치와 공동체적 가치, 전통적 가치와 현대적 가치 등 여러 가지가 있으며, 작가가 이 가치 문제를 어떻게 설정하는가 하는 문제는 작품의 내용과 미학을 결정짓는 중요한 문학적 이슈이다. 문학 작품에서 이 윤리 문제는 중요한 이슈의 하나이다. 일반적으로 문학작품에서의 가치 문제는 작가의 윤리의식과 직결되며, 이에 대한 논의는 언제나 작품이 다루는 특정한 사실, 구체적인 맥락과 상황에서 그 사실(상황)과의 관계에서 논의해야 할 문제이다. 가치 문제는 사실의 맥락에서 그 사실과 서로 관련지어 이해해야 할 사안이다. 산업화, 도시화 시대를 배경으로 한 이 소설에 제기하고 있는 가치와 윤리 문제를 어떻게 해석할 것인가 하는 문제는 전적으로 이 소설을 읽는 독자의 몫일 것이다.

현대시와 환상
― 최근 시단의 '환상시' 확산 현상에 대하여

1. 환상시, 어떻게 볼 것인가

2000년대에 접어들어 시단에 현실성보다 '환상성'이 우세한 환상적인 시―환상시가 눈에 띄게 확산되고 있다. '환상시'라는 말은, 실재하지 않는 환상적 세계를 작품 속에 적극 수용하는 '환상문학'을 전제로 한 잠정적인 용어이다. '환상문학'이 실제로 있다면 환상시라는 용어도 성립할 수 있다는 것이다. 시단에 이 환상시들의 확산 현상이 나타났을 때만 해도 처음에는 그저 '지나가는 일시적 현상'이거니 생각했던 독자들도, 이제는 이런 확산 현상을 그대로 받아들이게 된 것 같다. 그런 현상이 부정할 수 없는 현실이기 때문이다. 그러나 이를 바라보는 독자들의 시선은 다양하다. 이에 대한 호기심 어린 관심을 보이는 사람이 있는가 하면, 이를 우려하는 이도 있다. 이를 옹호하고자 하는 견해도 있고, 좀 더 지켜보자는 의견도 있다. 조금 낯설게 보이는 이 방면의 시 쓰기를 주도하는 시인들은 대개 그 미래가 촉망되는 젊은 시인이거나 이제 막 첫 시집을 낸 신인들이다. 시란 거기에 어떤 고정불변의 실체가 있었던 것은 아니다. 끝없이 갱신되고 혁신되며 재정의 되는 가운데 환상적인 시가 등장한 것이다.

문예 잡지 최근호를 보면 시단의 이 새로운 현상을 이해하기 위한 '특집'들이 마련되고 있다. 『문예중앙』의 "외계로부터의 타전"(2005년 가을호), 『서정시학』의 "현대시와 환상성"(2005년 겨울호) 등이 그것이다. (따옴표 한 부분이 '특집'의 제목임.) 이 특집에서 거론되고 있는 젊은 시인들의 이름을 보면 그 수가 적지 않다. 이기인, 황병승, 이민하, 서정학, 김민정—등등의 이름과 그들의 최근 시집들이 거론되고 있다. 이 특집은 지금 시단에서 젊은 시인들의 환상시가 문제가 되고 있다는 징후이다. 비평가들의 반응은 다양하지만, 이 젊은 시인들의 시가 보여 주는 낯선 풍경들이 곧 시단 전체의 풍경은 아니지만, 최근 한국 시의 새로운 풍경의 하나라는 사실에 대해서는 서로 의견을 같이하고 있다. 지금 시단에는 여러 세대의 다양한 시들이 공존하고 있다. 환상시에 이끌리는 젊은 시인들은 대개 30대, 신세대 시인들이다. 한 시인의 첫 시집은, 예외적인 경우가 없지 않지만, 대개 자신의 독특한 시적 언어, 스타일, 세계를 모색, 정립해 가는 모습을 드러내게 마련이다. 이들도 마찬가지이다. 그래서 독자의 입장에서는 이런저런 단정을 하기 전에 그 윤곽을 이해하면서 관심을 가지고 지켜보는 게 바람직하다고 생각된다.

그러나 이 기회에 환상시란 무엇이며 이를 어떻게 보아야 할 것인가. 이런 질문을 한번쯤 던져 보고 이에 대한 개관을 해 보는 것도 뜻있는 일이 아닐까. 환상시가 독자 개인의 호기심을 넘어서는 우리 시대의 문학적 관심사로 부상하고 있기 때문이다. 이 질문은 우리 시대에 '시란 무엇인가', '시는 어디에 있는가'라는 새삼스런 질문과도 서로 이어져 있다.

2. 세계화와 대중 소비 사회의 시
― 시 형식의 분화, 그리고 시인의 사회적 고립

시란 원래 고정된 실체가 아니다. '시란 부단한 갱신, 혁신 속에 존재한다'는 명제를 생각해 보자. 리듬, 이미지, 비유―이런 것이 시라는 장르, 시라는 언어 형식(말하기 형식)을 성립시켜 온 중요한 장치이다. 그러나 내용에서 보면 무엇이든 시의 대상이 될 수 있다. 무엇이든 표현하고 노래할 수 있는 것이 시이다. 그래서 시란 늘 열려 있다. 모든 시인의 시 쓰기는 이 시에 대한 그 나름의 재해석이고, 시를 재정의하려는 그 나름의 시도이다. 오늘날 시라 하면 보통 자유시를 전제로 하는데, 이 말은 자유로운 창조성에 근거하고 있는 시라는 뜻이다.

이 자유시라는 개념은 근대 이후의 산물로서 이제 한 세기의 역사를 가지고 있다. 21세기의 용마루에서 지난 시들을 조망해 보면, 거기에 다양한 시 형식들이 공존하고 있었음을 분명히 이해할 수 있다. 예를 들면 1930년대 시단을 보면 이 시대는 근대 자유시의 몇 가지 형식이 성립된 시기이다. (1) 사물과 시인의 서정적 감정의 교감을 노래하는 시―전통적 서정시, (2) 시인 개인의 미적 자의식의 세계를 표현하는 시―모더니즘 시, (3) 사회, 현실의 충실한 재현을 지향하는 시―사실주의 시, 리얼리즘 시 등이 그것이다. 1950년대 이후는 어떠했을까? 대체로 1950년대가 모더니즘과 전통 서정시의 흐름이 공존한 시기,

1970~80년대는 리얼리즘을 중시하는 현실주의 시가 큰 흐름을 형성했던 시대였다. 1990년대(민주화 시대) 이후의 시의 큰 흐름은 어떠했는가. 사회, 현실로 나아갔던 시가 시인 자신의 일상성으로 회귀하는 한편, 시란 무엇인지 그 시에 대한 새삼스러운 질문을 던지면서 시가 다양하게 분화하고, 그 분화가 본격화되기 시작했던 시대로 생각된다. 환경 생태시, 페미니즘 시, 도시적 서정시, 전통적 서정시, 일상시, 사실주의시 등등…. 민주화 시대를 맞아 시의 일상성으로의 회귀, 시 자체에 대한 근본적 질문과 서정시의 해체/재구성 현상 등과, 이에 따른 시의 다양한 분화 현상은 불가피한 현상이었다. 오늘날은 이 분화 현상이 날로 심화되어 가고 있는 시대이다.

최근의 시인들은 각자의 일성성과 변화된 새로운 문화 환경(1990년대 이후 대중문화의 확산, 과학기술의 발전, 개성을 중시하는 사회 풍조 등)에 적응하면서, 저 마다의 개성에 충실한 시 쓰기를 모색하지 않을 수 없게 되어 있다. 뭔가 새로운 걸 쓰고자 하는 젊은 시인들일수록 더욱 그렇다. 환상시의 등장과 확신은 최근 시단의 이런 분위기의 산물이다. 이를 주도하고 있는 시단의 신세대―1970년대생 시인들은 이런 분위기 속에서 등장한 시인들로서 각자의 관심사, 저마다의 독특한 체험에서 출발하고 있는 세대가 아닌가. 이들이 특히 환상성, 그것도 개인적 환상의 세계에 이끌리고, 이에 의지한 시를 쓰고 있는 현상은, 문화사회학적 관점에서 보면, 시인으로서는 자신이 속한 대중문화 사회-소비사회로부터 어떤 소외와 고립의 경험을 직면하고 있다는 징후이다. 세대적으로 볼 때, 이들은 전 세대에 비해 상대적인 물질적인 풍요를 경험하고, 인터넷, 컴퓨터, 영화 등 각종 디지털 미디어 문화, 대중

문화가 확산되어 가는 새로운 문화적 분위기 속에서 성장했으면서도, 시인으로서의 사회적 고립과 심리적 불안이라는 주제에 관심을 보여 주고 있다. 고립된 시인의 시 쓰기와 선배 시인들의 시적 미학과는 구분되는 이들의 '환상성의 미학'에 대한 관심은, 이들의 작품 생산에서 서로 긴밀히 이어져 있는 것으로 보인다. 환상성의 시들은 1930년대 이상 시의 경우에서 보듯, 대체로 고립된 자아의 심리적 불안, 시인을 괴롭히는 기억 속의 여러 상흔, 잃어버린 자아의 정체성에 대한 관심, 혼란스러운 자아로부터 탈출하고자 하는 욕망 등과 무관하지 않다. 고립된 자아의 불안, 혼란한 '마음의 생태계', 불안 등이 환상시의 중요한 관심사인 경우가 적지 않다.

최근 시단에서의 환상시의 확대 현상은 우선 이런 큰 맥락에서 이해될 수 있다. 그것은 우리 시의 변화를 말해 주는 문학적 징후이자, 불안정하고 역동적인 대중 소비 사회의 문화적 현상의 일종이다. 그것은 또한 자아 표현의 욕망과 이를 통한 자아를 시적으로 인식하고자하는 욕망과도 밀접한 관련을 맺고 있다. 환상성의 시의 확산은 '판타지 영화'의 유행과 같은 최근의 대중문화 코드와도 무관하지 않아 보인다. 대중은 판타지 영화를 소비하는 것처럼, 환상시를 소비한다. 환상시에는 독자의 호기심을 끌 만한 것이 있다.

3. '타자의 언어'와 환상시

환상성을 추구하는 시들은 일찍부터 있었다. 박영희의 「월광으로 짠 밀실」, 이상의 「오감도」, 1960년대 시인 이승훈의 시집 『환상의 다리』,

1970년대 시인 김승희의『태양미사』(1979) 등이 그것이다. 최근의 환상
시의 계보를 생각할 때, 그중에서도 이상과 이승훈의 시의 존재는 특히
기억할 만하다. 대개 초현실주의적 분위기의 환상시들이라는 점에서 그
렇다. 앞에서 말한 세 가지 시 형식과 관련지어 이를 재해석해 보면, 환
상시는 대체로 '미적 자의식의 세계의 표현'을 중시하는, 모더니즘 시
계열에 속한다고 볼 수 있다. 미적 자의식이란 시적 자아의 자의식의 세
계를 말하는바, 그 세계가 어둡고 혼란스러울 때 환상적인 시가 태어난
다. 그렇게 보면 환상시는 결코 완전히 낯선 새로운 시 형식은 아니다.

　'환상((fantasy)'이란 무엇인가. 여러 가지로 설명할 수 있으나, 일상의
논리 저편, 혹은 배면에 잠복되어 있는 비논리적, 비현실적 세계이다.
환상이란 허깨비 같은 흡혈귀, 괴물과 같은 상상적인 것이다. 그러나
그것이 시 속에 생생하게 출현하고 있다는 점에서 보면, 그게 꼭 비현
실적인 것인 것도 아니다. 이상 시에 나타나는 환상적 언어들은, 시인
의 무의식에 잠재되어 있던 언어 즉 '타자'의 언어라 볼 수 있다. (라캉
은 '무의식을 타자에 속하는 것'이라고 보았다.) 이런 점에서 보면, 시
에서의 환상은 일상 속에서 배제, 억압되었던 그 '타자'의 세계와 관련
이 깊다. 흔히 환상성의 창조는 "현실도피적인 비현실적 태도의 반영"
이라고 설명되기도 하고, "좀 더 깊은 차원에서 환상성이 현실의 질서
와 논리를 부정하는 상상력의 실천 형태이자, 기존의 현실을 거부하고
새로운 현실을 창조하려는 고독한 작가의 저항정신을 표명한 것"이라
고 이해되기도 한다(오생근, 「환상문학과 문학의 환상성」, 『문학의 숲에
서 느리게 걷기』, 문학과지성사 판 참조). 말하자면 다양한 해석이 가능
한 게 환상성이다. 환상성이 "비논리적이고 그로테스크한 것으로 표현

　　　　　　　　현대문학과 사회문화적 상상력

되어 우리에게 공포와 혐오감을 준다는 것은 결국 그것이 지배적 문화 속에 은폐되고 억압적인 야성적 요소, 혹은 타자적 요소들이기 때문이다."(같은 글) 이런 견해는 문학에서의 그 환상성의 긍정적인 차원을 지적한 것이다.

환상성의 경험은, 독자들이 지니고 있는 상식적인 마음과 그것을 불가능하게 하는 새로운 경험 사이의 충돌에서 일어난다. 우리를 낯선 세계로 인도하는 것이다. '환상'에 대한 전문가들의 설명은 다양하다. "현실 세계에서는 견디기 힘든 어떤 기묘하고 돌발적인 것, 분열, 소요(騷擾)", "현실의 삶 속으로의 신비의 갑작스러운 침입", "초자연적인 외양을 띤 어떤 사건 앞에서, 자연적인 법칙들만을 알고 있는 한 존재가 느끼는 망설임", "인간 이성에 대한 한계에 대한 상상적 체험" 등등(프랑소아 레이몽, 다니엘 콩베르, 『환상문학의 거장들』, 고봉만 역, 자음과모음 판). 환상은 명백하게 비논리적인 것이지만 "어떤 설명에 의해 해소되는 논리적인 신비"이다. ('유령, 흡혈귀, 괴물' 등이 나오는 소설을 생각하면 잘 이해될 것이다.) 시에서의 환상성은 "잠재의식, 환영, 백일몽" 등과 관련되어 있다. 일상생활에서 만약 어떤 사람이 환상의 세계에 빠져 있고, 주위 사람들이 알아들을 수 없는 말을 지껄여 댄다면, 그는 심리적 불안이나 환영에 사로잡혀 있는 것이다. 이것은 병리적 현상의 일종이다. 그러나 문학에서는 허용된다. 이른바 '환상문학'의 흐름이 그것이다. 다른 영역에서도 이 환상성이 나타날 수 있다(추상 표현주의, 초현실주의 등).

환상문학은 거기에 예외가 없지 않으나, 대개 주류 문학의 바깥에 위치한다. 그것은, 여름철이면 어김없이 등장하는 '호러 영화'처럼 현실로부터의 일탈을 요구하는 문학이다. 환상적 시의 상상력을 '환상적 상상력'이라 한다면, 이 상상력은 주류적, 일반적 상상력의 문학의 저편에 존재한다고 해야 할 것이다. 환상시의 등장, 확산은 그 환상적 상상력의 복귀, 확산 현상을 뜻하는 것이라 보아 크게 틀리지 않는다.

환상성 자체는 좋은 것도 나쁜 것도 아니다. 적당한 환상성의 채용은 작품의 의미를 풍부하게 하거나 참신한 것으로 만들어 주기도 한다(괴테의 「파우스트」, 카프카의 소설, 에밀 쿠스트리차의 영화, 최근 영화 〈웰컴 투 동막골〉 등의 사례). 그래서 환상 자체와 시에서의 환상성은 서로 구분해 생각하는 게 바람직하다. 문제는 그것들이 시에 어떻게 어느 정도 들어오느냐 하는 점일 것이다. 환상성의 그 강도, 크기, 밀도, 수준 등에 따라 시의 모습은 크게 달라진다. 환상의 전면화의 지속은 시 읽기를 어렵게 할 것이다. 그리고 그것을 대하는 시인 자신의 문학적 태도, 시인이 이를 어떻게 시에 수용하고, 이걸 어떻게 작품으로 가공하고 있는가 하는 시작의 태도 문제도 시에서 중요해진다. 만약 어떤 시인이 전적으로 환상에 의존한 시를 쓰고 있다면, 그의 언어는 극도로 혼란해져서 그 언어를 따라가고자 하는 독자들도 혼란을 경험하게 될 것이다. 과도한 혼란은 시인을 위해서나 독자를 위해서나 바람직하지 않다고 말할 수 있는 것이다. 그리고 환상성의 시라 해도 시는 시일 뿐이다. 시에서 여전히 중요한 것은, 시가 다루는 대상이라기보다는, 그 대상을 포착하는 시인의 감각, 미적 지각과 이를 통해 하나의 시로 빚어내는 미적 조형성과 시를 시로 성립시키는 여러 시적인 장치들이다. 시가 언어로 표현되는 예술인 이상, 그것은 독자의 수용을 전제로 한다. 다시 말해 시는 커뮤니케이션을 전제로 한다. 과도한 환상성

현대문학과 사회문화적 상상력

의 시들은 이상의 시가 그렇듯, 독자와의 의사소통에 장애가 된다. 이것은 바람직하다고 보기 어렵다. 모든 시는 독자의 수용에 의해 그 의미가 완성된다. 이점에서 보면 시는 언어공동체라고 하는 공동의 지평 위에서 움직인다. 환상시도 시의 일종인 것이다.

4. 환상시에도 차이가 있다 — 몇 가지 사례

시적인 것이 반드시 환상적인 건 아니지만, '환상적인 것이 시적일 수도 있다.' 아마도 이것이 환상에 이끌리는 시의 논리일 것이다. 대개의 시는 일반 독자들이 어느 정도 쉽게 이해할 수 있는 자체의 논리를 지니고 있다. 패러프레이즈할 수 있다는 의미에서, 대부분의 시는 '이성적 구조'를 지닌다. 환상시는 비현실적인 현실, 잠재의식, 환각, 무의식 등에 기대고 있어 읽기에 쉽지는 않지만, 주의 깊게 읽어 보면 자체의 질서와 그 나름의 어떤 논리를 중심으로 전개되고 있음을 볼 수 있다. 그러나 어떤 시들은 이해하기 어려운 경우도 있다. 말하자면 환상시라 해도 그 안에는 수많은 차이가 존재한다. 환상시를 제대로 이해하자면, 그 차이들을 이해해야 한다. 최근 환상시의 윤곽을 파악하기 위해 여기서는 몇 가지 대표적 사례를 중심으로 그 세계를 개관해 보기로 하자.

1) 황병승의 경우 — 상상계와 상징계 '사이'에 머물기, 또는 성인 되기를 거부하는 시

황병승의 『여장 남자 시코쿠』(2005)는 성장 과정에서 입은 상흔, 독특한 문화적 취향, 개인적 관심사, 발랄한 언어 감각 등이 서로 어울려 이루는 독특한 분위기와 유니크한 세계를 구축해 보여 주는, 시인의 첫 시집이다. 그의 언어 감각은 뛰어나고 참신하며 시들은 아주 경쾌하고 재미있다. 대중문화의 경험이 시 속에 자주 등장하고 그 언어가 경쾌하다는 점에서 보면, 『햄버거에 대한 명상』으로 대변되는 장정일의 초기 시를 연상시키는 점이 많다. 사물을 나름대로 투시하고 언어 감각이 뛰어나다는 점에서 보면 저 프랑스 견자 시인 랭보를 연상시킨다. 그는 사회현실에 대한 관심보다는, 개인적인 관심사, 주변의 사소한 이야기, 자아의 내면세계 등에 집중하고 있다. 수록 시들은 잡다한 단편들의 모음이다. 화자의 개인적 성장 이야기, 가족사의 상흔, 가족 관계 등에 대한 시가 많다. 이 점에서 보면 단편적인 그의 시들은, 한마디로 말해 성장시(성장소설에 대응되는)의 성격이 강하다.

여러 비평가들이 지적하고 있는 바와 같이, 이 시집은 새롭고 낯설고 환상적이다. 시에 나타나는 환상성은 네 가지 층위로 나누어 볼 수 있다. (1) 시의 제목 자체가 환상적인 분위기를 풍긴다. '여장 남자 시코쿠, 키티는 외친다. 벤치 스테핑, 시코쿠 만자이(漫才), 에로틱파괴 어린 빌리지의 겨울, 핑크트라이앵글배 소년부 체스경기 입문, 대야미의 소녀, 녹색바다 고무공침팬지와 놀기' 등등. 만화적이고 동화적이며 이국적인 분위기를 풍기는 제목들이 많다. (2) 단편적, 이질적인 시들을 뒤섞어 배열하는, 시집의 독특한 편집 방식에서 발생하는 환상적 분위기가 있다. 수록 시들을 차례대로 읽다 보면, 현실과 환상, 직접 경험과 허구적 상상, 자신의 이야기와 개인적으로 알고 있는 기묘한 허구적 이야기에 대한 이야기 등을 자유롭게 오가는 잡다한 단편들의 모음이라는 사실을 이해하게 된다. 그 경계가 모호하여 전체적으로 환상적인 느낌을 갖게 된다. (예를 들면 「앵무새」 다음에 「앨리스맵으로 읽는 고양이좌」라는 제목의 시가 나온다.) 이런 편집 방식은 이 시집의 중요한 의도의 하나이다. (3) 황병승의 시 하나하나가 그 특유의 환상적, 초현실주의적 분위기를 풍긴다. 「겨울—홀로그램」을 보자.

> 노랑 안에서 새빨간 뱀 한 마리가 나의 침대를 차지하고
> 파랑 속에는 막 불타오르는 꽃나무들
> 새들은 빨강 안에서 건성으로 노래한다
> 검정 속에는 복면을 한 아버지가 누이의 스커트를 입은 채 잠이 들고
> 초록 안의 어둠 속에는 늙은 개와 비밀을 한 가지씩 털어놓을 때
> 노랑 속의 나의 눈은 멀고
> 파랑안의 장미는 녹고
> 때를 기다리면 시간은 순간처럼 지나가서
> 꽃 한번 피워 보지 못하고 시들어버렸지만
> 44구경. 한때 그 험한 녀석을 내가 키웠지 화분이야 나는 화분이었어
> 늙은 개는 이렇게 말하다
> 새들은 불타는 숲에 모여 차가운 눈빛을 모으고
> 초록, 화분에 숨어 올려다보는 검정 속의 하늘
> 전진하는 눈(雪).

'복면을 한 아버지, 비밀, 새빨간 뱀 한 마리, 몰래 키운 44구경의 권총, 녹는 장미, 시들어 버린 꽃'—이 이미지들은 초현실주의적, 환상적 분위기를 풍긴다. 전체적으로 보면 화자는, 가족 관계에서 입은 상흔, 억압된 자아, 아버지에 대한 적의, 좌절된 욕망 등을 생각하면서 자신을 돌아보고 있다. 화자는 '꽃 한번 제대로 피우지 못하고 가버린' 청춘

을 인식하면서 내리는 눈발을 응시하고 있다. 이 시는 랭보의 어떤 시들을 연상시키는 점이 있으나(랭보는 '모음들'을 색깔과 관련지어 노래한 환상적인 시를 쓴 바 있다.), 황병승의 뛰어난 시적 재능을 확인 할 수 있는 작품이다. (4) 환상성의 마지막 층위로서 그의 시에 나타나는 화자의 '소년성'을 지적할 수 있다. 이 '소년적인 화자'와 환상성은 서로 긴밀한 관련을 맺고 있다. 그가 이끌리는 상상적 세계와 기발한 언어 구사 등은 상징계의 현실적 질서나 일반적 언어 관습과 상당한 거리가 있다. 왜 하필 '시코쿠', '앨리스맵', '어린이'일까. 라캉 식으로 말하면, 시인은 상상계와 상징계 '사이'에서 망설이고 있거나 상징계 또는 실재계의 현실 원칙을 수용하고 그 속으로 편입되기를 주저하고 있다. 성인이 되었으나 어린아이의 환상 세계에 머물고 싶어한다.

2) 김민정 ― '마음의 생태계'의 혼란과 고통스러운 기억의 정화를 위한 시

황병승의 시에 나타나는 환상적 세계에 대한 관심과 유혹은 현실 생활의 어떤 결핍을 메우기 위한 것으로 보인다. 그러나 그는 자신의 감정을 절제할 줄 아는 시인이다. 이에 비하면 김민정은 그 환상에 사로잡혀 있는 시인이다. 그녀는 그 환상의 세계에 구속되어 착란적이고 그로테스크한 장광설을 끝없이 늘어놓는데, 그 장광설이 바로 시이다. 그 장광설을 읽으면 독자도 고통스러워진다. 시인의 고통이 배어 있는 언어이기 때문이다. 김민정의 첫 시집『날으는 고슴도치 아가씨』(2005)의 전체적 인상이 그렇다. 시인(화자)의 무의식 속에서 터져 나오는 언어들을 거침없고 힘차게 표현하는 그의 시들은 그로테스크하고 엽기적인 분위기를 자아내기도 한다.

　　"아빠가 나눠준 쪽 집게로 오뚝이를 차례차례 내 머리칼을 꼽아댄다 나이스 풀러. 예 좋아요, 좋아 그치만 한번에 한 가닥씩이오 (…중략…) 엄마는 색색의 세로판지로 깃대 단 이쑤시개를 꽂아 넣는다 쑥쑥 잘 크거라 내 나무야 엄마가 물조리개로 물을 뿌리자 나는 화살이었다가 우산이었다가 낚싯대였다가 장대높이뛰기용 장대로 키 자라는 한 마리의 거대한 고슴도치가 되어 뾰죽뾰죽한 털들을 비벼대기 시작한다 (…중략…) 날으는 고슴도치 한마리. 사방팔방 불붙은 가시를 발사한다."

―「날으는 고슴도치 아가씨」

　　"이미 죽은 내가 잠든 엄마아빠의 이부자리 속을 파고 든다 이미 죽은 내가 엄마아빠를 국자로 떠와 차례차례 변기에 담근다 이미 죽은 내가 엄마아빠의 잠옷을 벗기고 속옷을 벗기고 바리깡으로 몸에 난 모든 털을 깎는다 (…중략…) 이미 죽은 내가 엄마아빠의 뜯긴 실집에 손을 넣어 큼직큼직하게 살점을 떼어낸다 이미 죽은 내가 떼어낸 살점을 조물조물 납작납작 주물러서 국솥에 떨어뜨린다."

―「살수제비 끓이는 아이」

　　이 끝없이 반복되는 악몽과 같은 언어가 김민정의 시세계이다. 시들은, 주로 성장기에 가족 관계 속에서 입은 고통스러운 기억과 그 가족에 대한 화자의 혼란스럽고 복잡한 심리 상태를 이처럼 그대로 풀어놓은 것이다. 시단에서 이런 시적 풍경은 새롭고도 낯선 것이다. 이상의 착란적인 언어보다 더욱 격렬하며 훨씬 심층적이고 보다 지속적이다. 나머지 시들도 비슷하다. 그 시편 속에는, 여자로서의 평탄하지 않앉던 성장 과정, 부모나 주변 사람들로부터 입은 여러 상처와 가족들의 억압 등의 모티프가 변주되고 있다. 이로 보면, 그 상처들이 성장기 시인의 순수한 '마음의 생태계'를 파괴하면서 큰 혼란 속으로 몰아넣었던 것 같다. 자기 연민, 절망, 고백, 부모에 대한 애증의 감정, 적의, 자학, 타자에 대한 공격, 반항, 환멸, 호소 등. 여러 가지 복잡하고 혼란한 감정이 나타난다. 화자(시인)의 마음은 극도로 혼란스러워 스스로 고통스러워하고 있다. 직설적으로 거침없이 쏟아 내고 있는 그 언어들은 아주 환상적이고 끔찍한 세계를 펼쳐 보인다. 잠재의식, 무의식의 깊은 곳에서 터져 나오는 비논리적, 착란적인 언어들이어서 이해하기 어려운 부분도 적지 않다. 중요한 것은 지금 시인의 마음이 고통스럽고 아프다는 것이다.

그레고리 베이츤은 『마음의 생태학』에서, 한 사람의 마음은 주변의 다른 사람들의 수많은 마음과 서로 이어져, 상호 의존적인 하나의 생태계를 이루고 있다고 지적한 바 있다. 한 사람의 '마음의 생태계'의 혼란, 고통, 위기는 그 마음과 이어진 수많은 타자들의 마음이 작용한 결과이다. 김민정 시는 성장기의 독특한 환경에서 초래된 '마음의 생태계'의 혼란, 위기를 시의 형식으로 적나라하게 표출한 것이다. 추상표현주의 그림을 보고 있는 듯한 느낌의 시들이다. 가족과 사회로부터 고립되어 스스로의 고통 속에 칩거하는, 그 고통의 나날에서 벗어나기 위해서는, 먼저 자신의 고통을 몰아내 표현해야 하는 것이다. 이 시집의 지향점은 무엇일까. 수록 시에 따르면, 아직도 '발에 밟히는 집'으로 돌아가고자 하는 욕망의 확인이다(「집으로」). '검은 나'를 정화하기 위하여(「검은 나나의 꿈」), 또는 스스로 더러워졌다고 생각하는 마음(몸)을 정화하기 위해서이다(「고통에 찬 빨래 빨기」). 시인은 아직 그 길 위에서 있다. 시인이 사로잡힌 그 환상적 세계가 너무 강렬하여 좀 혼란스럽지만, 이런 비전을 발견할 수 있다는 게 이 시집의 중요한 특성이다.

3) 이민하 ― 환상에서 환상으로 여행하는, 방법론적인 시 쓰기

이민하의 시세계는 그 시집 제목 속에 잘 암시되고 있다. 『환상 수족』(2005)이 그것이다. 이것은 실제로는 몸에서 떨어져 나가 없는데도 '환상 속에 존재하는 수족'이다. 그 의미는 결핍, 부재, 상처 등이다. 환상적 요소를 자주 끌어들이고, 그 테두리 안에서 환상적, 초현실주의적 분위기의 시 쓰기를 지속하는 것은 이 현실적 부재감과 관계 깊다. 그 환상과 환상 사이를 끝없이 여행하는 화자의 몽상적인 세계가 그녀의 시이다. 환상 속에서는 실재, 현실의 윤곽은 지워지거나 희미하게 흔적만 남길 뿐이다. 방법론 차원에서 볼 때, 이 시인의 시들은, 선배 시인 이상과 이승훈의 시적 분위기와 유사한 점이 적지 않다. 시에 '거울' 이미지가 자주 등장하고 '이승훈 시인의 텍스트'를 변형시킨 시 쓰기를 시도하고 있다는 점에서 그렇다. 환상 속으로 여행하는 그녀의 시들 한쪽에는 현실적 부재감, 결핍감, 상처 등이 놓여 있다. 그녀의 시 쓰기는 그 점에서 아주 전략적이다. 이 환상이 없다면 현실의 부재감, 상처를 어떻게 견딜 수 있겠는가. 시 한 구절 인용해 둔다.

> 길고 어두운 복도 끝에서
> 붉은 꼬리가 달린 아이가 하나 걸어 나왔어요

(…중략…)

붉은 꼬리가 달린 아이는 불고 있던 비누풍선을 모아 기차를 만들
었어요

기차에서 향긋한 박하냄새가 났어요

붉은 꼬리가 달린 아이가 웃을 때마다/기차 칸이 고무줄처럼 늘어
났어요

(…중략…)

—「붉은 꼬리가 있는 풀밭—8요일, 혀」.

「세상에서 하나뿐의 수리공 K의 죽음」, 「마술피리」, 「사각의 꿈」 등이
시의 제목인데, 이 제목에서, 환상에 기대어 자신의 진실을 표현하고자
하는 시인의 의도를 조금 엿볼 수 있다. 그의 시들은 환상적 분위기의
풍경화나 초현실주의 화화처럼 분명한 구도와 배치를 통해 형상화되어
있다. 이민하는 환상적 요소를 잘 부릴 줄 아는 시인이라 할 수 있다.

5. 환상시에 대한 문학적 질문

시인들은 어떤 결핍에서 출발한다. 그는 언어라는 손전등에 의지해 삶
의 테두리를 비추고 이를 작품화하고자 한다. 환상성의 시는 그 손전등
이 대개 삶의 외부보다 내면세계로 향하고 있는 시로 생각된다. 이상에
서 이민하에 이르는 시 대부분이 그렇다. 환상시는 그 표면의 환상적 요
소 자체보다도 그것을 걷어 내고 들여다볼 때 더 잘 이해될 수 있다. 환
상시의 확산 현상은 시인의 사회적 고립, 자아의 소외, '마음의 생태계'
의 혼란 등과 서로 긴밀한 관련을 맺고 있다. 몇몇 시인들의 작품을 개관
을 통해 이 점이 어느 정도 드러났을 것이라 생각한다. 이 자리에서 거

론하지 않았지만 강정, 이영주 등의 시에도 환상성이 강하게 나타난다.

환상시의 확산 현상, 이것을 우리 시의 새로운 지평이라 말할 수 있을까. 그렇다고 말하기 주저된다. 어느 정도라면 모를까. 시 속에 환상성의 농도가 깊어질수록 일반 독자와의 의사소통이 어려워질 수밖에 없다. 판타지 영화에는 마니아 애호가들이 있다. 하지만, 환상시에 열광하는 독자층을 현재로서는 생각하기 어렵다. 환상시는, 일반시와 달리, 호기심을 자극할 수 있는 요소는 있으나, 대체로 난해한 구석이 없지 않다. 그래서 일반 독자가 이해하기 쉽지 않은 시이다. 현대시는 늘 독자의 애호 속에 성장하였고 독자와 함께 걸어왔다. 지나친 환상성의 범람은 독자 대중을 잃어버릴 수 있지 않을까 우려된다.

환상시의 확산 현상을 어떻게 볼 것인가. 주류 시의 흐름을 흔들어 새로운 시의 흐름을 형성할 것인가. 한 가지 분명하게 지적할 수 있는 사실은 그것이 '앓는 세대의 문학'으로 보인다는 점이다. 김민정으로 대표되는 이 방면의 시인들의 작품들 속에는 시인 자신의 고통과 상처의 흔적이 지속적으로 나타나 있다. 환상시의 이면에는 시인 각자의 고통이 숨겨져 있으며, 젊은 시인들은 '지금 아프다'고 말하고 있다. 젊은 시인들이 노래하는 이의 내면적 고통과 세계와의 불화의 경험은 이들의 경험만이 아닌, 지난 세기의 수많은 문학청년들의 공통적인 문학적 출발점이기도 하였지만,

2000년대 젊은 시인들은 둘러싸고 있는 사회문화적 분위기는 기성 세대와 다른 점이 있다. 젊은 시인들은 대체로 디지털 미디어 문화, 대중문화, 소비사회의 분위기, 세계화의 사회적 분위기 속에서 성장하였고, 이 분위기의 확산 속에서 오늘날 청년들은 단지 청년이라는 사실

하나만으로 불확실한 미래와 마주하고 있다. 세계화는 시공간의 거리를 좁혔지만, '고용 없는 성장'이라는 전 세계적인 사회문화적 분위기의 확산을 초래하였다. 이 땅의 젊은 시인들도 그런 분위기에서 자유로울 수 없을 것이다. 게다가 2000년대 들어 문학의 사회적 힘이 약화되면서, 젊은 시인들이 새로운 삶의 비전이기도 한 새로운 시적 비전을 손쉽게 모색하기도 어려운 처지에 놓여 있다.

이렇게 보면 환상시의 확산 현상은 최근 들어 젊은 시인들이 처한 어떤 문학적 곤경을 드러내는 문화적 표지의 하나로 이해해 볼 수 있다. 환상 없는 시적 생존의 지속이 곤란하고, 새로운 언어, 새로운 시적 비전의 모색도 어렵다는, 세계화 시대, 대중 소비 시대의 문화적 징후의 하나라 할 수 있다. 최근 시에 나타나는 환상적 언어 표현의 증식 현상은 또한 시인들의 '마음의 생태계'가 많이 혼란스럽고 심리적으로 고통스럽다는 사실을 드러내는 문화심리학적 징후의 하나로 보이기도 한다.

현대시에서 환상 미학이 새로운 조류로 자리 잡아 갈 것인가? 이 환상시의 확산 현상은 곧 극복될 일시적인 현상에 그칠 것인가? 간단히 말하기 어렵다. 환상시는 우리 시대의 중요한 문화적 기호이다. 하나의 기호이지만 그 안에 수많은 차이가 존재한다. 독자들은 애정을 가지고 이 현상을 지켜볼 수밖에 없다. 개인적 생각을 말하자면, 시인 각자가 그 환상성을 더욱 철저하게 응시하고 탐구해 보기를 기대한다. 각자의 문학적 현실과의 철저한 대면이야말로 환상성 너머의 살아 있는 삶의 현실과 직면할 수 있는 유력한 해결책이 되지 않을까?

현대문학과 사회문화적 상상력

신비화를 넘어서

— 시 창작에서의 '시마'(영감)론에 대하여

1. 시인, 시에 사로잡힌 영혼?

모든 예술가들은 정도의 차이는 있으나 모두 자신의 예술과 예술 창작의 충동에 사로잡혀, 그 일에 헌신하며 살아간 것 같다. 모차르트, 베토벤은 음악에, 고흐, 장욱진은 미술에, 베르히만, 타르코프스키, 임권택은 영화에, 랭보, 릴케, 백석 등은 시에 각각 몰두, 헌신하였던 사람들이라 할 수 있다. 그중에서 시인들은 특히 시 작품 외에 자신의 시 창작에 대한 많은 글로 남겼다. 시 창작 과정을 특권화하고 신비화하는 '시마'론, '영감'론도 그중의 하나이다. '시마'론의 전형적인 예는 고려 시대의 문인으로서 재상의 지위에 올랐던 이규보의 「시마를 몰아내는 글(驅詩魔文)」이다. 그 내용은 다음과 같다.

그날 저녁, 내가 피곤해서 누워 있는데, 베갯머리가 소란스러워지면서 왁자지껄 소리가 나더니, 색깔 있는 소매와 무늬가 있는 치마를 찬란하게 차려입은 사람이 다가와서 나에게 말하는 것이었다.

"그대가 나를 나무라면서 배척하는 것이 심하기도 하구나. 왜 나를 이토록 미워하는가? 내 비록 보잘것없는 마귀지만 또한 상제(上帝)에게 인정을 받은 자이다. 네가 갓난아기일 적에도 몰래 숨어서 떨어지지 않았고, 네가 어린 아이일 때에는 남몰래 엿보고 있었으며, 네가 청년이 되었을 때에도 온 정성을 다해 쫓아다녔다. 기(氣)로써 그대를 웅장하게 해주었고, 문사(文辭)로써 그대를 수식해주었으며, 과거 시험장에서 문예를 겨루면 해마다 이어서 합격하여 천지를 뒤흔들고 명성이 사방에 떨쳐, 많은 고관들과 귀하신 분들이 그대 모습을 우러러보게 해주었다. 이러한즉 내가 그대를 도운 적이 적지 않고, 하늘이 그대를 풍요롭게 한 것이 적지 않다. 입으로 내뱉는 말과 몸가짐, 여색을 좋아하는 것이나 술에 빠지는 것 등은 각 그렇게 하게 하도록 시키는 자가 있는 것이지 내가 주관하는 것은 아니다. 그런데 그대는 어찌 신중하게 행동하지 않고 미친 것 같기도 하고 어리석은 것 같기도 하게 처신하였는가? 이는 진실로 그대의 허물이지 나의 잘못은 아니다."

내가 이에 그 말이 옳고 내가 그르다는 것을 알고는 웅크리고 부끄러워하면서, 허리를 굽혀 절하고는 삼았다.

— 김풍기,『시마, 저주 받은 시인의 벗』(아침이슬, 2002)에서 재인용

시인이 시마라는 귀신을 기꺼이 맞아들인다는 내용의 이 글에서 시마는 '시귀신', '시라는 마(魔, 마귀, 귀신, 마구니)'를 의미한다. 시마론의 역사를 고찰한 김풍기 교수에 의하면, 이 '시귀, 시마'라는 주제는 이규보뿐만 아니라 중세의 여러 시인들이 되풀이해 거론했던 지속적인 이슈의 하나였다. 시인은 다름 아닌 시마에 사로잡힌 사람이며, 시 창작은 이 시마가 주는 것이라는 것이 시마론의 요체이다. 이 '시마'론은 시는 '도(道), 우주'를 담는다는 중세적인 형이상학적 문학이론을 전제로 한 담론으로 보인다. 순수한 도를 중시하는 중세적 관점에서에서

볼 때 시가 도의 표현이 아니라 시마라고 하는 마에 사로잡힌 자의 감정 상태의 표현이라는 것이 시마론의 요체이다. 시인이 시마에 들리거나 시마에 사로잡힌 사람이라면 그는 자신의 삶을 자신의 자유의지대로 살아갈 수 없을 것이다. 그래서 시인은 이 시마를 몰아내고자 시마와 싸우기도 한다. 조선 시대 시인 최연의 시마론―「시마를 쫓아내다(逐詩魔)」도 바로 이 시마에 사로잡힌 시인 자신의 고통을 고백한 글이라고 한다.

중세의 '시마'론은 시라는 마귀(마력)에 사로잡힌 괴로운 영혼의 자기 고백으로 읽을 수 있다. 그 내용은 대체로 시마를 쫓아내려다 거기에 즐거이 구속당하는 시인의 모습, 시를 쓰면서 살아야 하는 시인의 어떤 숙명에 대한 담론으로서, 평범한 삶을 살아가기 어려운 시인으로의 삶의 괴로움을 고백하고 있다는 공통점이 있다. 시인이란 자기도 모르게 시마에 사로잡힌 자라는 자기 규정은 여러 가지 해석을 가능하게 하지만, 시 창작 과정을 시마와 관련지음으로써 결과적으로 신비화한다는 문제점을 지니고 있다. 서양의 중세에서도 시 창작 과정을 신과 관련지어 신비화하는 담론이 있었고, 근대에 들어서도 시인을 뮤즈의 사도라 보는 논의가 존재하였다. 예를 들면 '저주받은 시인'(보들레르, 베를렌, 랭보 등의 시인을 지칭하는 용어)이라는 말은, 시신(뮤즈)에 사로잡히되 그 시신이 삶을 파괴하는 식으로 작용했던 시인이라는 의미를 담고 있다. 시마에 사로잡힌 시인이나 저주받은 시인이라는 표현은 다르지만, 그 의미는 서로 비슷하다. '시마'라는 말 자체의 현대적 의미는 무엇일까. 프루스트가 말한 창작의 그 '특권적 순간'이라고 본 정진규 시인의 견해, '영감, 시신(뮤즈), 시마, 영감은 같은 것'이라고 본 성찬경 시인의 지적은 설득력 있다. "(…) 시는 우리가 혼자서 쓰는 것이 아니라, 영감과 나와의 합작이다. 그런데 그 영감이 어디서 오는 무엇인지 분명히 알 수가 없으므로 우리는 그것을 때로 '시신'이라 부르기도 하고, 더러는 '시마'라고 부르기도 한다. '시신'이나 '시마'나 '영감'이나, 어감이 다르기는 하지만 가리키는 바는 하나이다." "'시신'이건 '시마'건 '시의 천사'건 '시의 악마'건 우선 힘을 빌리고 보자는, 성격이 강한 예술가는 많다." "분명히는 알 수 없어도 역시 시마는 젊음과 관계가 깊다"는 성찬경 시인의 설명은 특히 음미할 만한 부분이 많다. 오늘날의 대부분의 시인들도, 중세 시인과는 다른 차원에서, 시 창작에서 헌신 몰두하게 하는 특권적 순간—잘 설명하기 어려운 시적 영감의 순간을 경험하고 있음을 말하고 있는 것이다.

시마와 비슷한 말인 '영감(inspiration)'이란 시인으로 하여금 시를 쓰게 충동하고 시작 행위에 몰두, 헌신하게 하는 힘을 뜻한다. 프린스턴 대학교 출판부에서 낸『프린스턴 시와 시학 백과사전』(1974, 증보판)에 의하면, 서양에서의 '영감'론은 대체로 영감이 (1) '시인의 외부'에서 온다고 보는 이론(이 방면의 논자들은 그것이 신들(뮤즈)이나 신(유일신)에서 온다고 보았다.)과, (2) '시인의 내부'에서 온다고 하는 이론 등 두 가지로 나뉜다. 그리고 영감의 기원을 시인의 내부에 두는 두 번째 이론은, 다시 영감을 시인 자신의 '천재성'과 관련지어 설명하고자 하는 이론과 시인의 '심리적 요인'과 관련지어 설명하는 이론 두 가지로 구분된다. 후자의 경우의 대표적인 사례는 프로이트의 정신분석학에 근거한 시인의 심리적, 무의식적 창작론이다. 20세기 초기의 초현실주의 시인들은 자신의 시적 영감의 이론적 근거를 프로이트의 심리학(무의

현대문학과 사회문화적 상상력

식 이론)에서 찾았다는 사실은 잘 알려져 있다. (칼 융은 프로이트가 말하는 '무의식' 외에 '집단적 무의식'을 거론했던 심리학자였다. 여러 시인의 작품에 역사적으로 반복되는 '원형적 심상'은 인류의 집단적 무의식의 작용 때문이라는 것이 융의 생각이다.)

중세 시인들이 말하는 시마의 기원은 무엇일까? 그것은 시인의 외부에서 오는가, 아니면 내부에서 오는가? 이규보의 시귀론은 시귀가 시인의 외부에서 온다고 보는 것 같다. 그러나 그의 시마는 사실은 시인 자신의 심리적인 것, 즉 내부적인 것이라 생각된다. 객관적 실체로서 시마란 없는 것이기 때문이다. 그리고 우리가 정작 주목해야 할 것은 시마론이든 영감론이든 간에 이런 논의는 시의 창조론과 관련된 담론에 속한다는 점과 모두 개인의 심리적인 현상이라는 점이다. 시마론이든 영감론이든 시 창작 과정을 신비화한다는 점에서 비슷하다. 시 창작 과정은 머릿속에 시적 이미지가 떠오르고 이를 언어로 표현해 가는 과정으로서 심리적인 것이며, 심리적인 것은 현대 심리학의 발전에서 불구하고 잘 설명하기 어려운 부분이 있게 마련이다. 중세의 시마론, 영감론이 시 창작 과정을 신비화하는 식의 담론으로 나타난 것은, 시인 바깥에 신이나 귀신과 같은 초월적인 존재를 상상했던, 인지가 발달하기 이전 단계의 인류의 사유 방식과 관계 깊다. 조선조 초기의 서사물에서 자주 볼 수 있는 죽은 자와 하룻밤 인연을 맺었던 이야기, 귀신을 만났다는 이야기 등은 모두 그 시대의 사유 방식과 관계 깊다. 그러나 인지과학이 발달한 오늘날에도 인간의 예술 작품의 창조적 과정은 온전히 설명하기 어려운 데가 있으며, 사람마다 차이가 있는 것 같다. 시가 어떻게 오는가. 시인은 어떻게 시를 쓰는가. 이에 대한 설명은 시인

마다 차이가 있다. 영감의 문제도 그렇지 않을까.

2. 시 창작 과정의 신비화와 탈신비화

— 김소월에서 이상까지

이번 특집(계간『시인세계』2010, 겨울호 특집)의 의미는 시인들의 시 창작 과정에 대한 경험을 독자들이 더 잘 이해할 수 있는 계기를 마련해 주고 있다. 시인의 영감을 자극하는 순간과 시 창작에 몰두하는 순간의 경험은 시인마다 다른 것 같다. 그런데 시 창작 과정을 어떤 알 수 없는 신비한 경험이라고 보는 견해는 오늘날에 와서 근거 없는 신비론이라고 치부한다. 언어학자들은 시인들의 시 쓰기를 포함한 모든 언어 활동은 인간의 고유한 '언어 능력', '언어적 수행'과 관련되어 있고, 인간은 언어에 대한 청사진을 지닌 채 태어난다고 지적하고 있으며, 인지 심리학자들은 모든 글쓰기의 과정을 각자 머릿속에 떠오른 아이디어를 언어로 번역하고 그 언어를 다시 수정하는 과정으로 설명한다. 질 들뢰즈 식으로 말하면 모든 창작 행위는 인간의 '잠재적 역능의 현실화' 과정이라 할 수 있다. 시인 바깥의 초월적 존재(신, 뮤즈, 귀신 등)의 개입에 의한 영감론, 천재성에서 그 영감의 기원의 찾는 천재론은 오늘날 비판에 직면하고 있다. 그러나 시적 영감, 즉 시인을 창작을 자극하는 영감의 느낌이 없으면 시도 없다. 창작의 원동력으로서의 '영감의 느낌'(영감 자체가 아니라)은 부정하기 어렵다. 이 '영감의 느낌'이란 시가 나에게 오는 느낌, 시상이 술술 풀리면서 언어 표현이 자연스럽게 전개되는 느낌에 다름 아닐 것이다. 말하자면 시 창작의 역동적이면서도 고요의 순간이라고 말할 수 있다.

이번 특집에 수록된, 현대 여러 시인들의 '시마/영감론'을 둘러싼 다양한 시 창작 경험담들은 여러모로 음미할 만하다. 박희진, 송수권, 고재종, 문인수, 조정권, 박정대 등 여러 시인들의 시 창작 담론은 차이가 있지만 모두 현대의 영감론, 체험적 창작론이라 할 수 있다. 시 창작 순간은 누구에게나 고도로 집중된 순간, 창조적 에너지로 충만한 역동적 고요의 순간이며, 시인의 기억과 언어 감각이 고도로 활성화되는 순간이 아니겠는가. 시인으로서 시를 쓰는 그 순간은 역동적 교요의 시간, 시인으로서는 지복의 순간이라고 할 수 있다. 집중과 몰입의 창조적 순간이 없다면 창조란 이루어지지 않을 것이다. 이런 시적 영감의 느낌이 없이는 시 창작의 즐거움도 없으리라.

시적 영감의 느낌 순간, 시 창작의 순간의 경험은 심리적인 것이라 할 수 있지만, 그 순간을 명징하게 설명하기란 쉽지 않은 것 같다. 한국 근대 시인들의 창작론에서 어떤 신비화의 현상을 발견할 수 있게 되는 것도 이와 관련된다. 시인 김소월, 정지용, 이상의 경우가 특히 그런 경우이다. 김소월은 자신의 시론 「시혼」(1925)에서 시를 시혼과 관련지어 설명하고 있다. 그 요점은 추리면 이렇다―"시는 시혼의 산물이다, 시혼은 심천(深淺)이 있는 것이 아니라 음영(陰影)의 차이가 있다, 시혼 자체는 영원하다." 시혼은 시정신으로 고쳐 읽을 수 있지만, 그의 '시혼 불멸설'은 시 창작 과정(또는 시 자체)의 신비화의 일종이다.

1930년대 '시문학파'의 대표 시인 정지용은 시인의 외부에서 그 기원을 찾는 영감론을 주장하였다. 교토 유학 시절 가톨릭교에 귀의한 후 귀국하여 열심히 성당에 다녔던 그는 박용철과의 대담에서, 자신의 창작의 비밀을 토로한 바 있다. 그에 의하면, 시는 '육체적 자극'이나 '정신적 방탕'으로 써지기도 하지만, '순수한 정신 상태'를 경험할 때 직감적으로 오는 '영감'(인스피레이션)에 의해 써져야 한다고 말한다. 이 영감을 그는 '은혜(grace)'라고 설명하고 있다. 그는 이 은혜에 대하여, "처음에 상(想)이 올 때는 마치 나무에 바람이 부는 것 같아서 떨리기도 합니다. 말하자면 시를 배는 것이지요."라고 설명한다(박용철, 정지용, 「시문학에 대하여」(대담, 『조선일보』, 1938. 1. 1). 그의 영감론, 은혜론은 그의 신앙생활(가톨릭교)과 관계 깊다. 정지용이 1930년대에 종교적 영감에 의해 시를 썼다는 사실은 특기할 만하다. 이후 정지용은 사랑하는 아들을 잃고 회의에 빠지면서 점차 자신의 오랜 신앙에서 멀어져 갔다. 1945년 이후 정지용이 시를 잘 쓰지 못했던 것은 '영감의 쇠퇴' 때문일 가능성이 높다.

한국의 초현실주의 시의 선구자로 거론되는 시인 이상의 시 작품은 난해하며 비의적인 요소로 가득 차 있다. 1931년 각혈(결핵의 발병) 이후의 심경을 고백하고 있는 산문 「얼마 안 되는 변해」, 「병상 이후」는 창작의 비밀을 들여다볼 수 있는 글이다. 이 글에 의하면, 그는 병상에서 알 수 없는 힘에 이끌려 시인으로 재탄생하였다. 이상은 이 글에서 병상에 누워 어떤 초감수성의 상태, 자신도 통제할 수 없는 어떤 '들린 상태'에서 터져 나오는 언어 생성 경험과 이를 스스로 기록함으로써 시인으로 탄생하는 과정을 표현하고자 하였다. 이 글의 언어 자체가 이미 초현실주의적이다. 그의 시들은 난해하지만, '병든 육체'와 관련된 임상의학적 이미지들로 가득하다. 그 언어는 무의식의 해방의 징후를 띠고 있으나 해방의 언어가 아니라 착란의 언어이다. 그는 스스로를 '박제된 천재'라고도 했다.

그러나 천재성에서 비롯된다고 보는 시 영감론은 이미 비판된 바 있다. 19세기 독일의 시인이자 철학자였던 F. 니체는 '영감'이라는 개념은 보다 많은 이득을 얻는 데만 관심을 보일 뿐, 지식을 얻는 데는 관심이 없는 대중들의 일종의 '자기 기만'에서 비롯되는 것이라고 보았다.

> (…) 천재의 활동도 결코 기계의 발명가, 천문학자 또는 역사학자, 전략의 대가의 활동과 근본적으로 다를 것이 없다. (…) 천재도 먼저 주춧돌을 놓고, 그 다음 그 위에 세우는 일을 배우게 되면 부단히 소재를 구하고, 그것을 이리저리 만들어 보는 일을 할 뿐이다. 단지 천재의 활동만이 그런 것이 아니라 인간의 모든 활동은 놀랄 만큼 복잡하다 : 하지만 어느 것도 '기적'은 아니다. ―그런데 예술가, 연설가, 철학자에게만 천재가 있다는 믿음, 그들만이 직관을 가졌다는 믿음은 오는 것일까? (…) 그런데 예술가의 작품인 경우에 그것이 어떤 방법으로 '생성되었는가'를 그 누구도 볼 수가 없다 ; 이것이 예술가의 유리한 점이다. 왜냐하면 인간이 생성 과정을 볼 수 있는 경우에는 언제나 조금 냉정해지기 때문이다. 완성된 표현 예술은 생성에 관한 모든 사유를 거부한다. : 그것은 현재의 완성된 것으로 위력을 발휘한다.
> ―F. 니체, 『인간적인 너무나 인간적인 1』, 김미기 역,
> 책세상, 2007, '제1권, 예술가의 영혼으로부터', 162면.

여기서 주목되는 부분이 예술가의 작품에서 그 생성 과정을 낱낱이 알기가 어렵다고 한 니체의 지적이다. 이 지적은 타당하다. 그렇게 볼 때 독자의 입장에서 볼 때 작품은 그 과정보다 결과 즉 작품 자체에 더 주의해야 한다고 할 수 있다. 그런 의미에서 독자는 저자를 전제로 하는 '작품' 개념에서 벗어나 '텍스트' 개념으로 전환해야 한다고 한 프랑

스 비평가 R.바르트의 주장은 설득력이 있다. '작품에서 텍스트로'의 전환은 '저자의 죽음', 즉 독자의 독립 선언을 의미한다. 바르트가 주장한 텍스트로서의 시 개념을 취하면 시인의 창작론은 뒷전으로 밀려난다(R.바르트, 『텍스트의 즐거움』, 동문선 판 참조). 이런 관점에서 보면 신비화를 수반하는 시인의 시 창작 과정론은 독자에 대한 배려가 결여된 시인 자신의 개인적 담론, 자족적이기 쉬운 담론이라 할 수 있다. 이상의 시는 독자에 대한 배려가 결여된 비의적인 시, 시의 신비화를 조장하는 시의 전형이다.

3. 시인이 추구하는 것 — 시의 극한, 삶의 파괴와 구원 사이

영감이란 말은 시적 충동과 창작에의 헌신, 몰입과 관련된 말이다. 그렇다면 그 '충동, 헌신'은 무엇을 위한 것일까. 즉 시인의 영감과 그 산물인 시를 통해 추구하는 것이 궁극적으로 무엇일까. 그 대답은 시 자체에 있다. 여러 가지 답들이 제시되어 있지만, 몇 가지 사례를 살펴보자. 시인으로 불행한 삶을 마감했던 윤동주가 추구했던 것은 자아의 완성이었다. 한용운이 추구한 것은 구원의 문제였다. 그러나 시를 통해 자신의 삶의 파괴로 치달았던 시인들, 이른바 '저주받은 시인'들도 있다. 뮤즈가 오되 삶을 파괴하는 식으로 왔던 이미 앞에서 지적했던, 랭보, 보들레르, 베를렌 등이 그들이다. 그중 랭보는 시의 극한을 추구하면서 시의 역사에 불후의 이름을 남겼던 경우이다.

그것을 되찾았도다!

현대문학과 사회문화적 상상력

무엇을?―영원을.
그것은 태양과 섞인
바다.
(…중략…)
인간다운 기도와
평범한 충동으로
거기서 그대는 벗어나
어디론가 날아가 버린다.…

사탄의 불잉걸이여
그대의 유일한 열정으로부터
'마침내'라고 말하지도 않고
의무는 타버리는구나
                              ― A. 랭보, 「영원」, 『A. 랭보 시전집』(이준오 역) 부분

　　오장환과 서정주는 이 저주받은 프랑스 시인들에서 시적 영감을 받았
던 시인이었다. 오장환은 방탕과 방황을 거치며 몇 편의 시를 썼고, 스
스로를 '돌아온 탕아'라고 표현했다. 서정주는 이렇게 썼다. "스물 세햇
동안 나를 키운건 팔할이 바람이다./(…)//찬란히 티워오는 어느 아침
에도/이마 우에 언친 시의 이슬에는/몇 방울의 피가 언제나 서껴있어/
볓이거나 그늘이거나 혓바닥 느러트린/병든 숫개만양 헐덕거리며 나는
왔다"(「자화상」, 『서정주시전집』). 그가 추구한 것은 적나라한 생의 충동
과 그 표현이었다. 뒤에 「국화 옆에서」를 통해 자신의 청춘을 뒤돌아보
며 새로운 출발을 다짐하였다. 떠돌이 시인 백석이 추구한 것은 시 자체
라 할 수 있다. 그는 떠돌이 시인으로 살며 삶의 고절감과 비애, 그 속에
서 마주친 시인의 운명에 대해 노래하였다. 만주를 떠돌던 시기의 작품

에서 독자는 스스로 규정하는 시인의 숙명에 대한 시를 만날 수 있다.

> ― 나는 이 세상에서 가난하고 외롭고 높고 쓸쓸하니 살아가도록
> 태어났다
> 그리고 이 세상을 살아가는데
> 내 가슴은 너무도 많이 뜨거운 것으로 호젓한 것으로 사랑으로 슬
> 픔으로 가득찬다
> 그리고 이번에는 나를 위로하는 듯이 나를 울력하는 듯이
> 눈질을 하며 주먹질을 하며 이런 글자들이 지나간다
> ― 하늘이 이 세상을 내일 적에 그가 가장 귀해하고 사랑하는 것들
> 은 모두
> 가난하고 외롭고 높고 쓸쓸하니 그리고 언제나 넘치는 사랑과 슬
> 픔 속에 살도록 만드신 것이다
> 초생달과 바꾸지 꽃과 짝새와 당나귀가 그러하듯이
> 그리고 또 프란시쓰 쨈과 도연명과 라이넬 마리아 릴케가 그러하
> 듯이
>
> ― 백석,「흰 바람벽이 있어」전문

백석의 시에 등장하는 프랑시스 잠, 도연명, 릴케 등의 시인명은 그
의 정신적 지향점을 대변해 주고 있다. 다른 시에는 두보, 이백의 이름
이 등장한다. 그의 시 창작 자체와 스스로 좋아했던 시인의 길을 따라
가고자 하는 영혼에 사로잡혀 있었던 시인이 아니었을까. 그는 이른바
시마에 사로잡혀 방황했던 시인이었다.

생명에 대한 외경과 삶의 맥박 자체에 대한 충만한 느낌과 그 표현을
추구한 시인도 있다. 월트 휘트먼의 경우가 그러하다. 그의 시들은 생
명의 맥박으로 가득하다. "월트 휘트먼, 나는 하나의 우주, 맨해턴 태생
의 한 사나이./성미가 거칠고, 살집 좋고, 욕정이 넘치고, 잘 먹고, 잘

마시고, 잘 생산하고,/감상주의자는 아니고, 남의 위에 서 있는 자 아니고, 그러나 그들과 유리된 자 아니다./방종하지도 않고, 그렇대서 도학자도 아니다.//문이란 문에서 자물쇠를 떼어버려라!/옆기둥에서 문 그 자체를 떼어버려라!/누구나 다른 사람을 내리깎는 사람을 나는 내리깎는다/무엇이고 동작이 가고 말이 가면 그것은 결국 내게 돌아온다.//나를 통하여 영감의 물결은 오고 나를 통하여 흐르는 조류와 지표"(W. 휘트먼, 「나 자신의 노래 24」, 이창배 역).

장시 「해변의 묘지」를 통해 인간의 조건을 탐구했던 시인 발레리가 추구했던 것은 시인으로서의 정신의 명징성이었다. 자신이 체험하는 '정신의 명징성'에 대하여 이렇게 쓴다. "내 시력은 하도 올바르고 내 감각은 하도 순수하고, 내 인식은 서투를 만큼 완전하고, 내 표현은 하도 예민, 명확하고, 내 지식은 하도 완성되어 있어서, 나는 세계의 끝에서부터 나의 소리 없는 말에 이르기까지 깊이 파고 들 수 있을 정도이다.(…) 나는 거울의 무한에 전율하니… 나는 유리로 되어 있다."(P. 발레리, 「테스트씨」, 『발레리 선집』, 박은수 역)

김수영이 시를 통해 추구한 것은 '자유의 이행'―존재의 열림 속에서 경험할 수 있는 저 무비호적인 삶, 정신적 대자유였다. 그것은 삶의 자립성의 문제, 구원의 문제와도 상통한다.

4. 시인의 일과 독자의 일 — 현대사회의 시인과 시

시 창작의 순간은 모두의 고도로 집중된 순간, 대뇌의 인지 작용이 고도로 활성화된 순간이다. 이 순간의 지속에서 시인의 감각과 언어는 서로 일치한다. 시인이란 이 훈련이 잘 된 사람이다. 시인이 언어의 가뭄에서 벗어나 '언어의 단비'를 경험하는 순간은 그때 찾아온다. 시심의 진보를 위해서는 집중과 반복적인 연습이 필요하다. 이 순간은 시마는 물론 영감이란 말 자체도 사라지는 순수한 지속의 순간일 것이다. 시인의 언어가 유창하고 자유로워지는 것도 이 순간들을 통해서이다. 그리고 모든 시인에게 '생명의 도약'(생명의 약동)의 순간이, 옥타비오 파스가 '치명적 도약'이라고 부른 어떤 재탄생의 순간이 찾아온다.

시는 시인이 쓴 게 아니라 오는 것이다. 시 쓰기는 '어딘가 숨어 있는 시를 발견하는 일'이기도 하다. 시는 시인의 영감을 통해 오는 것이자 찾아내는 것이기도 한 것이다. 시 창작의 심리적 현상을 설명하는 말은 시인마다 다양할 수밖에 없다. 남는 것은? 시 작품—자체이다. 창작의 모든 과정은 시의 완성과 함께 뒷전으로 사라진다. 모든 예술 창작이 그렇지 않겠는가.

이번 특집은 시단의 원로 시인에서 젊은 시인들에 이르는 여러 시인들의 창작 경험을 육성으로 들을 수 있는 좋은 기회가 된다. 그들이 경험한 갖가지 영감과 시 창작 경험담은 시를 읽는 독자들의 영감을 자극하기도 한다. 모든 글은 이런 커뮤니케이션이다. 그 상호작용 속에 존재하며 시도 마찬가지이다. 현대는 모든 것이 계량되고 분석되고 연구되고 탈신비화되어 가는 시대이다. 과학기술의 발전은 시의 자리를 찬탈하면서 점차 시에 대한 적대적인 분위기를 조성하기도 하는 것 같다. 시장에서의 교환에 바탕을 둔 반복적인 일상생활은 시인을 포함한 현대인의 개성과 영감을 위축시키면서 평균적 인간으로 만들고 시인들의 창조력을 고갈시킨다. 그런 점에서 오늘날 전 지구상에서 '시마는 점점 사라져 가고 있'으며, 그래서 '시마가 고가에 거래되기도 한다'고 지적한, 장석주의 시로 쓴 재미있는 시론은 설득력이 있다.

그 이름을 무엇이라 부르든 간에, 시인들의 창조적 행위를 위한 몰입과 광기, 창작을 자극하는 어떤 힘, 창작 행위에 대한 헌신의 사례는 다양하게 있어 왔다. 시적 영감 또는 시마라는 어떤 외부의 신비한 힘이 존재한다고 굳게 믿는 시인들도 있을 것이다. 우리는 시 창작 과정에 대한 이런 신비화의 경향을 탈신비화하고자 했지만, 이 탈신비화가 시인들의 시 창작 자체를 위한 몰입과 헌신 자체를 부정하는 것은 아니다. 우리는 시와 함께해 온 문화적 경험을 소중하게 생각한다. 시(예술)가 발붙이지 못하는 사막과 같이 메마른 삶, 시적 영감이 싹트지 못하는 계량화된 세상을 부정한다. 그래서 이 글을 다음과 같이 역설적으로 마무리하고 싶다. "시마여, 젊은 시인들의 영혼을 거듭 사로잡으라, 현대 시인들이여, 찾아온 시적 영감에 집중하고 그를 기꺼이 맞이하시라."

:: 참고문헌

한용운 『님의 침묵』과 『십현담』·『십현담주해』의 상호텍스트성

■ 기초 자료

김시습, 『십현담요해』, 『국역매월당전집』, 강원도, 2000.

서준섭 역, 「한용운 『십현담주해』」, 『시와 세계』, 2005 봄호~여름호.

타고르, 『원정』, 김억 역, 회동서관, 1924.

한용운, 「선과 인생」(1932), 『한용운전집』 2, 신구문화사, 1973.

_____, 『님의 침묵』, 회동서관, 1926.

_____, 『십현담주해』, 법보회, 1926.

■ 논문 및 단행본

미셸 푸코, 『성의 역사 1』, 이규현 역, 나남, 2009.

서준섭, 「동안상찰의 『십현담』의 세 가지 주해본에 대하여」, 『한중인문학연구』 15집, 한중인문학회, 2005.

_____, 「한용운의 『십현담주해』 읽기」, 『한국현대문학연구』 13집, 한국현대문학회, 2003.

이동향, 「원호문의 논시 절구」, 중국문학이론연구회 편, 『중국시와 시론』, 현암사, 1993.

이수정, 「님의 침묵에 나타난 타고르의 영향관계 연구」, 『관악어문연구』 28, 서울대학교 인문대학 국어국문학과, 2003.

조르조 아감벤, 『호모 사케르』, 박진우 역, 새물결출판사, 2008.

근대 시인과 탈식민주의

■ 기초 자료

김기림, 『김기림전집』 전5권, 심설당, 1988.

백　석, 『백석시전집』, 이동순 편, 창작과비평사, 1987.

임　화, 「조선민족문학 건설의 기본과제에 대한 일반 보고」, 『건설기의 조선문학』,
　　　　문학가동맹, 1946.

한용운, 『님의 침묵』, 회동서관, 1926.

■ 논문 및 단행본

김경일 외, 『동아시아의 민족 이산과 도시』, 역사비평사, 2004.

서준섭, 「백석과 만주」, 『한중인문학연구』 19집, 한중인문학회, 2006.

＿＿＿, 「한용운의 『십현담주해』 읽기」, 『한국현대문학연구』 13집, 한국현대문학회,
　　　　2003.

에드워드 사이드, 『문화와 제국주의』, 김성곤·정정호 역, 창, 1995.

피터 차일즈·패트릭 윌리엄스, 『탈식민주의 이론』, 김문환 역, 문예출판사, 2004.

B. 앤더슨, 『민족주의의 기원과 전파』, 윤형숙 역, 사회비평사, 1996.

모더니즘과 1930년대의 서울

■ 기초 자료

김광균, 『김광균문집 와우산』, 범양사 출판부, 1985.

＿＿＿, 『와사등』, 근역서재, 1977.

김기림, 『태양의 풍속』, 학예사 1939.

＿＿＿, 『시론』, 백양당, 1947.

＿＿＿, 『김기림전집』, 심설당, 1988.

김　억, 「시는 기지(機智)가 아니다」, 『매일신보』 1935. 4. 11.

김화산, 「1930년대 짜스 풍경화의 파편과 젊은 시인」, 『별건곤』 1930. 5.

무명거사, 「조선신문계 종횡담」, 『동광』 1931. 12.

박용철, 「을해(乙亥)시단 총평」, 『박용철전집 2』, 동광당서점, 1940.

백　철, 「리얼리즘의 재고」, 『사해공론』 1937. 1.

우석생(愚石生), 「경성 7대 특수촌 소개」, 『별건곤』 1929. 10.

_____, 「처량한 호적(胡笛)과 찬란한 등불」, 『별건곤』 1929. 12.

유광열, 「종로 네거리」, 『별건곤』 1929. 10.

이광수, 「동경구경記」, 『조광』 1936. 11.

_____, 「20년 전의 경성」, 『별건곤』 1929. 12.

이봉구, 「성벽시절의 장환」, 『성벽』, 재판, 아문각, 1947.

이 상, 『이상선집』, 백양당, 1949.

_____, 『이상소설전작집』, 갑인출판사, 1977.

_____, 『이상수필전작집』, 갑인출판사, 1977.

이서구, 「경성의 짜쓰」, 『별건곤』 1929. 10.

이원조, 「정축(丁丑) 1년간 문예계 총관」, 『조광』 1937. 11.

임 화, 「1933년의 조선문학의 제 경향과 전망」, 『조선일보』 1934. 1. 1~14.

_____, 『문학의 논리』, 학예사, 1940.

장만영, 『장만영선집』, 성문각, 1964.

정수일, 「진고개」, 『별건곤』 1929. 10.

최재서, 「구라파 현대 소설의 이념 (2)―모더니즘 편」, 『비판』 1939. 7.

_____, 『문학과 지성』, 인문사, 1938,

칠방인생(七方人生), 「조선 레코―드 제작 내면」, 『조광』 1936. 1.

파영생(波影生), 「스크린의 위안」, 『별건곤』 1929. 10.

■ 논문 및 단행본

김윤식, 『한국근대소설사연구』, 을유문화사, 1986.

_____, 『한국근대문학사상사』, 한길사, 1984.

박인기, 「한국문학의 다다이즘 수용과정」, 『국어국문학』 86, 1981.

박태원, 「이상의 편모」, 『조광』 1937. 6.

발터 벤야민, 『발터 벤야민의 문예이론』, 반성완 편역, 민음사, 1983

서준섭, 「1930년대 모더니즘 시 연구의 현황과 문제점」, 『한국학보』 29집, 일지사,
        1982.

송 욱, 『시학평전』, 일조각, 1963.

스칼라피노 · 이정식 외, 『신간회 연구』, 동녘, 1985.

신석정, 「나의 문화적 자서전」, 『난초 잎에 어둠이 내리면』, 지식산업사, 1974.

유진 런, 『마르크시즘과 모더니즘』, 김병익 역, 문학과지성사, 1996.

이재선, 『한국근대소설사』, 홍성사, 1979.

정명환, 「부정과 생성」, 김붕구 외, 『한국인과 문학사상』, 일조각, 1964.

조용만, 『울밑에 선 봉선화야』, 범양사 출판부, 1985.

G. Lukacs, "The Ideology of Modernism", *Realism in Our Time*, Harper & Row, Publishers, 1964.

Th. Adorno, "Reconciliation under Duress" in Bloch et al., *Aesthetics and Politics*, Verso, 1980.

Walter Benjamin, *Charles Baudelaire*, tr. fr. Jean Lacoste, Petite Bibliotheque Payot, 1974.

'근대적 풍경시' 속의 시인과 사회

■ 기초 자료

김광균, 「30년대 화가와 시인들」, 『김광균문집 와우산』, 범양사 출판부, 1985

_____, 『기항지』, 정음사, 1947,

_____, 『김광균전집』, 김학동·이민호 편, 국학자료원, 2002

_____, 『와사등』, 정음사, 1946(초판본 남만서방, 1939).

유광열, 「종로 네거리」, 『별건곤』 1929. 10.

■ 논문 및 단행본

서준섭, 『한국 모더니즘 문학 연구』, 일지사, 1988.

한병철, 『피로사회』, 김태환 역, 문학과지성사, 2010.

Robert T. Tally Jr. ed., *Geocritical Explorations : Space, Place, and Mapping in Literary and Cultural Studies*, Palgrave Macmilan, 2011.

이효석과 식민지 근대 작가의 문화적 정체성

■ 기초 자료

이효석, 「가을」, 감남극 편, 송태욱 역, 『은빛송어』, 해토, 2005.

_____, 「나의 수업시대」, 1937, 『새롭게 완성한 이효석 전집』 7, 창미사, 2003

_____,「문학과 국민성」,『매일신보』, 1942. 3.

_____,「새로운 것과 낡은 것―만주기행단상」, 1940(일본어 산문. 김윤식 번역),
　　　　김윤식,『일제말기 한국작가의 일본어 글쓰기론』, 서울대학교 출판부,
　　　　2003).

_____,「새로운 국민문예의 길」,『국민문학』, 1942. 4.

_____,「설문」, 1936,『새롭게 완성한 이효석 전집』6, 창미사, 2003

_____,「설화체와 생활의 발명」,『새롭게 완성한 이효석 선집』6, 창미사, 2003

_____,「은은한 빛」, 감남극 편, 송태욱 역,『은빛송어』, 해토, 2005.

■ 논문 및 단행본

김윤식,『일제말기 한국작가의 일본어 글쓰기론』, 서울대학교 출판부, 2003,

백지혜,「이효석 소설에 나타난 ‘여행’의 의미 연구」, 서울대학교 대학원, 2002. 8.

이상옥,『이효석』, 민음사, 1992.

윤대석,『식민지 국민문학론』, 역락, 2006.

존 스토리,『문화연구와 문화이론』, 박모 역, 현실문화연구, 1994.

염상섭의 『효풍』에 나타난 정부 수립 직전 서울의 사회 · 문화 풍경

■ 기초 자료

염상섭,「민족문학이라는 용어에 대하여」,『호남문화』창간호, 1948. 5.

_____,「양과자갑」,『해방문학선집』, 종로서적, 1948.

_____,「조선문학 재건에 대한 제의―사회성과 시대성 중시」,『백민』1948. 5.

_____,『효풍』, 실천문학사, 1998.

■ 논문 및 단행본

김경수,『염상섭 장편소설 연구』, 일조각, 1999.

김재용,「8 · 15 이후 염상섭의 활동과 ‘효풍’의 문학사적 의미」, 염상섭,『효풍』, 실
　　　　천문학사, 1998.

김정진,「‘효풍’의 인물 형상화와 그 기법」, 김종균 편,『염상섭 소설연구』, 국학자료
　　　　원, 1999.

김학균,「가족 갈등에 나타난 분단의 현실과 중간파의 정치의식―해방 후 염상섭의

소설을 중심으로」, 『현대소설연구』 38호, 한국현대소설학회, 2008.

박권상, 「해방 정국에서의 언론」, 『현대사를 어떻게 볼 것인가 2』, 동아일보사, 1988.

브루스 커밍스, 「한국의 해방과 미국정책」, 『분단전후의 현대사』, 일월서각, 1983.

_____, 『한국전쟁의 기원 : 해방과 단정의 수립 1945~1947』, 김주환 역, 청사, 1986.

서준섭, 「한국정부 수립 후 고등학교 국어 교재에 나타난 국가주의와 민족문화 창조론」, 『국어교육』 128집, 한국어교육학회, 2009.

오욱환 · 최정실, 『미군 점령시대의 한국 교육』, 지식산업사, 1993

최장집 편, 『한국현대사 1 : 1945~1950』, 열음사, 1985.

현대 소설에 나타난 분단 · 이산 모티프

■ 기초 자료

김소진, 『고아떤 뻥덕어멈』, 솔, 1995.

_____, 『열린 사회와 그 적들』, 솔, 1993.

유재용, 『제3세대 한국문학』, 14, 삼성출판사, 1983.

_____, 『화신제』, 한겨레, 1990.

이순원, 『그 여름의 꽃게』, 세계사, 1989.

_____, 『우리들의 석기시대』, 고려원, 1991.

임동헌, 『민통선 사람들』, 한뜻, 1996.

전상국, 『길』, 정음사, 1985.

_____, 『아베의 가족』, 은애, 1980.

_____, 『제3세대 한국문학』, 11, 삼성출판사, 1983.

일상성의 서사와 개인적 욕망의 스펙트럼

■ 논문 및 단행본

박철화, 『관계의 언어』, 열림원, 2002.

방민호, 『비평의 도그마를 넘어』, 창작과비평사, 2000.

백지연, 『미로 속을 질주하는 문학』, 창작과비평사, 2001.

서영채,『소설의 운명』, 문학동네, 1996.
신수정,『푸줏간에 걸린 고기』, 문학동네, 2003
윤지관,『놋쇠하늘 아래서』, 창작과비평사, 2001.
황종연,『비루한 것의 카니발』, 문학동네, 2001.
　＿＿＿＿ 외,『90년대 문학 어떻게 볼 것인가』, 민음사, 1999.

■ 기타

『문학동네』1999, 겨울호('90년대 문학이란 무엇인가' 특집).
『21세기문학』1999, 봄호('90년대 한국문학 총점검' 특집).

현대시와 환상

■ 기초 자료

김민정,『날으는 고슴도치 아가씨』, 열림원, 2005.
이민하,『환상 수족』, 열림원, 2005.
황병승,『여장 남자 시코쿠』, 랜덤하우스중앙, 2005.

■ 논문 및 단행본

오생근,「환상문학과 문학의 환상성」,『문학의 숲에서 느리게 걷기』, 문학과지성사,
　　　2003.

■ 기타

『문예중앙』2005. 가을호('외계로부터의 타전' 특집)
『서정시학』2005. 겨울호('현대시와 환상성' 특집)

신비화를 넘어서

■논문 및 단행본

김풍기, 『시마, 저주 받은 시인의 벗』, 아침이슬, 2002.

박용철 · 정지용, 「시문학에 대하여」, 대담, 『조선일보』 1938. 1. 1.

A. 랭보, 「영원」, 『A. 랭보 시전집』, 이준오 역, 숭실대학교 출판부, 1996.

F. 니체, 『인간적인 너무나 인간적인 1』, 김미기 역, 책세상, 2007.

R. 바르트, 『텍스트의 즐거움』, 김희영 역, 동문선, 2002.

:: 찾아보기

현대문학과 사회문화적 상상력

현대문학과 사회문화적 상상력